BOOK HILL

अन्तर

रमेश सायन

BOOK HILL

बुकहिल पब्लिकेसन प्रा. लि., काठमाडौं
बुकहिल इन्टरनेशनल, लन्डन

कर्पोरेट तथा सम्पादकीय कार्यालय
सत्य-सदन ५३०/२० कालिका मार्ग,
का.म.न.पा.- २९, कालिकास्थान, काठमाडौं
पोस्ट बक्स नं. : ४९७४,
फोन : +९७७-१-५९०४४०१/२
bookhillp@gmail.com
www.bookhill.com.np

आवरण
सचिन यगोल श्रेष्ठ

लेआउट
उमेश काफ्ले

प्रथम संस्करण : जेठ, २०८०

ISBN : 978-9937-753-43-2

ANTAR by RAMESH SAYAN

अन्तर

कथावारि

निद्राबाट ब्युँझिंदा आँखाले सबैभन्दा पहिला मोबाइल खोज्छ । औंलाले सामाजिक सन्जालका एपहरू खोल्छन् । त्यसपछि शुरु हुन्छ, शौचालयको यात्रा । कमडमा बसेर मोबाइल चलाउनु मेरो नवीन आनन्द हो । इन्टरनेट सस्तिनुअघि शौचालयको ऱ्याकमा शङ्कर लामिछाने, भूपि शेरचन, पारिजात र बिपीहरूका किताब हुन्थे । कमडमा बसेर लामिछानेको 'एब्स्ट्र्याक्ट चिन्तन प्याज' कयौंपटक पढेको छु । मैले शिरीषको फूलकी सकम्बरीलाई प्रेम गरेको छु । "मेरी प्रेमिका सकम्बरीजस्तै हुनेछे !", म सोच्थें । केही कविताको झिल्को शौचालयमै उठेको छ । नयाँ विचार र कयौं चेतनाले मलाई शौचालयमा समातेको छ । मलाई शौच गर्दै सोच्न मन पर्थ्यो । शौचालय मेरा लागि विचार र चेतनाको आविष्कार केन्द्र थियो तर अचानक इन्टरनेट सस्तो भइदियो । नयाँ-नयाँ मोबाइल किन्न सक्ने गरी म धनी भएँ । नेपाल टेलिकमले आँगनमै फोरजी टावर हालिदियो । अचेल कमडमा बसेर साथीहरूसँग गफ गर्छु । पब्जी खेल्छु । टिकटकका रमाइला हेर्छु ।

राति निदाएको बेला आउने म्यासेजको रिप्लाइ बिहान कमडमा बसेर दिन्छु । तपाईंले बिहानै मेरो म्यासेज पाउनुभयो भने सम्झिनुस्, रमेश सायन ट्वाइलेटमा छ । सम्झनुस्, तपाईंलाई सम्बोधन गर्ने मेरा औंलाहरू चलिरहेका छन् । खोपडीमा तपाईंको अनुहार नाचिरहेको छ । सम्झिनुस्, मैले शौचालयमा सुखभोग गरिरहेको छु ।

त्यस दिन कमडबाट उठ्नै लाग्दा इमेल नोटिफिकेसन आयो । कमडमै बसेँ र इमेल खोलेँ :

सायनजी !

तपाईंको 'छुटेका अनुहार' पढेँ । मलाई रमाइलो र राम्रो लाग्यो । पढ्दै जाँदा आफ्नै कथाजस्तो लाग्यो । तपाईं जुन ठाउँमा हुर्किनुभयो, म त्यही ठाउँमा जन्मेको हुँ । ठाउँ मिल्यो, रहनसहन मिल्यो, यसकारण तपाईंको कथा मेरो आफ्नै जस्तो लाग्यो ।

मैले फेसबुकमा फ्रेन्ड रिक्वेइस्ट पठाएको छु । तपाईंसँग साथी बन्न चाहन्छु । म तपाईंको प्रशंसक भएँ । अब म तपाईंका सृजना खोजेर पनि पढ्छु । किताबबाहेक पनि मैले अरू अर्काइभ लेखहरू खोजेर पढेँ । अर्काइभमा तपाईंको कोरिया बसाइँका केही संस्मरणहरू पनि रहेछन् । तपाईंलाई खोज्दै जाँदा, तपाईंबारे बुझ्दै जाँदा मैले थाहा पाएँ कि अब आउने तपाईंको किताब कोरियाको मजदुरी संस्मरण हो । त्यो किताब पक्का पनि राम्रो हुनेछ ।

तपाईंको पाठक

शब्द ।

मजस्तो फुर्केफार्के लेखकका लागि यति प्रशंसा गरिएको इमेलले कति अर्थ राख्छ, सबै फुर्के मानिसले बुझ्दछन् । यो उपन्यास पढ्ने तपाईंलाई पनि पक्का प्रशंसा मन पर्ला नै ! प्रशंसा भनेको बच्चा बेलामा मुखमा परेको सबैभन्दा मीठो मिठाई रहेछ ।

मेरा लागि रसमलाई हो ।

तपाईंका लागि के हो ?

... ... !

मैले लगत्तै फेसबुक खोलेँ । 'शब्द शब्द' नामको फेसबुक रिक्वेइस्ट एसेप्ट गरेँ ।

त्यसलगत्तै शब्दले मलाई धन्यवाद म्यासेज पठायो । मैले उसको फेसबुक प्रोफाइल खोलेर हेरेँ । उसका केही फोटाहरू थिए । बाँकी

खास कुरा केही थिएनन् । मेरो लेखन मनपर्छ भनेर उसले मलाई भने पनि मेरो कुनै लेख उसले सेयर गरेको थिएन । उसले किताब पढ्न मन पर्छ भने पनि कुनै किताबबारे लेखिएको कुनै टिप्पणी सेयर गरेको थिएन ।

हामी लेखकबीच कहिलेकाहीं 'साइलेन्ट पाठक'बारे कुरा हुन्छ । शब्दलाई साइलेन्ट पाठक भनी स्वीकारें ।

***

शब्द र म साथी भयौं । एक दिन विराटनगरको क्याफेमा हाम्रो भौतिक भेट भयो । एक सरकारी बैंकको ब्रान्च म्यानेजर रहेछ । पहिलो भेटमा उसले कालो कफी मन परायो । भर्चुअल भेटमा जति आत्मीय ठानेको थिएँ, पहिलो भौतिक भेटमा त्यति आत्मीय भेटिनँ । म एक्लै बोलिरहें । शब्दले शान्त पारामा मेरो गफ सुनिरह्यो । कफीको पैसा लेखकलाई तिराउन हुँदैन भनी ठान्यो वा म म्यानेजर हुँ, यो सामान्य लेखक हो, मजदुर हो भनी ठान्यो । पैसा तिर्न जिद्दी गऱ्यो !

पछि हाम्रो भेट बाक्लिन थाल्यो । शब्द बिस्तारै खुल्न थाल्यो । प्रत्येक भेटमा मेरो लेखनको प्रशंसा गर्थ्यो । म अरू-अरू मान्छेजस्तै प्रशंसाको लोभी हुँ । प्रशंसा पाउने लोभमा ऊसँग नजिक भएको सत्य हो । पत्रिकाहरूमा नियमित लेख्थें । मेरो लेख छापिएको दिन हाम्रो भेट अनिवार्य हुन्थ्यो ।

पूर्वी पहाडको तेह्रथुममा तीनजुरे मिल्के भन्ने ठाउँ छ । त्यहाँ बत्तीस जातका गुराँस फुल्छन् भनिन्छ । वैशाख लाग्यो । नयाँ वर्ष मनाउन र गुराँस हेर्न भनी एक दिन शब्द र म तीनजुरे मिल्के पुग्यौं । यात्रामा हामी छाडा गालीमा बात मार्न सक्ने गरी नजिक भयौं । 'तपाईं' सम्बोधनबाट 'तिमी' सम्बोधनमा गयौं । यात्राले सम्बन्धलाई नजिक बनायो ।

त्यही यात्रामा शब्दले भन्यो, "तिमीले लेखेजस्तै किताब म पनि लेख्न चाहन्छु । मसँग तिम्रोभन्दा भिन्न कथा छ तर ढङ्ग छैन ।"

"कोसिस गर न ! आफ्ना कथा लेख्न सजिलो छ । कुनै स्वैरकल्पनाको निर्माण गर्नुपर्दैन । आफूसँग जे कथा छ, त्यसैलाई जस्ताको त्यस्तै लेखे भो ! बस, आफ्ना कुरा लेख्दा पाठकलाई ढाँट्नु भएन । हामीले हाम्रा कथा लेख्यौं भने स्वतः त्यहाँ पाठकका कथा पनि आउँछन् । अक्षरमा आफ्ना कथा भेट्दा पाठक अवश्य खुशी हुन्छन् ।", मैले उसलाई उकासें ।

यात्राबाट फर्किएपछि उसले आफ्नो कथा लेख्ने कोसिस गऱ्यो तर सकेन । कथा भने भन्न सक्यो । मैले रेकर्ड गरें । उसले जसरी कथा भन्यो, त्यसरी नै लेखें । जे थप्नु थियो, शब्दको अनुमतिमा थपें । जे फाल्नु थियो, उसैको अनुमतिमा फालें ।

'शब्द' को हो ?

'शब्द' के हो ?

देखिँदा बैंकको म्यानेजर हो । किताब पढ्ने साइलेन्ट पाठक हो । देखिँदा तपाईं र मजस्तै एक साधारण मानिस हो ।

तर, देखिनुभन्दा पर, ऊभित्र अर्को दृश्य छ ।

सुनिनुभन्दा पर, उसको अर्को आवाज छ ।

ऊभित्र अर्को कथा छ ।

यो शब्दको कथा हो ।

म त कथाका लागि एक कलममात्र हुँ ।

***

प्रिय पाठक !

हिँड्नुस् क्याफेमा, जहाँ चिया-कफी पाइन्छ ।

शब्दले त्यहीं कथा भन्नेछ ।

हामी कथा सुन्दै कफी पिउनेछौं ।

मलाई एउटा कफी !

तपाईंलाई ...?

... ... !

रमेश सायन

कथाको किनारा

शिरमा ढाकाटोपी । जिउमा कमिज-सुरुवाल । काँधमा गम्छा । गम्छामाथि हातबुना छड्के झोला । सेतै फुलेका दाह्री, सेतै कपाल । पातलो ज्यानको मानिस प्रत्येक बिहान आफूजस्तै बूढो साइकिल चढ्छ । खपडाको छानो भएको काठको सानो घरबाट बाहिर निस्किन्छ । दिनभर साइकिल कुदाउँछ, कुद्छ । लखतरान भएर बेलुकी घर फर्किन्छ र स्वास्नीलाई भन्छ, "कति ढिलो खाना बना'को, भोकले आन्द्रा बटारिसक्यो । छिटो पका !"

स्वास्नी झर्किंदै भन्छे, "मेरा कतिओटा हातखुट्टा छन् र ! देखेको छैन ।"

त्यसपछि ऊ चुपचाप भान्सा पर्खिन्छ ।

उसको नाम श्यामनाथ हो तर कसैले उसलाई श्यामनाथ भन्दैनन् ।

काठमाडौंको क्याम्पसबाट आइए पास गऱ्यो । बिए फेल भयो । गाउँ फर्कियो । बिहे गऱ्यो र हुलाकमा जागिर खान थाल्यो । त्यसपछि श्यामनाथबाट ऊ हुलाकी भयो । श्यामनाथको 'नाथ' हरायो । श्यामनाथ पत्रदूत बनेर घरघर पस्यो । गाउँमा उसले नचिनेका कुनै मानिस छैनन् । नजानेको कुनै ठाउँ छैन । कुन घरको दैलो कता फर्किएको छ ? कुन घरमा कुन रङको गाई छ ? कसको बाख्राले कतिवटा पाठापाठी पायो ? कसको गोरु जोत्ताजोत्तै सुत्छ ? उसलाई थाहा छ । कसको ससुराली कहाँ हो ? कसको माइत कहाँ हो ? उसलाई थाहा छ । उसलाई गाउँको सन्चो थाहा छ । उसलाई गाउँको बिसन्चो

थाहा छ । यदाकदा आफ्नै खबरबाट बेखबर उसलाई गाउँको सबै खबर थाहा छ ।

उसलाई मान्छेले भन्छन्, "बिबिसी हुलाकी !"

हुलाकी श्यामनाथको खुशी के हो ?

"शब्द" हो !

उसको सपना के हो ?

"शब्द" हो !

उसको जीवन के हो ?

"शब्द" हो !

उसकी स्वास्नीको नाम शर्मिला हो तर उसको नामको काम छैन । गाउँमा हुलाकीकी स्वास्नी हो । घरमा बुहारी हो । आमा हो । काकी हो । भाउजू हो । प्रत्येक नाताको फरकफरक सम्बोधन हो । नामको काम त नागरिकतामा मात्र छ । तर नागरिकताले उसलाई कहिल्यै बोलाउँदैन, "ए शर्मिला, के गर्दै छेस् ?" कहिल्यै सोध्दैन, "ए शर्मिला, सन्चो-बिसन्चो कस्तो छ ?"

देखिँदा गृहिणी हो तर हुनलाई धेरै थोक हो । भातभान्सा गर्छे । गाईबस्तु र बाख्रापाठाको स्याहार गर्छे । लोग्ने र छोराको चाकरी गर्छे । खेतबारीमा अन्नबाली लाउँछे । करेसाबारीमा सागसब्जी फलाउँछे । ऊ पढ्नलेख्न जान्दिनँ तर जीवन चलाउन भने हुलाकी श्यामनाथभन्दा धेरै जान्ने छे । सिङ्गै घर उसैको काँधमा छ । गाउँका अरूका लोग्नेस्वास्नीको जस्तो ठूलो झगडा यिनीहरूबीच भएको कहिल्यै थाहा भएन । झिनामसिना झगडाले नै यो जोडीको जीवनमा प्रेम भरियो । सपना सुन्दर र सफल भयो अनि म जन्मिएँ ।

हुलाकी श्यामनाथ र उसकी स्वास्नीको बिहे चाँडै भयो तर म जन्मिन ढिला भयो । म जन्मिँदा मेरा हुलाकी बा आफ्नो साइकिलजस्तै बूढा हुँदै गएका थिए । मैले थाहा पाउने हुँदा उनका पातला गाला भित्र पसेका थिए । ढाड कुप्रिन थालेको थियो । टाउकाका कपाल तिलचामले भएका थिए ।

मेरा भुरा साथीहरू भन्थे, "तेरो बाउ बूढो छ । हजुरबा भन् !"

मेरो बूढो बाउ मलाई मन पर्दैनथ्यो । त्यसकारण म उनीबाट टाढा हुन खोज्थें तर उनी मसँग नजिक हुन खोज्थे । म सानो हुँदा बा र मेरो सामीप्यको तालमेल मिलेन । म अलिक हुर्केपछि बालाई बूढो देख्न छाडें । 'बा'मात्र देखें । उनीसँग नजिक हुन खोजें । उनको काखमा बस्न खोजें तर म अटिनँ ।

मलाई बाभन्दा आमा राम्री लाग्थिन् । बासँग भन्दा म आमासँग नजिक भएँ । मेरो जीवनमा मेरी आमा साँच्चै जान्ने र बुझ्ने मानिस हुन् । साँच्चै असल मानिस हुन् ।

"तँ मेरा लागि असल खबर होस् ! तँ सधैं असल खबर बन् !", खबर बताउने भएकोले मेरो नाम 'शब्द' राखेका रे ! मेरा बाले मलाई भन्थे ।

प्रिय पाठक !

तपाईंले मेरा बाआमालाई अब पक्कै चिन्नुभो होला । यो कथा मेरा बाआमाको हैन । मेरो हो । म हुनलाई पनि बाआमा चाहियो, होइन र !

अब म मेरो कथा शुरु गर्छु ।

कथाको पात्र

शब्द ।

ऐना

हिउँदे मौसम सकिएर न्यानो भरिएपछि जमिनमा दुबो पलायो । उमेरको उकालोमा बैंस भरिएपछि मेरा ओठमा जुँगा पलाए । स्वर धोद्रो भयो । आँपमा कोयो पसेजसरी शरीरमा लाज पस्यो । जमिनमा दुबो मौलायो । मेरो जीवनमा परिवर्तनका रङ्गहरू फैलिए । त्यसै बेला स्कूलमा बर्खे बिदा शुरु भयो ।

स्कूल जान नपरेपछि दाम्लो चुँडालेर भागेको गोरुजस्तो मनमौजी हुन्थें म । गुलेली बोकेर चरा ताक्थें । दिनभर खोलामा पौडी खेल्थें । धापमा दुवाली छेकेर माछा मार्थें । गङ्गटा समातेर खुट्टा गन्थें । साँझमा साथीहरूसँग फुटबल खेल्थें ।

तर... त्यस सालको 'त्यो दिन' फरक भयो ।

छिमेकी गोमा दिदी बिहेपछि लोग्ने छाडेर माइतै बसेकी थिइन् । माइतीले अंश दिए । माइतीको आडमा सानो घर बनाएर एक्लै बस्न थालिन् । त्यसपछि उनी गोमाबाट 'एक्ली' भइन् । उनै एक्ली गोमा दिदी किनारामा बसेर लुगा धुँदै थिइन् । बर्खे बिदा शुरु भएको पहिलो दिन बुढीदहमा म पौडी खेल्न गएको थिएँ ।

गोमा दिदीले साबुन दल्दै गरेको हात टक्क रोकिन् । पुलुक्क मतिर हेरिन् र मुसुक्क हाँसिन् । लुगा खोल्दै गरेका मेरा नौनाडी गले । घुँडामुनि झरिसकेको जाँगे माथि सऱ्यो । खोलामा झ्वाम्म हाम फालें । पानीको लहरले गोमा दिदीको पैताला छोयो । म पानीमा पुरिएँ ।

पानी बाहिरबाट गोमा दिदीको आवाज सुनें, "कालेले पनि कट्टु लगाएर पौडी खेल्न थाल्यो । अचेलका केटाकेटीको शरीरमा कति चाँडो लाज उम्रिन्छ । सबै विकासे भए ।"

पानीभित्र मेरो फोक्सोमा सास सकियो । फोक्सोमा हावा भर्न पानीबाहिर टाउको निकाल्दा साबुनको फिँजले भरिएका गोमा दिदीका हात चलिरहेका थिए तर उनका आँखाले पानीभित्र मलाई खोजिरहेका थिए ।

बस गुड्दागुड्दै किनाराका दृश्य छुटेझैं एउटा नाङ्गो केटो कहिल्यै नभेटिने गरी मबाट छुट्यो । आँपको दानामा कोया छिप्पिँदै गएझैं मेरो शरीरमा लाज छिप्पिँदै गयो । पौडी खेल्दा शरीरमा कट्टुको आधिपत्य हुन थाल्यो । त्यसपछि बुढीदहमा नाङ्गै डाइभ हान्न बन्द भयो ।

मेरो मन 'मन'जस्तो रहेन । मनमा पखेटा पलाउन थाले ।

म जहाँ हुन्थें, मन त्यहाँ हुँदैनथ्यो । म जमिनमा हिँड्थें, मन आकाशमा उड्थ्यो । म धर्ती थिएँ, मन आकाश थियो । म पानी थिएँ, मन बाफ थियो । म काँडा थिएँ, मन फूल थियो । आफ्नै मनसँग उदेकको सवाल-जवाफ चलिरहेको थियो । एक दिन मनले मलाई अनौठो आदेश दियो, "ढोकाको चुकुल लगा ! झ्यालको पर्दा झार् ! आफूलाई सर्वाङ्ग नाङ्गो हेर् ! नाङ्गो छाम् !"

स्कूलमा मास्टरको आदेश मानेझैं मैले मनको आदेश मानें ।

आफ्नै शरीर छोइरहेका ती औंलाको स्पर्श ! शब्दमा शब्दले कसरी बताऊँ ! त्यो अङ्कुलीय आनन्द केसँग तुलना गरौं ! त्यो सुखको वेग नसानसामा सुलसुले भएर कुद्थ्यो । आफ्नै शरीरमा डुब्थें । प्रत्येक अङ्गको गहिराइमा पुग्थें । भातको भोक थिएन । रिसको झोक थिएन । धुपीको धूपभन्दा पनि आफ्नै शरीरको बास्ना सुगन्धित लाग्थ्यो । शरद् ऋतुको शीतले भिजेको रातो गुलाबको पत्रजस्तो सुन्दर देख्थें, ऐनामा आफ्नै ओठ । आफ्नै दाँतले ओठ टोकेर कामुकताको स्वाद चाख्थें । आफ्नै स्पर्शको काउकुती कुतीकुतीभन्दा माथि लाग्थ्यो । आफूलाई छुँदाछुँदै आफैं भुतुक्क हुन्थें ।

मेरा हातखुट्टा पनि स्वरजस्तै मोटामोटा हुँदै गए । ओठमा जुँगा पलाएजस्तै तुरी गर्ने ठाउँ र काखीमा सिमलको भुवाजस्तै नरम रौं पलाए ।

एक दिन आमाको सिन्दूरे ऐना कोठाको भित्तामा झुन्ड्याएँ । मोजाभित्र खुट्टा पसेजसरी सानो ऐनाभित्र अनुहार सर्लक्क पस्यो र मुसुक्क मुस्कुरायो । अप्ठेरो ठाउँमा चिलाउन थाल्यो । त्यसपछि ऐनाभित्रको मान्छेले कलिला जुँगा सुम्सुम्यायो । निधारलाई तालुतिर तानेर आँखा ठूला बनायो । आफ्नै दाँतले ओठ टोक्यो । दायाँ हातले गाला सुम्सुम्यायो । बायाँ हातले टिसर्ट खोल्यो र छाती छाम्यो । बिस्तारै कट्टुमाथि हात पुऱ्यायो । केही बेर उसका हात कट्टुमाथि नै खेलिरहे । त्यसपछि ऐनाभित्रको मान्छेले कट्टु खोल्यो । कम्मरमुनि तिघ्रासम्म कतै नबिराई दायाँ हातले सुम्सुमाइरह्यो । आँखा चिम्लियो र अथाह आनन्दलाई आँखाभित्र थुनिराख्यो ।

ऐनाभित्रको नाङ्गो मान्छे आफ्नै हातका औंलासँग खेल्न थाल्यो । त्यति नै खेर घन्द्रयाङ्ग आवाज आयो ।

"ला, को आयो !"

बन्द आँखा खुले । हातले स्वाट्ट कट्टु माथि साऱ्यो । ऐनाभित्रबाट नाङ्गो मान्छे फुत्त बाहिर निस्कियो । स्वाद मानिरहका हातका औंलामा ऐँठन भयो । मुटु जोडजोडले धड्किन थाल्यो । अचानक चिटचिट पसिना आयो । सानो हावाको झोकामा अल्लिरहेको काँसको फूलजसरी शरीर हल्लिन थाल्यो ।

लाज र डरले अललिन थालें, "को आयो ? बा कि आमा !"

"को हो ?", न सोध्न सक्छु, न बोल्न ।

बिस्तारै आँखामा होश आयो । दायाँबायाँ हेरें । झ्यालको पर्दा झरेकै थियो । ढोकामा चुकुल लागेकै थियो ।

फेरि घन्द्रयाङ्ग आवाज आयो ।

"को हो ?", सानो आवाजमा बोलेछु । बाहिर निस्कन ढोकाको चुकुल खोल्दै थिएँ, सिलिङबाट बिरालो फुत्त हाम फाल्यो र ढोकाबाट वेगले निस्कियो ।

ज्यामाराजले सातो लग्यो । बालबालले बचेको दुर्घटनापछिको सुखजस्तो अनुभूति गरें ।

केटाकेटीमा नाङ्गै हिंडेकै हुँ । अस्तिसम्म खोलामा नाङ्गै पौडिएकै हुँ । त्यस बेला लाग्थ्यो, "दाजुहरू खोलामा पौडी खेल्दा किन कट्टु लाउँछन् ?" बल्ल चाल पाएँ । कट्टु र लाजको सम्बन्ध आगो र पानीको जस्तै रहेछ । एउटाले अर्कोलाई निभाउने । एउटाले अर्कोलाई तताउने । अब म नाङ्गै कहिल्यै हिंड्न सक्दिनँ । लुगाको झ्यालाखानामा लाज उत्पादन गर्ने अङ्गहरू जन्मकैद भुक्तान गरिरहनेछन् ।

***

बर्खे बिदाका पचास दिन सकिन केही दिनमात्रै बाँकी छ । मलाई कोठाबाट बाहिर निस्कन मन लाग्दैन । आमाले काम अह्राउँदा रिस उठ्छ ।

"अचेल यसलाई के भा'को छ ? जे कुरामा पनि झर्किरहन्छ । केही सुन्दै सुन्दैन !", आमाको गुनासोको पारो चढ्दो छ ।

"बिहान छिटो उठ् ! दिउँसो धेरै नसुत् ! बाहिर निस्केर हावा खा ! कोठामा नगुम्सी !", आमाको अर्ती ढुङ्गामा फलाम रगडिंदा आउने कर्कश ध्वनिजस्तो लाग्छ । कानमा बिझाउँछ । मस्तिष्क घोच्छ ।

साँझ भात पस्किँदापस्किँदै बासँग आमा भन्नुहुन्छ, "अचेल केटो केही काम टेर्दैन । भनेको पटक्कै मान्दैन । ढोका थुनेर कोठामा बसिरहन्छ ।"

"आ, छोड्दे ! पढ्दै होला नि !", बा छोटा वाक्य बोल्नुहुन्छ र तातो भात मुछ्न थाल्नुहुन्छ । जसै बाले पहिलो गाँस हाल्नुहुन्छ, आमा सधैंझैं सोध्नुहुन्छ, "सब्जीमा नुन लागेको छ ?"

खाना चपाउँदा निस्कनेबाहेक बाको कुनै आवाज निस्कँदैन । आमाले बालाई झैं मलाई कहिल्यै सोध्नुभएन, "सब्जीमा नुन लागेको छ ?"

आमा किन नुनको स्वाद मलाई सोध्नुहुन्न । बाले नुनको स्वाद आमालाई किन भन्नुहुन्न ? मैले कहिल्यै थाहा पाइनँ ।

"स्कूल बिदा भएदेखि दिनभर सुतेको सुत्यै छ । ढोका बेस्मारी ढकढकाउँदा पनि उठ्दैन ।", आमा अलिक लामा वाक्य बोल्नुहुन्छ र बालाई "भात थपिदिऊँ !" भनेर सोध्नुहुन्छ ।

भात चपाउँदाचपाउँदै बाले हातको इसाराले "पर्दैन" भन्नुहुन्छ । त्यसपछि प्लेटको अमिलो कागतीको अचार चोरऔंलामा दलेर जिब्रोमा लाउनुहुन्छ ।

"तँलाई भात थपिदिऊँ !", आमा मलाई सोध्नुहुन्छ ।

"भो पर्दैन !", झर्केर बोल्छु ।

"सुन्नु भो त झर्केको ! अचेल सधैं यसरी नै झर्किन्छ !", आमाले बालाई प्रमाण पेस गर्नुहुन्छ ।

बा चुपचाप उठ्नुहुन्छ ।

"केही बोल्नुछैन ।", आमाले बासँग गुनासो गर्नुहुन्छ ।

मलाई आमासँग जस्तै किताबसँग पनि झोक चल्छ । अक्षर देख्दा दिक्क लाग्छ । म रस भरिँदै गएको केटो बिनारसको किताबमा कसरी अडिन सक्छु !

***

प्रत्येक साँझ सात बजे बा रेडियोमा समाचार सुन्नुहुन्छ । एक दिन समाचारले मेलम्चीको पानी काठमाडौंमा ल्याउने भन्यो । "अब पानीको दुःख नहुने रैछ है काठमाडौंमा !", हामीले सुन्नेगरी बा बोल्नुभयो । हामीले नदेख्नेगरी बा खुशी हुनुभयो ।

त्यहाँ पानीको दुःख होस् कि सुख, हामीलाई के मतलब ! हामी पानीको तालमाथि बसेका छौं । आँगनमै कल छ । बारीमा इनार छ तर बालाई काठमाडौंकै मतलब छ । बाले काठमाडौंमा पढ्नुभएको हो । बेलाबेला काठमाडौं सम्झिनुहुन्छ । मलाई पनि एसएलसीपछि काठमाडौंमै पढाउने भन्नुभएको छ ।

बा भन्नुहुन्छ, "काठमाडौंमा पानीको महादुःख छ । मर्नेगरी दिसाले च्यापेर ट्वाइलेट बस्यो, धुने बेला धारोमा पानी हुँदैन । अभर परिन्छ । त्यो काकाकुल शहर हो । तिर्खाले मरिन्छ ।"

छोराको भविष्यको सुखबारे बा अहिलेदेखि नै खुशी हुन थाल्नुभएको छ । बा हुनु भनेको सन्तानको काल्पनिक भविष्यको सुखमा डुबुल्की मारेर एक्लै मुस्कुराउनु रहेछ । मेलम्चीमा पानी आउने खबरले बा एक्लै मुस्कुराउनुभयो ।

बेलाबेला मेरो मन काठमाडौं पुग्छ । तर, काठमाडौं कस्तो छ ? मनले आकार बनाउन सक्दैन । सामाजिक शिक्षाको किताबबाट पशुपतिनाथको ब्ल्याक एन्ड ह्वाइट चित्र निस्केर मेरो मस्तिष्कभित्र पस्छ ।

मैले भनें नि, मलाई छाडेर मेरो मन एक्लै कहाँकहाँ हिँडिरहन्छ । उडिरहन्छ । रेडियोमा समाचार बज्दै गर्दा मेरो मन काठमाडौं पुग्यो । पशुपतिनाथको ब्ल्याक एन्ड ह्वाइट चित्रअघि कुत्रुक्क परेर बस्यो ।

***

जुन दिन मैले बुढीदहमा जाँगे लगाएर पौडी खेलें, त्यस दिनबाट चरालाई गुलेली ताकिनँ । खेतका गह्रामा पोठिया माछा समाइनँ । खोलामा दुवाली थापिनँ । पहिलापहिला जेजे गर्थें, ती धेरै थोक गर्न छाडें र नयाँनयाँ कर्मको आविष्कार गर्न थालें, ऐनाभित्रको आफैँसँग जिस्कन थालें । आफैँलाई चलाउन, खेलाउन थालें । मनको पखेटासँग उडान भर्न थालें । नयाँ आनन्द र नयाँ सुखानुभूतिको तलाउमा पौडिन थालें ।

बर्खे बिदा सकिन चार दिन बाँकी छ तर होमवर्क सकिएन ।

मलाई के भइरहेको छ ? किन यस्तो हुन्छ ? थाहा छैन !

होमवर्क गरिनँ भने सबैको अगाडि मुर्गा बन्नुपर्छ । तिग्रामुनिबाट हात घुसारेर कान समाती कुत्रुक्क परेर बस्दा बेइजत हुन्छ । "फस्ट ब्वाई पनि मुर्गा बन्यो !" स्कूलभरि हल्ला हुन्छ । लास्ट बेन्चर केटाहरूले आँखा जुदाउँदै भन्लान्, "मुर्गाको स्वाद कस्तो लाग्यो त ?"

एक्लै बस्दा आनन्द त हुन्थ्यो तर त्यो आनन्दको आयु साह्रै छोटो हुन्थ्यो । त्यसपछि दिक्दारीको जन्म हुन्थ्यो । रिस र आवेग बढ्दो थियो । आमासँग झगडा हुन्थ्यो । बासँग डर लाग्थ्यो ।

त्यस दिन पनि म सधैंझैं कोठामै थिएँ । झ्यालढोका बन्द थिए । निर्वस्त्र थिएँ । आफैँलाई चलाएर आनन्द लिइरहेको थिएँ । ढोका

ढ्याक्‌ढ्याक्‌ गऱ्यो । झस्किँदै सम्हालिएँ । कट्टु र गन्जी लगाएँ । ढोका खोलेँ । ढोकाबाहिर अमन थियो ।

खिस्स हाँस्दै बोल्यो, “के गर्दै छस् ?”

आङ तान्दै भनेँ, “सुतेको थिएँ ।”

“तेरो होमवर्कको कपी दे न ! मैले होमवर्क गरेकै छुइनँ ।”, अमनले भन्यो ।

बिदामा ऊ मामाघर गएको थियो । भर्खर आएछ ।

“मैले पनि गरेको छैन ।”, उसले पत्याएन ।

“छैन बे ! भोलि दिउँसो आइज, सँगै गरौंला ।”, मैले विश्वस्त पारेँ ।

अमन प्रायः होमवर्क गर्दैन । अरूकै सार्छ तर कहिल्यै फेल हुँदैन । कक्षाम सबैसँग मिल्छ । टोले साथी हुनाले स्कूलबाहेक पौडी खेल्दा खोलाको, फुटबल खेल्दा मैदानको, चरा मार्दा जङ्गलको, पोठिया माछा समात्दा खेतको पनि साथी हो ।

भोलिपल्ट अमन आयो । ढोका खुल्यो । कोठामा नयाँ बतास पस्यो । झ्यालको पर्दा हट्यो । कोठामा नयाँ उज्यालो पस्यो । ऊ आएपछि म अलिक खुकुलो भएँ ।

गणितको होमवर्क गर्दागर्दै बेप्रसङ्ग अमनले भन्यो, “ओई ! म स्वस्थानीलाई मन पराउँछु । चिठी पनि लेखेको छु । स्कूल खुलेपछि चिठी दिन्छु !”

“गालामा चप्पल बजाउली नि स्वस्थानीले ! कम्ती छुच्ची छैन !”

“कसरी मार्छे बे ! थोडै मैले काट्छु, मार्छु भनेको हुँ र ! प्रेम गर्छु भनेको हुँ, प्रेम ! जहिल्यै प्रेमको जित हुन्छ, बुझिस् !”, नेपाली फिल्ममा राजेश हमालले बोल्नेजस्तो डायलग कपी हान्यो । बसेको ठाउँबाट छाती चौडा बनाएर जुरुक्क उठ्यो ।

“प्रेम गर्नु पाप हैन, बुझिस् !”

“त्यो त राजेश हमालले फिल्ममा भन्ने हो, तैंले भन्ने हैन, बुझिस् !”, मैले भनेँ ।

केटो केही बोल्न खोज्दै थियो, आमाको आवाज कोठामा पस्यो, “आँप खान आओ है केटा हो !”

“यहीं ल्याइदिनू न !”

“एकछिन बाहिर निस्किनु हुँदैन ? यहीं आओ, भित्र झिङ्गा लाग्छ ।”

“ह्या, ल्याइदिनू न ! याँ कति होमवर्क छ !”

आमाले कलकत्ते र मालदह आँप काटेर थालभरि ल्याइदिनुभयो ।

***

अमनले मलाई आफ्नो प्रेमको गोप्य कुरा सुनाएजस्तै आँप खाइरहँदा मैले पनि अमनलाई मेरा कुरा सुनाउन खोजें, “अमन, कोठामा नाङ्गै बस्न मन लाग्छ । आफैंलाई चलाइरहन, खेलाइरहन मन लाग्छ । आफ्नै हातको स्पर्शले मुटुमा अनौठो काउकुती लाग्छ ।” यी शब्द घाँटीसम्म आए, फेरि थुकसँगै ओरालो झरे । गुलियो आँप खाइरहँदा मेरो मन अमिल्लिइरहेको थियो ।

“यसपालिका आँपै मीठा छैनन् बे !”, मैले भनें ।

स्वादले आँपको कोया चुस्दै अमनले भन्यो, “शब्द, तैंले कहिल्यै ऐनामा आफूलाई नाङ्गै हेरेको छस् ?” अनुहारमा लाज, सङ्कोचको कुनै लेस नराखी “ओइ, तैंले होमवर्क गरिस् !” भनेर सोधेझैं उसले नाङ्गो हुने कुरा सोधिरहेको थियो ।

लज्जिँदै भन्न खोजेको थिएँ, “सधैं हेर्छु !” तर, जिब्रोमा बल पुगेन, भनें, “अहँ छैन !”

उसले मेरो मुखतिर पुलुक्क हेर्‍यो, “थुक्क मूलाङ्ग, एकपटक गरिहेर् न, क्या सेक्सी देखिन्छ आफूलाई !”

अमनका जुँगा मेरा भन्दा छिप्पिएका छन् । धानको ब्याड अङ्कुराएजस्तो गालामा दाह्री अङ्कुराउन थालेका छन् । मभन्दा ऊ एक वर्षमात्रै जेठो हो तर ज्यादा सप्रिएको छ ।

मुटुमा बल जम्मा गरेर मैले भनें, “अमन, तँलाई म एउटा कुरा भन्छु, कसैलाई नभन्, भनिस् भने तैंले स्वस्थानीलाई मन परा'को कुरा सप्पैलाई भन्दिन्छु ।”

अमनले 'विद्यानास' खाँदै भन्यो, "के कुरा हो भन् ! कसैलाई भन्दिनँ !"

उस बेला हामीलाई डाँकासँग भन्दा धेरै 'कसम'सँग डर लाग्थ्यो । कसम तोडे सत्यनास हुन्छ भन्ने लाग्थ्यो । त्यसमाथि विद्यानास त सर्वनास थियो । त्यस बेला हाम्रा बाचाकसम वलशाली थिए ।

मलाई जे हुन्थ्यो, म जे गर्थें, अमनलाई सबै भनें । उसले ध्यान दिएर सुन्यो ।

"मान्छे बौलाउने बेला त्यस्तै हुन्छ रे ! अब तँ बौलाउँछस् । हृषमानलाई पनि तँलाईजस्तै भएको थियो रे, हाम्रा बाले भनेका । हाम्रा बा र हृषमान तँ र मजस्तै साथी हुन् । तँजस्तै हृषमान पनि फस्ट हुन्थ्यो रे ! बौलाउने बेला सबै मान्छेलाई यस्तै हुँदो रहेछ ! अब तँ बौलाउँछस् !"

उसले यसरी भन्यो कि मानौं ऊ मानसिकरोग विशेषज्ञ हो । मान्छे बौलाउँदा केके हुन्छ, उसलाई सब थाहा छ । मेरो शरीरबाट तागत निचोरियो । रसहीन कागतीजस्तो भएँ ।

टोले बौलाहा हो हृषमान । चैत-वैशाखको गर्मीमा पनि जाडोमा लगाउने ज्याकेट लगाउँथ्यो । लामा-लामा कपाल र दाह्रीमा लट्टा परेको थियो । लट्टामा स्याउँस्याउँ जुम्रा हिँडेका हुन्थे । हातमा सधैं आफूजस्तै मैलो बोरा बोक्थ्यो । सडकमा कहिले रुँदै हिँड्थ्यो, कहिले हाँस्दै हिँड्थ्यो, कहिले नाच्दै हिँड्थ्यो । कहिलेकाहीं नाङ्गै हिँड्थ्यो । उसलाई देखेर लाज, घिन, डर आफैं लजाउँदै, डराउँदै भाग्थे । समाजमा वर्जित लामालामा छाडा वाक्य धाराप्रवाह बोल्न सक्थ्यो । कागजमा सिसाकलमले केके लेखिबस्थ्यो तर के लेख्थ्यो, कसैले बुझ्दैनथे । ऊ रुँदै हिँडेको बेला कोही मान्छे उसको अघि परे "तँ कहिल्यै नमेरस्, तँलाई कालले कहिल्यै नदेखोस्, मजस्तै भएस् !" भनेर जीवनको श्राप दिन्थ्यो । हाँस्दै हिँडेको बेला कोही मान्छे उसको अघि परे "तँ चाँडै मरेस्, कालले तँलाई चाँडै देखोस्, जीवनबाट मुक्ति पाएस्" भनेर मृत्युको आशिष् दिन्थ्यो ।

कोही भन्थे, "धेरै पढेर बौलाको !"

कोही भन्थे, "स्वास्नीले छाडेर पागल भा'को !"

कोही भन्थे, “गाँजा खाएर वज्र हानेको !”

ह्रषमान कसरी बौलायो ? किन बौलायो ? सबैलाई फरकफरक कारण थाहा थियो ।

एकअर्कालाई गाली दिँदा हामी “बौलाहा ह्रषमानजस्तै भइजा !” भन्थ्यौँ ।

सायद ह्रषमान पनि शुरुशुरुमा मजस्तै कोठामा नाङ्गै बस्थ्यो होला । आफैँलाई छामेर आनन्द लिन्थ्यो होला । आफैँसँग दिक्क मान्थ्यो होला । घरसँग झर्को मान्थ्यो होला । आमासँग रिसाउँथ्यो होला । बासँग डराउँथ्यो होला ।

मेरो अनुहारबाट उज्यालो उड्यो । शरीरभरि काँडा उम्रिए । शरीर काँप्यो । शरीर हल्लिन नदिन जोड गरेँ । गिदी फुत्केर जान्छ कि झैँ भयो । दुवै हातले च्याप्प टाउको समातेर बेस्मारी थिचेँ ।

चिन्ताले निलेको मेरो नीलो अनुहारमा अमनले प्रश्न गऱ्यो, “के भयो बे !”

मेरो चिन्तालाई मौनताले निल्यो ।

अमन बेस्मारी हाँस्यो । हाँसो नरोकी बोल्यो, “तँमात्रै बौलाउँदैनस् बे ! म पनि सँगै बौलाउँछु । मेघ र नवीन पनि बौलाउँछन् । हामी सबै बौलाउँछौँ ।”

अहिले मलाई भएजस्तो उनीहरूलाई त पोहोरै भइसकेको रहेछ । अहिले एकान्तमा मैले गर्ने कर्म त उनीहरूले पोहोरैदेखि गर्न थालिसकेका रहेछन् ।

पत्र

म अँध्यारोमा रमाएँ ।

अँध्यारो मलाई प्रिय हुँदै गयो । अँध्यारोले मलाई एकान्त दियो । आफूभित्र एकाकार गरायो । अनेक कल्पनामा डुबाउँदै, उतार्दै सयर गरायो । मान्छे जेमा रमाउँछ, त्यही प्रिय लाग्छ । कोही फूलसँग रमाउलान्, कोही काँडासँग । कोही जूनसँग रमाउलान्, कोही तारासँग । कोही दिनमा रमाउलान्, कोही रातमा ।

हो, म रातमा रमाएँ ।

मान्छे भन्छन्, "उज्यालो सुन्दर हुन्छ !"

म भन्छु, "उज्यालो सधैं सुन्दर हुँदैन !"

झ्यालबाट छिर्ने उज्यालोसँग मलाई दिक्क लाग्थ्यो । बन्द कोठामा आफैंसँगको चकचकको लती भइसकेको थिएँ म । जब बन्द कोठाको चुकुल खुल्यो, स्कूलको गेट खुल्यो । बर्खे बिदा सकियो ।

स्कूल नगई कोठाभित्र बन्द स्वतन्त्रता भोग गर्ने छुट थिएन । स्कूले नियम र माङ्सापका आदेशहरूसँग वाक्कदिक्क भए पनि स्कूल जान करै लाग्यो ।

कक्षामा धेरै केटाहरू प्रेमी बने । कोही सज्जन, कोही पागल प्रेमी ! कसैले चिठी लेखेर, कसैले एकान्तमा भेटेर आफ्नो मन पोखे, "म तिमीलाई माया गर्छु !"

कसैको प्रेम स्वीकार भयो, कसैको अस्वीकार ! कसैको प्रेमले श्वास फेऱ्यो, कसैको प्रेम भ्रूणमै मऱ्यो !

कक्षा नौको पहिलो प्रेमी भयो, अमन । बर्खे बिदामै उसले थरीथरी भाकामा चिठी लेखिसकेको थियो । जम्मा गर्ने हो भने तिनको सानोतिनो किताबै तयार हुन्थ्यो । अमनले एक दिन स्वस्थानीलाई चिठी दियो । त्यसको चार दिनपछि स्वस्थानीले चिठीको जवाफ चिठीमै फर्काई । दुवैको प्रेमले श्वास फेऱ्यो ।

त्यसै साल दशैंअघि मेघ र देवीको पनि लभ पऱ्यो । विनोदले उवर्सीलाई चिठीमा गुलाबको फूल राखेर प्रपोज गऱ्यो । गुलाब त्यसै सुक्यो । केही दिन विनोद ओइलाएको गुलाबको फूलझैं भयो । । रमनले अम्बिकालाई रगतले चिठी लेख्यो । आफैं हुलाकी बन्यो । अम्बिकाले चिठी पूरै नपढी च्यातेर फाल्दै गाली गरी, "असती मुर्दा, तेरो घरमा दिदीबैनी छैनन् ! लगेर आफ्नै दिदीबैनीलाई दे न !"

"कहाँ देखिस् हँ, आफ्नै दिदीबैनीलाई लभलेटर लेखको ? कि तेरो दाजुले तँलाई लभलेटर लेख्छ ?", च्याठिँदै रमनले भन्यो ।

अम्बिकाले चौर औंला ठड्याउँदै भनी, "पख्, हेडसरलाई भन्दिन्छु !"

भोलिपल्ट हेडसरले रमनलाई अफिसमा बोलाएर धोवी हाने ।

हरियो मकैको घोगामा हार छिप्पिएझैं रमन प्रशस्त छिप्पिइसकेको थियो । उसका बाबुले स्कूल ढिलो पठाए । त्यसमाथि कक्षा पाँचमा दुईपल्ट गुल्टियो । यसकारण हामी सोह्र हुँदा ऊ उन्नाईस भयो । हाम्रा दाह्री उम्रिँदा उसले काट्न थाल्यो । केटीहरूलाई ठाडै फिल्म हेर्न जाऊँ भन्न सक्थ्यो । शरीरमा जस्तो बल थियो, मुटुमा तागत पनि उस्तै । शरीरको बल र मुटुको तागतबीच तालमेल मिलेपछि मान्छे सुरो हुँदो रहेछ ।

हेडसरको कुटाइले रमन हच्केन । बरु हामी लुरेलाङ्ग्रे केटाहरूलाई भेला पारेर फिल्मी पारामा भन्यो, "एक दिन बदला लिन्छु । हेर्दै जा केटा हो !" उसले स्कूलका भित्ता-भित्तामा 'रमन प्लस अम्बिका' लेख्दै हिंड्यो । फेरि हेडसरको हातको गोदाइ खायो । फेरि फिल्मी पारामा भन्यो, "एक दिन जरुर बदला लिन्छु ! हेर्दै जा केटा हो !"

अर्को एक दिन स्कूलनजिकै उखुबारीमा फिल्मी पाराकै फाइट चल्यो ।

बिहान ट्युसन पढ्न आउँदा अम्बिका रुपेशको साइकिलमा चढिछे। रमनले देखेछ। भोलिपल्ट बिरालोले मुसा ढुकेझैं बाटो ढुक्यो। रुपेशको कठालो समात्यो। राजेश हमालको पारामा भन्यो, "हिरो नबन्, अम्बिके मेरी हो, मेरी! यदि तँलाई सँगै देखें भने तेरा आँखा निकालेर गुच्चा खेल्छु, टाउको काटेर भकुन्डो हान्छु। मान्छे चिन्, अम्बिका मेरी हो!"

शरीरसँगै रुपेशको आवाज पनि काँप्यो, "दाजु, अम्बिका तेरै हो! मैले केही गरेको छैन! उसैले साइकिलमा चढ्छु भनी, मैले चढ् भनें, अम्बिका तेरै हो!"

"अम्बिका होइन, भाउजू भन्!", कडा फिल्मी पाराको आदेश दियो।

"हुन्छ, हस् हजुर!" भन्ने भावमा टाउको जमिनतिर घोप्ट्याएर रुपेश उभिइरह्यो।

त्यस जमानामा राजेश हमालको फिल्म खुब चल्थ्यो। कपालदेखि बोल्ने स्टायलसमेत हमालकै कपी हुन्थ्यो। रमनले कपाल हमालकै जस्तो लामो बनाएको थियो। दाह्रीजसरी छातीका रौं पनि खुर्किन्थ्यो। उसको छाती हमालकै जस्तो चिल्लो र चौडा थियो। कहिलेकाहीं कट्टु लगाएर छाती फुलाउँदै गाउँ डुल्थ्यो।

मलाई लाग्थ्यो, "एक दिन रमन पक्का 'राजेश हमाल' हुन्छ।" गाउँले भन्थे, "केटो सप्रेको छ, हिरो हुन्छ!"

फेरि गाउँले नै भन्थे, "हेर्दै छाडा साँढेजस्तो छ, कुन दिन, कसले भकुर्छ!"

आफ्नै मनको 'मत' त एक हुँदैन, गाउँलेको कुरा के भो र!

रुपेश र रमनहरूको सुरो र सुरिलो प्रेम चल्दै थियो।

त्यस सालको दशैं आयो। स्कूल बिदा भयो। दशैं सकियो। स्कूल लाग्यो। सबै स्कूल आए। अम्बिका आइन।

रमनले ब्लेडले चिरेर घडी बाँध्ने ठाउँमा लेख्यो– अम्बिका!

***

एक दिन अमनले मलाई भन्यो, "अनुजाले तँलाई मन पराउँछे रे, स्वास्थानीले भनेकी ! चिठी लेख् म दिन्छु !"

"ह्या भाग् !", मैले बेवास्था गर्न खोजें ।

"हो, साँच्चै भनेको !"

"ह्या भाग !", मैले फेरि बेवास्था दोहोऱ्याएँ ।

"विद्याकसम तँलाई अनुजाले मन पराउँछे, स्वस्थानीले भनेकी !", ऊ एकसासमा बोल्यो ।

"के भनेर लेख्ने चिठी ?", के भन्दो रै'छ भनेर म बोलें ।

"म लेखिदिन्छु । तँ 'हुन्छ' मात्रै भन् न !", अमनले मलाई सोडा हाल्यो । मैले 'हुन्छ' भन्न बोल्नु परेन । साथीले साथीको चाल बुझ्छ ।

अमनले मेरो नाममा अनुजालाई चिठी लेख्यो :

प्रिय अनुजा !

सागरभन्दा फराकिलो माया !

तिमीलाई देख्दा मनमा कस्तो-कस्तो हुन्छ । तिमीलाई देखिरहन मन लाग्छ । बोलिरहन मन लाग्छ । तर अरू साथीहरूले देखे भने के भन्छन् भनेर डर लाग्छ । तिमी एकदम राम्री लाग्छ । म तिमीलाई मन पराउँछु । आइ लभ यु ! यो कुरा कसैलाई पनि नभन । म तिम्रो उत्तर पर्खेर बसिरहनेछु । मेरो मायालाई 'एस' भन ल !

उही तिमीलाई माया गर्ने

शब्द !

चिठी यस्तै थियो ।

अमन आफैं हुलाकी बन्यो । टिफिनका बेला अनुजाको सामाजिक किताबको बीचमा खुसुक्क चिठी राखिदियो । पाउरोटी फुलेझैं मेरो मुटु ढक्क फुल्यो । हेडसरलाई भनी भने ! हेडसर र मेरा बा साथी हुन् । कहिलेकाहीं होमवर्क नगरेको खबरसमेत बाटो नबिराई घर पुग्छ । स्कूलमा जति सजाय पाउँछु, त्यसको दुगुना सजाय घरमा पाउँछु ।

झन् यसरी चिठी लेखेको खबर पुग्यो भने... ! मलाई भाउन्न भयो । आँखा तिरमिराए । मैले छाती छामें । मुटु भुकभुक उफ्रिरहेको थियो । यो उफ्रिरहेको छाती फ्याट्ट फुट्यो भने... !

जति सोच्यो, उति भाउन्न छुट्यो ।

"किन डरा'को ! तेरो प्रपोज हन्ड्रेड पर्सेन्ट 'एस' हुन्छ । उसैले मन परा'की हो । उसले भन्न नसकेर मात्र तैंले भन्नुपरेको हो । नडरा !", अमनले मलाई सम्झायो ।

न अनुजाले चिठीको जवाफ चिठीमा दिई, न मुखले 'हुन्छ' भनी । बरु मेरो साइकिलमा चढ्न छाडी । मसँग नोट कापी माग्नु त के, बोल्नसमेत छाडी । न गाली गरी, न हेडसरलाई खबर गरी !

मौनताको सजाय कस्तो हुन्छ ?

दुख्यो भन्न नपाउने सर्तमा सियोले पैताला घोचेजस्तो हुँदो रै'छ ।

अनुजाको अनुहार हेर्न मेरा आँखामा तागत थिएन । बोल्न जिब्रोमा शक्ति थिएन । म चोट नलागी घाइते भएँ । हजार ठाउँमा दुख्न थालें ।

अमनले फेरि उकास्यो, "पोहोर फेल भा'को विद्यार्थी यसपालि पास हुन्छ, कोसिस गर् ! चिठीले काम गरेन, मुखैले भन् । सबैको लभ परेको छ । तँ एक्लो भइस् ।"

"ह्या मूला ! म लभसब गर्दिनँ ।", मैले झर्किंदै भनें ।

"प्रेमिकाको हात समात्नु, उसको आँखामा आँखा जुधाएर 'आज फिल्म हेर्न जाऔं' भन्नु क्या मज्जा हुन्छ ! सम्झी त ! तेरो लभ परेपछि हामी जोडीजोडी भएर फिल्म हेर्न जानुपर्छ । कल्पी त, कस्तो हुन्छ ! तँ एक कुनामा, म अर्को कुनामा । हामी दुवैका हातले आ-आफ्ना प्रेमिकाको नरम हात खेलाइरहेको ! सम्झी त, कस्तो हुन्छ !", निभ्न खोजेको मभित्रको आगोलाई ढुङ्ग्रीले फुकेर अमनले बाल्न खोज्यो तर जति फुके पनि म चिसो खरानी भएँ ।

"तिमीलाई मन पराउँछु" भन्न मभित्र के हुनुपर्छ ? के हुँदा "लभ पऱ्यो" भन्छन् ! किन रमनले अम्बिकाको नाम लेख्न हात काट्यो ? किन

रुपेशलाई गोद्यो ? किन हेडसरसँग समेत बदला लिन्छु भन्यो ? मेघ र देवी फिल्म हेर्न गा'को कुरा कसरी एककान, दुईकान, मैदान भयो ?

एकान्तमा सोच्ने विषय दिनदिनै थपिन थाले ।

"के तँ अनुजालाई मन पराउँछस् ?", मनले मलाई सोध्यो ।

"थाहा छैन !"

***

केही दिनपछि बिहानको ट्युसन जाँदा अनुजाले मेरो साइकिलमा लिफ्ट मागी । ऊ साइकिलमा चढी तर मैले ठीकसँग पाइडल मार्न सकिनँ । फोक्सो फुल्यो । श्वास छिटोछिटो चल्यो । हिउँदको चिसोमा पनि पसिना छुट्यो । खुट्टा गले । मेरो तागत सकियो । साइकिल रोकिन लागेको अनुजाले थाहा पाएर पछाडिको सिटबाट खुत्रुक्क झरी । ओर्लिएर मैले साइकल डोऱ्याउन थालें ।

"के भयो शब्द ?", अचम्म मानेर अनुजाले सुस्तरी सोधी ।

मेरो वाक्य बस्यो । साइकिल छोडेर भागूँजस्तो लाग्यो ।

"के भयो ?", फेरि सोधी ।

"साइकिलमा हावा कम छ । दुई जनालाई थेगेन !", आफैंलाई जवाफ दिएझैं मेरो आवाज दबिएको थियो तर उसले सुनिछ ।

भनी, "उसोभए हिंड्दै जाऊँ है !"

निकै बेर हामी मौन हिंड्यौं । हाम्रो पैतालाबाट एकै लयको आवाज आयो तर मैले त्यसको मिठास महसुस गर्न सकिनँ । डरका अघि सारा सौन्दर्य कमजोर हुँदा रहेछन् । हिउँदे हुस्सुले धमिलो बनाएको डगरैडगर हामी चुपचाप हिंडिरह्यौं ।

पछाडिबाट हामीलाई जित्ने गरी बयलगाडा धुलो उडाउँदै आयो । मलाई साइकिल छाडेर बयलगाडा चढेर भागौं जस्तो लाग्यो तर मुटुमा हिम्मत पुगेन । पैतालामा तागत पुगेन ।

निकै बेरपछि अनुजा बोली, "अस्तिको तिम्रो चिठी... !"

उसको वाक्य पूरा नहुँदै म बोलेछु, "सरी अनुजा, त्यो... !"

"किन सरी भनेको ! बरु चिठी आफैं लेख्या भए हुन्थ्यो । आफ्ना कुरा अरूलाई भन्नु हुँदैन । अमनको रुद्रघण्टी छैन । मेघ र देवीको जस्तै हाम्रो पनि हल्ला फैलियो भने बिजेत हुन्छ । त्यही भएर मैले 'एस' नभनेको ।"

मैले शिर ठाडो बनाएर मुस्कुराउँदै भन्नुपर्थ्यो, "प्रेम गर्दा पनि कसैको बेइज्जत हुन्छ ! बरु एकअर्काको सम्मान हुन्छ । इज्जत बढ्छ । एकअर्कालाई गाली गर्दा, घृणा गर्दा, अपमान गर्दा पो बेइज्जत हुन्छ त !" तर मेरो शिर भुइँतिर गिरेको थियो । आँखा गुडिरहेको साइकलको अघिल्लो चक्कामा स्थिर थिए । म लुगलुग काँपिरहेको थिएँ । मुटुमा फिटिक्कै बल थिएन ।

कक्षामा एकले अर्काको अक्षर सजिलै चिन्छन् । अनुजाले अमनको अक्षर चिनिछे । म लाजले गलें । त्यस्तो बेला माफी माग्नुपर्छ भन्ने पनि थाहा थिएन । निकै बेरपछि टाउको उठाएँ । मेरा आँखाले अनुजाको शिर देख्यो । हावामा सिधा अगाडि बढिरहेको कालो टाउको । बल गरेर उसको अनुहार चिहाएँ । देखें– गोरो, उज्यालो अनुहार !

मसँग उसको धप्प बलेको अनुहार हेरिरहने साहस थिएन । फेरि साइकिल चलाएँ । अनुजा फेरि पछाडि बसी ।

चक्कामा हावा ?

आफैं भरियो ।

***

अनुजा र म प्रेमी भएको अढाई महिना बित्यो । अनुजा प्रशस्त खुल्न थालेकी छे । ऊ बोलिरहन्छे । घरीघरी हाम्रो बिहे भएको, छोराछोरी जन्मेको पनि कल्पना गर्न भ्याउँछे । बोत्रोबाट प्याट्ट फुटेकी कपासजस्ती छे । मनको घर छाडेर मजस्तै ऊ पनि कपासझैं बतासमा उड्न थालेकी छे । उसलाई घरी हावामा तैरिरहेको देख्छु,

घरी जमिनमा हिँडिरहेको । ऊ उन्मुक्त हाँसो हाँस्छे । एकान्तमा मेरो हातका औँलामा आफ्ना हातका औँला छिराएर कैँची पार्छे । साइकल चढ्दा पछाडिबाट मेरो कम्मर समात्छे । "बिहान ट्युसन पढ्न चाँडै आऊ" भन्छे । कसैले फुकाउन नसक्ने गरी मभित्र गाँठो पर्न खोज्छ ।

अमन भन्थ्यो, "मैले स्वस्थानीको सबै कपाल गनेको छु । उसलाई चुमेको छु । उसको पसिना पनि अत्तरको बास्नाझैं मगमगाउँछ ।"

मलाई त अनुजाले छिसिक्क छुँदासमेत डर लाग्छ ।

अम्बिका स्कूल आउन छाडेपछि रमनले फिल्मी हिरोको पारामा रुँदै भनेको थियो, "मलाई भोक लाग्दैन । भातको थालमा अम्बिका देख्छु । किताबमा अक्षर हैन, अम्बिका आउँछे र सलबलाउन थाल्छे । अम्बिकाबिना म बाँच्न सक्दिनँ । अब कि मर्छु कि बौलाउँछु !"

तर, अनुजा त मेरो दिल-दिमागमा कतै आउँदिन ।

"के, तँ अनुजालाई साँच्चै माया गर्छस् ?", मनले शङ्का गर्दै सोध्यो ।

"थाहा छैन !"

मेला

घाम बाग्मती तरेर तोरीबारी हुँदै जङ्गल पस्यो र उतै हरायो । बाग्मतीवारि पूर्व क्षितिजमा सेतो जून देखियो । जूनको उज्यालोलाई अझै उज्यालो थप्न माने मेलामा जेनेरेटर चल्यो । मेला भर्न जम्मा भएका मान्छेले परर्र ताली बजाएर उज्यालोलाई स्वागत गरे । केहीले मर्करीछेउमै आँखा लगेर उज्यालोको आत्मा खोजे । "हैट् ! आँखा खाँदो रै'छ" भन्दै आँखा मिचे ।

मङ्सिरे पूर्णिमाको दिन ।

त्यस बेला टुकी र लालटिनको प्रकाशमा घरहरू धिपधिपाउँथे । गाउँमा बिजुली आइसकेको थिएन । अघिल्लो वर्षसम्म मेलामा मैनटोल बलेको थियो । यसपालि पहिलोपल्ट जेनेटर चल्यो । बिजुली बल्यो । बिजुलीको उज्यालोले मेलालाई थप रङ्गीचङ्गी बनायो । भट्टी, जुवाघर, किराना पसल, खुद्रा मालताल बेच्ने दुकान, जेरीपुरी बनाउने ठाउँ सबै बिजुलीको प्रकाशमा उज्यालिए ।

काठमाडौं बसेर चार वर्ष बिजुलीको उज्यालोमा पढ्नुभएका मेरा बाले समेत बेलुका भान्सामा आमासँग मेलाको प्रशंसा गर्नुभयो, "यसपालि साह्रै ठूलो मेला लाग्यो । जेनेटर चल्यो । काठमाडौंको तिहारजस्तै झिलिमिली बनाए माने मेला !"

"आ, जस्तोसुकै बनाऊन्, आफू त जान भ्याउँदिनँ !", आमाले तावामा फुल्दै गरेको रोटी फर्काउनुभयो । रोटी फर्काउँदा आमाको हात पोल्यो ।

"आत्था !", आमाले झटपट हात निकाल्नुभयो ।

"हिंड् न त, राति के काम छ ?", बाले पहिलोपल्ट आमालाई कतै जाऊँ भनेको सुनें । आमा केही बोल्नुभएन । बाको अनुहार पुलुक्क हेर्नुभयो र सरासर अर्को नयाँ रोटी बेल्न थाल्नुभयो ।

भोलिपल्ट राति आमा-बा मेला जानुभयो । त्यसको भोलिपल्ट म गएँ । पाँच राते मेलामा कम्तीमा सबै गाउँले एकएक रात गए ।

मेला लाग्ने ठाउँमा एउटा मन्दिर र एउटा गुम्बा छ । मन्दिरपश्चिम बाग्मती नदी बग्छ । मन्दिरको उत्तरपट्टि एउटा सानो माने छ । त्यस पछाडि सिसौको जङ्गल छ । मन्दिरपूर्व फुटबल खेल्न मिल्ने ठूलो चौर छ । त्यही चौरमा वर्षौंदेखि मेला लाग्दै आएको छ । मेला धार्मिक भए पनि यहाँ तास-जुवाको खालदेखि जेरीपुरीसम्म र्‍याल चुहाउन पाइन्छ । खिर, सेलदेखि जाँडरक्सीको लोकल स्वादमा डुब्न पाइन्छ । फूलदेखि रुमालसम्म किनेर मायालुलाई उपहार दिन पाइन्छ । फिल्मीदेखि लोकदोहोरी गीतमासम्म झुम्न पाइन्छ ।

प्रायः सबै गाउँले मेला भर्न पुग्छन्- कोही भाकल गर्न, कोही भाकल बुझाउन, कोही वाचा गर्न । देउता कति दानी छन् ? थाहा छैन ! तर, माग्नचाहिं सबैले केही न केही माग्छन् । मैले स्कूल फस्ट हुने विद्या मागें तर मैले मागेको विद्या अर्कैले उछिट्यायो । मैले जे मागें, देउताले त्यो कहिल्यै दिन सकेनन् । मेरा लागि देउता लोभी, निष्ठुरी र दयाहीन भए ।

भर्खर लभ पर्न थालेकाहरूको सपना हुन्थ्यो, आफ्नी प्रेमिका वा प्रेमीसँग माने मेला भर्नु । प्रेमलाई फूलबुट्टा हालेर सिङ्गार्नु । मलजल गरेर सपार्नु ।

अरूहरूको इच्छा हुन्थ्यो, मेलाको मीठो खानु । भाका हुनेले दोहोरी गाउनु, नाच्नु । स्वाद हुनेले रक्सी पिउनु, मात्नु । दाम हुनेले जुवातास खेल्नु । दुई-चार रुपियाँ हुनेले जुवामा च्याँखे दाउ थाप्नु । केही नुहुनेले रमिते बन्नु ।

एउटा कुनामा पाल टाँगेर बनाएको फिल्महलमा नेपाली र हिन्दी फिल्म चल्थ्यो । साह्रै लोभी र अनेक थोकमा खर्च गरेर खल्ती शून्य बनाएकाहरूचाहिं फिल्म हेर्दैनथे । बाहिर उभिएर फिल्म सुन्थे । त्यसरी

उभिनेमा मजस्ता फुच्चेफाच्चेहरू धेरै हुन्थे । "ए हिरोले गोद्यो, गोद्यो ! हिरोनीलाई गुन्डाले लखेट्यो ! गुन्डाले हिरोनीलाई गर्दै छ !" जस्ता बात हुन्थे । कहिलेकाहीँ एक-दुई जना पूर्वदर्शक पनि भेटिन्थे । तिनले डिट्टो नबिराई भित्र कस्तो दृश्य चल्दै छ, बताउँथे । बाहिर बस्नेले कथा-कहानी बुझ्थे । भन्थे, "फिल्म हेरेजस्तै भइगयो । पैसा पनि बच्यो । भित्र हेरे पनि त्यही, बाहिर सुने पनि त्यही !"

चित्त बुझाउन सक्नुपर्छ, सन्तुष्टिका खातिर अनेक बहाना हाजिर हुन्छन् ।

केटीहरू भने केटाहरूजस्तो मनमौजी हिँड्न पाउँदैनथे । यो धार्मिक मेला हो, जान्छु भन्दा कसैले उनीहरूलाई रोक्दैनथ्यो तर कि बाआमाको हात, कि भरपर्दो मान्छेको साथ हुनुपर्थ्यो । परिवारको इज्जतको भारी बोकेरै भए पनि धेरै छोरीहरू माने मेला पुगेका हुन्थे । उसो त अरू बेलाभन्दा माने मेलाका बेला छोरीबुहारीहरू ढुक्कले डुलिरहेका हुन्थे । त्यहाँ मन्दिर थियो, गुम्बा थियो, देउता छन् भन्ने विश्वास थियो । ती देउताले रक्षा गर्छन् भन्ने चलन थियो । चलन मान्नु समाजको धर्म हो । समाजको धर्म मान्नु मानिस सामाजिक बन्नु हो ।

***

अमन त मेला जान्छ नै, स्वस्थानी पनि आफ्ना दाजु र आमासँग जाने भई । तर, अमनले स्वास्थानीसँग फिल्म हेर्ने आस त्यागेन । उसले अठोट कस्यो, "जसरी हुन्छ, स्वस्थानीसँग फिल्म हेर्छु, हेर्छु !"

तर कसरी ?

त्यो त्यहीँ पुगेपछि थाहा हुन्छ । मायाको पहिलो साल माने मेलामा मायालुसँग फिल्म हेर्ने इच्छा कसरी त्यागोस् !

कसैले यही मेलामा बिहे गर्छन् । प्रत्येक वर्ष एक-दुई जोडी बाँधिन्छन् । कोही रङ्गे हात भेटिन्छन् र जिम्मा पनि लगाइन्छन् । तर, मान्छले ठूलो गुनासो गर्दैनन् । "देउताले जुरायो" भन्छन् । चित्त बुझाउँछन् ।

***

मङ्सिरको आयु सकिँदै थियो । मधेसमा हुस्सु बाक्लिँदै थियो । चिसोमा ओछ्यानबाट उठ्न मलाई जसरी अल्छी लाग्थ्यो, त्यसरी नै घाम पनि आकाशबाट धर्तीमा खस्न अल्छी मान्थ्यो । प्रत्येक बिहान ट्युसन पढ्न स्कूल जानुपर्थ्यो । हामी स्कूल नपुगी घाम उदाउँदैनथ्यो ।

अनुजा प्रत्येक दिन मेरो साइकिलमा चढ्थी । एकान्तमा पुग्दा हातले मेरो कम्मर समात्थी र ढाडमा टाउको राख्थी । उसलाई डर लाग्न छाडेको थियो । डर नलागेपछि लाज पनि नलाग्दो रहेछ । कति चाँडै प्रेममा बानी भई ! कति चाँडै उसको हिम्मत छिप्पियो ! कति चाँडै साधारण केटीबाट ऊ प्रेमिका भई ! कति चाँडै कोपिलाबाट फूल बनी !

कति चाँडै... !

साइकिलमा बसेकी अनुजाले मेरो ढाडमा टाउको राखी र सुस्तरी भनी, "शब्द, हामी पनि माने मेला जानुपर्छ है ! मेलामा हाम्रो दोकान लागेको हुन्छ । म आमासँग हुन्छु । तिमीलाई त्यहीं भेट्छु ।"

दिमागले जिब्रोलाई आदेश दियो, "म जाँदिनँ, मलाई मेला मन पर्दैन ।"

जिब्रोले दिमागलाई धोका दिँदै अर्को वाक्य बोल्यो, "हुन्छ ।"

जिब्रोले दिमागको आदेश मानेन । जिब्रोलाई सजाय दिन दाँतले जिब्रो टोकें ।

अनुजा खुशी भई । ऊ खुशी हुँदा धपक्क बल्ने उसको अनुहार अहिले मेरो ढाडमा लपक्क भएको छ । ढाडमा आँखा हुँदैन । मैले उसको अनुहारको रङ्ग देखिनँ तर ऊ खुशी मनाउन मेरो ढाडमा लपक्क टाँसिएको महसुस गरें ।

मैले जोडले साइकिलको पाइडल मारें ।

मेला शुरू भएको तेस्रो दिन साँझ अमन र म सँगै मेला गयौं । रङ्गीन मेलाको अमनलाई कुनै स्वाद छैन । उसका लागि स्वस्थानीभन्दा अर्को कुनै दुनिया रङ्गीन छैन । उसका लागि अन्तिम दृश्य स्वस्थानी हो, अन्तिम स्वाद स्वस्थानी हो, अन्तिम सुख स्वस्थानी हो ।

मैले हिँड्दा-हिँड्दै भनें, "हिंड् म जेरी किन्छु, खाऊँ !"

"जेरीसेरी छाड्दे, पैला स्वस्थानीलाई खोजुम् !"

अमनले स्वास्थानीलाई उपहार दिन टाइटनिक रुमाल किन्यो । चुरा, पोते र धागो दुकानमा पुगेर भन्यो, "गोरी छे, हरियो चुराले सुहाउँछ होला है !"

चुराको दाम सोध्यो तर किनेन ।

दुकानदारले अनुहारतिर हेरेर भन्यो, "पोते, टीका किन्नुहुन्छ कि ?"

"यसकी स्वास्नी छैन । गर्लफ्रेन्डले पोते लाउँदिन ।", मैले भनें । अमन लाजले रातो भयो । दुकानदार मुस्कुरायो ।

भुइँपाताल खोज्दा पनि स्वस्थानी भेटिइन । बरु हिंड्दा-हिंड्दै अनुजा भेट्टिई । हामी अनुजाकी आमाको ढाकाटोपी दुकानअगाडि पुगेछौं । अनुजाकी आमा ढाकाटोपी बुन्छिन् । यस्तै मेला र हटियाहरूमा दुकान राख्छिन् ।

अमनले अनुजालाई देखेपछि कुरा बुझ्यो । मलाई आँखाले भन्यो, "जा मोज गर् !" त्यसपछि अमन कुहिरोमा काग हराएझैं भिडमा हरायो । आमाको दुकानबाट अनुजा लुसुक्क निस्की र मेरो दायाँ हातको औंला समात्न आइपुगी । लाडे पल्टिँदै भनी, "शब्द, मलाई डर लाग्छ, नछाड है !"

"अनुजा, डर त मलाई लाग्छ !", मेरो मनले भन्यो तर मुखले भनें, "म छु नि, केको डर !" त्यसपछि अनुजाको अनुहारमा हेरेर फिस्स हाँसें । हाम्रा पैताला मान्छेका भिडमा पसे । अनुजाले के सोची कुन्नि, मेरो हात छाडी । एउटा बिजुलीको बल्बमुनि जेरी पाक्दै छ । बिजुलीको बल्बमा मसिना कीरा आएर झुम्मिएका छन् । तिनलाई पनि पहिलोपल्ट बिजुली देख्दा मान्छेलाई जस्तै उल्का लाग्दै होला ।

मेरो स्वादको राजा हो, जेरी । मैले सुस्तरी भनें, "अनुजा जेरी खाने ?"

"खान्छु" भन्न अनुजाले टाउको हल्लाई । हामीले एक पाउ जेरी किन्यौं । पैसा अनुजाले तिर्न खोज्दै थिई । मैले फिल्म हेरेर जानेको थिएँ, यस्तो बेला केटाले पैसा तिर्नुपर्छ । अनुजालाई रोकेर जानेको काम गरें । दायाँ हातमा जेरीको पोको बोकें । बायाँ हात अनुजाले फेरि समाती ।

मलाई खुब डर लाग्दै छ । म हजारौं मान्छेले भरिएको र बिजुलीबत्तीले उज्यालो भएको मेलामा छु । कसैले हाम्रो हातलाई 'रङ्गेहात' समात्यो भने ! ढक्क मुटु फुलेर किलकिलेसम्म आयो । म अनुजाबाट भाग्न चाहन्थें तर सक्दिनथें ।

म केटो थिएँ । केटोको हिम्मत रमनको जस्तो हुनुपर्थ्यो । म थिएँ कस्तो ! मलाई त अँध्यारोमा भन्दा उज्यालोमा धेरै डर लाग्छ । उज्यालोमा आफूजस्तो छु, त्यस्तो हुन पाइँदैन । आफूलाई लुकाएर अरूका लागि देखिनुपर्छ । अँध्यारोमा अरूका आँखा बन्द हुन्छन् र आफ्ना आँखा खुल्छन् । उज्यालोमा आफ्ना आँखा बन्द हुन्छन् र अरूका खुल्छन् । मलाई आफ्ना आँखाले आफूलाई हेर्न मन पर्छ तर यहाँ त उज्यालो छ । सबैका आँखा खुलेका छन् ।

हिँड्दा-हिँड्दै अनुजा मेरो जिउमा लपक्क टाँसिई । उसको शरीरबाट नमीठो गन्ध आयो । म उसको जिउबाट छुट्टिन खोजें तर मनले लगत्तै भन्यो, "तँ केटा होस् । तँसँग तेरी प्रेमिका छे, जसले तेरो जिउ प्रेमले छोइरहेकी छे । यही एक स्पर्श पाउन केटाहरूले हत्ते हाल्छन् । एकअर्कामा मारपिट गर्छन् । आफूलाई बहादुर बनाउँछन् । यस्तो बेला मुर्झाउनु हुँदैन, तङ्ग्रिनुपर्छ केटा !"

हो, म रमनजस्तो हुन नसके पनि अमनजत्तिको हुनुपर्छ । म केटा हुँ, म प्रेमी हुँ । मैले अनुजालाई प्रेम गर्नुपर्छ । अनुजाले मलाई प्रेम गर्छे ।

बिजुलीको उज्यालो नाघेर हामी दोछायाले भरिएको मन्दिरपछाडि रहेको सिसौको जङ्गलछेउ पुग्यौं । अलिक टाढा, प्रशस्त गाढा अँध्यारो भरिएको ठाउँमा केटाहरू उभिएर पिसाब गर्दै छन् । त्यता जान डर लाग्यो । म उभिएँ । उभिएकै ठाउँमा अनुजाले मेरो हात तानी र भुइँमा बसी ।

मङ्सिरे शीतले ओसिएको भुइँमा हामी ताता प्रेमी बस्यौं । दुवैले भनेनौं, "भुइँ चिसो र'छ !"

हाम्रो सामुन्ने एकजोडी देखिए । ती आफ्नै सुरतालमा मग्नमस्त छन् । दुनिया ध्वस्त भए पनि तिनले केही चाल पाउनेछैनन् । संसार

सकिए पनि ती बाँचिरहनेछन् । तिनले एकअर्कासँग बात मारेका छन् तर त्यो बात हावामा फैलिएर पनि तिनकै वरिपरिमात्रै घुमिरहेको छ । मानौं, माया भनेको सानो आवाज हो, सुस्त चाल हो, अँध्यारोमा बलिरहेको चम्किलो उज्यालो हो, जुन उज्यालो आफूबाहेक अरू कसैले देख्दैन ।

मैले जेरीको पोको खोलें । हामीले जेरी खायौं । मेरो मुख गुलियो भयो । अनुजाको मन ।

हामी पाका उमेरका प्रेमी थिएनौं । हामीले एकअर्कालाई गुलियो जेरी ख्वाएनौं । एकअर्काको मुखको जुठो खाएनौं । हाम्रो कलिलो प्रेमले त्यो पाको कुरा जानेन । यस्तो गुलियो चिज खाँदा के गर्नुपर्छ, मलाई जस्तै अनुजालाई पनि थाहा थिएन । यस्तो एकान्तमा के गर्नुपर्छ, मलाई जस्तै अनुजालाई पनि थाहा भएन ।

तर, अनुजाले मेरो हात बारमबार समाती । मैले पनि अनुजाको हात समातें ।

म केटो थिएँ तर म डरपोक थिएँ, कायर थिएँ । मैले काँपिरहेको मुटुलाई जबरजस्ती थिचेर बसें । के सबै प्रेमीलाई एकान्तमा यस्तै हुन्छ ?

... ... !

जेरीले गुलिया बनाएका ओठ चाट्दै उठेर फेरि अँध्यारोबाट उज्यालोतिर आयौं । अलि पर पुगेपछि रमन देखियो । अनुजा हतपत मबाट अलग भई, पछाडि फर्की र सरासर आमाको दोकानतिर लागी ।

म घर आएँ ।

रातभर अमन एक्लै मेला डुल्यो । रातभर झिनो आशा लिएर स्वस्थानीलाई खोज्यो, भेटेन । एक्लै फिल्म हेरेन । जेरी खाएन । डाइस खेलेन ।

भोलिपल्ट उठ्दा गाउँमा हल्ला चलेको थियो, "रमनलाई पुलिसले समात्यो !"

अन्तिम सिट

गाउँलाई बाक्लो हुस्सु र शीतलहरले ढाकिसकेको थियो । कोठामा शुरु भएको हिउँदे स्याँठको साउतीले लुगाले न्यानो बनाएको शरीरलाई आफ्नै इसारामा चलाउन थालिसकेको थियो । स्याँठले शरीर सेलायो तर मेरो मन सेलाएन । मन त हावा भरिएको बेलुनझैं बेफ्रिकी उडिरहेको थियो । आँखा झ्यालबाहिर निस्केर डुल्न थाले तर टाढा पुग्न सकेनन् ।

बायाँ हातले ऐना समातेर दायाँ हातले देब्रे गालाको डन्डिफोर निचोर्दै थिएँ, प्याट्ट डन्डिफोर फुटेर सेतो पिप निस्कियो । फ्याट्ट हातबाट ऐना खस्यो ।

आमाको ऐना फुट्यो ।

आमाले गाली गर्नुभयो, "हैन, यो केटाको त हातमा राहु बसेको छ कि क्या हो ! जे छोयो, त्यही बिगार्न थाल्यो । अब नसकिने भयो ।"

त्यो ऐना आमा बेहुली हुँदाको हो । त्यही ऐनामा आमाले देख्नुभएको हो, पहिलोपल्ट आफ्नो रातो सिउँदो । प्रत्येक दिन त्यही ऐना हेरेर सिन्दूर लगाउनुभएको हो । बा घरमा नभएको बेला सिन्दूर लाउँदालाउँदै बालाई सम्झिएर कयौंपटक मुस्कुराउनुभयो होला । मन पुतली बनेर उड्दा, मन बादलझैं धुम्मिँदा आमा कयौंपटक एक्लै टोलाउनुभयो होला । जिन्दगीसँग चित्त नबुझ्दा कयौंपटक ऐनामा सिउँदो हेर्दै भन्नुभयो होला, "यही सिन्दूर हो, मलाई बन्दी बनाउने । यही सिन्दूर हो, मेरो उडिरहने पखेटा भाँच्ने । यही सिन्दूर हो, जीवनको रागबाट निस्केर बेराग जिन्दगीमा ल्याइपुऱ्याउने । अन्जान मान्छेको हातमा जीवन दान दिने ।

आफ्नो सारा अस्तित्व आगोमा होम गरेर अस्तित्वविहीन भएँ । आफूबाट अर्को भएँ । सुखबाट दुःख भएँ । मुस्कानबाट आँसु भएँ । खोलाबाट तलाउ भएँ । रुख हुनु थियो, झार भएँ ।"

आमाले उसै गाली गर्नुभएको हैन । ऐनासँग आमाको जीवन र अस्तित्व जोडिएको छ ।

"बिहेको चिनो थियो, त्यो पनि फुटाइस् ! केही बाँकी नराख्ने भइस्, के जन्मिस् के ?", दुखी भएर भन्नुभयो, बाँकी केही बोल्नुभएन ।

आमाले फुटेको ऐना फाल्नुभएन । पालीमा सिउरिएर राख्नुभयो । हेर्न त मिल्थ्यो तर 'फुटेको ऐना हेर्न हुँदैन' भनेर नयाँ किन्नुभयो । फुटेको ऐना हेर्दा भाग्य फुट्छ भन्ने विश्वास थियो । आमा विश्वासलाई विश्वास गरेर खुशी हुने मान्छे हुन् । आमा फुटेको ऐनामा अनुहार नहेरेर आफ्नो भाग्य जोगाउने मान्छे हुन् ।

आमाको नयाँ ऐना पहिलाको भन्दा ठूलो थियो, जसमा अनुहार र जिउ अझ फराकिलो देखिन्थ्यो । मैले नयाँ ऐनामा आफ्नो फराकिलो जिउ हेर्न पाएँ । एक दिन झ्याल-ढोका थुनेर नयाँ ऐनाभित्रको नाङ्गो मान्छेसँग जिस्कँदै थिएँ, जिस्कँदा-जिस्कँदै अचानक ऐनाभित्रको नाङ्गो मान्छेले प्रश्न गऱ्यो, "शब्द, किन अनुजाले तेरो हात समात्दा तँलाई डर लाग्छ ?"

"थाहा छैन !"

फेरि ऐनाभित्रको नाङ्गो मान्छेले भन्यो, "किन थाहा छैन ? तैंले थाहा पाउनुपर्छ ! तँ केटा होस् ! अनुजा केटी हो ! तँ कायर र कमजोर बन्न हुँदैन ! साथीहरू हेर्, कति बलवान् छन् ! रमनलाई हेर्, अमनलाई हेर् ! आफूलाई हेर् !"

म डरले चिसो भएँ । लगत्तै ऐना उल्टाएँ र झ्यालको पर्दा उठाएँ । मेरा आँखा झ्यालबाहिर निस्किए र एक जोडी सम्भोगरत कुकुर भए ठाउँ अडिए । डगर छेउमा कुकुर कुकुर्नीमाथि उक्लिएर अड्किएको थियो । ध्यानमा बसेको योगीजस्ता दुवै स्थिर र मौन थिए । मेरा आँखालाई कुकुरको सम्भोगको स्वाद पऱ्यो । मेरो ध्यान कुकुरको सम्भोगमा स्थिर भयो ।

मैले बिस्तारै आफूलाई त्यही कुकुरजस्तो महसुस गर्न थालें । त्यहाँ साँच्चैको कुकुरले सम्भोग गरेको छैन, मानौं मैले सम्भोग गरिरहेको छु । कुकुर्नीको योनिमा कुकुरको लिङ्ग गाँठो परेको छैन, मानौं मेरो लिङ्ग गाँठो परेको छ । त्यहाँ कुकुरले सम्भोगको स्वाद लिएको छैन । मैले लिएको छु । मेरो आत्माभित्र कुकुरको आत्मा पस्यो । म कुकुर भएँ ।

मेरो दायाँ हात आफ्नै लिङ्गमा सलबलाउन थाल्यो ।

अचानक गोमा दिदी त्यही बाटो भएर आइन् । म झस्कें । हात लिङ्गबाट बाहिर निस्क्यो ।

"म कोठामा छु र एक्लै छु !", हेक्का हुन केही सेकेन्ड लाग्यो । त्यसपछि म शान्त भएँ । फोक्सोले लामो श्वास तान्यो ।

गोमा दिदीका आँखाले दायाँबायाँ हेरे । त्यसपछि मेरा आँखाजसरी अडिएका थिए, उनका आँखा पनि त्यसरी नै ती कुकुरमाथि अडिए । उनका आँखाले पनि कुकुरको सम्भोगको स्वाद माने कि ! उनको आत्मामा पनि कुकुर्नीको आत्मा पस्यो कि ! मैले जस्तै उनले पनि आफूलाई कुकुर्नी महसुस गरिन् कि !

झ्यालबाट ठूलो स्वरले चिच्याउन मन लाग्यो, "गोमा दिदी ! के हेर्नुभएको ?"

तर, आवाज भित्रै दब्यो । मन बोल्नु र मुख बोल्नु फरक कुरा हो । गोमा दिदीसँग डर लाग्छ । उनी जहाँ भेटिन्छिन्, त्यही भन्छिन्, "शब्द ठूलो भयो । पौडी खेल्दा कट्टु लाउन थाल्यो ।" एकपटक मेरा बाकै अघि भनिन्, "शब्दको जुँगा पलाउन थाल्यो । अब घोर्ले भयो है छोरो ! चाँडै ब्या गर्दिनुपर्छ ! नातिनातिना खेलाउनुपर्छ !" म लाजले रातो भएँ । बाले भन्नुभयो, "सधैं सानो कहाँ हुन्छ त एक्ली !"

"यो सानै भएको जाती ! मसँग बोल्थ्यो, खेल्थ्यो । अचेल त बाटामा भेट्दासमेत बोल्दैन । सानामा हातहातमै हुर्किएको केटो, अहिले अङ्गालोमै नअट्ने गरी तन्नेरी भयो !"

वर्तमानमा देखिने एकाध दृश्य, जसले मानिसलाई विगततिर लैजान्छ। कुकुरको सम्भोग देख्दा गोमा दिदीले पक्का आफ्नो बैंस सम्झिन् होला, जति बेला उनलाई पनि यसरी नै ध्यानले समात्थ्यो होला । गहिरो आनन्दमा पुग्थिन् होला र भन्थिन् होला, "जीवन केही हैन, यही एक क्षण हो, जुन क्षण संसार आफूभित्र विलय हुन्छ र चरम सुखको अनुभूत हुन्छ । संसार सम्भोग हो । सत्य सम्भोग हो । अरू सबै मिथ्या हुन् ।"

तर, उनले त लोग्ने छाडेकी हुन् । कतिपटक लोग्ने लिन आए रे ! "बरु मर्छु तर लोग्नेसँग जान्नँ" भनिन् अरे !

कुरा गर्नेहरू भन्थे, "के दुःख थियो र एक्लीलाई ! लोग्नेसँग प्रशस्त धनसम्पत्ति, जग्गा-जमिन थियो । घरमा काम गर्ने मान्छे थिए । लोग्नेले रानी बनाएर राखेको थियो ।"

मान्छे कुरा काट्थे, "एक्लीलाई स्वर्ग थियो । मति बिगारी । अभागीलाई परिवार सुख फापेन । लोग्नेको माया पचेन ।"

मान्छेपिच्छेका कुरा हुन्थे, "नक्कली छे । कुन दिन पोइल हिंड्छे ।"

"माइतीको मायाले एक दिन हार्छे । बुढेसकालमा दुःख पाउँछे । लोग्ने चाहिन्छ ।"

कुरा गर्नेहरूले हजारथोक भन्थे तर गोमा दिदी खुशी थिइन् । उनको मन र तन सधैं उज्यालो हुन्थ्यो । फारु नगरी हाँस्थिन् । फारु नगरी बोल्थिन् । एक्लै बाँच्ने हिम्मत थियो ।

कोही खिन्द्रिङ-खिन्द्रिङ साइकिलको घण्टी बजाउँदै आयो । गोमा दिदीलाई देखेर जसरी अघि म झस्केको थिएँ, त्यसरी नै अहिले उनी साइकिलको घण्टीले बेस्मारी झस्किन् । आफूलाई लगत्तै सम्हालिन् । आफ्नै सुरले बाटो लागिन् ।

मैले झ्यालको पर्दा झारें ।

आमाको नयाँ ऐनासँग डर लाग्न थाल्यो । जब म ऐनाअघि उभिन्छु, तब खिन्द्रिङ-खिन्द्रिङ घण्टी बजाउँदै आउने मानिसले गोमा दिदीलाई तर्साएझैं ऐनाभित्रको नाङ्गो मान्छेले मलाई झस्काउन थाल्यो ।

अनि, आफैंले आफैंलाई सोध्छु, "म हुँ के त ?"

आफैंसँग आनन्द लाग्ने, आफैंलाई छाम्दा काउकुती लाग्ने, आफ्नै अङ्ग सुन्दर लाग्ने, आफैंले नचिनेको अन्जान मान्छे हुँ !

"अनि, म हुँ को ?"

आफैंसँग डराइरहने । ऐनाभित्रको आफ्नै अनुहारसँग घरी भाग्न खोज्ने, घरी समातेर म्वाइँ खान मन लाग्ने, आफैंले नचिनेको अन्जान मान्छे हुँ !

"म छु कहाँ ?"

आफैंले नभेटेको आफैंभित्र छु ।

***

स्कूल चलिरहेको छ । कक्षामा अनुजा र मेरो आँखा बेलाबेला जुधिरहन्छन् । सियोजस्ता तीखा उसका आँखाले बेलाबेला मेरो छाती घोच्छन् । बेलाबेला मेरो दायाँ हातले देब्रे छाती छाम्छ ।

अमन प्रेममा प्रशस्त अनुभवी भइसक्यो । ऊ आफ्नो अनुभवअनुसार मलाई सल्लाह दिन्छ, "अनुजासँग फिल्म हेर्न जा ! बल्कोनीको अन्तिम सिटमा बस् ! अङ्गालो हाल् ! चुम्मा गर् ! खुब मज्जा हुन्छ बे !" ऊ बोल्दाबोल्दै आँखा चिम्लिन्छ । मुठी कस्छ र जोशले भन्छ, "मज्जा हुन्छ बे ! मज्जा !"

"फिल्म हेर्न त जाने तर मान्छेले देखे के गर्ने ?", सानो बालकले प्रश्न सोधेझैं अमनलाई सोध्छु ।

"कसले देख्छ ? अन्तिम सिटपछि कुनै सिट हुँदैन । भित्ताका आँखा हुँदैनन् !", अमन भन्छ ।

"अनि तैंले स्वस्थानीसँग के-के गरिस् त ?", अमनलाई सोध्छु ।

"पहिला आफैं जा न बे ! मैल के गरें ? तैंले के गर्छस् ? त्यहीं थाहा हुन्छ ।"

बोल्दाबोल्दै अमनले आँखा बन्द गऱ्यो । सायद उसका आँखामा स्वस्थानी पसेर चलमलाउन थाली । उसको नाकमा स्वस्थानीको शरीरको बास्ना मगमगायो । नाकले लामो श्वास तान्यो र भन्यो, "केटीहरूको

शरीरको बास्ना क्या मीठो हुन्छ यार ! कहिल्यै अनुजाको शरीरको बास्ना सुँघेको छस् बे !"

"सुँघेको छु, अमिलो पसिना गनाउँछ !", यो वाक्य मेरो घाँटीभित्रै लुक्यो । उसले सुन्न पाएन ।

तर, उसले सुन्न पायो, "छैन !"

"उसो भए सुँघ् ! केटीहरूको शरीरको बास्ना पारिजातको फूलको बास्नाजस्तो मीठो हुन्छ । एकपटक सुँघ्न पाइस् भने सपनामा पनि बास्ना आइरहन्छ । नाक कहिल्यै अघाउँदैन ।"

बोल्दाबोल्दै अमनका आँखा फेरि बन्द भए । उसको अनुहारको रङ रातो भयो । म सोच्छु, "पक्का प्रेमको रङ रातो हुन्छ । अमन स्वस्थानीलई प्रेम गर्छ । मसँग हुँदा अनुजाको अनुहार पनि बेलाबेला रातो हन्छ । ऊ पनि मलाई प्रेम गर्छे ।"

अनि, म ?

म पनि अनुजालाई माया गर्छु । साइकिलमा चढाउँछु । नोटकपी दिन्छु । होमवर्क सिकाइदिन्छु तर मेरो अनुहार रातो हुँदैन, फुस्रो हुन्छ । एक दिन म पनि पक्का फुस्रोबाट रातो हुन्छु होला । मभित्रको गुलाब पनि एक दिन फक्रिन्छ होला । एक दिन मेरो सुतेको नाक बिउँझेर अनुजाको बास्ना थाहा पाउँछ होला ।

कट्टु लगाएर खोलामा पौडी खेल्न थालेपछि बाआमासँग सुत्न छाडिदिएँ । छुट्टै कोठमा सुत्न थालेँ । सायद बाआमाले पनि थाहा पाउनुभयो होला, छोराले कट्टु लगाएर पौडी खेल्न थाल्यो । अब छुट्टै कोठा चाहिन्छ ।

एक दिन बाले भन्नुभएको थियो, "लालटिनको उज्यालोले मलाई निद्रा परेन । पल्लो कोठामा गएर पढ् !" बा अचानक 'बा' हुनुभएको हैन । मजस्तै बैंसको दुःखसुख झेलेर बा 'बा' हुनुभएको हो । यसकारण बाले मलाई एकान्तबास दिनुभयो । बालाई लाग्यो होला, "छोरो अब प्रेमको रातो रङमा फेरिने बेला भयो । बैंसको सुखदुःखमा खेल्ने बेला भयो । यसलाई एकान्त चाहिन्छ । छोराको नाक छिप्पियो, यसलाई अब भिन्न बास्ना चाहिन्छ । छोराको आँखा छिप्पियो, अब यसलाई भिन्न

दृश्य चाहिन्छ । छोराको छाला छिप्पियो, अब यसलाई भिन्नै स्पर्श चाहिन्छ । छोरोको जिब्रो छिप्पियो, अब यसलाई अर्कै स्वाद चाहिन्छ ।"

तर, म छु कस्तो ?

मेरो प्रेमका इन्द्रिय भए- स्वादहीन, गन्धहीन, दृश्यहीन, स्पर्शहीन। प्रेमको रङ्ग भयो- रङ्गहीन ।

***

अमनको सल्लाह मानें ।

उसैले हो, प्रेमको चास्नीमा मलाई डुबाउन खोजेको ! उसैले हो, मलाई प्रेमको बास्ना सुँघाउन खोजेको ! उसैले हो, मलाई प्रेमको रङ्गमा रङ्गीन बनाउन खोजेको ! ऊ मेरो प्रेमको गुरु बन्न खोज्यो, म शिष्य । उसले जे भन्यो, त्यही मानें । मलाई प्रेमको कखरा जान्नु थियो । प्रेमको वाक्य बनाउनु थियो । प्रेमका लामालामा हरफ लेख्नु थियो । मलाई भन्नु थियो, "अनुजा ! म तिमीलाई अथाह माया गर्छु ! संसारको सबैभन्दा सुन्दर बास्ना हौ तिमी ! संसारको सुन्दर स्पर्श हौ तिमी ! संसारको सिङ्गै सुख हौ तिमी !"

बरहथवा बजारको फिल्महलमा 'दर्पण छाया' चलेको थियो । शनिबार बाह्र-तीनको फिल्म हेर्न जाने कुरा पक्का भयो । एउटै छोरो हुँ । मागेको कुरा पाउन अलिक गाह्रो हुन्छ तर नपाउने कुरै छैन । बा र आमासँग अलग-अलग माग्दा खाजा खाने र फिल्म हेर्ने पैसा पुग्यो । खाजाको पैसाले अनुजाका लागि टिकट किनें । त्यस दिन भोक लाग्न हुँदैनथ्यो । भोक लागेन ।

अनुजा र म आ-आफ्नो साइकिलमा गयौं ।

सबैभन्दा बढी मन खाने पिरले रैं'छ । हलभित्र छिर्दा कसैले देख्छ कि भन्ने पिरले मेरो मन खायो । मेरा आँखा भिडमा छ्यालब्याल्ल भए । अनुजाका आँखा मेरो शरीर आसपास हिंडे । हुन त पहिल्यै सल्लाह भएको छ, "हलबाहिर एकअर्कासँग नबोल्ने। कसैले सोधे 'साथीसँग आ'को' भन्ने। 'खोइ साथी' भने, 'ट्वाइलेट गा'छ' भन्ने र भिडमा हराइहाल्ने ।"

बल्कोनीका दुइटा टिकट किनें । हलको गेट खुल्यो । मानिसहरू एकअर्कालाई ठेलमठेल गर्दै छन् । मानौं, जो पहिला छिर्छ, उसैले मात्र फिल्म हेर्न पाउँछ । बल भएका पहिला छिरे । मभन्दा बलिया थुप्रै रहेछन् । बल्कोनीको कुनामा दुई सिट रोकें । अनुजासँग बल निकै कम रहेछ । निकै ढिलो आइपुगी ।

हलको ढोका बन्द भयो । बत्ती निभ्यो ।

अनुजाका लागि म फलाम थिएँ । ऊ चुम्बक थिई । म फलामलाई भेट्दा ऊ चुम्बक आफैं टाँसिन्थी । अँध्यारोमा मैले अनुजाको हात समातें । कपाल सुमसुम्याएँ । उसको निधारमा चुम्बन गरें । अनुजाको श्वासको गति बढ्यो । पर्दामा फिल्म चल्यो तर मलाई कुनै मज्जा भएन । उसको शरीरबाट अमिलो गन्ध आयो । अनुजालाई छोएँ, जसरी माया गरेका अरू चिज छुन्छु । जस्तोः ऐना छुन्थें । झ्यालको पर्दा छुन्थें । दशैंमा नयाँ कपडा छुन्थें । मेरो ध्यान अनुजाको शरीरबाट निस्केर फिल्ममा पस्यो तर अनुजाको ध्यानचाहिं फिल्मबाट बाहिरिएर मेरो शरीरमा बस्यो । उसका हातले मेरा हात खेलाए, जसरी कुनै बालकले खेलौना खेलाउँछ । उसले मेरा गाला सुमसुम्याई ।

मलाई डर लाग्यो । म कायर केटो हुँ भन्ने कुरा फेरि प्रमाणित भयो । म प्रेमिकाको साथमा उदास र निरास भएँ । जे हुनुपर्थ्यो, ठीक उल्टो भएँ ।

मध्यान्तरको बत्ती बल्यो । आधाभन्दा ज्यादा मानिस बाहिरिए । हाम्रो छिमेकी सिट खाली भयो । उसले मेरो हात खेलाई । उसका दुवै हात मेरो दाहिने हातमा सुपारीको बोटमा मरिचको लहरा बेरिएझैं बेरियो । आफ्नो टाउको मेरो कुममा राखी र प्याउँलिंदै सोधी, "शब्द, तिमी मलाई कति माया गर्छौ ?"

"अघि हिरोले हिरोइनलाई गरेजति !"

अनुजा मेरो जिउमा लपक्क भई र मौन बसी । उसको श्वास ह्वास्स गन्हायो । उसको जिउ मेरो जिउबाट छुटाउन खोजें तर सकिनँ । उसको श्वासको गन्ध दुःखले सहें ।

कुनै-कुनै झुटले मानिसलाई सजिलो बनाउँछ । मलाई सजिलो मन पर्छ तर थाहा छैन, यो झुटले कस्तो बनाउँछ ? अनुजाले साबुनको नाम भनी, "लक्स !"

मानिसहरू फेरि हलमा पसे । हाम्रा छिमेकी सिट भरिए । मेरो ज्यानबाट अनुजा अलग भई । मैले चैनको श्वास फेरें ।

जब फिल्ममा हिरोइनको मृत्यु भयो, हल स्तब्ध भयो । कोही-कोही त डाँकै छाडेर रुन थाले । निकै बेरसम्म सुँक्कसुँक्क चलिरह्यो ।

अनुजाले मेरो कानमेर ओठ ल्याएर भनी, "म पनि क्यान्सर भएर मरें भने के गर्छौ ?"

उत्तर दिनुअघि हलमा बत्ती बल्यो । सबै मान्छे उठे । हामी पनि उठ्यौं । साँच्चै, अनुजालाई क्यान्सर भयो भने म के गर्छु ?

***

हामी जसरी गएका थियौं, उसरी नै आ-आफ्नो साइकिलमा फर्कियौं । हलबाहिर एकअर्काका आँखा बोले, ओठ बोलेनन् । आवश्यकताअनुसार हाम्रा सबै अङ्ग वाचाल हुँदा रहेछन् । अनुजा साह्रै खुशी भई ।

हात्तीछाप चप्पल प्याट्प्याट् पड्काउँदै हिँडेकी गोमा दिदी घरनेर बाटामा भेटिइन् । दायाँ हातमा बोकेको रायोको सागको हरियो मुठो बायाँ हातमा सारिन् र साइकिल रोक्ने ईशारा गर्दै भनिन्, "एकछिन पख् त ! कहाँ पुगेर आ'को भन् त ?"

साइकिलको पाइडल नरोकी भनें, "फिल्म हेरेर !"

म नरोकिएपछि अलिक कडा आवाजमा गोमा दिदी चिच्याइन्, "ओइ शब्द, एकछिन पख् त !"

मैले साइकिल रोकें । मेरो साइकिलको हेन्डलको बीचमा बायाँ हातले च्याप्प समातिन् । आत्तिएको भावमा भनिन्, "तेरो साथी रमन त जेल गयो रे नि ! थाहा पाइस् ?"

मेलामा रमन

मन्दिरको गेट । भर्टिकल लाइनमा बलेका दुइटा मर्करी । रङ्गीबिरङ्गी मान्छेहरूको भिडभाड । छानामा दुई ठूला माइक । चर्को आवाजमा भजन बजिरहेको छ– “हरेराम हरेकृष्ण हजुरकै चरण... !”

मन्दिरको गेटमै रमनले अम्बिकालाई देख्यो । रातो कुर्तासुरुवालमा पहेँलो सल ओढेकी । नजिकै गयो । राति पनि आँखामा गाजल देख्यो । ओठमा लाली । स्कूलमा जति राम्री देखेको थियो, त्योभन्दा कयौँ गुणा राम्री मेलामा देख्यो । “अम्बिका !” भनेर बोलाउँन खोज्दै थियो तर जिब्रोमा ऐँठन भयो । अचानक आफ्नो अघि साक्षात् ईश्वर प्रकट भएको बेला वर माग्न अल्मलिएको भक्तजसरी अम्बिकाको अघि रमन अलमलियो । कसैगरी बोली फुटेन । नत्र भन्ने थियो, “म तँलाई धेरै माया गर्छु । तेरो नाम नाडीमा लेखेको छु । तँ अचानक स्कूल छाडेर किन गायब भइस् ? तँ गएपछि म पागल भएको छु । भन् अम्बिका, स्कूल छाडेर कहाँ गइस् ? जान्छु नभनी किन गइस् ?”

तर, रमनले केही भन्न सकेन । मुटु चसक्क दुखेजस्तो भयो । अम्बिकाको अघि ठिङ्ग उभिरह्यो । अम्बिका साथीको हात समातेर सरासर भिडभित्र पसी । बालुवामा सियो हराएजसरी भिडमा हराई । रमन पछिपछि लाग्नु पर्थ्यो तर लागेन । निःश्वास भएर उभिइरह्यो । आफ्नो बायाँ हात हेऱ्यो । ज्याकेटको बाउला माथि साऱ्यो । निको भइसकेको अम्बिका नामको दाग नाडीमा देखियो । फेरि उसले ज्याकेटका बाउला तल झाऱ्यो । अम्बिका नामको दाग पुरियो । कसैले देख्यो कि भनेर दायाँबायाँ हेऱ्यो ।

अम्बिकाले स्कूल छाड्नुभन्दा एक हप्ताअघि स्कूलबाट घर फर्किंदा अम्बिकाको बाटो छेकेर भनेको थियो, "हेर् अम्बिके ! तेरो नाम ब्लेडले चिरेर छातीमा लेख्छु ! तैंले मलाई माया गरिनस् भने झुन्डिएर मर्छु !"

"जहाँसुकै लेख् ! मर् कि बाँच् तर तँ कुकुरलाई माया गर्दिनँ !", अम्बिकाले बाल दिइन । रमन खुब रिसायो तर केही गरेन । प्रेममा परेको मान्छे बेस्मारी रिसाउँदासमेत केही गर्न नसक्ने गरी कमजोर हुँदो रहेछ । बाघजस्तो रमन अम्बिकाको अघि स्याल भयो ।

रमन खुब फिल्म हेर्थ्यो । उसको हाउभाउ र बोलीचाली फिल्मीपाराकै थियो । अम्बिकालाई प्रभाव पार्न धेरैपल्ट फिल्मी हिरोको पारा देखायो । 'तेरेनाम' फिल्ममा सलमान खानले पालेको जस्तो कपाल पाल्यो । बीचमा सिउँदो फोडेर कपाल मिलाउँदै राजेश हमालको लवजमा भन्थ्यो, "हिरोको पालो लास्टमा आउँछ केटा हो ! एक दिन जसरी पनि अम्बिकेले मलाई मन पराउँछे !"

एक दिन रमनले नयाँ ब्लेड किन्यो । आँखा चिम्लियो । अम्बिकाको अनुहार कल्पियो । त्यसपछि नाडीको छाला चर्रर चिर्‍यो । भलल्ल रगत आयो । खल्तीबाट रुमाल निकाल्यो । बेस्मारी कस्यो । पहिलो अक्षर 'ए' लेख्यो । 'ए'लाई अलिक बिसेक भएपछि 'एम' लेख्यो । 'एम' बिसेक भएपछि 'बि' लेख्यो । यसरी एकएक अक्षर गरेर 'अम्बिका' लेख्यो । उसको नाडीमा कुनै अक्षर गाडा, कुनै आला बने । कुनै पुराना, कुनै ताजा बने । अहिलेजस्तो भएको भए जिउभरि ठूलठूला अक्षरमा अम्बिका नामको ट्याटु खोप्थ्यो होला । त्यस बेला आधुनिक ट्याटुको दाग गाउँ पसिसेकेको थिएन । मधेस भए पनि पहाडे टोलमा ट्याटु खोप्ने आदिवासी कोही थिएनन् ।

ऊ ढिलो जन्मियो । छिटो प्रेम गर्‍यो ।

हामी 'बिहे' शब्दसँग लजाउन शुरू गर्दा ऊ बिहेको कुरा शानका साथ गर्ने गर्थ्यो । उसको हिम्मत सानोतिनो थिएन । जत्रै हिम्मत भए पनि छातीमा ब्लेडले चिरेर अम्बिकाको नाम लेख्न सकेन, न झुन्डिएर मर्न सक्यो । सानातिना प्रेमीकै हाराहारीमा खुम्चिएर नाडीमै सीमित

भयो । तथापि त्यो दुखाइ कम्ता थिएन । तर, मायाले दुखाएको मुटुको घाउभन्दा ठूलो थिएन ।

अम्बिका मेलाको भिडमा हराएपछि रमनको होश आयो । ऊ अम्बिका गएतिर लाग्यो । हजारौं भेडाका बथान खर्कमा चर्न लागेजस्तो मान्छेको भिड लागेको छ । मान्छेसँग मान्छे ठोकिँदै हिँडेका छन् । तिनका श्वासको हरक एकअर्काको नाकमा पर्छ । ठ्वास्स गन्हाउँछ ।

यत्रो भिडमा अम्बिका कता हराई कता !

अम्बिकाको स्वर मीठो थियो । स्कूलमा गीत गाइरहन्थी । नेपाली पढाउने सरले भनेका थिए, "तेरो स्वर त तारादेवीको जस्तो छ !"

"हो र सर !" भन्दै फुरुक्क पर्थी ।

हुन त अङ्ग्रेजी पढाउने सरले "तँ हिरोइनजस्ती छेस् !" भन्दै प्याट्ट उसको ढाडमा धाप मार्थे तर उसले पत्याउँदिनथी । नेपाली सरले तारादेवीको जस्तो स्वर छ भन्दा फुर्किएकी अम्बिका अङ्ग्रेजी सरले हिरोइनजस्ती छेस् भन्दा सरको आँखाबाट उल्टो फर्किन्थी र अँध्यारी हुन्थी । सरकारी स्कूलमा अङ्ग्रेजी अप्ठेरो विषय हो । अप्ठेरो विषयको मास्टरको प्रशंसा पनि उसलाई अप्ठेरै लाग्थ्यो क्यार !

अम्बिका कतै दोहोरी गाउँदै छे कि भन्ने सोचेर रमन दोहोरी समूहहरूमा पस्यो तर अम्बिका भेट्टिइन । मान्छे नाच्दै, गाउँदै छन् । छिल्लिँदै, जिस्कँदै छन् । रमनलाई पनि त्यही बसौं लाग्यो तर ऊसँग न सुर छ, न ताल । छट्पटिएको मनले रमनलाई स्थिर राख्न सकेन । कतै डाइसको दाउमा दुई-चार रुपैयाँ थापिरहेकी छे कि भन्ने लाग्यो । रमन डाइसका अखडातिर लाग्यो । दुई-चार जना चिनेका गाउँले भेटिए तर अम्बिका भेट्टिइन । जेरी दोकान, मिठाई पसल, धागोचिम्टी दोकाननतिर डुल्यो । दुई-चार फन्का मन्दिर घुम्यो । अनेक तालतालका मानिस भेटिए तर अम्बिका भेट्टिइन ।

मनमा बेचैन बढ्दो छ । एक झमट अम्बिकालाई देख्न पाए पक्का भन्थ्यो, "हेर्, तेरो नाम हातमा लेखें !" यति भन्न सक्ने हिम्मत उसको मुटुमा जम्मा छ । उसले अम्बिकालाई कयौंपल्ट बाटो छेकेर भनेको छ, "म

तँलाई माया गर्छु ।" तर, त्यो हातमा लेखेको नाम देखाउन पाएको छैन । हिरोको पालो लास्टमा आउँछ भन्ने विश्वास जस्ताको त्यस्तै छ । नाडीको नाम देखाउन पाए अम्बिकाको मनको ढुङ्गो गलेर फूलको थुङ्गो हुन्थ्यो कि भन्ने आशाले श्वास फेरिरहेको छ । हिंड्दाहिंड्दै उसको दायाँ हातले बायाँ हातको बाउला माथि सार्छ । फेरि तल झार्छ । मानौं, 'अम्बिका' नामलाई जाडो हुन्छ । सर्दी लाग्छ । ऊ अम्बिकालाई माया गर्छ ।

मन्दिरदेखि दक्षिण पूर्वतिर मानिसको झुन्ड लाग्यो । झुन्डको बीचबाट ढ्याङ्ग्रोको आवाज आयो । ढ्याङ्ग्रोको तालमा मीठो लय गुन्जिन थाल्यो । मानिसहरूको चेप छिचोल्दै रमन झुन्डको बीचमा पुग्यो । जिउभरि स-साना घण्टीको माला लगाएको एउटा मानिसले सेतो फेटा बाँधेको छ । फेटामा दश-पन्ध्रओटाजति मयूरका प्वाँख सिउरिएको छ । निधारमा लामो, कालो टीका लगाएको छ । दायाँ हातमा बाँसको गजो छ । बायाँ हातमा ढ्याङ्ग्रो छ ।

धामीले देउता डाक्यो, "लौ परमेश्वर ! हजुरको शरणमा आएँ ! दूधको दूध, पानीको पानी छुट्याउनुपऱ्यो । यो दुखी मनुवालाई के भयो ? लौ परमेश्वर ! दूधको दूध, पानीको पानी छुट्याउनुपऱ्यो । मागेको दिउँला, बुझाउँला !"

यति भनेपछि धामीको जिउमा देउता चढ्यो । ठूलो भुइँचालोले टेबलमाथिको सानो बोतल हल्लाएझैं उसका देउताले उसलाई हल्लाउन थाल्यो । त्यसपछि मुख धामीको, बोली देउताको भयो, "हे बालक, एउटा रातो भाले दे ! एउटा कालो बोको दे ! पिसाचले घेरेको छ ! तेरो मनमा काँचो आत्मा घुसेको छ ! निकाल्, पूर्णिमाको दिन मलाई भोग दे !"

सन्तुष्टि र क्रोध मिश्रित लवजमा भिडबाट एउटा पुरुष बोल्यो, "लौ, परमेश्वर ! हजुरलाई भोग भो ! अब उपरान्त यसरी दुःख नदिनू ! आफ्नो भाग खानू, आफ्नै थानमा बस्नू ! सकेको दिउँला, बुझाउँला ! यसरी दुःख नदिनू !"

धामीले त्यस पुरुषलाई भन्यो, "देउताले भनेअनुसार गर्नू ! ठीक हुन्छ !"

फेरि एउटी महिला अघि सरी । बिनासम्बोधन भनी, "मेरो पनि जोखाना हेर्दिनुपर्‍यो !"

"के हुन्छ ?", डाक्टरले रोगको लक्षण सोधेझैं धामीले लक्षण सोध्यो ।

"बेलाबेला मुटु खान्छ । ज्वरो आउँछ । पेट फुल्छ । आधा पाटो टाउको दुख्छ । हातगोडा कटकटी खान्छ ।"

धामीको ढ्याङ्ग्रो फेरि उही लय र तालमा आयो । धामीको जिउ फेरि हल्लियो । आँखा फेरि बन्द भए । जोखना शुरू भयो, "लौ, परमेश्वर ! दूधको दूध, पानीको पानी छुट्याउनु पर्‍यो । मनुवाको मुटु के भनेर खायौ ? के चाहियो तिमीलाई ? के माग्छौ, सत्य बोल ?"

फेरि धामीको मुखको देउता बोले, "हेर् बालिके थानी हुँ ! तैंले मलाई वास्ता गरिनस् ! मेरो भाग दे ! नत्र तेरो मुटुकलेजो खान्छु !" टोले मुन्द्रे गुन्डाले लुरेलाङ्ग्रे केटालाई थर्काएझैं धामीको मुख्य देउताले ती महिलालाई थर्कायो ।

"के दिऊँ त परमेश्वर ?", महिलाको मुखबाट भयक्रान्त आवाज निस्कियो ।

"धूप दे ! सिन्दूर, पोते, धागो दे ! एकजोडी परेवा दे !", देउताले धेरै ठूलो भाग मागेनन् ।

"हुन्छ, परमेश्वार !", उनले दुई हात जोडेर देउतालाई वाचा दिइन् ।

बिस्तारै धामीका आँखा खुले । ढ्याङ्ग्रो स्थिर भयो ।

फेरि अर्को पुरुष बोल्यो, "अब मेरो हेर्दिन पर्‍यो ।"

धामीले फेरि उसैगरी जोखना हेर्‍यो । उसैगरी देउता डाक्यो । देउताले फेरि उही लय समाते । उही भावभङ्गिमा देखाए । उसैगरी आफ्नो भाग मागे । मानौं, देउतालाई भूतभविष्य सब थाहा छ । कसलाई के भएर दुखेको हो, पत्तो लाउँछन् ।

भिडबाट एउटा पाको मान्छे बोल्यो, "आखिर देउताले नै त बनाएका हुन्– यो आकाश, पाताल, वायु, पृथ्वी, घाम र जून । देउताले सब देख्छन् । सब चाल पाउँछन् । नत्र कसरी थाहा पाउँछन् ? कसलाई के भएको छ, कसले मिलाउँछ ? यसरी ठ्याकठ्याक !"

बुढाका कुरा पत्याउन सक्ने मान्छे थुप्रै थिए । रमनलाई पनि बुढाका कुरा ठीक लाग्यो । देउताका कुरा पनि ठीक लाग्यो । त्यहाँ जोखना हेराउने सबैको विगत ठीकठीक मिलेको थियो । देउताले मागेको कुरा सबैले दिन्छु भनेका थिए । कसैलाई वनदेवीले, कसैलाई घरदेवीले, कसैलाई वायु, कसैलाई पिसाचले समातेको कुरा सबैले पत्याएका थिए ।

रमनलाई केले समातेको छ ?

उसले बायाँ हातको ज्याकेटको बाउला फेरि माथि सा¥यो । धामीको मुखतिर पुलुक्क हे¥यो । केही बोल्न खोज्दै थियो तर अर्को मानिसले जित्यो, “अब मेरो जोखना हेर्दिनुप¥यो हजुर !”

धामीले भन्यो, “अब मेरो घाट जाने बेला भयो ।” त्यसपछि धामी ढ्याङ्ग्रो ठोक्दै बाग्मती नदीतिर गयो ।

मान्छे चौतर्फी छरिए । रमनले आफ्नो प्रेमको जोखना हेराउन पाएन ।

छेउमा उभिएको एउटा पाको मान्छे बोल्यो, “यो धामीले हेरेको जोखना पु¥याउँछ । मध्यरात्री स्नानपछि घाटमा मसान खेलाउँछ ।”

बलियो मुटु भएको एउट ठिटो बोल्यो, “हेर्न जाऊँ न त, कसरी खेलाउँछ ?”

कमजोर मुटु भएको अर्को जवान बोल्यो, “हुँदैन ! यस बेला मान्छे भेट्यो भने मान्छेको मुटु निकालेर मसानलाई भोग चढाउँछ ।”

फेरि बलियो मुटु बोल्यो, “लु हेरम् त ! कसरी निकाल्छ ? हाम्रो पनि हातमा तागत छ !”

“हातको बलले काम गर्दैन । स्वयम् देउता आउँछन् !”, कमजोर मुटुले भन्यो ।

बलियो मुटु बोल्न खोज्दै थियो, कमजोर मुटुले बेवास्ता ग¥यो । त्यहाँबाट हिँड्यो ।

***

महिलाहरूको एउटा हूल बिजुलीको उज्यालोबाट जूनको उज्यालोतिर आयो, जहाँ रमन 'अब कता जाऊँ'को दोधारमा उभिइरहेको थियो। हूलको बीचबाट एउटा आवाज आयो, "छिटो जाऊ, बाह्र बज्यो।" रमनका कान यसअघि कहिल्यै यसरी चलाख भएका थिएनन्। धामीको जिउमा देउता चढेझैं उसको जिउमा फुर्ती चढ्यो। 'अम्बिका' भन्न मुख अऽऽ मात्र गरेको थियो। अर्को आवाजले उछिनिहाल्यो, "अघि नै जाऊँ भनेको त हो नि! धामी कामेको हेर्न थालिस्!"

धामीको जिउबाट जसरी देउता उत्रिएको थियो, त्यसरी नै रमनको जिउबाट फुर्ती उत्रियो। त्यसरी नै उसका गोडा थामिए! देब्रे हातले दुवै आँखा मिच्यो। त्यसपछि हूल छिचोल्न छिटोछिटो कुद्यो। हूलको अगाडि पुगेर उभियो। मङ्सिरे हुस्सुले जूनको उज्यालोलाई धमिलो बनाएको थियो तर उसले अम्बिकाले लगाएको रातो कुर्तासुरुवाल टाढैबाट देख्यो। ज्याकेटको बाउला सुर्किएर अम्बिकाको नामलाई नाङ्गो बनायो।

नौ-दश जना महिलाको हूल उसको नजिकै आयो तर अम्बिकालाई नाम देखाउन सकेन। फेरि पनि भन्न सकेन, "अम्बिके, तेरो नाम हेर्, मेरो नाडीमा छ। अब मुटुमा लेख्छु।" फेरि ऊ बाघबाट स्याल भयो।

यसरी त रमन कहिल्यै डराएको थिएन। यसरी त ऊ कहिल्यै गलेको थिएन। एकतर्फी प्रेममा मानिस पानीमा कागज गलेझैं गल्दो रहेछ। ऊ शक्तिशून्य, निरस र उदास भएर गल्यो। जहाँ थियो; त्यहीं, जस्तो थियो; त्यस्तै मौन उभिइरह्यो।

सानामा खल्तीबाट खसेर गुच्चा हराएझैं अम्बिका रमनको आँखाबाट खसेर हराई।

रमन घर जानुपर्थ्यो वा अम्बिकाको पछिपछि निकै बेर हिंड्नुपर्थ्यो तर ऊ गलेर, थाकेर मेलातिरै फर्कियो। प्रेमी गलेको साह्रै नजाती देखिँदो रहेछ। उसको अनुहारमा ठूलो उदासी देखिन्थ्यो। बल भएको मानिस यसरी गल्न हुँदैनथ्यो।

रमन सरासर डाइस र जुवाका खालतिर गयो । डाइसमा दाउ थाप्यो । पचास रुपैयाँ जित्यो । डाइसमा दाउ लाग्दा मनको बेचैनी थोरै भए पनि घट्यो । छटपटाहट स्थिर भयो । बारम्बार आँखामा आउनेजाने अम्बिका केही बेर आँखाको ढकनीबाहिरै बसी ।

बिहानको तीन बज्यो ।

रमनले फेरि थप बीस रुपैयाँ जित्यो । बाह्र बजेतिर मेलामा महिला पातलिएजसरी तीन बजेतिर डाइसमा पुरुष पातलिए । दुई-चार जना दाउ थाप्ने मात्र बाँकी भए । रमिते सकिए । डाइसवाला उठ्न थाले ।

दोकान थाप्नेहरू निद्रालाई अटेर गर्दै बसेका छन् । बिक्री छैन । कोहीचाहिँ यसो दोकानका सामान पन्छाएर पल्टेका छन् । मङ्सिरे शीतले रमनको ज्याकेट भिज्यो । मेलाको रौनक शून्य भयो तर उसलाई घर फर्किन मन छैन । जुवा अड्डा पुग्यो, जहाँ चहलपहल उस्तै छ । रमितेहरू पनि उस्तै छन् ।

त्यहाँ जित्नु र हार्नुको मज्जा चलिरहेको छ ।

रमनले च्याँखे दाउ थाप्यो । हार्दै, जित्दै गऱ्यो । डाइसमा जितेको सत्तरी रुपैयाँ बढेर एक सय पाँच पुग्यो । बिहानको पाँच बज्यो ।

अचानक खालमा होहल्ला भयो । जुवा हार्नेले जित्नेलाई गाली दियो । जित्नेले मुक्का हान्यो । अर्कोले खुकुरी निकालेर काट्यो । मान्छे त मरेन तर घाइते भयो । रमन भाग्न खोज्दा उसको हातमा चोट लाग्यो । रमनले कसोकसो खुकुरी खोस्यो । फनन्न खुकुरी एकपटक घुमायो । मान्छे तिरबितर भए ।

हूलमूलमा रमनलाई पुलिसले समात्यो ।

रमन भन्छ, "मैले खुकुरी खोसेको मात्र हुँ ! कसैलाई काटेको छैन !" तर पुलिसले रमनको कुरा किन पत्याउँछ ! ऊ जुवाखालमा भेटिएको हो । उसको हातमा खुकुरी थियो । उसको सामुन्ने मान्छे घाइते छ ।

खट्टमिट्ठी

चैत-वैशाख लाग्यो । घाम अप्रिय हुन थाल्यो । रुखका पातामा लुकेर कोइली बोल्न थाल्यो, "कुहूँ कुहूँ !"

म कक्षा नौबाट दशमा पुगें । सधैंझैं फस्ट भएँ ।

रमनबाहेक साथीबाट कोही साथी छुटेनन् ।

"यसपालिचाहिं स्कूल फस्ट भएस्" भनेर बाले दशैंमा आशिष् दिनुभएको थियो । आशिष्ले धोका पायो । बाको आशिष्मा आशिष् थोरै, सपना धेरै थियो । सपना पूरा नहुँदा मान्छे दुखी हुन्छ ।

बा दुखी हुनुभयो । आमा खुशी हुनुभयो ।

आमा खुशी हुँदा भान्सामा खिर पाक्छ । डाडुपन्युँ, चुलोचौका र आगोसमेत खुशी हुन्छ । आमाको हातको चाल फेरिन्छ । भाँडाकुँडा बाजाको धुनझैं बज्न थाल्छन् । चुलामा मनपसन्द भोजन पाक्छ । आमा सधैं यसरी नै खुशीको उत्सव मनाउनुहुन्छ ।

साँझ खिर खाँदाखाँदै बाले गुनासो गर्नुभयो, "यसपालि केटाले स्कूल फस्ट गर्ला भन्ने सोचेको थिएँ, हावा खायो !"

आमाले सन्तोक मान्दै भन्नुभयो, "गरेकै छ त यत्तिको !"

बाले कुनै प्रतिक्रिया दिनुभएन । चुपचाप खिर खानुभयो । उठ्नुभयो । खिरको स्वाद कस्तो भयो ? बाले केही भन्नुभएन । बालाई ठीक ठाउँमा खुशी हुन आउँदैन । आमालाई ठीक ठाउँमा दुखी हुन आउँदैन ।

***

गर्मी लागेपछि हाम्रो स्कूलको समय तालिका फेरिन्छ । बिहान स्कूल र साँझ ट्युसन लाग्न थाल्यो । नौ र दशका विद्यार्थीलाई स्कूलमा विशेष ख्याल हुन्छ । हाम्रो पालामा एसएलसीलाई फलामे ढोका भनिन्थ्यो । त्यही ढोका कटेपछि भेटिन्थ्यो, सपनाको जिरो माइल । त्यही जिरो माइलबाट शुरू हुन्थ्यो– सपनाको महाप्रस्थान, जीवनको गन्तव्य, इज्जत, सम्मान र प्रतिष्ठाको मूल बाटो ।

दशपल्ट परीक्षा दिंदा एसएलसी पास गर्न नसकेका शक्ति दाइसमेत थाकेका थिएनन् । साझा जीवनको लक्ष्य त्यागेर एउटै लक्ष्य लिएका थिए, एसएलसी पास भएर मात्र बिहे गर्ने ।

शक्ति दाइ लास्टबेन्चर केटाहरूको दामी उदाहरण थिए । सरहरू गाली गर्दै भन्थे, "राम्ररी पढ्, नत्र शक्ति होलास् । बिहे नगरी नागै बस्नुपर्ला ।" तर पढाइको कारण कुनै केटा कुमारै बस्नुपरेको थिएन । पढ्दै नपढेकाको पनि बिहे हुन्थ्यो । मास्टरको उदाहरण नपत्याउने गरी केटाहरू छिप्पिइसकेका थिए ।

केटीहरूको मामिला अलि फरक थियो । धेरै केटीहरूको बिहे एसएलसी दिनुअगावै हुन्थ्यो । कति बाआमा सोच्थे, "छोरी फेल भई भने बिहे गर्न मुस्किल हुन्छ । बरू परीक्षाअगाडि नै बिहे गरिदिऊँ !" कक्षामा धेरै केटीहरू यसरी नै पातलिन्थे ।

बाले मलाई क्याम्पस पढ्न काठमाडौं पढाउने भन्नुभएको छ ।

त्यो काठमाडौं कस्तो छ ?

थाहा पाउन फस्ट डिभिजन ल्याउनुपर्छ । नत्र गाउँकै प्लस टुमा थन्किनुपर्छ । स्कूलको फस्ट ब्वाई, गाउँमै थन्कियो भने आधा इज्जत त्यसै सकिन्छ । यिनै डगरमा लखरलखर हिंडिरहँदा कतिले सोध्लान्, "शब्द, काठमाडौं किन नगएको ?"

कसरी भन्नु, स्कूलमा पास भएँ, घरमा फेल ।

कतिलाई मैले फुर्ती लाउँदै भनेको छु, "क्याम्पस पढ्न काठमाडौं जान्छु ।"

आफू चढ्ने गरेको बूढो साइकिलको छेउमा उभिएर बिंडीको ध्वाँ उडाउँदै गाउँलेलाई बाले फुर्ती लाउँदै भनिसकेका छन्, "छोराले फस्ट डिभिजन ल्यायो भने काठमाडौं पठाउँछु । साइन्स पढाउँछु । सके डाक्टर, नसके इन्जिनियर बनाउँछु ।"

"होहो, छोरो तगडा छ, डाक्टर पक्का बन्छ !", कति गाउँलेले बाको फुर्तीमा सोडा हालेका छन् । कति गाउँलेले ओठ लेप्ट्याउँदै भनेका छन्, "सरकारी स्कूलको पढाइले बन्यो डाक्डर ! डाक्टर बन्न त बोर्डिङ पढ्नुपर्छ । शहरतिर बस्नुपर्छ । गाउँका मान्छे डाक्टर बन्ने भए अहिले घरघरै डाक्टर हुन्थे ।"

पढेर जानेका मेरा बा भन्थे, "डाक्टर बाबुराम भट्टराई के त ! ऊ पनि गाउँमै जन्मेको, गाउँमै पढेको बोर्डफस्ट भयो त ! डाक्टर भयो त !"

अनि, नपढी जानेका मान्छे भन्थे, "कसैकसैको भाग्य बलियो हुन्छ, भाग्यले भयो होला !"

त्यसपछि अलिक ठूलो स्वरमा मेरा बा भन्थे, "मेरो छोरोको पनि भाग्य बलियो छ । ज्योतिषीले नामी मान्छे बन्छ । नाम, दाम कमाउँछ भनेको छ ।"

मेरा अगाडि प्रशंसा गर्न लोभ गरे पनि गाउँलेका अघि बाले मेरो भक्कुमार प्रशंसा गर्नुहुन्थ्यो । म बाको इज्जत थिएँ । प्रतिष्ठा थिएँ । सपना थिएँ । यसकारण बा मलाई अनेक शर्त राखेर पढ्न लगाउनुहुन्थ्यो । मलाई लाग्थ्यो, बा भनेको शर्तबाजीको अर्को नाम हो । मलाई लाग्थ्यो, म बा बनेपछि छोराछोरीसँग कुनै शर्त राख्दिनँ । जे भन्छन्, बिनाशर्त मान्छु । जे माग्छन्, बिनाशर्त दिन्छु । म बाजस्तो 'बा' हुँदिनँ ।

मैले मेहनतको मात्रा बढाएँ ।

राति टन्न पानी पिउन थालेँ । छिनछिनमा लाग्ने पिसाबले मलाई उठाइरह्यो । निद्रा बिथोलिरह्यो । निद्रालाई छक्याउँदै रातरातभर पढ्न थालेँ । मध्यराति मेरो कोठाको लाल्टिनको उज्यालो देखेर आमाले पल्लो कोठाबाट भन्नुहुन्थ्यो, "धेरै रातिसम्म नपढ्, बरु बिहान चाँडै उठ्, आँखा बिग्रिन्छ ।"

बा भन्नुहुन्थ्यो, "केही हुँदैन । हामी पनि रातभरि पढ्थ्यौं ।"

बा खोक्नुहुन्थ्यो, "ख्वाङ्ख्वाङ् !"

"तपाईंको जमना हो र यो ?", आमा कराउनुहुन्थ्यो ।

"मेहनतको जमना हुँदैन । जमना फेरिए पनि मेहनतले आफूलाई फेर्दैन ।", बा भन्नुहुन्थ्यो । त्यसपछि आमासँग बोल्ने कुनै वाक्य हुँदैनथ्यो र "कस्तो गर्मी !" भन्दै कोल्टिनुहुन्थ्यो । पुरानो पलङ् 'क्यार्र' चुइँकिएको आवाज मेरा कानसम्म आउँथ्यो ।

***

बिहान स्कूल, दिउँसो ट्युसन चलिरहेको थियो । प्रायः अनुजा मेरो साइकिलमा चढ्छे । एकान्तको छेको पारेर मेरो कम्मर च्याप्प समात्छे । मेरो ढाडमा टाउको अड्याउँदै भन्छे, "बिस्तारो चलाऊ क्या ! तिम्रो मुटु ढुकढुक गर्दै छ ।"

पहिला-पहिलाजस्तो मलाई अप्ठेरो हुन छाडेको छ । उसको हात मेरो कम्मरलाई बानी परिसकेको छ । मेरो ढाडले उसको टाउको चिनिसकेको छ । मलाई ऊ स्कूलको झोलाजस्तो लाग्छे, बोक्दिनँ भन्न नपाइने । छाड्छु भन्न नपाइने ।

स्कूलबाट फर्किंदा पहिला अनुजाको घर आउँछ । त्यसपछि मेरो अनि अमन र रमनको ।

रमन छैन । किन छैन ? भनिसकेको छु ।

जब अनुजा मेरो साइकिलबाट उत्रिन्छे र मलाई हात हल्लाएर बाइ भन्छे, तब मेरो साइकलको पाइडल हलुका हुन्छ । श्वासको लय आफ्नै गतिमा फर्किन्छ । मुटु नियमित चल्छ । यी सबै कुराको क्षणिक आनन्द लिइसकेपछि मात्र अनुजाले हल्लाएको हातलाई बिदा गर्छु । ऊ मुस्कुराउँदै भन्छे, "शब्द, भोलि छिट्टै आऊ है !" "हुन्छ" भन्न मुन्टो हल्लाउँछु र छिटो-छिटो पाइडल पेल्छु । टाढा पुगेर कहिलेकाहीं पछाडि फर्किन्छु । मेरो अनुहारजस्तै ढाड र टाउको पनि उस्तै रुचिका साथ हेरिरहेकी हुन्छे ।

मेरो साइकिलमा अनुजा चढेको देखेर अमन भन्छ, "तेरो भाग्य ! सधैं अनुजालाई साइकिलमा बोक्न पाइस् ! तँलाई मोज छ !" उसको लवजमा ईर्ष्या छ ।

अमनको घर स्कूलबाट उत्तर र स्वस्थानीको दक्षिण पर्छ । फरक ध्रुवको कारण उसले आफ्नी प्रेमिकालाई स्कूल आउँदाजाँदा साइकिलमा लिफ्ट दिन पाउँदैन । यसकारण मलाई देखेर बेला-बेला र्‍याल चुहाउँछ । उसको दिमागबाट ईर्ष्याको जति र्‍याल चुहिन्छ, त्यति बोलीले देखाउँदैन । असल साथीले साथीको ईर्ष्या गर्छ तर देखाउँदैन ।

अमन मेरो असल साथी हो ।

कक्षामा अमन र स्वस्थानीको लभ परेको हल्ला बिस्तारै एक कान, दुई कान, मैदान हुँदै छ । कुन दिन हेडसरको कानमा पुग्छ । हेडसर प्रेमलाई अपराध ठान्छन् । हेडसर प्रेमलाई छाडा मान्छन् । प्रेमको उजुरी जुन दिन हेडसरको कानमा पर्छ, त्यस दिन केटाले कट्टुमा मुत्छ । केटीको बेइज्जत हुन्छ । "तँलाई कुखुरे बैंसले कुत्कुत्याएको ! फटाहा ! तेरो बाउ-आमा बोला !", हेडसरको मुख चल्छ । त्यसपछि बाँसको कर्ची केटाको पिँडुलामा चल्छ । कमजोर केटाको त पहिलो सिर्कनामै पिसाब तुरुक्क हुन्छ । रिसाहा हलीले गोरु कुटेझैं हेडसरले कुट्छन् । केटाहरूलाई कुट्न थालेपछि बौलाउँछन् ।

केटाहरू भन्छन्, "हेडसर पशु हो । गोरु हुनुपर्ने तर हेड सर भयो !" तर हेडसरको अघि कोही चुइँक्क बोल्न सक्दैनन् । अलिक सुरो रमन थियो । "हेडसरसँग बदला लिन्छु" भन्थ्यो । मेला काण्डमा जेल गयो । जेलको चिसो छिँडीमा अम्बिका कल्पेर बसेको होला ।

किन हो, हेडसरले केटीहरूलाई यसरी गाली गर्दैनथे । यसरी सिर्कनाले बजाउँदैनथे । यसो हातले ढाडमा मच्छर मारेझैं प्याट्ट पार्थे । "राम्ररी पढ् लाटी ! पछि दुःख पाउलिस् !", लाडे स्वरमा सम्झाउँथे । केटाहरू भन्थे, "हेड्सर बोका हो !"

म र अनुजाबीचमा कसैले शङ्का गर्न सकेका छैनन् । एउटा झिनो साइनोबाट हामी सम्बोधित छौं । अनुजा मेरो फुपू पर्छे । यो घरले दिएको

नाता हैन । छिमेकी हुनुको नाताले दिइएको साइनो हो । यो साइनोले प्रेम गर्न रोक्दैन । यो साइनोले सङ्गै हिँड्दा अरूले शङ्का गर्न मिल्दैन । साइनो हाम्रो रक्षाकवज थियो । यो साइनोले हामीलाई निर्वाध एकअर्काको घरमा आउजाउ गर्न दिन्छ । एकान्तमा बोल्न दिन्छ । चुपचाप गुमनाम प्रेम गर्न दिन्छ । साइनोको शक्तिले हामी सुरक्षित छौं ।

एक दिन म्याथको ट्युसन पढाउने सरले अबेरसम्म पढाउनुभयो । साँझ परिसकेको त थिएन तर घर टाढा हुनेहरू घर पुग्दा टुकी बलिसक्थ्यो । सधैं स्वस्थानीसँग आउजाउ गर्ने गोमा त्यस दिन आएकी थिइन । उसको घर स्कूलबाट झन्डै पैंतालीस मिनेट लामो दूरीमा थियो । स्वस्थानीले सरलाई अनुरोधको भाकामा भनी, "आज एक्लै छु सर ! डर लाग्छ । चाँडै छुट्टी दिनू न !" सरले स्वस्थानीको कुरा सुन्नुभयो तर ब्ल्याकबोर्डमा अल्जेब्राको सूत्र लेख्न छाड्नुभएन ।

स्वस्थानी र म वल्लोपल्लो बेन्चमा थियौं । "कहाँ डर लाग्छ ?", स्वस्थानीले सुन्ने गरी सरले नसुन्ने गरी मैले सोधें ।

"उखुबारीमा !", उसले भनी । मसँगै टाँसिएर बसेको अमनले पुलुक्क स्वस्थानीको अनुहार हेऱ्यो ।

"उखुबारीसम्म पुऱ्याइदिऊँ त ?", मैले फेरि स्वस्थानीले मात्र सुन्ने गरी भनें ।

स्वस्थानीले घुर्की लगाई, "परेको छैन, एक्लै जान्छु !"

सरले हकार्नुभयो, "केको हल्ला ! पढ्न मन छैन भने नआओ !" हाम्रो टाउको भुइँतिर झुक्यो । सरले ब्ल्याकबोर्डबाट मेरो प्रेमजस्तै अपठ्यारा अल्जेब्राका सूत्र मेट्नुभयो । छुट्टी भयो ।

सधैंजस्तै साइकल हुनेले नहुनेलाई लिफ्ट दिए । सरको आर.एक्स. बाइकले कालो धुवाँ फाल्यो र ठूलो आवाजमा कराउँदै स्कूलको गेट कट्यो । लगभग सबै आ-आफ्नो बाटो लागे । अमनले स्वस्थानीलाई पुऱ्याइदिने भयो ।

स्वस्थानी अमनको साइकिलमा चढी । अनुजा मेरोमा ।

***

भोलिपल्ट शनिबार ।

म सधैंजस्तो कोठामा एकपटक नाङ्गिएँ । आफैंलाई छामें । फेरि आफैंलाई सोधें, "मलाई अनुजासँग किन डर लाग्छ ? उसका हातहरू किन नरम छैनन् । उसले मेरो कम्मर समात्दा किन दुख्छ ? आफैंलाई सोध्न सक्ने प्रश्न छ तर दिन सक्ने उत्तर छैन । अनुजानजिक जान डर लाग्छ तर भन्न सक्दिनँ, "तिमी नजिक नआऊ !"

म केटा हुँ । केटाले यसो भन्दैनन् । बरू हेडसरको सजाय खेप्न मन्जुर हुन्छन् तर प्रेम गर्न छाड्दैनन् । केटा त रमनजस्तो सुरो हुनुपर्छ । अमनजस्तो प्रेमी हुनुपर्छ । तर, म छु कस्तो ?

के मलाई अनुजा मन पर्दिन ?

थाहा छैन !

के हुँदै छ मलाई ?

थाहा छैन ।

यसरी नै बेलाबेला मन बिथोलिन्थ्यो । कतै टाढा भाग्न खोज्थें तर भागेर कहाँ जानु ! भाग्न बाटो हुनुपर्छ । पुग्न गन्तव्य हुनुपर्छ । मसँग दुवै थिएनन् । प्रत्येक दिन जानु थियो– त्यही स्कूल, त्यही ट्युसन । जहाँ अनुजा भेटिन्थी, उसैगरी बस्थी, मेरो साइकिलमा । फेरि समात्थी, मेरो कम्मर । प्रत्येक दिन एउटै कुरा दोहोरिरहन्थ्यो । कहिले सहज लाग्थ्यो, कहिले असहज । कहिले सामान्य लाग्थ्यो, कहिले जटिल । एकदम अस्थिर हुँदै गहिरहेको थिएँ । अनुजासँगको सम्बन्धले भित्रभित्रै पोलिरहेको थियो ।

दिनभर कोठामै बसें । पढ्न सकिनँ । थुप्रैपल्ट पानी पिएँ । थुप्रैपल्ट पिसाब गरें । दिउँसो चार बजेतिर झ्यालको पर्दा झारें । फेरि चुकुल लगाएँ । सर्वाङ्ग नाङ्गो भएँ । अनुहारदेखि पैतलासम्म एक-एक गर्दै आफैंलाई छामें । भित्तामा एक जोडी माउसुली प्रेममा मग्न छन् । माउसुलीको यस्तो दृश्य कहिल्यै देखेको थिइनँ । माउसुलीले पनि सम्भोग गर्दो रहेछ । स्वाद मानेर हेरें । मेरो आत्मामा भाले माउसुली पस्यो । मैले आफूलाई भाले माउसुली ठानें । मभित्रको भाले माउसुली

बर्बराउन थाल्यो, "चार खुट्टा टेकेर भित्ताभित्ता दगुरिरहने मै हुँ ! बत्तीको उज्यालोमा झुमिरहेका कीरा खाने मै हुँ ! कसैले प्याट्ट पुच्छरमा हिर्काउँदा पुच्छर चुँडिएर लिँडे हुने मै हुँ ! पोथी माउसुलीलाई म प्रेम गर्छु । मान्छेले मान्छेलाई गर्नेभन्दा ज्यादा । मेरो प्रेममा कुनै स्वार्थ छैन । कुनै लेनादेना छैन । कुनै प्राप्तिको लक्ष्य छैन । प्रेम त वर्तमान हो । भविष्य हैन । भविष्यमा सुख प्राप्तिको लोभमा प्रेम गर्नेहरू स्वार्थी हुन् । यस्ता स्वार्थी त मान्छेमात्र हुन्छन् । तिनलाई आफ्नो समाजको डर छ । संस्कार-संस्कृतिको भय छ । म माउसुलीलाई केही छैन । हाम्रो समाजमा जसलाई पनि प्रेम गर्ने छुट छ । मैले सम्भोग गरिरहेकी मेरी प्रेमिकाले जति जनासँग पनि प्रेम गर्न पाउँछे । मनलाग्दी सम्भोग गर्न सक्छे तर मान्छेलाई छुट छैन । मान्छेले आफैंलाई बन्दी बनाउने कानुन र समाजको निर्माण गऱ्यो । आफैंलाई मूर्ख बनाउने धर्म मान्यो । मान्छे ठान्छ, प्रेमले सुख दिन्छ तर भ्रम हो । मान्छेले गरेको प्रेमले कहिल्यै कसैलाई सुख दिँदैन । दुःखमात्र दिन्छ तर हामी माउसुलीले गरेको प्रेमले सुखमात्र दिन्छ, कहिल्यै दुःख दिँदैन ।"

मेरो दायाँ हात लिङ्गमाथि सलबलाइरहेको थियो । स्खलित भएँ । स्खलित भएलगत्तै मेरो आत्माबाट भाले माउसुली उत्रियो । फेरि उही किशोर शब्द भएँ । उही अनुजाको प्रेमी शब्द भएँ । बाआमाको एक्लो छोरो शब्द भएँ ।

स्खलनपछिको शून्य आनन्दमा नाङ्गै निदाएँ ।

साँझ ६ बजेतिर कोठाको ढोका ढ्याक्ढ्याक् भयो । तर्सिंदै उठें । कट्टु लगाएँ, ढोका खोलें । अमन रहेछ ।

"के भयो तँलाई ?", अमनले भन्यो ।

आँखा मिच्दै भनें, "निदाएछु !"

अमन कोठामा छिऱ्यो । झ्याल खोल्दै भन्यो, "कसरी निदाउँछस् बे, यस्तो गर्मीमा !" त्यसपछि उसका आँखा मेरो छातीमा पुगे, "तेरो पनि छातीमा भुत्ला पलाउन थालेछ !"

मैले भेस्ट लगाउँदै भनें, "तेरो चाहिँ पला'को छैन ?"

"तँभन्दा म जेठो हुँ !", उसले हाँस्दै भन्यो ।

"हिजो स्वस्थानीलाई पुऱ्याएर कतिखेर फर्किस् त ?", मैले सोधें ।

"फर्किहालें !", उसले भन्यो ।

अमन डरछेरुवा छ । उखुबारी, बाँसझ्याङजस्ता एकान्तमा उसको मुटुले अझै राम्ररी काम गर्दैन । ऊ जति छिप्पिएको छ, त्यति उसको हिम्मत छिप्पिएको छैन । हिम्मत र उमेरको तालमेल मिलिसकेको छैन । एक हप्ताअघिको कुरा हो, अमन गहुँ पिस्न मिल गएको थियो । मिलबाट फर्किंदा साँझ परेछ । बाटोमा उखुबारी पर्छ । उखुबारीमा भूत देखें भनेर साइकिल र पिठोको बोरा छाडेर भागेछ । पछि उसका बाले साइकिल र पिठोको बोरा लिएर आए । "तीन तिघ्रे भैसकिस् । सम्साँझै भूत देखें भनेर सामान फालेर हिंड्छ । यसले गरी नखाने भो !", अमनसँग बा झोक्किए ।

तर, हिजो कुन हिम्मतले साँझ परेपछि स्वस्थानीलई पुऱ्याउन गयो ? कसरी एक्लै फर्कियो ? के प्रेमले मान्छेको मुटुमा बल भर्छ ? के प्रेमले डरलाई जितेर मनलाई शान्त बनाउँछ ?

सायद बनाउँदो हो । पक्का बनाउँदो हो ।

"बाँसझ्याङ, उखुबारीमा डर लागेन ?", मैले सोधें ।

"ह्या, के डर लाग्छ हो ! मलाई त उखुबारीमै बस्न मन थियो !"

"किन उखुबारीमा ?"

"उखुबारी पुगेपछि माहोल नै त्यस्तै बन्यो । स्वस्थानीले पछाडिबाट मेरो कम्मर च्याप्प समाती । मैले एउटा हातले साइकिलको ह्यान्डल समातें । अर्को हातले मेरो कम्मरमा आइपुगेको उसको हात सुमसुम्याएँ । त्यसपछि त के भयो, भयो नि !"

"स्वस्थानीको हात थोरै न तैंले पहिलोपल्ट समातेको होस् र !"

"सुन न बे पहिला !"

"भन् !"

त्यसपछि उसले मेरो ढाडमा टाउको राखी । मैले साइकिलको पाइडल पेल्न सकिनँ । म उत्रिएँ । ऊ पनि उत्री । मैले साइकिल डोऱ्याएँ । हामी हिँड्यौं । कहिल्यै बाटो नसकियोस् जस्तो लागेको थियो । उखुबारीको बीचमा मान्छेको कुनै चाइँचुइँ थिएन । साँझ परिसको थियो ।

त्यसपछि... !

अमन बोल्दाबोल्दै अड्कियो ।

अमनको शरीरमा काँडा उम्रियो । अनुहार रातो भयो । उसको जिउमा नयाँ फुर्ती चड्यो । अनि अड्किएकै ठाउँबाट कुरा शुरु गऱ्यो, "...हिँड्दाहिँड्दै मैले स्वस्थानीको ओठमा किस गरेँ । उसले अङ्गालोमा मलाई च्याप्प कसी । म त फलाममा चुम्बक टाँसिएझैं टाँसिएछु ।"

मैले स्वस्थानीको छाती माड्न थालेँ । गाला र गर्दनमा किस गरेँ । हेर्दाहेर्दै उसको आँखा बन्द भयो । लामोलामो श्वास फेर्न थाली । स्वस्थानीको यस्तो लामो श्वास कहिल्यै सुनेको थिइनँ । ऊ सागजस्तो ओइलाउन थाली । मैले जता फर्कायो, त्यतै फर्किन थाली । उसको शरीरबाट मगमग बास्ना आइरहेको थियो । ऊ कस्तरी डराएकी थिई बे ! त्यति नै खेर मेरो कट्टु भिज्यो ।"

एउटा रहस्य सकियो ।

त्यसपछि अमन आगोजस्तो तातो भयो । आँखा चिम्लिएर मुठी कस्यो । उसको नाडीमा काँडा उम्रियो । "मज्जा भयो बे ! मज्जा !", जोडले भन्यो ।

"केही नगरी कसरी मज्जा भयो बे तँलाई ?"

"किन गरिनँ रे बे ?"

मेरो कल्पनामा लगत्तै अनुजा आई र भनी, "तिमी त कस्तो छौ ! मलाई छुनसमेत डराउँछौ । तिम्रो साथी अमनलाई हेर ! त्यो कस्तो छ ? तिमी कस्तो छौ ? मलाई पनि बेलाबेला त्यस्तै गर, जस्तो अमनले स्वस्थानीलाई गरेको थियो ! उस्तै प्रेम गर, जस्तो तिम्रो साथीले आफ्नी प्रेमिकालाई गर्छ ! लैजाऊ मलाई पनि एकान्तमा ! मायाले समात, मेरो

छाती ! प्रेमले चुम, मेरो ओठ ! मलाई पनि फेर्नु छ लामो श्वास ! लिनु छ, सुखको स्वाद ! प्रिय शब्द, मलाई प्रेम गर !"

म झस्किएँ ।

"के भयो ?", अमनले भन्यो ।

मसँग उत्तर छैन ।

"केही हैन !", मैले भनें ।

"तैंले होमवर्क गरिस् ? मैले त गरेकै छैन यार ! मलाई नि सार्न दे है ! घरबाट कापी लिएर आउँछु ।", अमनले होमवर्क सम्झियो । घरतिर कुद्यो ।

***

साँझ खाना खाने बेला हुँदै थियो, अमन आयो । आमाले खाना खा भन्नुभयो । उसले खाइसकेको भनेर मानेन । हामीले खाना खाउन्जेल अमनले मेरो होमवर्क सार्‍यो । होमवर्क सारिसकेपछि घर हिंड्न लागेको थियो, आमाले भन्नुभयो, "अँध्यारो रात छ । सर्पले ठुङ्ला नि !"

हाम्रो घरबाट पाँच-सात मिनेटमा अमनको घर पुगिन्छ । भनें नि, प्रेमको मामिलामा बाहेक अमन डरपोक छ । राति एक्लै हिंड्न डराउँछ । डराएका खुट्टा छिटोछिटो हिंड्दा दुई मिनेटमै पुग्ला तर 'सर्प' सुनेपछि उसका खुट्टा चलेनन् । मसँगै कोठामा पस्यो ।

"ओई, मलाई पुर्‍याइदे न !", उसले भन्यो ।

"यहीं सुत् न आज !", मैलें भनें ।

"बाले मार्छन् !"

"मार्दैनन् । होमवर्क गर्न आ'को भन् न !"

अमन डराईडराई मैसँग बस्यो ।

अमन राम्रो चित्र बनाउँछ । स्कूलबाट जिल्लास्तरीय चित्रकला प्रतियोगितामा फस्ट भएर पुरस्कार पाएको थियो । हेडसरको अफिस कोठामा उसैले बनाएका दुइटा चित्र सजाइएका छन् । एउटा दशैंमा पिङ खेल्दै गरेको, अर्को हाम्रै स्कूलको । विद्यार्थीसँग कहिल्यै खुशी

नहुने हेडसरले समेत एक दिन खुशी हुँदै भनेका थिए, “तैँले बनाएको चित्र गाविस अध्यक्षले पनि मन पराएँ । तँ राम्रो चित्रकार बन्न सक्छस् ।” तर, उसका बालाई अमनले चित्र बनाएको पटक्कै मन पर्दैन । चित्र कोर्दै गरेको देखे भने उसको ढाडमा सिधै लौरो चल्छ । अमनका बालाई लाग्छ, चित्रले खान दिँदैन । खान नदिने काम गर्दा छोरो भोकै हुन्छ ।

छोरो भोको भा'को कुन बाउलाई मन पर्छ ।

गफ गर्दागर्दै उसले एउटा सादा पानामा आफ्नो र स्वस्थानीको पेन्सिल चित्र बनायो ।

“कस्तो देखियो बे ?”

“बुढाबुढीजस्तै ।”, मैले भनेँ । ऊ गमक्क पर्‍यो ।

चित्रभित्र स्वस्थानी अमनको साइकिलमा चढेकी छे । स्वस्थानीको हातले अमनको कम्मर च्याप्प समातेको छ । स्वस्थानीले टाउको अमनको ढाडमा राखेकी छे । पाइडल पेल्दै गरेको अमनको मुन्टोपछाडि फर्किएर स्वस्थानीलाई हेर्न खोज्दै छ । चित्रलाई ओल्टाइपल्टाइ हेर्‍यो, “अलिक मिलेनछ, स्वस्थानीको नाक चित्रको भन्दा राम्रो छ । निधार अलिक फराकिलो छ ।” आफैँले बनाएको चित्रमा स्वस्थानीको नाक र निधार आफैँले मन पराएन । चित्र च्यात्यो र फेरि अर्को बनाउन थाल्यो ।

हाम्रो मधुरो गुनगुन सुनेर पल्लो कोठाबाट बा बोल्नुभयो, “के गफ गर्दै छौ ? नपढेर !”

त्यसपछि बा सधैँझैँ खोक्न थाल्नुभयो, “ख्वाङ्ख्वाङ्... !”

आमाको उही डाइलग, “बिँडी नखानू भनेको टेर्नुछैन ।” बा'को उही प्रतिक्रियाहीन स्वभाव, मौन ।

हामी पनि बोलेनौँ । अमनले आफ्नो चित्र नोटकापीको बीचमा राख्यो अनि अनुजा र मेरो चित्र बनाउन थाल्यो । उसले चित्र बनाएको मैले निमग्न हेरिरहेँ । एकै छिनमा चित्रमा म र अनुजा बन्यौँ । स्वस्थानी र आफ्नो चित्र जस्तो भावको बनाएको थियो, मेरो र अनुजाको चित्र पनि उस्तै भावको बनायो ।

चित्रमा अनुजाले मेरो कम्मर च्याप्प समातेकी छे । टाउको मेरो ढाडमा राखेकी छे । जिउँदी स्वस्थानी जे गर्छे, चित्रकी स्वास्थानीले पनि त्यही गरिरहेकी छे ।

"टेप ले बे, तेरो आँखा पर्ने ठाउँमा टाँसिदिन्छु ।", अनुजा र मेरो चित्र भित्तामा टाँस्न खोज्यो ।

"भाग् साले ! मलाई मराउने विचार छ !"

"बुहारी भन्दे न !", ऊ हाँस्यो । हाम्रो खोसाखोसमा चित्र कच्याकुचुक भयो ।

"शब्द, ए शब्द !", आँगनबाट कसैले मलाई बोलायो ।

"हजुर !" भन्दै म बाहिर निस्कें ।

"याँ अमन आको छ ?", अमनका बा रहेछन् ।

"छ ।"

"घर जानुपर्दैन अरे ! एकैछिनमा आउँछु भनेर हिँडेको थियो ।", अमनका बा च्याँठिए ।

"होमवर्क धेरै छ । सकिएको छैन । आज यहीं बस्छ नि काका !", अमन सास रोकेर बालाई सुनिरहेको थियो ।

"लौ त, भोलि बिहानै जान भन्नू !"

अमनले शान्तिको सास फेऱ्यो । उसका बा फिर्ता भए । फेरि हाम्रो खासखुस शुरू भयो, जसले कोठाको चार दिवार काटेर बा'को कानसम्म पुग्न सक्ने तागत राख्दैनथ्यो । राति एघार बजेतिर आमाले भन्नुभयो, "अब सुत है ! बरू बिहान सबैरै उठेर पढ्नू !"

बा बोल्नुभएन । खोक्नु पनि भएन ।

मधेसको हाम्रो गाउँमा गर्मी छ । खपडाको छानो सेलाइसके पनि तातो घटेको छैन । बतासले आफ्नो गति घटाएको छ । झ्यालबाट शीतल हावा छिर्न सकेको छैन । हाते पङ्खा हात गलेसँगै गल्छ छ । गर्मी भयो भनेर अमनले भेस्ट र पाइन्ट खोलेर कट्टुमात्र लगाएर सुत्यो । मलाई एक्लै बस्दा, सुत्दा कपडाले बिझाउँछ तर दुई जना हुँदा लाज लाग्यो । मैले भनें नि, खोलामा पौडी खेल्दा कट्टु लाउन

थालेदेखि एक्लै सुत्न थालेको हुँ । एक्लै सुत्न थालेदेखि नाङ्गै सुत्न थालेको हुँ । बानी परेछ ।

अमन नाङ्गै ओछ्यानमा पल्टियो । लालटिनको मधुरो उज्यालो निभाउनुअघि उसको शरीरमा मेरो आँखा अडियो ।

उसका जुँगा बाक्लिँदै गएका छन् । सुन्तलाका केस्राजस्ता रसिला ओठमा काला जुँगा खुबै सुहाएको छ । साढे पाँच फिट अग्लो ढोकाबाट भित्र पस्दा उसलाई निहुरिनुपर्छ । बाक्लो आँखिभौंमाथि टारबारीजस्तो फराकिलो निधार छ । कपाल सर्लक्क परेको । सबै बैंसालु केटाहरूले झैं बीचमा सिउँदो फारेर 'तेरेनाम' स्टायलमा कपाल कोर्न थालेको छ । ओठको दायाँ कुनाको छेउको दाँत खप्टिएको छ । हाँस्दा त्यो दाँत खुबै सुन्दर देखिन्छ । च्याप्टिँदै गएको उसको छातीमा भुवाजस्तो नरम रौं उम्रिन थालेका छन् ।

अमन निदाइसक्यो । मैले लालटिन निभाएँ । मलाई निद्रा लागेन । उसको श्वासको गतिसमेत मलाई ठूलो हुरीजस्तो लाग्यो । उसले मेरो जिउमा खुट्टा बोकायो । मलाई त्यो खुट्टा झट्कारेर फाल्न मन लागेन । त्यो खुट्टाको थिचाइले मलाई अनौठो सुख दियो । बिस्तारै उसको छाती छोएँ । भर्खर उम्रिँदै गरेका रौं खेलाउँदै थिएँ, ऊ चलमलायो । करेन्ट लागेझैं मेरो हात उसको छातीबाट उछिट्टियो । मलाई के भयो ? थाहा छैन । तर, म भयभित छु, थाहा छ ।

भित्तातिर कोल्टे फर्कें । बिग्रिएको आँपमा कीरा सलबलाएझैं दिमागभित्र प्रश्न सलबलाइरहेका थिए, "किन अमनको नाङ्गो जिउले अनौठो सुखबोध गरायो ? किन उसको जिउ छुन मन लाग्दै छ ?" निद्रा लागेन । म अमनतिर फर्किन सकिरहेको थिइनँ तर सङ्गीत पारखीले एकएक बिटमा ध्यान दिएजस्तो उसको श्वासको गति नबिराई सुनिरहेको थिएँ । अघिसम्म झर्को लागेको श्वास अहिले लोभलाग्दो तर त्रासदीपूर्ण तबरले मलाई बिथोलिरहेको थियो । मैले आफूलाई रोक्न सकिनँ । नचाहँदा नचाहँदै ऊतिर फर्किसकेको थिएँ । ऊ गहिरो निन्द्रामा थियो । मनले थोरै सान्त्वना पायो ।

कति बेला मेरा औंलाले उसका गाला सुम्सुम्याउन थालेछन्, पत्तै पाइनँ।

यो के भइरहेछ ?

एक्लै ढोका थुनेर जे कुरा गर्न चाहन्थें, त्यो कुरा अहिले, यतिखेर झन् तीव्र भएको छ। मैले अमनको छातीमा आफ्नो कान राखें। उसको मुटु मीठो तालमा बजिरहेको मादलको तालजस्तो सुनियो।

मलाई छटपटी भयो। अनायस मैले अमनलाई च्याप्प अङ्गालो हालें। ऊ निद्रामै थियो। मैले अहिलेसम्म कहिल्यै नभोगेको नयाँ सुखको अनुभूति भयो। उसको शरीरबाट मीठो बास्ना आइरहेको थियो।

निकै बेरपछि अमन चलमलालायो। मलाई डर लाग्यो। अमनले थाहा पायो भने के भन्छ ?

मलाई किन यस्तो भइरहेको छ ? किन ?

म अमनलाई छाडेर बाहिर निस्कें।

टर्च बोकेको थिइनँ। आकाशमा ताराहरू टिलपिलाइरहेका छन्। भुइँमा निष्पट्ट अँध्यारो छ। होसमा भएको भए टाढाटाढा भुकेका कुकुरको आवाजले डराउन काफी थियो। तर, आफैंभित्र डरको हुरी चलिरहेको थियो, बाहिरी कुराले छुने हिम्मत गरेन।

डगरमा उभिएर आफैंलाई छामें। चलाएँ। बन्दकोठामा जे गर्थें, त्यही गरें। एकछिनपछि शान्त भएँ। शून्य भएँ। बेकार गरें भनेर पछुताएँ।

कतै अमन बिउँझियो कि ? उसले मैले गरेको सारा कुरा थाहा पायो कि ? ऊसँग फेरि कसरी सुत्नु ? प्रश्नले मगज चिमोट्यो। घरबाहिर दलानको खाटमा बसें।

कुकुर जोडजोडले भुक्न थाल्यो।

“सबलाई मारिदिन्छु ! आगो लगाइदिन्छु सिङ्गै गाउँ ! सबै मान्छे पापी हुन् ! सबै अपराधी हुन् ! मलाई मान्छे चाहिंदैन ! आइज कुकुर, तँ र म सँगै सुत्नुपर्छ ! तँ मलाई माया गर् ! तँलाई भात दिन्छु, मासु दिन्छु !”, ह्रषमान कराउँदै आयो।

कुकुर जोडजोडले भुकिरहेका थिए।

ह्रषमान झन् कराउन थाल्यो, “सबैलाई मारिदिन्छु... !”

मलाई बाहिरी डरले समात्यो । हस्याँङफस्याँङ गर्दै कोठामा फर्किएँ । खुट्टाले कागज कुल्चियो । टर्च बालेर कागज टिपेँ । अमनले अघि बनाएको अनुजा र मेरो चित्र रहेछ । चित्र टेबलको सामाजिक किताबभित्र कोचेँ । अचानक चित्रकी अनुजा मेरो दिमागमा पसी र भनी, "म तिमीलाई प्रेम गर्छु । तिम्रो शरीरको बास्ना मेरो नाकमा मगमगाइरहेको छ । तिमीलाई छुँदा मेरो शरीरमा छुट्टै सुखको उत्पत्ति हुन्छ । तिमी मेरो प्राण हौ । मेरो नसामा रगत हैन, तिमी बग्छौ । शब्द, तिमी मेरो जीवनको जरा हौ । तिमी हुँदामात्र जमिनमा अडिन सक्छु ।"

खाटमाथि टर्च सोझ्याएँ । अमन हातखुट्टा फारेर मस्त निदाएको छ ।

टर्च निभाएँ । ओछ्यानमा जाने आँट आएन । मेरो शरीर अचानक काप्न थाल्यो । यस्तो भयङ्कर डर यसअघि कहिल्यै लागेको थिएन । जिउमा पसिनाको मूल फुट्यो । भुइँमा थ्याच्च बसेँ ।

के भयो ?

"अनुजाले छुँदा दुःख हुन्छ । अमनले छुँदा किन सुख भयो ?" अरिङ्गालले चिलेझैं प्रश्नले मगज चिल्न थाल्यो । श्वास थुनियो । बेस्मारी चिच्याउन खोजेँ तर आवाज गाँठो पऱ्यो । खाना सर्किएजस्तो घाँटीमा आवाज सर्कियो । म अललिएँ ।

अमन बिउँझियो । मलाई ओछ्यानमा खोज्दै भन्यो, "शब्द, पिसाब लाग्यो । बाहिर जाऔँ न !"

म सम्हालिनुपूर्व नै मेरो हातले टर्च बालेछ । अमनले मलाई भुइँमा देख्यो । छक्क पर्दै सोध्यो, "किन भुइँमा बसेको ?"

"साह्रै गर्मी भयो । भुइँमा अलिक शीतल हुन्छ कि भनेर !", अचानक उत्तर आयो ।

उसले बाँकी केही भनेन । अम्खोरामा पानी थियो । कतिखेर पोखिएछ । मेरो जाँगे आधा भिजेको थियो । भुइँ चिसो थियो ।

"ए, पानी पोखिएछ !"

पिसाब गर्न डगरमा निस्क्यौँ ।

***

भोलिपल्ट बिहान स्कूल जाने बेला अनुजाले मलाई पर्खिरहेकी थिई। मेरो साइकिलमा चढी। मलाई छोई तर आज अरू बेलाजस्तो उसको हातले घोचेन। प्रेमले भरिएका उसका हातले मलाई छुँदा अरू बेलाजस्तो अप्ठेरो भएन। एउटा हातले साइकिलको हेन्डल समातेँ। अर्को हातले पछाडिबाट मेरो कम्मरमा आइपुगेको उसको हात सुम्सुम्याएँ। आज उसका हात अरू बेलाभन्दा नरम र सुन्दर लागे।

अचानक यस्तो किन भयो ?

थाहा छैन। मलाई थाहा छैन।

स्कूल पुग्ने बेलामा भनी, "शब्द, आँपको खट्टमिट्ठी ल्या'की छु, खान्छौ ?"

मैले खान्नँ वा खान्छु भन्नुअगाडि नै उसको हात फ्रकको खल्तीभित्र पस्यो र एक पोका खट्टमिट्ठी बाहिर निस्क्यो।

अमिलो, पिरो, नुनिलो र गुलियो !

मेरो प्रेमजस्तै !

पानी

गर्मीको पारो चढेसँगै वैशाखले आफ्नो साख गुमाउँदै छ । वसन्तको बास गृष्मतिर सर्दै छ । मध्याह्न आकाशमा कुनै चराको पखेटा देखिँदैन । मान्छेलाई जस्तै चरालाई पनि 'लु' लाग्छ । हाते पङ्खालाई गर्मीले पटक्कै टेर्दैन । गरीबको भान्साको भातजस्तो हावा बाँच्न पुग्नेगरी मात्र चल्छ । गर्मीले पेलेको बेला मेरो दिमाग विचारशून्य हुन्छ । छटपटीले उखुम हुन्छ । पसिनाले जिउ ल्यात्त हुन्छ । आफैँसँग घिन लाग्छ ।

जताततै शून्यता छ । रूखका पात पनि हल्लिएका छैनन् । नाङ्गो ज्यानमा कछाड बेरेर घरछेउको फलैंचामा बुढापाकाहरू गर्मीको विषयमा गफिइरहेका छन् । आमाले पनि साडीको सप्को कम्मरमा बेरेर छाती खुल्ला राख्नुभएको छ । पसिनाले चोलो लफ्रक्क भएको छ । सिन्दूर नाकको बाटो हुँदै भुइँतिर बगिरहेको छ । लाग्छ, आज बाह्रसूर्य जागेको छ ।

शनिबारको दिन थियो । घरबाट बाहिर निस्कें । सरासर बुढीदह पुगें । अरू बेला प्रायः दुई-चार जना फुच्चाफुच्ची र केही जवान पौडी खेल्दै हुन्थे । आज कोही छैनन् । केटाकेटीले समेत घरबाट निस्कने हिम्मत गरेनन् । दह चकमन्न छ ।

यस्तो उखरमाउलो गर्मीमा दहको चिसो पानीमा डुबुल्की मार्नु कम्ता मज्जा हुँदैन । तन मात्र हैन, मन पनि शीतल हुन्छ । तर, सधैं पौडीबाजीको मज्जा लिन पाइँदैन । स्कूल, ट्युसनले फुर्सद हुँदैन ! कुनैकुनै शनिबार त घरमै बसेर होमवर्क गर्दागर्दै दिन बित्छ ।

नीलो आकाशमा कतैकतै सेता बादलका थुम्काथुम्की देखिन्छन्, तस्वीरमा झैं अचल । आकाशबाट खसेर दहभित्र डुबेका । तिनलाई पनि मलाई जस्तै गर्मी भयो कि ! दहको डिलमा गन्जी खोलें । आँखा टाढाटाढासम्म पुगेर मान्छे खोज्यो । भेटेन । कानले मान्छेको चाल सुन्यो, भेटेन । स्वाट्ट कट्टु खोलें । झ्वाम्म पानीमा हाम फालें ।

कयौं दिनपछि यसरी नाङ्गै आफूलाई पानीमा डुबाएँ । नाङ्गै पौडिनुको जुन मज्जा छ, त्यो मज्जा कट्टु लगाएर पौडिनुमा कहाँ ! पानीले भिजेको कट्टुले च्याप्प छाला समात्दा अनुजाले मेरो गाला समातेजस्तो अप्ठेरो हुन्छ । स्वतन्त्र हुन पाउँदिनँ । तर, लाजले स्वतन्त्रता देखिसहँदैन । लाज र स्वतन्त्रता एकअर्काका घोर शत्रु रहेछन् । लाजले जहाँ भेट्यो, त्यहीं स्वतन्त्रतामाथि ढुङ्गा हान्छ । कान समात्छ । स्कूलको मास्टरले पाठ घोकाएझैं सभ्यता र इज्जतको पाठ घोकाउँछ । लाजको अघि मान्छे हावा खुस्किएको भकुन्डोजसरी खुम्चिनुपर्छ ।

बुढीदहमा प्रशस्त माछा छन् । कसैले दहका माछा मार्दैनन् । यस दहमा जम्मा भएका माछामा देवताको आत्मा छ भन्छन् । कहिले हो कहिले, उहिले-उहिले जतिखेर यहाँ मान्छे थिएनन्- जङ्गल थियो । जनावरहरू थिए । एकादेशका राजा शिकार खेल्दैखेल्दै यहाँ आइपुगेछन् । राजालाई तिर्खा लागेछ । पानी पिउन खोज्दा माछा देखेछन् । सेनालाई आदेश दिएछन्, "पोखरीका सबै माछा समात् !" राजाबाट आदेश हुनासाथ आकाशवाणी भयो रे, "त्यहाँका माछामा वनदेवताको आत्मा छ । यदि तिमीले त्यस ठाउँका माछा मार्‍यौ भने तिमीलाई ठूलो क्षति हुनेछ ।"

अटेर गरी राजाले माछा समात्न लगाएछन् । त्यसलगत्तै उनले ठूलो युद्ध गर्नुपर्‍यो रे ! राज्य नै हारे अरे !

त्यो 'रे'ले माछालाई जीवनदान दिइरहेको छ तर मान्छे प्रशस्त चलाख भइसके । दहभन्दा ठीक सय मिटर तल दुवाली छेकेर माछा मार्छन् । मैले पनि थुप्रैपल्ट मारेको छु । कसैको केही क्षति भएको छैन । दहमै पसेर माछा मार्न सक्ने हिम्मत भएका आँटीचाहिं अहिलेसम्म भेटिएका छैनन् ।

यहाँका माछा मान्छेसँग डराउँदैनन् । मान्छेसँग रमाउँछन् । कुनै-कुनै माछा त हत्केलामै बस्न आउँछन् । लाग्छ, साँच्चै माछामा देउताको आत्मा छ, जसले मान्छेलाई प्रेम गर्छ । निकै बेर सोचिरहँदा त्यो 'रे' परिवर्तन भएर 'हो' हुन्छ तर देउता नमान्ने नास्तिकहरूले भन्न सक्छन्, "प्रत्येक प्राणीलाई मृत्युसँग भय हुन्छ । यहाँका माछा त्यो भयबाट मुक्त छन् । यसकारण मान्छेका हत्केलामा आउँछन् ।"

"देउता छन्" भन्नु पनि विश्वास हो । "देउता छैनन्" भन्नु पनि अर्को विश्वास हो । यो संसार विचित्र विश्वासको सृजना हो ।

म पौडिँदै थिएँ । एउटा रातो वर्णको माछा आएर मेरो अघिपछि पौडिन थाल्यो । मैले हत्केला थापें । कुकुरको ज्ञानी छाउरो काखमा बसेझैं माछा मेरो हत्केलामा बस्यो । पानीबाट हत्केला बाहिर निकालें । ओल्टाइपल्टाई हेरें । माछा छटपटाउन थाल्यो । मैले फेरि पानीमा छाडिदिएँ । पौडिँदै मबाट टाढा गयो । माछाले पक्कै भन्यो होला, "विश्वासघाती मान्छेले झन्डै मारेन ।"

खुल्ला झ्यालबाट कोठामा हुरी पसेजस्तो मेरो मनमा एउटा प्रश्न पस्यो, "साँच्ची, माछालाई लाज लाग्दो हो कि नाइँ ? माछाको छोरो, माछाको बाउसँग लजाउँछ कि लजाउँदैन । माछाको समाजमा माछाहरूले किन कट्टु लगाउँदैनन् ?"

फेरि मनले लगत्तै अर्को कुरा सोच्यो, "मान्छेले लाजको आविष्कार किन गर्‍यो होला ?"

मनमा अनेकौं विचारहरू सलबलाउन थाले, "संसारमा सबैभन्दा पहिला को लजायो होला ? उसले किन नाक नछोपेर तुरी छोप्यो होला । नाकजस्तै तुरी पनि खुल्ला हुनु वा तुरी खुल्ला राखेर नाक छोप्नु, के हुन्थ्यो होला ? मानिसको उत्पत्ति कयौं वर्ष पुरानो छ । छिनछिनमा परिवर्तन हुने समय छ । तर लाज परिवर्तन हुन किन सकेन ?"

"मैले कट्टु लगाउन छाडेर नाङ्गै हिँड्न थाले भने के हुन्छ ? मैले लाजको ठाउँ सारें । अबदेखि म तुरी हैन, नाक छोप्छु ।" भनें भने के हुन्छ ?

म बाँच्न पाउँछु कि पाउँदिनँ ? माटाको दिवारबाट छिचिमिरा उडेझैं मेरो मनबाट अनेक विचार र प्रश्नका छिचिमिराहरू उड्न थाले । पक्का बाँच्न त पाउँछु । मान्छे त्यति निर्दयी छैनन् । मान्छेले मान्छेलाई त्यति सजिलै मार्दैन । बरू मेरो छुट्टै समाजको निर्माण होला । म नाङ्गै हिंड्ने टोले बौलाहा ह्रषमानको सामाजिक विरासत थाम्ने अर्को ह्रषमान हुन्छु होला ।

ह्रषमान झन्झन् धेरै बौलाउन थालेको छ । हिजो बाटोमा हगेछ । आफ्नै गुहु खेलाउँदै थियो । मान्छेले ढुङ्गा हानेर लखेटे । देखेको होइन, सुनेको हुँ, "गुहु खेलाउँदाखेलाउँदै गुहु खान्छ रे ! देखेको होइन, सुनेको हुँ । अलिक वर्ष पहिला दशैंको टीकाको दिन सबैले निधारमा रातो टीका लगाएर हिंडेछन् । उसले गुहुको टीका लगाएर हिंड्यो रे !"

छिः ! मैले आफ्नो निधारमा गुहुको टीका सम्झें । आफ्नो मुखमा गुहुको गाँस सम्झें । भनभनी झिङ्गा घुमेको आफ्नो अनुहार सम्झें । लट्टा परेको टाउको सम्झें । स्याउँस्याउँती जुम्रा परेको कपाल सम्झें । मुखबाट चुहिरहेको र्‍याल सम्झें । गर्मीको बेला पनि जाडोमा लगाउने मोटा लुगा भिरेर हिंडेको सम्झें । हिउँदको जाडोमा पनि नाङ्गै हिंडेको सम्झें ।

मभित्र ह्रषमानको आत्मा घुस्यो ।

म छटपटाउन थालें ।

म त्यसरी बाँच्न सक्दिनँ । मेरो टाउको पानीमाथि फनफनी घुम्यो । आकाश घुम्यो । रूखहरू उल्टो उभिए ।

आँखा चिम्लिएँ । पानीमा स्वाट्ट टाउको डुबाएँ ।

होस आयो । नाङ्गै पानीमा पौडिरहेको शब्द भएँ ।

"मभित्रको 'म' बौलाउन सक्दैन । म कक्षाको फस्ट ब्वाई हुँ । पढ्नुपर्छ । म बा'को सपना हुँ । आमाको खुशी हुँ । स्कूलको इज्जत हुँ । म शब्द नामको सामान्य केटोमात्र होइन । म बन्द कोठाको नाङ्गो मान्छेमात्र होइन । चाहिंदैन पागल स्वतन्त्रता ।" मभित्रको 'म' आफैंलाई सम्झाउन सक्नेगरी बलियो बन्यो ।

हतारिँदै पानीबाट किनारामा निस्कें । दुवै हातले लाजको द्वार छोपें । झटपट कट्टु लगाएँ । अनि पुनः पर...पर...सम्म हेरें । मान्छेको नामनिशान थिएन । लामो श्वास फेरें । चारैतिर उस्तै चकमन्नता छ । उस्तै शान्ति छ । म फेरि पानीभित्र पसें ।

मन शान्त भयो ।

पानीको छप्लाङ्गछुप्लुङ्ग मीठो सङ्गीतजस्तो गुन्जियो । अघि मनमा जुन विचारहरू आएका थिए, ती सबै पानीमा पखालिए । मन खाली भयो । म फेरि माछा-पानीसँग खेल्न थालें ।

उमेर थपिँदै जाँदा दुःख पनि थपिँदै जाँदो रहेछ । दुःख सोच्दो हो, "यसको उमेर छिप्पिँदै गयो । यसलाई दुःखको भारी पुगेन ।" बा'को फस्ट डिभिजनको शर्तको दुःखले नपुगेर अमनको नाङ्गो जिउ र उसको बास्ना थपियो, अनुजाको प्रेम थपियो । बेलाबेला मगजमा चिल्ने अनेक प्रश्न थपिए ।

निकै बेर पौडिएँ । हातपाखुरा गले । भोक लाग्यो तर मन एकदम हलुका भयो । किनारामा निस्कें । कट्टु र गन्जी फेरें । भिजेको कट्टु धुँदै थिएँ, अमन आउँदै गरेको देखें । उसले टाढैबाट भन्यो, "एक्लै आइस् बे, मलाई भन्नु पर्दैन !" यति भनिसक्दा ऊ मेरै छेउमै आइपुगेको थियो । भेस्ट खोलेर हावामा उडायो । हाफपेन्टको टाँक खोल्दै भन्यो, "आज नाङ्गै हान्दिम्, कोही छैनन् क्यारे !"

"म घर जाने बेला भो" भन्न लागेको थियो तर जिब्रो चल्न मानेन ।

उसले मेरो जवाफ पर्खिएन । कट्टु र हाफपेन्ट एकैचोटि खोल्यो । खोलेको कपडा फ्यात्त भुइँमा फाल्यो र झ्वाम्म पानीमा डाइभ हान्यो, "आइज बे, सँगै पौडौं !"

उसको नाङ्गो शरीर देख्दा नसामा सुलसुले कुदेझैं भयो । कहाँ चिलायो, भेउ भएन ।

"मान्छे आउँछन्, हुँदैन !", म डराएँ आफैंसँग ।

"बाटोतिर हेर्दै पौडिनुपर्छ !", ऊ डराएन अरूसँग ।

"मैले लुगा फेरिसकें। तँ पौडी, म मान्छे हेरिदिन्छु।", म ज्ञानी पल्टिएँ।

अमन पानीभित्र चिसो भयो। म पानीबाहिर तातो भएँ। नसाभित्र दौडिरहेको सुलसुलेको बेग अझ बढ्यो। अमन पानीभित्र जताजता जान्छ, उतैउतै आँखाले पछ्याउन थाल्यो।

"उसलाई छुन पाए !"

मभित्र लोभ जन्मियो। अमन मेरा लागि यही बुढीदहको पानीजस्तो हो। तिर्खा छ तर पिउन सक्दिनँ। पानी भएर मात्रै प्यासीको तिर्खा नमेटिने रहेछ। समुन्द्रमा मान्छे काकाकुल हुन्छ !

झ्वाम्म पानीमा पसेर अमनलाई च्याप्प समात्न मन छ तर अमनले के भन्ला ! डर छ। डर, सधैं इच्छाको दुश्मन हो। डर, अवैध चाहनाको पर्खाल हो।

अमनले मलाई फेरि बोलायो, "तँ पनि आइज न बे ! मज्जा हुन्छ !" उसले यति भनिसक्दा म पानीभित्र पसिसकेको थिएँ।

पानीभित्र हामीले लुकीछुपी खेल्यौं। एकअर्कालाई बोकेर पौडिन थाल्यौं। अमनले मलाई छुँदा बडो सुख अनुभूत गरें। यस्तो सुख, जुन कहिल्यै अनुभूत गरेको थिइनँ। शरीरले सुख थेग्न सकेन भने जिउ काँप्दो रहेछ। म पानीभित्र थरथराएँ। त्यो थरथराहटमा अथाह सुखको कम्पन थियो।

"के गरेको बे ?", अमनले माछा पकड्दै सोध्यो।

"केही हैन !", म पानीमुनि स्वाट्ट डुबें।

पछाडिबाट आएर उसले मलाई च्याप्प समात्यो। म भाग्न खोजेझैं गरें। ऊ झन् टाँस्सियो। उसको पिसाब गर्ने ठाउँले मेरो चाकमा स्पर्श गऱ्यो। मलाई मीठो करेन्ट लाग्यो।

म ऊतिर फर्किएँ। देखें, उसको लिङ्ग असामान्य आकारले बढेको थियो। म उसलाई देखेर लजाएँ। अचम्म ! उसलाई पटक्कै लाज लागेको थिएन। अनुहारमा कुनै सङ्कोच थिएन। म पनि उत्तेजित भएको थिएँ तर मेरो उत्तेजना कट्टुले छेकेको थियो। मैले अमनलाई जिस्क्याउँदै भने "तँलाई लाज लाग्दैन बे ?"

"केटाकेटामा पनि के लाज ! तँ केटी होस् र !", उसले भन्यो ।

किशोरवयको मध्य उमेर नाघेको उसको नाङ्गो शरीर कामुक देखिन्थ्यो । सिमलको भुवाजस्ता छातीका रौं भिजेर लफ्रक्क भएका थिए । ओठमाथिका जुँगा पानीले भिजेर सुन्दर भएका थिए । छाती चौडा हुँदै थियो ।

हामी यहाँ अनगिन्तीपटक नाङ्गै पौडिएका थियौं । मलाई यस्तो कहिल्यै हुँदैनथ्यो । अमनले पनि मलाई यसरी कहिल्यै च्याप्प समातेर पानीमा चोबलेको थिएन । पहिलापहिला पानीभित्र लुकिछिपी खेल्दा एकअर्कालाई छुनासाथ खेल सक्किइहाल्थ्यो । तर, आज एकअर्कालाई भेटेपछि पनि खेल सकिएन ।

तर, खेलमा मलाई जस्तै अमनलाई मज्जा भयो ?

मलाई थाहा भएन । उसलाई सोध्न सकिनँ, "तँलाई मज्जा भयो ?"

"मलाई कस्तो भयो ?", त्यो पनि उसलाई भन्न सकिनँ ।

घाम पश्चिमतिर लाग्यो । अलिक शीतल फर्कियो । दहको उत्तर डिलमा गाईबाख्रा देखिए, जहाँ चरनका लागि ठूलो चौर छ । कलिलो घाँस भर्खरै पलाएको हुनाले चरुवा वस्तु थुप्रै छन् । त्यहाँ वस्तु छाडेर यहाँ पौडी खेल्न गोठालाहरू आउँछन् ।

अमनले आत्तिँदै भन्यो, "मान्छे आए यार ! जा न, मेरो कट्टु ल्याइदे !"

"तँ आफैं जा न !", मैले अत्याएँ ।

"ह्या मान्छेले देख्छन् क्या !" भन्दै पानीभित्र जिउ डुबायो र टाउको बाहिर निकाल्यो । पोखरीको डिलतिर मान्छे आउँदै गरको देख्यो । टाउको पनि पानीले छोप्यो । एकैछिनपछि अललिँदै टाउको पानीबाहिर निकालेर रुन्चे स्वरमा भन्यो, "मान्छे आइसके । जा न रे, ल्याइदे !"

मलाई अमनको एक्कासि माया लाग्यो । उसलाई आपत् परेको मलाई निको नलाग्दो रहेछ । म किनारामा निस्कें । अमनलाई कट्टु दिएँ । कस्तो अचम्म ! अमनको त्यो कट्टु सुँध्न मन लागेको थियो ।

अमनले के भन्ला भनी ठानेर सुँध्न सकिनँ । उसको कट्टु छुँदासमेत मैले मीठो सुखको अनुभूत गरें ।

उसले पानीभित्रै कट्टु लगायो । लाज बचायो ।

***

चरन चौरको छेउछाउमा बाक्ला सिसौका बोटहरू छन् । अमन र म सिसौका बोटको शीतलमा बसेर भिजेको कट्टु र गन्जी सुकाउँदै थियौं । हामी बसेभन्दा अलिक पर्तिर बसेर गोमा दिदी बाख्राको चरुवा गर्दै थिइन् । उनी के ध्यानमा थिइन् कुन्नि, एकसुरकी देखिन्थिन् । आकाश हेरेर, टाढाटाढा क्षितिज हेरेर, अग्ला रुख हेरेर टोलाइरहेजस्ती लाग्थिन् ।

उनको ठीक सामुन्ने उस्तै साइजका देखिने एउटा कालो र अर्को खैरो रङ्गको बोको चरिरहका थिए । चर्दाचर्दै एक्कासि कालो बोको खैरो बोकोमाथि उक्लियो । गोमा दिदीको सुर सरेर बोकामा बस्यो ।

"के हेरेको गोमा दिदी ?", सोध्न मन भयो तर सकिनँ ।

"अमन, ऊ त्यहाँ हेर् त !", अमनलाई देखाएँ ।

"दुइटै केटाकेटा रहिछन् !", उसले भन्यो ।

"तँ र मजस्तै !", मैले भनें ।

मैले जिस्किँदै सोधें, "केटाकेटा पनि गर्न मिल्छ अमन !"

उसले मात्रै एक शब्द "मिल्छ" भनिदिए मेरो जीवन धन्य हुने थियो ।

"भाग् साला ! कहाँ गर्नु !", मेरो आशालाई घाइते बनाएर ऊ बोल्यो ।

"बोकाबोका गर्दै छन् त !", मैले झिनो आशा अझै त्यागिनँ ।

"गरेका हैनन् बे, खेलेका हुन् !", ऊ टाठो पल्टियो ।

कालो बोकाले खैरो बोकाको पिठ सुँध्यो र उक्लिन खोज्यो तर खैरो बोकाले आफूमाथि उक्लिन दिएन । पछाडि फर्केर कालो बोकाको अनुहारमा हेरेर हान्न खोज्यो तर के सोचेर हो कुन्नि हान्न सकेन । चर्न थाल्यो तर कालो बोकाले आफ्नो हर्कत छाडेन । फेरि पछाडि गएर पिठ सुँध्न थाल्यो तर यसपटक उक्लिएन ।

मलाई अमनको बास्ना मन परेजस्तै, मलाई अमनको स्पर्शले अनौठो सुख दिएजस्तै, त्यो कालो बोकालाई पनि आफ्नो साथीको स्पर्शले अनौठो सुख दिंदो हो । आफ्नो साथीको बास्ना मीठो लाग्दो हो ।

केही बेरपछि कालो बोको चर्न थाल्यो । खैरो बोको अलिक पर गयो र एउटा कलिलो पाठीमाथि उक्लिन खोज्यो तर पाठीले बोकालाई आफूमाथि उक्लिन दिइन । बोकाले घरीघरी पाठीको पिठ सुँघिरह्यो । पाठीमाथि उक्लिने कोसिस गरिरह्यो । पाठी तर्किरही ।

कालो बोकाको आत्मा मेरो आत्मामा पस्यो । म त्यही बोका भएँ ।

अमन हतारियो, "के हेरेको बे, छिटो हिंड् ! मैले त आज पनि होमवर्क गरेकै छैन ।"

कोही मान्छे खिन्द्रिङ्ग-खिन्द्रिङ्ग साइकिलको घण्टी बजाउँदै आयो । गोमा दिदी झस्किइन् । बसिरहेको ठाउँबाट उठिन् र बाख्राको पाठोलाई बोलाउन थालिन्, "मुने, मुने... आइज !"

गोमा दिदीले आज मलाई बोलाइनन् ।

निम्चुस

आइतबार चार बजे स्कूल छुट्टी भयो । घामको ताप घटेको छैन, असाध्यै गर्मी छ । हामीसँग छाता छैन । मधेसको आदिवासी घाम खप्नु हाम्रो बानी हो तर जति बानी भए पनि हातले पसिना पुछ्दै वा हाते पङ्खाले अनुहार हम्किँदै भन्ने चलन छ, “यसपालिको जति गर्मी त कहिल्यै भएको थिएन !”

मान्छेलाई लाग्दो हो, “दुखिया गर्मी, प्रत्येक वर्ष बिर्सनु निको ! पहिलोपल्ट अनुभव गरेझैं ताजा अनुभव गर्नु राम्रो !”

मेरो साइकिल बिग्रिएको थियो । स्कूल जाँदा अमनको साइकिलमा गएँ । त्यो लट्ठु डब्बल लोड साइकिल कुदाउन मान्दैन । मैले नै पेल्नुपर्छ । यो घाममा डबल लोड साइकिल चलाउनुभन्दा बरू हिंड्नु निको ! तर, अनुजाले यस्ता कुरा बुझ्दिन । जस्तै घामपानीमा पनि मेरो साइकिलमा चढ्न खोज्छे । कहिल्यै सोधिनँ, “शब्द, तिमीलाई गाह्रो भयो ?”

सायद प्रेममा गाह्रो हुँदैन भन्ने कतै सुनेकी थिई कि ? वा स्वयम्ले महसुस गरिसकी !

ऊ मलाई असाध्यै प्रेम गर्छे ।

मलाई लाग्थ्यो, केटीको अगाडि केटो कमजोर हुनु हुँदैन । म केटा हुँ । कसरी भन्न सक्थें, “घाममा साइकिल चलाउन गाह्रो हुन्छ, तिमी हिंड्दै आऊ, म जान्छु ।”

स्कूलबाट फर्किंदा अमनलाई छाडिदिएँ । पैदालु साथीहरूको हूलमा मिसिएँ । हूलमा अनुजा पनि थिई । अनुजा र मेरा आँखा साथीहरूको

आँखा छक्याएर बेलाबेला जुध्छन् । कसैले देखे कि ? मलाई अरूका नजरदेखि डर लाग्छ । त्योभन्दा ठूलो डर अनुजाका आँखादेखि लाग्छ ।

एकएक गरेर साथीहरू आ–आफ्नो घरको बाटो मोडिए । हाम्रो घरतिर मोडिने बाटोमा पुग्दा म र अनुजामात्र बाँकी भयौं । आज फेरि उसको हात स्कटको खल्तीभित्र पस्यो । त्यसबाट 'निम्चुस' चक्लेटको पोको निस्कियो । पोको मेरो हातमा राखिदिँदै भनी, "तिमीलाई निम्चुस मनपर्छ भनेर ल्याइदेको !"

हातले भन्दा अघि मनले निम्चुसको पोको समात्यो । वरपर हेरें र हतपत पोको पेन्टको गोजीमा कोचें ।

अनुजाको अनुहारमा प्रेमीलाई केही दिन पाउनुको खुशी सलबलायो । आँखामा चमक आयो । मन्द मुस्कानले ओठ समात्यो । पुक्क उठेका उसका गाला अझ उठे । ऊ राम्री थिई । मलाई चकलेट दिएपछि अझ राम्री देखिई । कसैलाई केही दिँदा जुन खुशी मिल्छ, त्यो खुशी सबैभन्दा ठूलो शृङ्गार रहेछ । दानले जति मान्छेलाई अरू कुनै शृङ्गारले सुन्दर बनाउन नसक्दो रहेछ । त्यसैले होला, मानिसहरूले एकअर्कालाई उपहार दिएका । दान दिएका । त्याग गरेका ।

हातमा निम्चुस पर्नासाथ मेरो जिब्रोमा निम्चुसको स्वाद रसायो । घुटुक्क थुक निलें तर अनुजाको अगाडि पोको खोलेर खान धक लाग्यो ।

आलाकाँचा प्रेमी यसै गर्दा हुन् । म अनुजाको काँचो प्रेमी थिएँ ।

त्यस समय एक रुपैयाँमा सोह्रओटा निम्चुस आउँथ्यो । अनुजाले मलाई बत्तीसओटा दिई । मलाई निम्चुसको स्वाद खुब मीठो लाग्छ । मुखमा हालेपछि बिस्तारै पग्लिँदै जान्छ । जिब्रोमा गहिरो स्वाद गाडिन्छ । ओठको भित्री भाग र जिब्रो गाडा रातो रङ्गमा चोबेजस्तो हुन्छ । निम्चुस खानका लागि सानोमा कयौंपटक आमासँग झगडा गरेको छु । रुँदारुँदै फकिएको छु । सानैमा देखेको ठूलो सपना थियो, "ठूलो भएपछि अघाउन्जेल निम्चुस खाने !" अघाउन्जेल निम्चुस खानेगरी कहिल्यै ठूलो भइनँ । अझै भएको छुइनँ ।

अनुजाको घर जाने बाटो छुट्टियो । ऊ लोसे पारामा बाटो लागी ।

अनुजा छुटिनासाथ पाँचओटा चकलेट एकैपटक मुखमा हालेँ । मकैभट्मास चपाएजस्तो चकलेट चपाएँ । फेरि तीनओटा मुखमा हालेँ । मेरो जिब्रो र ओठ निकै रातो भएछ । घर पुगेपछि आमाले भन्नुभयो, "बूढो भइसकिस् । अझै निम्चुस खाएर बाँदरको चाकजस्तो ओठ बनाउँछस् !"

"म बूढो भएँ भने तपाईं चैं के हुनुभो नि ? फेरि मान्छे बूढो हुँदैमा स्वाद बूढो हुन्छ र !"

"बोलेर नजित्, बङ्गरा कीराले चपाउँछ अनि थाहा पाउँछस् ?"

"चकलेट नखाए पनि दाँतमा कीरा लाग्छ । बा'को दाँतमा कसरी कीरा लाग्यो त ?"

"बूढो भएर !"

"म बाजस्तो बूढो भा'को छु र ?"

"यसरी निम्चुस खानेलाई किन बूढो हुनुपर्‍यो र !"

महाभारतको कथामा आकाशवाणी भएजस्तो समाचारको बीचबीचमा बज्ने डाबरलाल दन्तमन्जनको विज्ञापन मेरो दिमागमा आकाशवाणी भयो ।

"बूढो भएर हैन ! चकलेट खाएर हैन ! दाँत नमाझेर कीराले खान्छ !", मैले भनेँ ।

छोराको ज्ञानलाई काट्न सक्ने कुनै वाक्य आमाको दिमागमा फुरेन । छोरासँग हार्नुभयो तर बेखुशी हुनुभएन । सन्तानसँग हार्दा आमाबा बेखुशी हुँदैनन् ।

"लु तैं जान्ने भइस् ! भात खान छिटो आइज !", भान्सामा पसेर भात पस्किन थाल्नुभयो ।

भात खाएँ तर भातको स्वाद निम्चुसले खाइसकेछ । पटक्कै मीठो भएन । तरकारीमा नुन चर्को लाग्यो । काठमा फलामको किल्ला गाडिएजसरी जिब्रोमा निम्चुसको गुलियो गाडिएछ । भात थालमै छाडेँ । आमाले गाली गर्नुभयो, "बेला न कुबेला निम्चुस खाएर मुख बिगारेपछि भात कहाँ मीठो हुन्छ त ! कुन दिन अन्नको सराप लाग्छ र भोकै बस्नुपर्छ अनि थाहा पाउँछस् !"

आमाका अर्ती मान्ने मेरो उमेर थिएन । 'जो होगा, देखा जाएगा' वाला पारामा आमाका कुरालाई बाल हानिदिएँ ।

आमा फेरि बोल्नुभयो, "अब बूढो भइसकिस् ! के गर्न हुन्छ, के हुँदैन, ख्याल गर्न सक्ने भइस् ! अन्नको श्राप लाग्छ भन्ने जान् !"

केही बोलिनँ । सरासर कोठाभित्र पसेँ । सधैँझैँ ढोका लगाएँ । झ्याल थुनेँ । पर्दा झारेँ । खाटमा पल्टेँ ।

म त भर्खर जवान हुन थाल्दै छु । उखुको लाँक्रामा रस पसेझैँ भर्खरै मेरा अङ्गहरूमा रस पस्दै छ । भर्खरै मनमा पखेटा पलाएका छन् । पखेटाले बिस्तारै वेग मार्न थाल्दै छन् । बचेराका आँखा खुलेझैँ सपनाका आँखा भर्खरै खुल्दै छन् । भर्खरै आफूभित्र काउकुती लाग्दै छ । भर्खरै बास्नाको नयाँ स्वाद थाहा पाउँदै छु । भर्खरै सुखदुःखको अनुभूति हुँदै छ ।

कसरी अहिल्यै बूढो हुन्छु ! आमाको आँखाले मलाई गलत देख्दै छ ।

कपडा खोलेँ र फेरि आफूलाई नाङ्गो बनाएँ । आफूलाई छाम्दाछाम्दै मेरा आँखा बन्द भए । बिर्को लगाएको चिनीको बट्टाभित्र कमिला पसेझैँ मेरा बन्द आँखाभित्र सुटुक्क अमन पस्यो । उसले नाङ्गै पौडी खेल्दै गरेको सिङ्गो जिउ आँखामा पौडिन थाल्यो । उसले मलाई पानीमा छुँदा जुन स्वाद पाएको थिएँ, त्यो स्वाद मुटुमा पुग्यो । त्यसपछि मेरा धमनीहरूमा सुलसुले कुदेझैँ हुन थाल्यो । नसा चिलाउन लाग्यो । अमनको अङ्गअङ्गभित्र पसेँ । म चिनी भएँ । ऊ पानी भयो । ऊभित्र म घुलेँ ।

जब मैले आँखा खोलेँ, बिस्तारै अमन मेरा आँखाबाट बाहिर निस्कियो । म शिथिल भएँ ।

अचम्म कसरी यस्तो भयो ? कसरी मेरा आँखामा अमनको नाङ्गो शरीर पस्यो, जसले मलाई यति धेरै सुख दियो । उठेर निम्चुस खान खोजेँ तर अमनको जिब्रो सम्झिएँ । निम्चुस झोलामा हालेँ ।

दिउँसो ट्युसन गएँ । फर्किंदा अमनको साइकिलमा चढेँ । आज उसले मलाई "साइकिल चला" भनेन, "पछाडि बस्" भन्यो । अनुजाले

मेरो कम्बरमा समातेझैं बेलाबेला उसको कम्मर समातें । थाहा पाएँ, अनुजा किन मलाई यसरी समात्छे ।

"काउकुती लाग्छ, नसमात् !", अमनले जिउ बङ्ग्यायो ।

मैले जिस्किएको अभिनय गरें, अझै च्याप्प समातें । काउकुती लागेको उसको शरीरले साइकिल थेग्न सकेन । साइकिल लड्यो । काउकुती उसलाई लागेको हो तर म खितखिताएँ ।

"साला गधा !"

"के हाँसेको, साइकिल उठा !", उसले हकाऱ्यो ।

उसको गालीमा पनि मैले प्रेमको अनुभूति गरें । अचम्म ! मनले थप गालीको प्रतीक्षा गऱ्यो ।

अमनले मलाई भनेझैं म अनुजालाई भन्न सक्दिनँ, "मलाई काउकुती लाग्छ, नसमात ! मलाई अप्ठेरो हुन्छ, नछोऊ !"

म केटा हुँ । प्रेमी हुँ । केटा त अमनजस्तो हुनुपर्छ । रमनजस्तो हुनुपर्छ । तर, म छु कस्तो !

स्कूलभरि केटाहरू केटीको एक स्पर्शका लागि मरिहत्ते गर्छन् । कामुक नजरले केटीको कम्मर र तिघ्रातिर आँखा लैजान्छन् । केटीहरूको छातीमा आफ्ना भाले आँखाले कयौंपटक ठुँगेर घाइते बनाउँछन् । जिब्रोबाट प्यात्त ऱ्याल चुहाउँछन् । मैले त अनुजाका लामालामा स्पर्श पाएको छु । कयौंपटक उसले आफ्ना निजी अङ्गमाथि मेरा हातलाई निर्वाध छाडिदिइएकी छे । अरूभन्दा भाग्यमानी केटा हुनुपर्थ्यो म तर भइनँ । अनुजाको स्पर्शले मलाई नीलकाडाँले झैं घोच्छ ।

घर आइपुग्न लागेपछि मैले झोलाबाट निकालेर चक्लेट अमनलाई दिएँ ।

"किन यत्रो चक्लेट दे'को रे ! तँ खाँदैनस् ?"

"म त अघाइसकें !"

"कसले दियो यत्रो चक्लेट ?"

"आफैंले किनेको !", अमनले पत्यायो ।

कस्तो अचम्म ! म त नखाई अघाएछु । अमनलाई चक्लेट दिँदा ममा अनौठो खुशीको सञ्चार भयो । उसले मेरैअघि चकलेट मुखमा

हाल्यो । मैले जसरी नै मकैभट्मास चपाएझैं चपायो । उसको जिब्रो र ओठ रातो भयो । मेरा आँखामा अझै अमनको त्यो रातो ओठ बसिरहेको छ ।

***

भोलिपल्ट सोमबार, स्कूल लाग्यो । टिफिन टाइममा सबै चौरमा निस्कें । पानी पिए । पैसा हुनेले खिरा, खरबुजा, सरिफा किनेर खाए । नहुनेले हेरे । थुक निले । केहीले चुङ्गी खेले । टिफिन उत्सव मनाए ।

मसँग पैसा थिएन । अरूले खाएको स्वादमा डुब्न रहर जागेन । त्यसैले कोठामै बसें । टिफिन टाइम सकिनुअघि नै अनुजा भित्र पसी । मलाई सोधी, "तिमी बाहिर गएनौ ?"

"गइनँ" भन्न मुन्टो हल्लाएँ ।

"निम्चुस मीठो भयो शब्द ?", हिजो आफूले दिएको चकलेटको स्वादको हकदावी गर्दै सोधी । मैले मीठो भयो भन्न फेरि मुन्टो हल्लाएँ । मेरो हल्लिएको मुन्टोसँगै टिफिन टाइम सकिएको घण्टी बज्यो । खोरमा बाख्रा पसेझैं कक्षाकोठामा विद्यार्थी पसे ।

पाचौं घण्टीमा सामाजिक विषयको पढाइ हुन्छ । हाम्रा सामाजिक सर निकै रसिला छन् । समाजको असल मान्छेजस्तै हाम्रो स्कूले समाजमा उनी असल मास्टर हुन् । कसैलाई गाली गर्दैनन् । फकाएर, कुरा बुझाएर पढाउँछन् । कहिले जोक सुनाउँछन्, कहिले गीत गाउँछन्, कहिलेकाहीं त फिल्मको कहानीसमेत सुनाउँछन् ।

उनले मलाई एकैपटक मात्र गाली गरेका छन् । मैले सोधेको थिएँ, "संविधानको अपरिवर्तनीय धारामा उल्लेख भएको राजसंस्थामाथि किन प्रश्न उठाउन पाइँदैन सर ?" अचानक उनको अनुहारको रङ्ग फेरियो । त्यसपछि आफ्नो स्वभावलाई थाँति राखेर मेरो टाउकोमा प्याट्ट हिर्काउँदै हकारे, "संविधानमा लेखेको छ । तँलाई किन कारण चाहियो ?" यति भन्नासाथ घण्टी बज्यो र हाम्रो सामाजिक किताब बन्द भयो । मेरो किताबमा पत्रिकाको गाता थियो । गातामा थियो, 'माओवादी

र प्रहरीबीच भिडन्त ।' सरले मेरो टाउकोमा फेरि प्याट्ट हिर्काउँदै भने, "किताबमात्र हैन, गाता पनि पढ्ने गर् कहिलेकाहीं !"

गाता पढें । मैले प्रश्न सोध्दा सरको अनुहारको रङ्ग किन फेरियो ! पछि चाल पाएँ ।

हो, त्यही सामाजिक सरले भोलिपल्ट स्वस्थानीलाई गाली गर्दै, सम्झाउँदै भने, "धेरै चकलेट नखा । पहिला पढ् । यो बेला चकलेट खाँदै बस्ने बेला हैन ।" सबैले स्वस्थानीको अनुहार हेरे । देख्न सक्नेले देखे, स्वस्थानीका ओठ निम्चुसले राता भएका थिए । अनुहार लाजले गलेको थियो । आँखा भुइँतिर निहुरिएको थियो । त्यति नै खेर अमन बसेको बेन्चमा सर पुगे । अमनको टाउकोमा प्याट्ट हिर्काउँदै भने, "पहिला पढ् अनि केके गर्नुपर्छ गर्, तेरिमा कुखुरे मोरा !" फेरि सबै जना हाँस्दै अमनको अनुहारतिर फर्किए । अमनको अनुहार पनि लाजले गलेको छ । उसका ओठ पनि निम्चुसले राता भएका थिए ।

स्कूल छुट्टी भयो ।

स्वस्थानीले स्कटको खल्तीबाट निकालेर सेतो प्लास्टिकको खोल स्कूलको गेटैनेर फाली । हावामा वेग थिएन । उडेर टाढा जान सकेन । म नजिकै पुगें । त्यसमा निम्चुसको रातो दाग लागेको थियो । हातले टिपूँजस्तो लाग्यो तर लगत्तै सङ्कोचले घेऱ्यो । टिप्न सकिनँ । स्वस्थानीसँग अमिलो ईर्ष्या जाग्यो ।

अनुजाले मलाई सोधेझैं अमनलाई सोध्न सकिनँ, "अमन ! निम्चुस मीठो भयो !"

उल्टो

स्कूलबाट घर आएँ । आज भोक छैन । ढोका थुनें । लुगा खोलें र ओछ्यानमा पल्टें । अमनको नाङ्गो शरीर मेरो आँखामा पस्छ । मेरो मुटुमा बस्छ । नसानसामा सुलसुले भएर कुद्छ । उसको सामीप्य मेरो सुख हो तर यो सुखमात्र हैन, चिन्ता र भय पनि हो । उत्तरविहीन अनेक प्रश्न हो । अमनलाई जति बिर्सन खोज्छु, उति याद आउँछ । अनुजालाई जति सम्झन खोज्छु, उति बिर्सन्छु । मेरो मनको खोलो उल्टो बगेको छ । मलाई पिर छ । यो पिरबाट भाग्न चाहन्छु, लट्टाइबाट चुँडिएको चङ्गा भागेझैं, पिंजडाबाट उडेको चरा भागेझैं आफैंबाट आफैं भाग्न खोज्छु ।

"हैन, भोक पनि लाग्दैन कि क्या हो ? बाहिर निस्किँदैन त यो केटो !", आमाले ढोका ठेल्नुभयो ।

"मुरैभुजा खा'र आ'को, भरे खान्छु । भात छोपेर राख्दिनू न !"

"के भ'को छ यो केटालाई, जतिबेलै ढोका लगा'र बस्छ ! मुरैले पेट भरिन्छ ? छिटो आइज, भात खान !"

"अहिले खान्नँ ।"

"जे मन लाग्छ, उही गर् !", आमा गनगनाउँदै जानुभयो ।

अस्ति नै अमनले बनाएको अनुजा र मेरो चित्र मसँग जतन थियो । चित्र च्यात्न मन लागेन । फाल्न झनै मन लागेन । किन लागेन ? स्पष्ट कारण भन्न सक्दिनँ । सायद वास्तविक अनुजाले मसँग जे गर्छे, चित्रकी अनुजाले मसँग त्यो गर्न सक्दिनँ । मान्छे सजीव प्राणीसँग डराउँछ, निर्जीव वस्तुसँग के डराउँछ ! 'म निर्जीव वस्तुसँग नडराउने आम मान्छे हुँ' भन्ने प्रमाणका लागि जतन गरे कि !

मैले भनिसकेको छु, म कोठामा नाङ्गै बस्छु ।

त्यस दिन पनि निर्वस्त्र भएँ । आफूले आफैँलाई खेलाएर उत्तेजित भएँ । चित्रकी अनुजालाई आँखाअघि राखेँ र कल्पिन थालेँ । कल्पनामा– अनुजाको कपाल सुम्सुम्याएँ । गालामा चुम्मन गरेँ । उसको जिउ सुमसुम्याएँ । उसको छोटिँदै गएको फ्रकको खिप खोलेँ । मेरो अघिल्तिर अनुजाको न्युड चित्र तेर्सियो । कल्पनामा– उसको नाङ्गो शरीरलाई लपक्क आफ्नो छातीमा टासेँ र ओठमा गहिरो चुम्बन गरेँ । कल्पनामा– उसका स्तन खेलाउन थालेँ । कल्पनामा– मेरो हात उसको योनिमा पुग्यो र सलबलाउन थाल्यो । म अनुजाभित्र बिलाउन खोजेँ, जसरी बिलाउन थालेको थिएँ अमनभित्र ।

उकुसमुकुस भयो । आफ्नै औँलासँग घिन लाग्यो । अनुजाको शरीर ह्वास्स गन्हाएजस्तो भयो । नसा गाँठो परेजस्तो भयो । कत्रक्क परेँ । काल्पनिक उत्तेजना शिथिल भयो । फुत्त ओछ्यानबाट झरेँ । छ्या ! मैले के कल्पना गरेँ, जुन मलाई पटक्कै मन पर्दैन ।

'खोज्नु' र 'स्वतस्फूर्त' हुनु फरक रहेछ । म अनुजाभित्र डुब्न खोज्दा उत्रिएँ । अनुजाभित्र बिलाउन खोज्दा पानीमा बालुवा छानिएझैँ छानिएँ । उसको नाङ्गो शरीर कल्पिँदा आफैँमाथि अपराधबोध भयो ।

बिस्तारै आफूलाई सहज बनाएर फेरि ओछ्यानमा पल्टिएँ । लगत्तै मेरा आँखामा अमन पसेर सलबलाउन थाल्यो । अमन मेरा आँखामा पस्दा गाँठो परेको नसा खुलेजस्तो भयो । जिउमा फुर्ती पस्यो । हरहर मीठो बास्ना पसेर नाक भरिएजस्तो भयो ।

त्यसपछि सधैँझैँ अनेक प्रश्नले दिमाग चिल्न थाल्यो :

म हुँ के ? मलाई के भइरहेको छ ? म किन उल्टो बगिरहेको छु ?

मलाई चिन्नेजान्नेले भनिरहेका छन्, "तँ केटा होस्, केटा !"

दिमागले पनि भनिरहेको छ, "तँ केटा होस् !"

मेरा सबै अङ्ग केटाका छन् तर मन किन केटाको जस्तो छैन ?

मेरो आत्माले भनिरहेको छ, "तँ केटा होस् तर अरूले देखेको, जानेको, बुझेको केटा हैनस् !"

बिरामी

अमन स्कूल गएन । अस्पताल गयो ।

लोकल डाक्टरले रोग पत्ता लगाउन सकेन ।

बिहानको कुरा हो, अमनका बा आत्तिँदै हाम्रो घर आए । मेरा बालाई 'दाजु' सम्बोधन गर्छन् । भने, "दाजु, पेट दुखेर अमन फत्र्याकफत्र्याक गर्दै छ । राना डाक्टरले 'यहाँ उपचार हुँदैन । वीरगन्ज लैजा' भन्यो । अलिकति पैसा सापटी दिनुपर्‍यो ।"

बा साइकिल चढेर चिठी बाँड्न हिँड्न लाग्दै हुनुहुन्थ्यो । अमनका बाले त्यति भनेपछि बा रोकिनुभयो ।

"कति पैसा ?", महाजन पल्टिँदै बाले सोध्नुभयो ।

"पाँच हजारजति भए दिनु न !", अमनका बोले भने । मेरा बा घरभित्र पस्नुभयो । हातमा पैसा बोकेर बाहिर निस्कनुभयो । "मसँग यत्ति छ" भन्दै बाले तीन हजार दिनुभयो । तीनै हजारमा मेरा बाको महाजनी शान सकियो ।

मलाई छटपटी भयो । के भयो अमनलाई ? स्कूल जान ड्रेस लगाउँदै थिएँ, किताब बोकेर सर्टको टाँक नलगाई अमनको घरतिर कुदेँ ।

म पुग्दा पेट समातेर अमन बयलगाडामा पल्टेको थियो । गाउँका अरू-अरू पनि आएका थिए । "अमन के भयो तँलाई ?", मेरो प्रश्न घाँटीमै अड्कियो । ऊ "ऐया दुख्यो !" भनेर रोइरहेको थियो । दुखाइ कम हुन्छ कि भनेर उसका बाले उसलाई घोप्टो पारेर सुताए । उसका दाजु घरमा थिएनन् । दिदीको पोहोर सालै बिहे भइसकेको थियो । अमनका बाले मलाई पनि साथी बोलाए हुन्थ्यो भन्ने आस लाग्यो । मेरो आस र गोरुको

ढाडमा एकसाथ सिर्कनो बर्सियो । उसका बाले माया नगरी दुवै गोरुलाई एकएक लौरी चुटे । गोरु दगुरे । बयल गाडा कुद्यो ।

अमन गएपछि मैले अमनकी आमालाई सोधें, "के भयो काकी अमनलाई ?"

"रातभरि 'पेट दुख्यो' भन्यो । बिहान तीन बजेतिर खप्नै सकेन । राना डाक्टरलाई बोला'को, रानाले सिलिन पानी चढायो । सुई लगायो तर दुख्न कम भएन । यहाँ हुँदैन, वीरगन्ज लैजानु भन्यो ।", अमनकी आमाले सुस्केरा छाडिन् ।

गाउँका डाक्टर हुन् राना । बोलाउँदा रातबिरात घरमै आउँछन् । थुप्रै वर्ष हेल्थपोस्टमा काम गरेर रिटायर्ड भएका । गाउँमा धेरैको ज्यान बचाएका छन् । मान्छे भन्छन्, "यी हाम्रा रोगका देउता हुन् ।" उनले यहाँ निको हुँदैन भनेपछि ठूलै रोगले समात्यो, जाने हुन्छ ।

ठीक यही भयो भनेर भन्न नसक्ने गरी कताकता दुखेजस्तो भयो । पिरेझार आँखामा पसेजस्तो मनमा पिरो पस्यो । अमन पहिला पनि बिरामी भएको थियो तर मलाई यस्तो छटपटी कहिल्यै भएको थिएन ।

भारी मन लिएर स्कूल गएँ ।

बाटोमा मेघ भेटियो । उसले मेरो सर्टको बटम देखाउँदै भन्यो, "सर्टको टाँक के भयो बे !" टाँक तलमाथि भएको रहेछ, मिलाएँ ।

स्कूल पुगें ।

पिटीको लाइनमा स्वस्थानी र म आमनेसामने भयौं । उसका आँखा दायाँबायाँ कुदे । मसम्म आएर टक्क अडिए । पिटी सरले पिटी खेलाउन थाल्नुभयो । एकछिन हातखुट्टाको चाल चल्यो । त्यसपछि दायाँबायाँ, अगाडिपछाडि फर्कने खेल भयो । स्वस्थानीको ध्यान ठीक-ठेगानमा छैन । उसका आँखा र मेरा आँखा बारम्बार एकअर्कासँग ठोक्किइरहेका छन् ।

स्वस्थानीले पक्का अमनलाई खोजी । सोध्न चाहँदी हो, "अमन खोई ?"

अमन एक दिन स्कूल नआउँदा किन स्वस्थानीलाई फड्को हुन्छ ? मानौं, उसको मात्रै साथी हो अमन ! उसैले मात्र प्रेम गरेकी छे !

स्कूलमा उहीमात्र एक्ली प्रेमिका हो, अरू कसैले प्रेम गर्दैनन् । माया गर्नै जान्दैनन् । मलाई एक्कासि चिच्याएर भन्न मन लाग्यो, "तेरो प्रेमी मऱ्यो !" तर मन लागेको सबै कुरा गर्न म ह्वषमान थिइनँ । मसँग होस थियो ।

"श्रीमान् गम्भीर नेपाली... !" शुरू भयो । राष्ट्रगानको बेला यताउता हल्लिन हुँदैन । दायाँ हात छातीमा राख्नुपर्छ । सिधा उभिनुपर्छ तर स्वस्थानीको मुन्टोले नियम मानेन । दायाँबायाँ घुमिरह्यो । उसका आँखाले आफ्नो निजी राष्ट्र अमनलाई खोजिरहे । आफ्नो निजी राष्ट्र नभएपछि देशको राष्ट्रगानले मुटुमा राष्ट्रियता नजगाउँदो रहेछ । त्यस दिन स्वस्थानीको मुटुमा राष्ट्रियता खाली भयो ।

पिटी सकियो ।

सबै विद्यार्थी गुरुरु कक्षाभित्र पसे । म पनि पसेँ । बेन्चमा बस्नासाथ अशोक मेरो कानमेर आएर फुसफुसायो, "ओइ, तेरो हनुमानढोका खुल्ला छ !" मलाई झट्का लाग्यो । एक्कासि मेरो दायाँ हात पाइन्टमा पुग्यो । लाजले गलेँ । मुन्टो माथि उठेन । अशोक हाँस्यो । अशोके छुलिया स्वभावको छ । अरूलाई गिज्याएर आनन्दको पेट भर्छ । सानो कुरा पायो भने ठूलो हल्ला गर्छ । तीन जना साथीलाई भनिहाल्यो, "यसले हनुमानढोका खुल्लै राखेर पिटी खेल्यो बे ! केटीहरूले यसको शिवजीको दर्शन पाए होलान् ।"

स्वस्थानीले पिटीको लाइनमा पटकपटक मलाई किन हेरेकी रहिछे ? बल्ल थाहा पाएँ । अब स्वस्थानीलाई हेर्नसक्ने हुती ममा बाँकी रहेन । लाजले अनुहारमा चिटचिट पसिना आयो ।

***

कक्षा शुरू भयो । अमन गयल भयो । सरकारी स्कूलमा को, किन गयल भयो ? प्रश्न गर्ने मास्टर हुँदैनथे । अरू कसैले अमनको बारेमा सोधेनन् ।

पहिलो घण्टी सकियो । कक्षामा चहलपहल शुरू भयो । यसबीचमा चार-पाँच मिनेट खाली हुन्छ । यसैबीच कतिलाई पिसाब लाग्छ ! कतिलाई

तिर्खा ! कतिलाई खुट्टा तन्काउन मन लाग्छ ! मन लागेको कुरा गर्न पाइन्छ । मेरो बेन्चका तीन जना केटालाई तिर्खा लाग्यो । बाहिर निस्के । म एक्लो भएँ ।

स्वस्थानी म भए ठाउँमा आई ।

मेरो जिउँमा काँडा उम्रिए । मेरो हात स्वचालित रूपमा पाइन्टको जिपरमा पुग्यो । औँलाले जिपर छाम्यो । स्वस्थानी बोली, "शब्द, सुन त !" घोसे मुन्टो लगाएर मैले सुनेँ ।

फ्याट्ट भनिहाल्ने हो कि "शब्द तिम्रो पाइन्टको च्यान खुल्लै थियो !" तर, उसले भनी, "अमन किन स्कूल नआ'को ?"

"बिरामी भएर बाले वीरगन्ज लिएर गएका छन् ।", मैले एकै श्वासमा भनेँ ।

उसको अनुहारको रङ्ग कस्तो भएको थियो, मैले मुन्टो उठाउने साहस गर्न सकिनँ तर अनुमान गरेँ । उसले आत्तिँदै भनी, "के भएछ, हिजोसम्म त ठीकै थियो ?"

त्यतिखेरै म्याथ सर कक्षामा पस्नुभयो । बाहिर निस्केका विद्यार्थी ग्वारग्वार्ती भित्र छिरे । स्वस्थानीलाई "पेट दुखेर अमन अस्पताल गा'को" भन्न नभ्याउँदै ऊ आफ्नो बेन्चमा पुगिसकेकी थिई ।

शुक्रबारको दिन कक्षामा त्यति पढाइ हुँदैन । विभिन्न क्रियाकलाप हुन्छन् । तेस्रो घण्टीका नेपाली सरले "खेल खेलाउँछु" भन्नुभयो । पहिला त केटा र केटी छुट्टाछुट्टै टिममा खेल खेल्ने कुरा भएको थियो तर पछि दुवैको एउटै टिम बन्यो । हामी बाहिर निस्क्यौँ ।

बाहिर एउटा ठूलो कदमको रूख छ, जसले ठूलो छाया बनाउँछ । रूखको फेदवरिपरि एउटा गोलो लाइन बन्यो । केटाकेटी सरोबरी मिसिए । स्वस्थानी मभन्दा ठीक अघि परी । लाइनको बीचबाट सरले एक जना साथीको कानमा खुसुक्क केही भन्नुभयो । सरले जे भन्नुभएको थियो, त्यही कुरा त्यो साथीले अगाडिको साथीको कानमा खुसुक्क भन्यो । अगाडिको साथीले फेरि अगाडिको साथीलाई उसैगरी

भन्यो । त्यसरी नै एकले अर्कालाई कानमा खुसुक्क भन्दै गए । म पछाडिको साथीले मेरो कानमा भन्यो, "सीता जन्मेकी हो !" मैले स्वस्थानीको कानमा भनें, "अमन पेट दुखेर गएको, सीता जन्मेकी हो ।" स्वस्थानीले आफू अगाडिको साथीलाई मैले जे भनें, त्यही भनिछे । र, यसरी क्रमशः एक कान, दुई कान, हुँदै अन्तिम कानसम्म कुरा पुग्यो । साठी नम्बरको अन्तिम कानवाला साथीले सबैले सुन्ने गरी बेस्मारी भन्यो, "सीता पेट दुखेर जन्मिई ।" आधाभन्दा धेरै साथीहरू बेस्मारी हाँसे । आधाभन्दा थोरै, थोरैमात्र हाँसे । निकै थोरैचाहिँ हाँस्दै हाँसेनन् । सबैभन्दा धेरै सर हाँस्नुभयो ।

पहिलो कानलाई सरले भन्नुभएको रहेछ, "सीता जनकपुरमा जन्मेकी हो ।" तर सरको भनाइ कहाँ बिग्रियो, कसैले थाहा पाएनन् । मैले स्वस्थानीलाई भनेको कुरा कहाँ बिग्रियो, चाल पाइनँ । सुनेर म पनि हाँसें । स्वस्थानीचाहिँ हास्न सकिनँ । मेरो छेउमा आएर सोध्न पनि सकिनँ, "अमनलाई के भएको हो ?"

स्कूल छुट्टी भयो । अनुजा आज मेरो साइकिलमा चढिन । अमनको खबर आएन । उसकी आमालाई पनि थाहा भएन, अमनलाई कस्तो हुँदै छ ।

***

दुई दिनपछि वीरगन्जबाट खबर आयो, अमनको एपेन्डिक्सको अप्रेशन भयो । एपेन्डिक्स भनेको के हो ? मलाई थाहा भएन तर अप्रेशन ठूलै रोगको हुन्छ । थाहा थियो ।

मेरो मन स्थिर भएन । ऊ बयलगाडामा चढेर पेट समात्दै, रुँदै गएको दृश्य आँखामा बस्यो । उसको दुखाइको तिखो आवाजले मेरो कानको कुनकाप्चा छापा हान्यो । त्यस दिन मैले झ्याल थुनिनँ । झ्यालको पर्दा लगाइनँ । ढोकामा चुक्कुल लगाइनँ । कपडा खोलेर नाङ्गै बसिनँ । आफूलाई छामिनँ । मनमा पीडा भएपछि आफ्नो स्पर्शले

आफैँलाई घोच्दो रहेछ । सुख त मनमा सुख भएको बेलामा मात्र काम लाग्दो रहेछ ।

पढ्न मन लागेन । होमवर्क गरिनँ ।

भोलिपल्ट स्कूल गएँ । होमवर्क गरेको थिइनँ । अरू बेला सरको गाली खाँदा नमज्जा लाग्थ्यो, आज वास्ता लागेन । विज्ञान सरले गाली गर्नुभयो, "फस्ट ब्वाइको नै यस्तो ताल छ । एसएलसी आउन लाग्यो । तँ त गुल्टिने भइस् भइस्, स्कूलको पनि इज्जत माटोमा मिलाउने भइस् !"

मनमनै भनेँ, "मैले स्कूलको इज्जतको ठेक्का लिएको छैन सर !"

मलाई सरको गालीले अलिकति पनि छोएन । कतै घोचेन । सुनेँ र लगत्तै बिर्सिएँ । बरू एकतमास अमनको चिन्ता लागिरह्यो ।

बेलुका बाले गाली गर्नुभयो, "होमवर्कसोमवर्क गर्न छाडिछस् त ! हेडसरले भन्दै थिए, अचेल पढाइमा ध्यान छैन रे ! फस्ट डिभिजन त के, यही पाराले पासै हुन मुस्किल होला जस्तो छ रे ! के भा'को छ तँलाई अचेल ?"

थोरै बोल्ने बाले गाली गर्दा धेरै गर्छन् । स्वर च्याँठिएको हुन्छ । आवाजमा माया निख्रिएर सुख्खा हुन्छ । बाजस्तो, बा लाग्दैनन् । कुनै अन्जान मान्छेजस्तो लाग्छन् ।

बाले गाली गर्दा सधैँझैं यसपल्ट पनि मुन्टो निहुरियो । बोली फुटेन तर मन बोल्यो :

"हो, बा मलाई पढ्न मन लाग्दैन । पढ्न खोज्दा किताबका पानाभरि अमन आउँछ । अक्षरमा अमन सलबलाउँछ । म उसलाई एकोहोरो छाम्छु, चलाउँछु । उसको स्पर्श साह्रै कोमल छ । सारा सपनाभन्दा सुन्दर छ । मेरो फस्ट डिभिजनभन्दा उसको सामीप्यको सफलता ठूलो छ । साह्रा बास्नाभन्दा उसको शरीरबाट आउने बास्ना मीठो लाग्छ । म यहाँ छु तर मन अमनसँग छ । म चङ्गा हुँ । अमन लट्टाई हो । म उसको हातमा छु । अहिले ऊ बिरामी छ । मेरो मुटु दुखेको छ । मलाई केही त भएको

छ बा ! तर के भएको छ, मलाई थाहा छैन । यस्तै भयो भने त म पनि हृषमानझैं बौलाउँछु बा ! तपाईं त सबै कुरा जान्ने, सबैको खबर पुऱ्याउने मान्छे, आफ्नै छोराको खबर तपाईंलाई कसरी थाहा नहोला ? मलाई भनिदिनू बा, मलाई के भएको छ ?"

"के भयो, किन बोल्दैनस् ?", बा कड्किनुभयो ।

मेरा आँखाबाट आँसु खस्न लागेका थिए । उठेर सरासर कोठाभित्र परेँ ।

आमाले बोलेको सुनेँ, "कति कराउनुहुन्छ, हुर्केको छोरोलाई ! रातदिन पढेकै छ त !"

"पढ्छ, आज होमवर्क गरेनछ । यस्तै हो भने एसएलसी पनि फेल गर्छ । यसले गरी नखाने भयो । इज्जत फाल्छ । हली हुन्छ, हली !", बा झोक्किनुभयो । आमा हच्किनुभयो ।

भोलिपल्ट स्कूलमा स्वस्थानीलाई देख्नासाथ कताकता सहारा मिलेजस्तो भयो । हिजो-अस्ति स्वस्थानीसँग ईर्ष्या लाग्थ्यो । अमनसँग नबोलिदिए हुन्थ्यो जस्तो लाग्थ्यो । मेरो बेस्ट फ्रेन्ड भएको नाताले अमनको चिन्ता लिने अधिकार मसँग मात्र छ जस्तो लग्थ्यो तर मैले अधिकार हिफाजात गर्न सकिनँ । स्वस्थानीलाई भनेँ, "स्वस्थानी अमनको अप्रेशन भयो । साह्रै बिरामी छ ।"

स्वस्थानीको अनुहार फुङ्ग भयो । आत्तिँदै सोधी, "के भएर अप्रेशन गर्नुपरेको ?"

"एपेन्डिक्स भएको रे !"

त्यो भनेको के हो ? मलाई जस्तै उसलाई पनि थाहा भएन । विज्ञानको घण्टीमा सरलाई स्वस्थानीले अचानक सोधी, "सर, एपेन्डिस भनेको के हो ?"

"किन चाहियो तँलाई ?", सरले अप्रत्यासित प्रश्नको जवाफ यसरी दिए ।

स्वस्थानीले बसिसकेको वाक्य कसोकसो निकाली, हाम्रो बालाई एपेन्डिस भ'को थियो रे !

"पहिले शुद्ध बोल्न त सिक् !" तव सर बोले, "एपेन्डिक्स भनेको हाम्रो शरीरमा काम नलाग्ने अङ्ग हो तर त्यो कतै सुन्नियो र फुट्यो भने मान्छे मर्छ । तुरुन्त अप्रेशन गर्नुपर्छ । धेरै मान्छे एपेन्डिक्स फुटेर मरेका छन् ।"

कस्तो हुस्सू म ! हिजो-अस्ति नै सरलाई सोधेको भए हुने रहिछ । स्वस्थानीले सोधेपछि मलाई ग्लानि भयो । त्यो सोध्ने अधिकार पनि मसँग मात्र छ जस्तो लाग्यो । मेरो अधिकार स्वस्थानीले खोसेजस्तो महसुस भयो । फेरि स्वस्थानीसँग ईर्ष्या लाग्यो । आफूभन्दा स्वस्थानी जान्ने भएको, आफूभन्दा स्वस्थानी तागतिली भएको मलाई मन परेन ।

***

स्वस्थानीले अमनलाई चिठी लेखी ।

त्यस बेला हाम्रो सञ्चारको माध्यम चिठीमात्र थियो । गाउँमा फोनको उत्पत्ति भएको थिएन । हुलाकमा बोराका बोरा चिठी आउँथे, जान्थे । मेरा बा बिहानदेखि बेलुकासम्म चिठी पुऱ्याउने, ल्याउने काम गर्नुहुन्थ्यो । घरमा बासँग साँझ-बिहानमात्र भेट हुन्थ्यो । तर, गाउँले प्रेमी वा प्रेमिकाले लेख्ने चिठी हुलाकघरको बाटो जान डराउँथ्यो । गाउँले प्रेममा ठूलो भय हुन्थ्यो । प्रेम गुमनाम, चुपचाप चल्थ्यो । प्रेम छ्यालब्याल भयो भने प्रेम गर्नेहरू अपराधीझैं हुन्थे । सजायसमेत भोग्नुपर्थ्यो । घरपरिवार, समाज र सिङ्गै गाउँको इज्जतको ठेक्का मासुम प्रेमी-प्रेमिकाको थाप्लोमा हुन्थ्यो । प्रेम गर्थे तर गुपचुप । प्रत्येक प्रेमीको एक न एक विश्वासपात्र हुन्थे । ती मेरा बाजस्तै हुलाकी बन्थे ।

स्वस्थानीले मलाई हुलाकी बनाउँदै भनी, "अस्पतालबाट आएकै दिन अमनलाई यो चिठी देऊ है !"

चिठी पाएपछि मलाई कति बेला घर पुग्नुजस्तो भयो । घर पुग्नासाथ चिठी खोलेर पढ्न थालें ।

प्रिय अमन !

सागरभन्दा गहिरो, आकाशभन्दा फराकिलो माया ! तिमी बिरामी भएछौ । मलाई कस्तो दुःख लागेको छ । तिमीलाई हेर्न मन लागेको छ । दिनरात तिमीलाई सम्झिन्छु । म एक्लै बस्न सक्दिनँ । कक्षामा सरले पढाउँदा पनि तिम्रै याद आउँछ । राति निद्रा लाग्दैन । भोक पनि लाग्दैन । तिमी चाँडै निको बन । म तिमीलाई भेट्न चाहन्छु । तिम्रो घरमा कसरी आउनु ? एक दिन अमनलाई भन्छु र तिम्रो घरमा आउँछु । अरू साथीहरूलाई पनि जाऔं भन्छु ।

अस्ति तिमीले दिइएको निम्चुस कस्तो मीठो थियो है ! तिमीलाई पनि निम्चुस मीठो लाग्छ । मैले बैसट्ठीओटा निम्चुस तिम्रा लागि किनेकी छु । तिमी अस्पतालबाट आएपछि म निम्चुस दिन्छु । निको भएपछि फिल्म हेर्न जानुपर्छ ल ! अब हाम्रो टेस्ट परीक्षा पनि आउन लाग्यो । छिट्टै निको होऊ । एसएलसी पास गर्नुपर्छ । सँगै क्याम्पस पढ्नुपर्छ ।

उही तिम्री
स्वस्थानी !
आइ लभ यु अमन !

चिठीलाई मुठीमा कच्याककुचुक पारेँ । अक्षरहरू खुम्चिए । च्यातौं लाग्यो तर झट्ट सम्झिएँ, “अमनले थाहा पायो भने मलाई के भन्छ ? ऊ रिसायो भने... !”

चिठी पट्याएर सिरानीमुनि राखेँ ।

***

दश दिनपछि ।

मध्याह्न बाह्र बजे स्कूलबाट घर आउँदै थिएँ । शरीर पसिनाले भिजेको थियो । उखरमाउलो गर्मी थियो । आँगनमै हुनुहुन्थ्यो आमा, भन्नुभयो, “अमनलाई ल्याए । ठूलो अपरेशन भएछ । पेट लामै चिरेको र'छ । अनुहार खल्याकखुलुक गएछ ।”

बरन्डामा फ्यात्त किताब फालेर अमनको घरतिर कुदें । उसकी आमा भान्सामा थिइन् । बाहिर खाटमा बसेर बाले पानी पिउँदै थिए ।

"काका ! अमन कहाँ छ ?", मैले सोधें ।

"कोठामा छ ।", अमनका बाले कोठातिर मुखले इसारा गरे ।

भित्र छिरें, अमनका ओठ कलेटी परेछन् । पोक्चे गाला घटेर भिरालो पाखोबारीजस्तो भएछ । आँखा भासिएछन् । उज्यालो अनुहार धमिलो भएछ । हातपाखुरा सुकेछन् । मलाई देखेर उसका कलेटी परेका काला ओठ मुस्कुराए । नमाझेका पहेंला दाँत देखिए तर केही बोलेन । के बोल्नुको दोधारमा म उसको अघि उभिएँ । मेरो मुखबाट फ्याट्ट निस्कयो, "अमन के भयो ?"

अचानक उसका आँखा पिलपिल भए ।

सानामा हामी झगडा गर्थ्यौं । मारपिटपछि रुन्थ्यौं । हुर्किंदै गएपछि हामीले मारपिट छाड्यौं । त्यसपछि एकअर्काको आँखामा कहिल्यै आँसु देखेनौं । मेरा आँखामा पनि मूल फुट्यो । म अमनको आँखाबाट उल्टो फर्किएँ । सर्टको बाहुलाले आँखा पुछें ।

आँसुले भिजेको स्वरमा ऊ बोल्यो, "शब्द... !"

"मूला, किन रो'को ?", ऊ तिर फर्किंदै सोधें ।

अमन बोलेन । उसको टाउको सुम्सुम्याइदिएँ । मेरा औंला उसको कपालमा पर्नासाथ उसका आँखाको डिल फेरि भत्कियो । दुवै आँखाबाट एक-एक डल्ला आँसु भिरालो गाला हुँदै ओरालो खसे । मैले उसको आँखाको आँसु पुछिदिनुपर्थ्यो तर ज्ञान पुगेन । उसले आफैं पुछ्यो ।

अमनलाई गम्लङ्ग अङ्गालो हाल्न मन लाग्यो । उसको निधारमा म्वाइँ खान मन लाग्यो । उसको पेट चिरेको थियो । अङ्गालो हाल्न सकिनँ । सङ्कोच लाग्यो, उसको निदारमा म्वाइँ खान सकिनँ । उसलाई छोइरहन मन थियो । धक लाग्यो, सकिनँ ।

"टेस्ट आउन लागेको छ । म त अब फेल हुन्छु । तिमारू सबै पास हुन्छौं । म एक्लै हुने भएँ !", उसले चिन्ता गर्‍यो ।

“तँ नपढे नि पास हुन्छस् ! तँ मूला कहिले पढ्थिस् र कहिले फेल भइस् ?”, मैले भनें । ऊ फिस्स हाँस्यो ।

अनुहारमा अझ पीडा भरेर सोध्यो, “स्वस्थानीको खबर के छ ? म बिरामी भएको थाहा पाई कि छैन ?”

“थाहा पाई । मैले सबै भनें । तेरो चिन्ता लिइराखेकी... !” भन्दै थिएँ । त्यति नै खेर अमनलाई हेर्न भनेर छिमेकी काकी आइन् ।

म बाहिर निस्कें । सरासर घर आएँ । कपडा खोलें । स्वस्थानीले अमनलाई लेखेको चिठी फेरि दोहोऱ्याएर पढें ।

अमनलाई चिठी दिन मन लागेन । च्यातेर फाल्न पनि सकिनँ । फेरि हातमा समातेर कच्याककुचुक पारें । स्वस्थानीसँग झन् ईर्ष्या जाग्यो । पढ्न मन लागेन । मन स्थिर भएन । अमनको अनुहार आँखावरिपरि आइरह्यो । आज पनि मैले झ्यालढोका खुल्लै राखें । झ्यालबाट चिसो बतास भित्र पस्यो तर मेरो मन चिस्याउन सकेन । मन भुङ्ग्रोमा परेजस्तो भएको छ । कस्तो नमीठो पोलाइ !

किन यसरी छटपटी हुन्छ ?

केटा हुँ तर केटाजस्तो किन हुन सकिनँ ? मलाई किन अमन मन पर्छ ? प्रश्न छ, उत्तर छैन ।

अनुजा कतिखेरै सम्झनामा आउँदिन । अमन बारबार आउँछ । अमनको यादको चास्नीमा डुबेर जीवन गुलियो हुन्छ कि झिङ्गाझैं मर्छु, ठेगान छैन ।

अरू केटाहरूलाई यस्तो हुन्छ कि हुँदैन ? कसलाई सोध्नु ? अमनलाई त पक्का हुँदैन । उसलाई स्वस्थानीको स्पर्शको स्वाद छ, जस्तो मलाई अमनको स्पर्शको स्वाद छ । मेघ, रमेश, विनोद, अशोक, लाले, सुरेश कसैलाई पनि हुँदैन होला । उनीहरूका आँखा जतिबेलै केटीहरूका छाती, तिघ्रा, ओठ र निधारवरिपरि घुमिरहन्छन् । उनीहरूको दिमागमा केटीहरूको नाङ्गो चित्र छ, जस्तो मेरो दिमागमा अमनको नाङ्गो शरीर छ । मेरो आँखामा अमन छ । मेरो आत्मामा अमनको बास छ ।

मनमा अनेक कुरा आए, गए ।

म कसोकसो निदाएछु । दिउँसो साढे चार बजे ट्युसन पढ्न जाने बेला भयो । आमाले बोलाउनुभयो । बिउँझिएँ । जिउ आलस्य भएछ । मुख धोएँ । ट्युसन गएँ ।

ट्युसन पुग्नासाथ स्वस्थानीले सोधी, "अमन आयो ?"

"आज बिहानै आयो ।"

"चिठी दियौ ?"

अकमकाउँदै भनें, "अँ, दिएँ !"

"के भन्यो ?", स्वस्थानीले सोधी ।

"मलाई किन भन्छ, जे भन्नु छ, तिमीलाई नै भन्छ । लेख्न सक्ने भएपछि चिठी लेख्ला । हिंड्न सक्ने भएपछि भेट्न आउला । फिल्म हेर्न लैजाला !", अलिक रूखो स्वरमा भनें ।

ऊ ठुस्केजस्तो गरी ।

म मन्द रिसमा डुबें । मन्द रिस साह्रै अजाती हुँदो रहेछ । ठूलो स्वरले बोल्न पनि नसकिने । मनलाई शान्त बनाएर बस्न पनि नसकिने । भित्रभित्रै पिल्सिने । भित्रभित्रै दुख्ने । भित्रभित्रै थाक्ने । दुख्यो भन्न नसकिने तर दुखिरहने ।

गणितको सर ट्युसन कक्षामा छिर्नुभयो । मेरो ध्यान पढाइमा गएन ।

अचानक मैले स्वस्थानीको अनुहार बाङ्गो देख्न थालें । उसको नाक टेढो देखें । आँखा डेडा देखें । चिउँडो उछिट्टिएको देखें । गाला ताछिएको देखें । ताछिएको गालामा जताततै डन्डिफोरको पिप बगिरहेको, घिन लाग्दो देखें । निधार अचानक उठेर अग्लिएको देखें । मेरा लागि स्वस्थानी मान्छे कम, बुख्याचा बढी देखें । उसको आवाज कर्कश सुन्न थालें ।

उसलाई हरर मुभीको भूतजस्तो देख्न थालें । ऊ मेरो आँखामा कुरूप भई ।

छ्या ! कसरी अमनले मन परायो ? अमन फूलजस्तो सुन्दर र कोमल छ । स्वस्थानी काँडाजस्ती छे । अमनलाई काँडा किन मन पर्‍यो ? अमनलाई यो कुरूप केटी किन मन पर्‍यो ?

मेरो मस्तिष्कमा आफैँले कल्पना गरेको स्वस्थानीको कुरूप चित्र नाच्न थाल्यो । उसलाई मैले कल्पनामा जति कुरूप बनाएँ, त्यति नै मलाई आनन्द लाग्न थाल्यो । म एक्लै मुस्कुराएछु ।

"ओए, के भयो ? ध्यान कता छ ?", सरले मेरो कुममा हात राखेर झकझकाउँदै भन्नुभयो ।

म गहिरो निद्राबाट बिउँझेझैं भएँ ।

"ओहो ! मेरो मनको बात कसैले सुन्यो कि ! मेरो दिमागको कल्पना कसैले देख्यो कि !"

आफैँसँग डर लाग्यो, आफैँसँग लाज लाग्यो ।

ट्युसनबाट साँझमा घर फर्किंदा अनुजा मेरो साइकिलमा चढी । मलाई पटक्कै बोल्न मन भएन । अनुजाले सोधी, "शब्द, के भयो ? बिरामीजस्तो देखिन्छौ । सन्चो भएन हो ?"

"केही भएको छैन । अलिअलि टाउको दुखेको छ ।"

ऊ साइकिलबाट फुत्त हामफाली । मैले साइकिल रोकेँ । उसले मेरो निधार छाम्न खोजी । उसको हातसँग मेरो निधार तर्कियो । उसले दायाँबायाँ हेरी । परबाट साइकिलमा मान्छे आउँदै गरेको देखी ।

प्रेममा बास्ना अनिवार्य छ तर मायामा बास्ना आवश्यक छैन । मलाई आमाले माया गर्नुहुन्छ । काकाकी छोरी रश्मी दिदीले माया गर्नुहुन्छ । अरू-अरू धेरैले माया गर्छन् । टाउको दुख्दा, ज्वरो आउँदा यसैगरी छुन्छन् । अनुजाको हातको स्पर्शमा माया छ तर मैले कल्पना गर्ने प्रेम छैन । अमनको हात प्रेमिल लाग्छ । उसको हातबाट बिछट्टको बास्ना आउँछ । जुन बास्ना यति मोहक छ कि जति सुँघे पनि हृदय भरिँदैन । अरू बास्ना नाकबाट लिन सकिन्छ, प्रेमको बास्ना सिधै हृदयबाट लिन सकिँदो रहेछ । प्रेममा छैटौं इन्द्रिय जाग्दो रहेछ ।

सायद माया र प्रेममा बास्नाको दिवार छ । दिवारवारि माया । दिवारपारि प्रेम । जहाँ बास्ना हुन्छ, त्यहाँ धक हुँदो रहेछ । डर हुँदो रहेछ । त्यसैले दिवारपारि प्रेम र वारि माया भएको होला । हामी दिवारवारि बाँच्छौं । दिवारपारि प्रेम गर्छौं ।

अनुजाले भनी, "तिमी साइकिलमा जाऊ । म हिंड्दै आउँछु । डबल साइकिल चलाउन गाह्रो हुन्छ ।" ऊ बडो प्रेमले बोली तर मैले मायाले सुनें । दिदीले भन्दा भाइले सुनेजस्तो । आमाले भन्दा छोराले सुनेजस्तो । अनुजा र मबीच फुपू-भदाको जुन झिनु साइनो छ, त्यो बलियो भएजस्तो लाग्यो । मानौं, मेरी ऊ आफ्नै फुपू हो । उसको खुट्टा मैले ढोग्नुपर्छ । रक्षा बन्धनमा राखी बाँध्नुपर्छ । भाइटीकामा टीका थाप्नुपर्छ ।

मैले "हुन्छ" भनें । साइकिल दौडाउँदै घर पुगें । घरमा अडिन सकिनँ । अमनको घर गएँ ।

अमन कोठमा एक्लै रहेछ । पुग्नासाथ सोध्यो, "ओइ, स्वस्थानीले के भनी ?"

"तँलाई भेट्न आउँछु भनिकी छे । निको भएपछि तँसँग फिल्म हेर्न जान्छु पनि भनेकी छे । तेरो पिर गरेकी छे ।"

अमन खुशी भयो । जुरुक्क ओछ्यानबाट उठ्न खोज्यो तर सकेन ।

"मलाई पनि भेट्न मन लागेको छ । चिठी लेख्छु स्वस्थानीलाई, दे ल !"

हुन्न भन्न सक्दिनँ, ऊ मेरो साथी हो । हुन्छ भन्न सक्दिनँ, स्वस्थानीसँग ईर्ष्या लाग्छ ।

मेरो किलकिलेसम्म आएर माछाको काँडो अड्किएझैं एउटा वाक्य अड्कियो, "स्वस्थानी राम्री छैन । त्यो काँडाजस्ती छे । तँ फूलजस्तो छस् । त्यो कुरूप छे, तँ सुन्दर छस् । आज उसलाई भूत फिल्मकी भूतनीजस्ती देखें । छाड्दे स्वस्थानीलाई !" घाँटीमा वाक्य अड्किनुको पीडा माछाको काँडा अड्किनुभन्दा ज्यादा हुँदो रहेछ । केही बोल्न सकिनँ ।

"ओइ, अरू केही भनिन ?", बढो आसे तरिकाले सोध्यो । "भनिनँ" भन्न मुन्टो हल्लाएँ ।

स्वस्थानीको कुरा गर्दा अमनको अनुहार उज्यालो हुन्थ्यो । मानौं, उसको सबै दुखाइ निको भयो । उसलाई सन्चो भइसक्यो । कलेटी

परेका ओठसमेत सुन्दर देखिन्थे । अरू कुरा गर्दा अमनको अनुहार अँध्यारो हुन्थ्यो । कलेटी परेका ओठ अझ काला हुन्थे । मानौं, उसलाई रोगले झन्झन् च्यापेको छ । दुखाइ बढ्दो छ । मानौं, अब ऊ जीवनतिर फर्किंदैन ।

मलाई अमनको उज्यालो अनुहार मन पर्छ । ऊ स्वस्थानीलाई जसरी प्रेम गर्छ, म अमनलाई उसैगरी प्रेम गर्छु । प्रेमले जित्यो । मैले हारें ।

सरासर घर आएँ । चिठी पट्याएँ । नयाँ खामभित्र हालें । सरासर अमनको घर गएँ । चिठी दिएँ । सरासर फर्किएँ । उसले चिठी पढुन्जेल पर्खिन सकिनँ । पक्का अप्रेशन गर्दा चिरेको उसको आलो घाउमा समेत काउकुती लाग्यो होला !

अमन स्वस्थानीलाई प्रेम गर्छ । म अमनलाई प्रेम गर्छु ।

मेरो प्रेम भिरमा झुन्डिएको कुभिन्डो हो । बेलो चुँडिएपछि सकिन्छ । अमनको प्रेम पीपलको जरा हो, जति गहिरिन्छ, त्यति फैलिन्छ ।

अमन स्वस्थानीलाई प्रेम गर्छ । म अमनलाई प्रेम गर्छु ।

मेरो प्रेम बत्तीको पुतली हो, जुन पखेटा पोलिएर आफैं मर्छ ।

अमनको प्रेम जुनकीरीको उज्यालो हो, जुन अँध्यारोमा आफैं बल्छ ।

तर, पनि म अमनलाई प्रेम गर्छु ।

प्रेम गरेरै बाँच्न पाऊँ, प्रेम गरेरै मर्न पाऊँ ।

अमन स्वस्थानीलाई प्रेम गर्छ । म अमनलाई प्रेम गर्छु ।

परीक्षा

एसएलसी सकियो । सिक्रीबाट मुक्त भएको कुकुरजस्तो फुक्काफाल भएँ । बा पटकपटक भन्नुहुन्छ, "केटाले फस्ट डिभिजन ल्याए, काठमाडौं जाला, साइन्स पढ्ला !"

बालाई साइन्स पढ्ने खुब इच्छा थियो रे ! तर पढ्न पाउनु भएनछ । बाका दुई साथी डाक्टर छन् । तिनैलाई देखाउँदै भन्नुहुन्छ, "म पनि डाक्टर हुन्थें तर भाग्यले साथ दिएन ।" मलाई लाग्छ, बा त्यस क्षमताको मान्छे हैन । उहाँले आइए पास गर्नुभयो तर बिए फेल हुनुभयो । डाक्टर बन्न सक्ने मान्छे बिएमै फेल कसरी भयो ? ठूलो पदमा किन पुगेन ? सामान्य हुलाकीमात्र किन भयो ?

छोराछोरी भनेका बाआमाका अपूरा सपना पूरा गर्ने नयाँ सपना हुन् । आफ्ना अधुरा सपना छोराछोरीलाई पूरा गर्न लगाएर आनन्द लिने जात हुन्, बाआमा । छोराछोरी आफ्नो अलग्गै अस्तित्व लिएर जन्मेका हुन्छन् भन्ने बाआमालाई लाग्दैन । बाआमाको सम्पत्ति जात, धर्म विरासतमा पाएझैं उनका अधुरा सपना पनि विरासतमै आइलाग्छन् । बा आफ्नो सपना मबाट पूरा गर्न चाहनुहुन्थ्यो ।

स्वयम् मेरो इच्छा र सपनाबारे मलाई पत्तो थिएन । काठमाडौं जाने इच्छा थियो । यसलाई सपना भन्छन् कि भन्दैनन् ? थाहा छैन । काठमाडौं गएर के पढ्ने ? के गर्ने ? के बन्ने ? कुनै मेलोमेसो थिएन । आफ्नो सपना नभएपछि बाकै आँखाबाट सपना देख्न थालें, "साइन्स पढ्छु ! डाक्टर बन्छु !"

फुक्काफाल दिन बित्तै गए । दिनहुँ फुटबल खेल्नु । बजार जानु । फिल्म हेर्नु । अमनसँग भेट्नु । आफैंले आफैंलाई काउकुती लगाउनु । एक्लै हाँस्नु । आफैंसँग जिस्कनु, चल्नु दैनिकी भयो । यस बीचमा अनुजासँग दुईपल्ट फिल्म हेर्न गएँ । उसको स्पर्शबाट कुनै सुख भएन । पुरानै दुःख दोहोरिरह्यो ।

***

सधैंझैं बा बिहानै साइकिल चढेर चिठी बाँड्न हिंड्नुभयो । आमा खेततिर जानुभयो । घरमा एक्लै भएँ ।

ऐना हेरें । खरायोको रौंजस्तो नरम दारी गालामा भरिँदै छ । आफ्ना कलिला जुँगा साह्रै कामुक लागे । निकै बेर खेलाएँ । कुनै छोटा, कुनै लामा छन् । एकै ओठमा पनि असमान छन् । माथ्लो ओठलाई तल्लो दाँतले टोकेर ओठ तन्काएँ । ओठसँगै जुँगा पनि तन्किए । आफ्नो अनुहार आफैंलाई असाध्यै सुन्दर लाग्यो । ऐनाभित्रको आफ्नै आँखासँग मोहित भएँ । असमान जुँगा ओठलाई नसुहाए जस्तो लाग्यो । लामा जुँगा उखेल्न खोजें । एकै झमटमा उखेलिएनन् । जुँगा कलिला भए पनि जरा बलिया रहेछन् । तान्दा दुख्यो । निधारलाई माथि तानेर आँखा ठूला बनाएँ । दुखाइको चोट आँखामा परेछ । आँखा चिम्सा भए । एकछिनपछि दुखाइ हरायो ।

त्यसपछि बाको कोठामा गएँ । खापा खोलें । दाह्री, जुँगा काट्ने रेजर र कैंची निकालें । लामाछोटा जुँगा पहिला दायाँतिर र त्यसपछि बायाँतिर मिलाएँ । दायाँतिर अलिक बढी काटिएछन् । फेरि बायाँतिर मिलाएँ । यसरी मिलाउँदा मिलाउँदै कतै मिलेनन् । ओठ अप्ठेरोमा पऱ्यो । स्वाट्ट ब्लेड चलाएँ ।

ऐना हेरें । ओहो ! एउटा अनौठो मानिस देखियो ऐनामा, जो पटक्कै राम्रो छैन । भुत्ला खुइलिएको बोइलर कुखुराको छालाजस्तो भयो ओठ । गालालाई पनि ओठकै औकातमा ल्याउँदा राम्रो देखिन्छु कि भन्ने लाग्यो, गालामा पनि निर्मम ब्लेड चलाएँ । ओठ र गाला दुवै नाङ्गा भए ।

अरूलाई त परै जाओस्, ऐनालाई समेत मुख देखाउन नसक्ने भएँ । ऐना घोप्टो पार्दै थिएँ । अचानक आँगनमा अनुजालाई देखें ।

“शब्द, एक्लै छौ घरमा ! ख्वै त दाजु-भाउजू ?”, उसले मेरा बाआमालाई सोधी ।

अनुजा कुबेलामा आई । झ्वाट्ट भागिहाल्न पनि सकिनँ । उसलाई हेरिरहन पनि सकिनँ ।

“हुनुहुन्न ?”, मेरो बोली रुखो भएछ ।

उसले पनि रुखै बोली, “कहाँ जानुभयो त ?”

म बोलिनँ । अनुजा मेरो छेउमै आई र सोधी, “दाह्री काटेको ?”

“अँ !”, मैले लजाउँदै भनें । हातले गाला छामें । मेरा ओठ फिस्स फाटे । मेरा आँखाले अनुजालाई हेरे । ऊ त निरास र उदास छे । मैले उसलाई हेरिरहें तर केही बोलिनँ । अनुजाले पनि मलाई हेरिरही, केही बोलिन । मलाई लाग्यो, “म साह्रै नराम्रो देखिएछु । मेरा हातले घोप्टिएको ऐना उठाउन खोज्यो तर सकेन । आफ्नो प्रेमी नराम्रो देखिएको प्रेमिकालाई पटक्कै मनपर्दो रहेनछ क्यार ! निकै बेर हामीबीच एउटा खाली ठाउँ बन्यो । दुवै मौन बस्नुको सकस दुवैलाई भयो ।

त्यसपछि मैले सोधें, “नराम्रो देखिएँ हो ?”

“हैन, राम्रो देखिएका छौ !”, यति भन्दा उसका ओठ थोरै हाँसे तर आँखा र अनुहारमा ओठको प्रभाव पटक्कै परेन । आँखा उस्तै दुखी, अनुहार उस्तै उदास भइरह्यो ।

प्रेमीलाई सिधै ‘राम्रो भइनस्’ भन्न गाह्रो हुन्छ क्यार ! अझ त्यसबाट उत्पन्न हुने दुःख लुकाउन झन् गाह्रो हुन्छ क्यार ! प्रेम गर्नेसँग यस्ता कयौं प्राकृतिक गुण हुँदा हुन्, जहाँ अनुहारले सत्य बोल्छ तर मुखले झुट !

फेरि हामीबीच अप्ठेरो मौनता शुरु भयो ।

सधैं बोलिरहने अनुजा आज किन चुप छे !

मैले दाह्रीजुँगा नकाटेको भए यस एकान्तमा अनुजाका हात मेरा गालामा सलबलाइ सक्थे होलान् । आज उसलाई मेरा गाला बिरानो

लाग्यो होला, कुनै अपरिचित पुरुषको गालाजस्ता । जुन गालामा कुनै आकर्षण छैन । स्पर्शको कुनै आनन्द छैन । मलाई उसका गाला जति अप्ठेरा लाग्थे, आज उसलाई पनि मेरा गाला त्यति नै अप्ठेरा लागे होलान् ।

बास्ना शून्य, उराठ गाला !

अनुजालाई सधैं यस्तै लागे मेरा लागि भलै हुन्थ्यो । मैले लामो श्वास तानें । भिजेको आवाजमा अनुजा बोली, "शब्द ! मेरो बिहे गरिदिने कुरा गर्दै छन् । बिहान घरमा कुरा हुँदै थियो । भोलिपर्सि केटा हेर्न आउँछ रे !"

म निःशब्द भएँ । के बोल्ने ? के भन्ने ?

अनुजा आफैं बोली, "म त पढ्न चाहन्छु तर घरमा कुरा बुझ्दैनन् । केटा पढेको छ रे ! जागिरे हो रे !"

मेरो बोली फुटेन ।

म केटा हुँ तर अनुजालाई केटाले गर्ने प्रेम गर्न सक्दिनँ । मलाई उसको माया लाग्छ । त्यो मायामा प्रेम पटक्कै छैन । माया प्रेम बरोबर भयो भने मात्र जीवन चल्न सक्छ । भन्न पनि सक्दिनँ, "अनुजा, म तिमीलाई प्रेम गर्दिनँ ! बिहे गर्दिनँ ! मलाई नपर्ख ! तिमी बिहे गर !" त्यत्तिका दिन सँगै हिंड्यौं । कयौंपटक एकान्तमा सँगै बस्यौं । फिल्म हेर्‍यौं । बाँडेर खानेकुरा खायौं । कसरी भन्न सक्छु, "अनुजा, तिमी मेरो साइनोको मात्र फुपू हैन, साँच्चिकै फुपू बन ! फुपूले गर्ने माया गर ! प्रेमिकाले गर्ने प्रेम नगर !"

निकै बेरपछि बोलें, "अहिले पढ्नुपर्छ, बिहे नगर !"

"बाआमा मान्दैनन् !", ऊ सुँक्क गरी ।

"पढ्छु भन ! कुनै हालतमा नमान !", कायर प्रेमीले दिन सक्ने सल्लाह दिएँ ।

"नमानेर कहाँ हुन्छ । दिदीले पनि मानेकी थिइन, बिहे भयो । काकाकी छोरीले पनि मानेकी थिइन, बिहे भयो । मैले नमानेर मेरो बिहे रोकिँदैन । मेरो बिहेमा मेरो के अधिकार... ? हामी छोरी हौं ।

बाआमाले जहाँ भन्छन्, त्यहीं जानुपर्छ । जे भन्छन्, त्यही मान्नुपर्छ । नाइँ भन्ने हाम्रो के हिम्मत ? हामी त बाआमाको इच्छाले जन्मिँदैनौं । दुर्घटनामा जन्मिन्छौं । बाआमाले थोरै समय पाल्छन् र मारे पाप, पाले पुण्य भन्दै अन्जान केटाको हातमा दान दिन्छन् । हामी दानका लागि जन्मेका हौं । हामी बिक्रीका लागि जन्मेका हौं । बाआमाले हामीलाई बेच्छन् । पैसा लिँदैनन् तर भावना लिन्छन् । सम्बन्ध, नातागोताको नाममा बेच्छन् । बाख्राको पाठोले खोर छाडेझैं हामीले घर छाड्नुपर्छ । हाम्रो के तागत ? तिम्री आमा पनि त्यसैगरी आएकी हुन् । मेरी आमा, भाउजू पनि त्यसैगरी आएका हुन् । यो आदिम नियम हो । मेरो के तागत !", उसको स्वर यति बेला आवेगले भरिएको थियो ।

अनुजाले एक श्वासमा यति धेरै कुरा भनी, जुन मैले थोरैमात्र बुझें । मैले बुझ्न नसक्ने कुरा गर्न सक्ने भइसकिछे अनुजा । उसका कुराले मलाई जिरिङ्ग बनायो । कसरी यति धेरै कुरा एकैपल्ट भन्न जानी ? यति धेरै कुरा त हाम्रा मास्टरहरूले पनि कहिल्यै भनेनन् ।

अनुजा बच्चैदेखिकी साथी हो । उसलाई मैले नाङ्गै देखेको छु । उसले पनि मलाई नाङ्गै देखेकी छे । सँगै भाँडाकुटी खेलेका छौं । कयौंपटक बेहुलाबेहुली भएका थियौं । हामीलाई एकअर्काको घरमा आउजाउ गर्न कुनै छेकबार छैन । अनुजाले मलाई प्रेम गर्छे भन्ने गाउँमा कहीं कसैले शङ्कासमेत गर्न सक्दैनन् । तर, ऊ कति तागतिली भइसकिछे, जो आफ्नै दौंतरीले समेत बुझ्न नसक्ने अप्ठ्यारो कुरा बोल्दै थिई ।

बोल्ने ठाउँ नभेटेपछि मौन बसें । मेरो मौनतालाई के ठानी कुन्नि ! आफू बसेको ठाउँबाट थोरै पर सरी ।

अनि, म बोलें, "बिहेलाई तिमी बाआमाले बिक्री गरेको भन्छ्यौ भने किन मसँग प्रेम गर्छौ त ?" प्रश्नमाथि विचार गर्न भ्याएको थिइनँ, फ्याट्ट मुखबाट निस्किहाल्यो ।

"तिमी मलाई एकदमै राम्रो लाग्छ । असल छौ । तिम्रो र मेरो बिहे भयो भने हाम्रो इच्छाले हुन्छ । त्यसमा बाआमाको कुनै जबरजस्ती

निर्णय हुँदैन । त्यो बाआमाको दान हैन । हाम्रो समर्पण हो । त्यो प्रेम हो तर अहिले नै हामीले बिहे गर्ने हैन । पढ्नुपर्छ ।"

"त्यसो भए बाआमालाई भन न त !"

"तिमीसँग बिहे गर्छु भनेर भन्नु ?", उसले भनी ।

म झस्कें । मेरो ज्यानमा काँडा उम्रियो । मुटु थर्थरायो । आँखामा आकाश घुम्यो । अनुजाको अघि यस्तो कायर कहिल्यै भएको थिइनँ । यति कमजोर कहिल्यै भएको थिइनँ । साह्रा कमजोरी अनुजाको अघि छ्यालब्याल होला भन्ने डरले आफैंलाई स्वात्त निल्यो ।

काँपेको स्वरमा भनें, "अहिले हैन, पछि... !" तर यो वाक्य किन बोलें ? आफैंले भेउ पाइनँ ।

"किन डरा'को ?", अनुजाले मेरो कायरता पुलिसले चोर समातेझैं समाती ।

"डरा'को छैन । तिम्रो बिहे भयो भने... ?", मैले उस्तै काँपेको स्वरमा भनें ।

"के गर्छौ ?", अनुजाले बलियो स्वरमा भनी ।

मेरो फेरि वाक्य बस्यो । म मौन भएँ । अनुजा बोल्न थाली, "म छोरी हुँ । न बाआमाको रहरले जन्मेकी हुँ, न मेरो इच्छाले बाँच्न पाउँछु !"

आमालाई खेतबाट घरतिर आउँदै गरेको देखें ।

"उः, आमा आउनुभयो !", मैले झस्किँदै भनें ।

अनुजा पनि झस्की । बसिरहेको ठाउँबाट अझै पर सरी । हामीबीच प्रशस्त दूरी कायम भयो ।

आमा आँगनमा आइपुग्नुभयो । अनुजाले भनी, "घाम भएन भाउजू ! यस्तो घाममा पनि के खेतमा जानु भा'को ?"

"के गर्नु त काम छ ! धान रोप्ने बेला हुन लाग्यो । आली ताछ्न खेताला लगा'को छ । के-कसो गरे भनेर हेर्न गा'की नि !", थकित स्वरमा आमाले भन्नुभयो । आमाको जिउ पसिनाले भिजेको थियो । सिउँदोको सिन्दूर बगेर निधारमा खसेको थियो । सारीको फेरले पसिना पुछ्नुभयो ।

"शब्दलाई पनि लैजानु नि !", अनुजाले भनी ।

"के टेर्थ्यो ! दिनभर ढोका थुनेर बस्छ । आफ्नो खुशीले डुल्न पाए चारचौरास डुल्छ तर घरको काम फिटिक्कै टेर्दैन ।", आमाले गुनासो गर्नुभयो ।

आमा दलानको खाटमा पस्नुभयो । हाते पङ्खाले अनुहार हम्किँदै मलाई भन्नुभयो, "जा जा, एक गिलास चिसो पानी ले !"

अनुजा मतिर फर्किएर मुस्कुराई । लगत्तै आमा भएतिर मुन्टो घुमाई । असफल कलाकारको कलाजस्तो उसको अनुहारमा अभिनय थियो, जुन पटक्कै जीवन्त थिएन । आमासँग बिदा भएर अनुजा घर फर्की । मैले आमालाई पानी दिएँ ।

***

दुई दिनपछि ।

अनुजालाई हेर्न घरमा केटा आयो तर अनुजालाई मन पराएन । किन मन पराएन ? कुनै कारण छैन । केटालाई मन नपराउने अधिकार छ । केटा, केटीजस्तो हैन, जसको हातमा दान दिए पनि हुने । ऊ त दान लिने जात हो । छानेर, रोजेर लिन्छ दान पनि ।

एकपटकलाई अनुजा बिहेबाट जोग्गिई ।

***

एसएलसीको रिजल्ट आयो ।

त्यस दिन बिहान रेडियो बज्यो । गाउँभरि हल्लिखल्ली मच्चियो । मेरो मुटुको गति बढ्यो । रिजल्ट त आयो, पासफेल थाहा लाग्न समय लाग्छ । रिजल्ट बूढो गोर्खापत्रमा छापिन्थ्यो । बूढो गोर्खापत्र मधेसको गाउँ आउन सजिलो बाटो थिएन ।

पास हुने आस भएकाहरू स्कूलमा जम्मा भए । फेल हुने निश्चित भएकाहरूले पनि "पत्रिका आयो ?" भनेर सोधिरहे । हेडसर गोर्खापत्र बोकेर दिउँसो चार बजेतिर स्कूल आए । माहुरीबाट रानु घेरिएझैं हेडसर घेरिए ।

म हेडसरको सामुन्ने परेँ । मेरो मुखतिर पुलुक्क हेर्दै हेडसरले भने, "तेरो आस थियो, तँ पनि गइस् !"

सबै विद्यार्थीको अनुहारमा पहिरो गयो । मच्चिँदा मच्चिँदैको पिङबाट डोरी चुँडिएर अचानक खसेजस्तो भयो । हातगोडा लागेनन् । वाकवाकी आउन खोज्यो । भिडबाट बाहिर निस्कन खोज्दै थिएँ, सर बोले, "पास त भइस् तर सेकेन्ड डिभिजन आयो ।"

बल्ल मैले लामो श्वास तानेँ तर खुशीले उफ्रिन सकिनँ ।

त्यसपछि सरले पास हुनेहरूको सिम्बल नम्बर सुनाउन थाल्नुभयो । फस्ट डिभिजन कसैको आएन । धेरैले सेकेन्ड डिभिजन ल्याए । अनुजा पास भई । स्वस्थानी फेल भई । अमनको थर्ड डिभिजन आयो ।

अमन रिजल्ट हेर्न आएन । भन्थ्यो, "आ ! फेल भइहाल्छु, हेर्दिनँ रिजल्टसिजल्ट !" तर पास भयो । ऊ जति खुशी सायदै कोही भए होला ।

साँझमा म घर आइपुग्दा बा घरमा हुनुहुन्नथ्यो । घर आएपछि के भन्नुहोला ? "छोरोले फस्ट डिभिजन ल्यायो भने काठमाडौँमा राखेर साइन्स पढाउँछु" भन्दै गाउँभरि हिँडेको कति भयो भयो ! बाले निन्याउरो अनुहार पार्दै भन्ने दिन आयो, "छोराले प्रगति नगर्ने भयो !"

आमा खुशी हुनुभयो ।

साँझ पर्‍यो, बाको साइकिलको घण्टी बज्यो । अरू बेला बा यसरी घण्टी बजाउँदै आ'को याद छैन । आँगनमा साइकिल अड्याउनुभयो । पिँढीको खाटमा बस्नुभयो । "एक गिलास पानी ले ले !", आमालाई भन्नुभयो । बाले पानी पिउनुभयो । केही बेर आराम गर्नुभयो । यताउता चलमलाउनुभयो तर मेरो खबर सोध्नुभएन । बाको धैर्य पहिलोपल्ट देखेँ । स्कूलका सबै रिजल्ट तात्तातै सोध्नुहुन्थ्यो । "किन कम नम्बर ?" भनेर न्याखन्याखती पार्नुहुन्थ्यो तर आज केही सोध्नुभएन । केही बोल्नुभएन । मानौँ, बाले बिहान समाचार सुन्नुभएन । सुने पनि भुल्नुभयो । बाको शान्ति भङ्ग नहुने गरी मसिनो स्वरमा आमाले भन्नुभयो, "शब्द पास भयो !"

"थाहा भयो ! हेडसरलाई भेटेको थिएँ !", बा आफ्नो स्वभावअनुसार थोरै बोल्नुभयो ।

त्यसपछि फेरि मौन हुनुभयो । मलाई बाको अघि पर्न डर लाग्यो । पास हुनुको खुशी खल्यातखुलुत खुइलियो । बा खुशी हुनु भएन तर दुखी पनि हुनुभएन । भावशून्य हुनुभयो । भावशून्य मान्छे साह्रै डरलाग्दो देखिँदो रहेछ ।

त्यस दिन बा केही बोल्नुभएन । चुपचाप खाना खानुभयो । सुत्नुभयो । भोलिपल्ट बिहान चियाको पहिलो घुट्की निलेपछि भन्नुभयो, "काठमाडौं गएर साइन्स पढ्ला भनेको थिएँ, खुल्कियो ।"

म केही बोलिनँ । तर कसरी गाउँ बस्नु ? कसरी भन्नु "स्कूलमा पास भएँ, घरमा फेल !" काठमाडौं गएर साइन्स पढ्न स्कूलमा पास भएर मात्र नहुँदो रहेछ ।

बा हुलाक जान ठिक्क पर्नुभयो । साइकिलको च्यान खुस्किएको रहेछ । लगाउनुभयो । बाको हातमा कालो लाग्यो । साइकिलको डन्डामा हात दल्नुभयो । सबै कालो निखिएन । अल्छी मानीमानी कल पेलेर हात धुनुभयो ।

बा गएपछि आमा पिंढीको खाटमा बसेर फर्सीको मुन्टा केलाउन थाल्नुभयो । आमालाई भनेँ, "म त जसरी भए पनि काठमाडौं जान्छु । यहाँ पढ्दै पढ्दिनँ ।"

"अब तैंले भनेर मात्र हुन्छ !"

"जान्छु भनेपछि जान्छुजान्छु, भागेर भए पनि जान्छु, जसरी पनि जान्छु !", मेरो कडा जिद्दीले आमालाई दुखी बनायो, जुन दुःख अनुहारमा देखियो ।

"बासँग सल्लाह गर् !", एउटै वाक्य बोलेर आमा भान्साको काममा लाग्नुभयो । त्यसपछि आमाछोराको कुरा भएन ।

म अमनलाई भेट्न गएँ । ऊ भात खाँदै थियो । मलाई देखेपछि खाँदाखाँदैको भात छाडेर भान्साबाट फुत्त बाहिर निस्कियो ।

"भात छाडेर कहाँ हिंडेको !", आमा कराइन् तर उसले सुनेन ।

अमन एकदम खुशी थियो । उसका बाले यतै प्लस टु पढाउने भनेका छन् । उसले मानेको छ तर स्वस्थानी फेल भई । यो कुराले

उसको खुशी थोरै धमिलो भयो । स्वस्थानी भन्थी, “क्याम्पस सँगै पढ्ने ।” अमन भन्थ्यो, “क्याम्पसमा स्वस्थानीसँग मोज गर्छु ।” त्यसपछि उसको जिउ काँप्थ्यो । नाडीमा काँडा उम्रिन्थे । आँखा बन्द हुन्थे । गहिरो कल्पनामा डुब्थ्यो ।

मेरा बाको जस्तै अमनको सपना अपूरो भयो तर मेरा बाजस्तो दुखी देखिएन ।

दिउँसो अमन र म पौडी खेल्न गयौं ।

साँझ म फुटबल खेल्न गएँ । अमन गएन । मलाई भेटेका जतिले सोधे, “शब्द, कहिले जाने काठमाडौं ?”

मेरो जवाफको निशाना थिएन, “खोई !”

दुई-चार जनाले भने, “फस्ट डिभिजन आएन क्यार ! अब बाले के पठाउँथे काठमाडौं !” म ती मान्छेबाट छिटोछिटो भाग्थें र ओझेल पर्थें । अर्कोपल्ट भेट्न नपरे हुन्थ्यो जस्तो लाग्थ्यो ।

साँझ म घर आउनुअघि नै बा आइसक्नुभएछ । भान्सामा आमासँग बा बोलेको सुनें, “जिद्दी गरेर मात्र हुन्छ ! के खान जान्छ काठमाडौं ! पढ्न सक्दैन त्यसले साइन्स ! फस्ट डिभिजन आएको भए केकसो हुन्थ्यो ! लम्पट भयो ! अब बिग्रियो ! यहीं बसेर हलो जोत्दै पढोस् !”

चाल सुस्त गरें । जहाँ पुग्दा, बाको बोली सुनेको थिएँ, त्यहीं रोकिएँ । बा निकै निरास हुनुभयो । मेरो भविष्य माया मार्नुभयो । बा कति चाँडै हिम्मत हार्ने मान्छे हुनुहुँदो रहेछ ! बाको दुःखको स्रोत कति मसिनो !

आमाले बोलेको सुनें, “भागेर जान्छु भन्दै छ । कता हिंडिदेला नि फेरि !”

“जावस्, कहाँ जान्छ ! खान नपाएपछि दुई-चार दिनमा आफैं फर्किन्छ !”, बा एकदम कठोर हुनुभयो ।

बालाई यस्तो निठुर देखेको थिइनँ । एकदम मायाशून्य । मानौं, म कुनै अन्जान मान्छे हुँ । कतै भेटेर राखेको हरुवा हुँ । ममाथि बाको कुनै कर्तव्य बाँकी छैन ।

म सरासर कोठामा गएँ । झ्यालढोका थुनें । ओछ्यानमा पल्टें । आमाले खाना खान बोलाउनुभयो । अटेर गरें । आमाले ढोका ढक्ढकाउँदै भन्नुभयो, “तेरा सबै साथी यतै पढ्छन्, तँमात्रै किन काठमाडौं जान्छस् ? यतै पढ्नेले पनि जागिर खा'का छन् । ठूलो ठाउँ जाँदा मात्रै ठूलो भइने हो र ? राम्रो पढ्नेलाई जहाँ पनि राम्रै हुन्छ ! खाना पस्केकी छु, ढोका खोल् !”

आमाको आवाजमा अथाह माया थियो । आमाको जस्तो बाको माया किन कोमल हुँदैन । बालाई कसले कठोर बनायो ? आमालाई केले नरम बनायो ? दुवैको बराबर छोरा हुँ । दुवैको बराबर सपना हुँ । दुवैको बराबर खुशी हुँ । दुवैको बराबर सुख हुँ । तर बा किन कठोर !

“नखाने मान्छेलाई किन कर गरेकी ! भोक लागे खाइहाल्छ नि !”, बाले आमालाई हकारेको बोलीमा भन्नुभयो ।

त्यस रात भोकै सुतें ।

राति बाआमाले गुनगुन गरेको सुनें तर स्पष्ट बुझिनँ । बिहान ढिलो उठें । बा हिंडिसक्नुभएछ । आमा भान्सामा हुनुहुन्थ्यो । आमाले चाल नपाउने गरी अमनको घर गएँ । अमनकै घरमा खाना खाएँ । दिउँसो अमन र म फिल्म हेर्न गयौं । मसँग पैसा थिएन, अमनले तिर्‍यो । खाजा पनि उसैले ख्वायो । साँझ फुटबल खेलेर घर फर्किएँ ।

घरमा आमाबा दुवैलाई मौन भेटें । आमाको अनुहारमा दुःखको झल्को थियो । आँखा भिजेका थिए । बाको अनुहार पनि आमाको जस्तै उदास थियो तर आँखा सुख्खा थिए ।

मलाई एकदमै डर लाग्यो । गोडा लुगलुगाए । मुटु फुट्लाजस्तो भयो । लुसुक्क कोठाभित्र छिर्न खोज्दै थिएँ, बा बोल्नुभयो, “लु भैगयो, काठमाडौं जालास् ! भुवनसँग फोनमा कुरा गरेको छु, उसले हुन्छ भनेको छ । भुवनसँगै बस्लास् ! आइज खाना खा !”

छोरासँग पराजित हुनुको खुशी बाको अनुहारमा लगत्तै देखियो ।

बाको यस्तो मीठो र नरम बोली अरू बेला कम सुनेको थिएँ । बा पनि आमाजस्तै नरम हुन सक्दा रहेछन् । आमाको हृदयजस्तै बाको

हृदय पनि कपासजस्तै कोमल रहेछ । तर, आमाको हृदय सानो धक्कामा पनि भत्किन्छ, बाको हृदय भत्किन ठूलै खलबल हुनुपर्दो रहेछ । बाले आफूलाई जबरजस्त जब्बर बनाएका रहेछन् । मेरा बा पनि कोमल रहेछन् ।

भुवन दाइ हाम्रा छिमेकी दाइ हुन् । एमए पढ्दै छन् भन्ने सुनेको हुँ । म सानै हुँदा उनी काठमाडौं गएका हुन् । दशैंतिहारमा घर आउँछन् । उनको बारेमा मलाई धेरै थाहा छैन । मभित्रको निभेको दियो बल्यो । म खुशी भएपछि आमा पनि खुशी हुनुभयो । घरको खुशीको स्रोत म रहेछु । म ओइलाए, सबैको खुशीको जरा सुक्दो रहेछ ।

***

काठमाडौं जाने अघिल्लो दिन आमाले नुनतेल र चामलका पोका पार्नुभयो ।

मनमा उत्सुकता छ, “त्यो काठमाडौं कस्तो होला ? के होला ?”

काठमाडौं जाने भएपछि खुशीले निद्रा लाग्न छाडेको थियो । काठमाडौंको कल्पना गर्दै आधा रात बित्थ्यो । काठमाडौं जाने अघिल्लो रात मिनेट पनि घण्टाजस्तो लम्बेतान लागेको छ । घण्टा, दिन बन्न थालेको छ । बस चढेर लामो यात्रामा कतै गएको छैन । त्यसको मज्जा कल्पिँदै पनि भुतुक्क हुन्छु । मन उम्लिएर आउँछ । खुशी नसानसामा सल्बलाउँछ । अरू बेलाजस्तो अमनको याद आएको छैन । अमन त एकाएक अन्जान मान्छेजस्तो हुनगयो ।

मेरो खुशी मनाउन आमाले खिर पकाउनुभयो । साँझ हामी खिर खाँदै थियौं । भान्सामा अमन पस्यो ।

“अमन खिर खान्छस् ?”, आमाले सोध्नुभयो ।

अमनले “खान्नँ” भन्न मुन्टो हल्लायो । केही बोलेन । उसको अनुहार मलिन छ । आँखामा उदासी छ । अमनको अनुहारको रङ्ग पढ्न सक्ने भएको छु । तर आमाबाको अघि “के भयो अमन ?” भनेर सोध्न सकिनँ ? छिटोछिटो खाएर बाहिर निस्कें ।

"कहाँ जान हतार भयो ?", बाले मेरो चाल देखेर सोध्नुभयो ।

"कतै हैन !", मैले भनें ।

कलमा हात चुठ्दै गर्दा अमनले भन्यो, "तँलाई एउटा कुरा भन्नु थियो ?"

"के, भन् न !"

"एकछिन अलिक पर हिंड् न !", रुन्चे स्वरमा भन्यो ।

"कस्तो पिन्चे छस् ! म आइ हाल्छु नि मूला, किन रो'को !", मैले भनें ।

"हैन क्या ! अरू नै कुरो छ ।"

"के कुरा ! भन् न त ?", मन खिसिक्क भयो ।

मलाई तानेर एकान्तमा लग्यो। पूर्णिमाको दिन थियो। जूनको उज्यालो प्रशस्त छ । असार महिना भए पनि आकाश खुल्ला छ । आकाशमा बादलको दाग छैन । अमन कदमको रूखमुनि अडियो । केही बोलेन ।

"भन् न बे, के भयो ?", मैले सोधें ।

ऊ त घुँक्कघुँक्क गरेर रुन पो थाल्यो ।

"म आइहाल्छु नि ! मर्न गा'को हो र ! पढ्न पो गा'को त ! बरू तँ पनि बालाई भनेर मसँगै हिंड् । सँगै बस्नुपर्छ । एउटै क्याम्पस पढ्नुपर्छ ।", मैले भनें ।

मेरो काँधमा टाउको बिसाएर बच्चा रोएँझैं ग्वाँग्वाँ रुन थाल्यो । तरुनो केटोलाई रोएको कस्तो नसुहाएको ! बेस्वादको आवाज हावामा मिसियो ।

आँसुले भिजेको स्वरमा भन्यो, "स्वस्थानीको बिहे हुने भयो रे !"

मैले सोचेको थिएँ । म जान लागेर अमन पिर मान्दै छ तर उसको पिरको जरो अर्कै रहेछ ।

"हो र !", मलाई स्वस्थानीसँग आरिस लागेर आयो ।

"म त ख्वै त्यसै मर्छु होला । उसको बिहे भन्ने सुनेपछि खान पनि मन लाग्दैन । एकपटक पनि भनिन । कस्ती रहिछे ! हिंड् जाऊँ त्यसको घरमा !", ऊ आवेगमा आयो । असारको गर्मीमा पनि अमन लुगलुग काँप्न थाल्यो ।

"बौलाइस् ! राति गएर के गर्छस् ? भगाउँछस् ? बिहे गर्छस् ?", मैले बलियो भएर भनें ।

ऊ बोलेन । अमनको मुटुमा केटी भगाउन सक्ने गरी तागत जम्मा भइसकेको थिएन ।

"बिहे भनेर कसले भन्यो ?", मैले सोधें ।

"त्यसको दाजुले भनेको । बिहेको सरसामान किन्न बजार आएका थिए ।", उसले रुन्चे स्वरमा भन्यो ।

(स्वस्थानीको दाजुले अघिल्लो साल एसएलसी दिइसकेको थियो । एक ब्याज सिनियर साथी हो ।)

त्यसपछि अमन एकोहोरो रुन थाल्यो ।

"नरो, अब रोएर के हुन्छ ? जे भयो भयो ।", मेरो बुताले भ्याएसम्म सम्झाएँ ।

ऊ किन सम्झिन्छ ! झन् धेरै रुन लाग्यो । दुःखमा सहानुभूतिले झन् पीडा दिंदो रहेछ । ऊ हिउँको पहाड पग्लेजसरी पग्लियो । म चुपचाप उसलाई अङ्गालो हालेर उसको पीडाको साक्षी उभिएँ । भित्र कताकता मलाई खुशी लागिरहेको थियो । स्वस्थानीको बिहे हुनुपर्थ्यो । अमन एक्लै भा'को मेरा लागि जाती थियो ।

मैले उसलाई कसिलो अङ्गालो हाल्दै भनें, "नरो, तँ क्याम्पस पढ्न जान्छस् । क्याम्पसमा स्वस्थानीभन्दा राम्री केटी भेट्छस् । के चिन्ता गर्छस् ! छाड्दे त्यसलाई !"

मेरो सल्लाहले उसलाई कुनै प्रभाव पारेन, बरु मैलाई झस्कायो ।

"आज हाम्रै घरमा बसम्, हिंड् !", मैले भनें ।

"बाले मार्छन् होला !", ऊ डराउँदै मसँग घर आयो ।

त्यस दिन अमनको छटपटी देखेर मैले बुझें, प्रेम के हो ? उसले आफूलाई सम्हाल्न सकिरहेको थिएन । बाटोमा घरी ग्वाँग्वाँ रुन्थ्यो, घरी स्वस्थानीसँग बिताएका एकएक पलहरू सुनाउन थाल्थ्यो । घरी भुइँमा थ्याच्च बसेर पुर्पुरो समाउँथ्यो ।

"हामीले कति धेरै सपना देखेका थियौं, सात जुनी सँगै हुने कसम खाएका थियौं, त्यो कसम कसरी भुल्न सकी उसले ? म सोध्छु

उसलाई !", अमनले फेरि भन्यो, "हिंड् उसको घर, एकपल्ट भए पनि भेट्छु म उसलाई !"

"कहाँ भेट्छस् यति राति ? किन भेट्छस् ? अब भेटेर काम छैन !", फुल्याएर कसोकसो घर पुऱ्याएँ ।

***

अमनको छटपटी आज रोकिनेवाला थिएन । कुनै वियोगान्त फिल्ममा हिरोले हिरोनीसँग छुट्टिँदा गर्ने हर्कत उसले असलमा गरिरहेको थियो । बेलाबेला मुटु छाम्थ्यो । आँखा सागरमा तैरिरहेको बेलुनझैं आँसुमा तैरिरहेका थिए । सिरक मुखमा कोचेर हुँक्कहुँक्क गर्थ्यो । दिल खोलेर रुन खोज्थ्यो तर सक्दैनथ्यो ।

भोलि आफू हिंड्नु छ । कसैलाई भन्न नसकेर मनमा गाँठो परेका कयौं भावनाहरू छन् । आफ्नो बाल्यकालको साथी, आफूले प्रेम गर्न थालेको मान्छे रातभरि यसरी छटपटाइरहेछ । एकातिर ऊप्रति मुटुले थेग्न नसक्ने गरी प्रेम उर्लिएको छ, अर्कातिर त्यो प्रेम व्यक्त गर्न नसक्नुको छटपटी । अमनभन्दा म कयौंगुना दुखी छु । ऊ मेरो साथमा छ तर भन्न सक्दिनँ, "अमन, तँ मेरो मुटु होस् ! तँ धड्किन्छस्, म श्वास फेर्छु ! तँलाई म प्रेम गर्छु ! जस्तो प्रेम तँ स्वस्थानीलाई गर्छस् !"

म अमनको प्रेममा काकाकुल छु । समुन्द्रमा मान्छे तिर्खाले मरेझैं म अमनको प्रेममा मरिरहेको छु । पानी छ तर पिउन मिल्दैन । आफ्नै अङ्गालोमा प्रेमी छ तर चुम्न सक्दिनँ । अमन मेरो समुन्द्र हो । म प्यासी तर अँजुली भर्न सक्दिनँ ।

अमन बल्ल निदायो ।

म निदाउन सकिनँ । बिस्तारै अमनको शरीरको तातो मेरो ज्यानमा सऱ्यो । उसको शरीरको बास्ना मेरो नाकमा पस्यो । उसको कोमल शरीरमा मेरो सुखको बीज थियो । उसको सामीप्यले जुन सुख दियो, त्यो सुख कहीं, कतैबाट पनि महसुस गर्न सक्दिनथें । उसको स्पर्शले मलाई अथाह आनन्द दियो ।

कोल्टे फर्किएँ, निदाउन खोजें । भोलि त अमनसँग छुट्टिनु पर्नेछ । अब यो स्पर्श पाउँदिनँ । अब यो सुख भेट्दिनँ । उही एक्लो, निरास र उदास बाँच्नुपर्छ ।

मेरो मन फेरियो । सडक दुर्घटनामा 'स्पोट डेथ' भएझैं एकाएक काठमाडौं जाने रहर मऱ्यो । यतै बसेर अमनसँग क्याम्पस पढ्छु बरू ! सधैं उसलाई देख्न पाउँछु । भेट्न पाउँछु । कहिलेकाहीं छुन पाउँछु । यति भए पुग्यो मलाई । यतिले पनि सुख दिन्छ । आनन्द दिन्छ ।

प्रेमको बास्नाभन्दा माथि केही रहेनछ । प्रेमका अघि साह्रा इच्छा, सपना झिना हुँदा रहेछन् । प्रेमको बास्नाको मात यसरी लाग्दो रहेछ कि दुनियाका साह्रा नसाहरू कमजोर बन्दा रहेछन् ।

अमन कोल्टे फर्कियो । मलाई खुट्टा बोकायो । उसको लामोलामो श्वासको ध्वनि मेरो कानमा हैन, हृदयमा बज्न थाल्यो, "के मलाई जस्तै आनन्द अमनलाई पनि भएको होला ? के उसले पनि यो सुख अनुभूत गरिरहेको होला ?"

पक्का गरेको छैन । ऊ निन्द्रामा छ । फेरि उसले स्वस्थानीलाई छुँदा सुख अनुभूत गर्छ, मैले अनुजालाई छुँदा दुःख अनुभूत गर्छु । त्यसैले अमन र म भिन्न हौं । स्वस्थानीको कुरा गर्दा कयौंपटक उसको शरीरमा काँडा उम्रिएको देखेको छु । आँखा चिम्लेर स्वस्थानीको शरीर कल्पँदै चिच्याएको छ, "मज्जा हुन्छ बे, मज्जा !"

मलाई पिसाबले च्याप्न थाल्यो । पिसाबले मेसो पाउँदैन । ठाउँ-कुठाउँमै आइदिन्छ । यस्तो आनन्दको बेला पिसाबले बिथोल्न खोज्यो तर अमनको थिचाइमा दखल नपुऱ्याई अचल बनेर सुतिरहें ।

निकै बेरपछि अमन चलमलायो । कोल्टे फेऱ्यो । अङ्गालो छुट्यो ।

पिसाब गर्न बाहिर निस्कें । बाटामा आमाले चामलको बोरा राख्नुभएको रहेछ । अल्झिएर हुत्तिएँ । बाले चाल पाउनुभयो, "केको चालचुल हो ?"

त्यसपछि ख्वाङ्ख्वाङ् खोक्नुभयो । निद्राबाट बिउँझेपछि बा सधैं खोक्नुहुन्छ ।

आमाले सधैंझैं गनगन गर्नुभयो, "बिँडी नखानू भनेको टेर्नु हुन्न !"

फेरि बाले सोध्नुभयो, “केको चाल हो ?”

“शब्द बाहिर निस्केको होला नि !”, आमाले भन्नुभयो ।

बाले मेरो मनभित्रको हलचल पनि थाहा पाउनुभयो कि ! मुटु ढक्क भयो । मैले “म हुँ” भन्न सकिनँ । नबोली चोटाबाट तल झरें । डगरमा उभिएर पिसाब गरें । डगरमा सुतेका कुकुरले मेरो चाल सुने । भुक्न थाले । म सरक्क फर्किएँ । सिँढी उक्लिएर कोठाभित्र पसें ।

बिहान मभन्दा पहिले अमन उठ्यो । स्वस्थानीको घरतिर जान्छु भनेर एक्लै हिंड्यो । मैले रोक्न खोजें तर सकिनँ । उसको हृदयमा प्रेमको वेग थियो । त्यही बेगको रफ्तारमा ऊ बत्तियो ।

मसँग उसलाई पछ्याउने तागत थिएन । त्यसमाथि उसले छोडेर गएको उसको यौवनको उन्मादिलो हरक मेरो ओछ्यानमा मगमगाइरहेथ्यो, म कसरी त्यसलाई छोडेर उल्टो दिशा दौडिन सक्थें !

अल्छीपारामा अमनलाई बिदा गरें । ऊ चोटाबाट भुइँमा नपुग्दै झ्यालढोका थुनें । उसको शरीरको आलो बास्नालाई कोठाभित्रै थुन्न खोजें । रातभर सँगै भएर पनि मसँग नभएको अमन अब मेरो नसानसामा बग्न थाल्यो । उसले ओढेको सिरकको भाग, लगाएको तकिया सुँघें । अमन मेरो आत्मामा पस्यो । ऊ मेरो आँखामा नाङ्गियो । कल्पनामा उसको शरीरलाई प्रेमपूर्वक स्पर्श गरें । प्रेमपूर्वक चुम्बन गरें । कल्पनामा उसलाई जेजसो गर्न सक्थें, सबै प्रेमपूर्वक गरें ।

अमनले झैं म कसलाई सुनाउन सक्थें र, “मजा भयो बे, बहुत मजा !”

***

पूजापाठ, गाईवस्तु र घरगोठको धन्दा गर्दागर्दै आमाको आधा बिहान सकिन्छ । बा चिठी बाँड्न हिंड्ने बेला हुन्छ । भान्सामा चिया पाक्छ र मेरो शिशु बिहान जन्मिन्छ । म आँखा मिच्दै कलमा मुख धुन जाँदै गर्दा बा सात पन्ध्रको बिबिसी सुन्दै चिया पिउँदै हुनुहुन्थ्यो । मतिर हेरेर आमालाई भन्नुभयो, “आज सबै सामान प्याक गर् । भोलि नाइटमा जानुपर्छ । अब केटो दशैंअघि आउँदैन । दशैंसम्म पुग्ने दाल, चामल, तेल, मसला हालिदे !”

"सबै तयारै छ त, ए मसला चैं हाल्न बिर्सिछु !", भान्साबाट आमाले भन्नुभयो ।

"म जान्नँ ! यतै अमनसँगै पढ्छु ।", मेरो मन बोलिसकेको थियो । ओठ बोल्न बाँकी थियो । आँगनमा टुप्लुक्क अनुजा देखिई ।

"शब्द काठमाडौं आजै जाने हो र ! मलाई त जान्छु पनि भनेनौ !", उसले आफ्नो हक खोजी ।

"आज हैन, भोलि बेलुका जाने हो ।", मैले बोल्ने कुरा बाले बोल्नुभयो ।

"चिया खाने नानी ?", आमाले मुढा दिँदै अनुजालई सोध्नुभयो ।

"नाइँ खान्नँ !", कुर्ता सपक्क पारेर अनुजा मुढामा बसी ।

"खा न खा ! किन खान्नस् !", बाले कर गर्नुभयो ।

आमाले भित्रबाट दिउरे निखारेको प्रस्ट सुनियो । मेरो चियाको ग्लासबाट पनि अलिकति खन्याउनुभयो, "यो पनि चियामा वास्ता गर्दैन ।" मलाई देखाएर स्थितिलाई सहज पार्दै अनुजालाई चिया दिनुभयो ।

चियाको सर्को लिनुअघि हाम्रा आँखा जुधे । "देख्यौ, तिम्रो भाग लिइछाडें !", यस्तै केही भनिरहेका थिए उसका आँखाले । अनुजा साँच्चै खुशी देखिएकी थिई । एसएलसी पास हुनु र बिहे टर्नु उसका लागि ठूलो खुशी थियो । त्यही खुशीले प्रेमी कतै टाढा जानुको दुःख भुलाइरहको थियो ।

भित्र कताकता मलाई ऊसँग रिस उठ्यो, "प्रेम गर्छु भन्थी तर छुटिन लाग्दासमेत वर्षौंपछि भेटिएझैं खुशी छे !"

बाले आँगनतिर हुर्‍याएर पिंधको चिया फाल्नुभयो र गिलास भुइँमा ठ्याप्प राख्नुभयो । स्टिलको गिलास ट्याङ्ग बज्यो । जुरुक्क उठेर काँधमा सधैंझैं चिठी बोक्ने छड्के झोला भिर्नुभयो र साइकिल चढेर हिंड्नुभयो । मान्छे बिहानै घरमा भेटिने र दिउँसो बढी गर्मी हुने भएकाले पनि बा चिठी पुर्‍याउन बिहानै जानुहुन्छ ।

"तेरो कोठाका पुराना किताबकापी बोरामा हालेर राख् । कवाडीमा दिनुपर्छ ।", आमाले मलाई काम अह्राउनुभयो । त्यसपछि अनुजालाई "बस्दै गर्नू है नानी, म खेतमा पुगेर आउँछु" भनेर आमा खेततिर लाग्नुभयो ।

बाआमाले बुझेरै छोरा र उसकी प्रेमिकालाई एकान्त बनाइदिएजस्तो एकान्त भयो ।

"बेलाबेला चिठी लेख्दै गर है ! काठमाडौं गए पनि मलाई नबिर्स नि !", अनुजाको अनुहार अँध्यारो भयो । "बाआमाका अघि पो खुशीको अभिनय गरिरहेकी रहिछ ! साधारण प्रेमिकाकै हाराहारीमा आएर उसले भनी, "मलाई तिम्रो याद खुब आउँछ । तिमीले यतै पढेको भए पनि हुन्थ्यो नि !"

एकछिन अड्किई !

म मौन भएँ ।

"...तर डाक्टर बन्न यता पढेर हुँदैन । तिमीले धेरै पढ्नुपर्छ । तिमीलाई तिम्रो भविष्य थाहा छ । त्यसैले तिमी हिँड्ने बाटो पनि तिमीलाई थाहा छ । मलाई मेरो भविष्य थाहा छैन । त्यसैले म हिँड्ने बाटो पनि मलाई थाहा छैन ।"

बोल्दाबोल्दै अनुजा फेरि अड्किई ।

म फेरि मौन भएँ ।

"मेरो हातमा मेरो भविष्य छैन । कुन दिन कसले मेरो भविष्य हात थाप्छ, त्यही हातमा बाआमाले राखिदिन्छन् । मलाई थाहा छ, तिमी फर्केर आउँदा म अर्कैको हातमा पुगिसकेकी पनि हुन सक्छु तर म तिमीलाई बिर्सनेछैन । तिम्रो प्रेम भुल्नेछैन । तिमी जाऊ, म तिमीलाई सकेसम्म पर्खिनेछु !"

अनुजा अड्किँदै, बोल्दै गरिरहेकी थिई । हाम्रो प्रेमिल सम्बन्धको आयु छोटो छ भन्ने उसलाई थाहा छ ।

अनुजाको बोली रिल अड्किएको चक्काझैं अस्पष्ट भइरहेको थियो । ऊ मुख छोपेर अर्कोतिर फर्किई । मेरो मन अमिलो भयो । अनुजालाई कसेर अङ्गालो हाली रुन मन लाग्यो । आफूभित्र दन्किरहेको आगो छाती चिरेर उसलाई देखाउन मन लाग्यो ।

"मेरा लागि आँसु नखसाऊ अनुजा, म त्यसको लायक छुइनँ !", एउटा सानो सत्य बोल्न मन थियो तर म केटा थिएँ । उसको प्रेमी

थिएँ । केटा त बलियो हुनुपर्छ । प्रेमिकाको अघि बाहुबली हुनुपर्छ भन्ने लाग्थ्यो । हामी दुवै विपरीत दिशा फर्केर अलगअलग पीडामा सँगै रोयौं ।

"मेरो किताब मिलाउनु छ !", असहज अवस्थामा अचानक यसो भनें ।

"म पनि सघाउँछु !", उसले सहज तरिकाले भनी । हामी दुवै मेरो कोठामा पस्यौं ।

मेरो कोठामा पुराना किताब, कापीहरू थिए । किताबको चेपमा मन परेका पोस्टकार्डहरू थिए । अनुजाले एकएक पोस्टकार्ड छानी । त्यसमा उसले पठाएका कार्ड पनि थिए । अघिल्लो नयाँ वर्षमा केटोकेटीले बीचमा गुलाब राखेर म्वाइँ खाँदै गरेको पोस्टकार्ड पठाएकी थिई । पोस्टकार्ड हेरेर थोरै लजाई । पोस्टकार्डको पछाडि सायरी थियो :

धान कुटी चामल,
चामल कुटी पिठो
तिम्रो माया लाग्छ मलाई
चिनीभन्दा मीठो !

सायरी पढेर थोरै मुस्कुराई । कार्डको खाली ठाउँमा थपिदिई, "आइ लभ यु शब्द !"

अघिसम्म रोइरहेकी अनुजा अहिले उज्यालिई ।

किताबकापी बोरामा हाल्दै थिएँ । एउटा मैलो कागज कापीको चेपबाट फुत्त खस्यो । बोरामा हाल्न खोज्दै थिएँ । पेन्सिलचित्र देखियो । खोलें । अमनले बनाएको अनुजा र मेरो चित्र र'छ ।

"यहाँ हेर त, तिमी र म !"

"ओहो ! कसले बनाएको, कस्तो राम्रो !", ऊ चिच्याउँदै बोली । मेरो हातबाट चित्र खोसी । त्यसपछि मलाई गम्लङ्ग अङ्गालो हाली र रुन्चे स्वरमा भनी, "शब्द, तिमी काठमाडौं नजाऊ ल ! यतै सँगै पढ्नुपर्छ । तिमीबिना म बाँच्न सक्दिनँ !"

डरलाग्दो सपनाबाट बिउँझिएझैं झसङ्ग भएँ, "अहिले आमा आउनुहुन्छ !"

अनुजा अङ्गालोबाट छुटी ।

"तँ काठमाडौं जानैपर्छ !", मनले निश्चय गर्‍यो ।

काठमाडौं

"कलङ्की ! कलङ्की ! कलङ्की !", एउटा चिच्याहट कानभरि फैलियो ।

बसले घ्याच्च ब्रेक लगायो । बिउँझिएँ ।

बाले "उठ्, उत्रिने बेला भयो" भनेपछि मेरो टाउको बाको कुमबाट छुट्यो र आफ्नै बुतामा थेग्रियो । अरू सिटका मानिस पनि मजस्तै चलमलाउन थाले ।

मेरा आँखा झ्यालबाट बाहिर निस्किए । पातलो सर्टभित्र चिसो बतास छिरेर मेरो छाला चिमोट्न थाल्यो । मधेसको तुलनामा काठमाडौं चिसो थियो । गाडीको भिडभाड । बिजुलीको उज्यालो निभ्न सक्ने गरी बिहान भइसकेको छैन । गाडीका हेडलाइट निभेका छैनन् ।

बसबाट उत्रनासाथ हामीलाई ट्याक्सी ड्राइभरले घेरे ।

"कहाँ जाने ?", केरकार गर्न लागे । बाले झर्किंदै भन्नुभयो, "कहीं नजाने !"

यसरी घर पुऱ्याइदिन्छु भन्ने मान्छेसँग पनि बा किन तर्किएका होलान् ! मलाई बासँग चित्त बुझेन तर केही भनिनँ । ती अरू मानिसलाई पनि उसै गरिरहेका थिए । कोही बाजस्तै झर्किन्थे, कोही कुरा गर्दै थिए, कसैले ठूला झोला साना गाडीमा कोच्दै थिए ।

काठमाडौं त आमाभन्दा पनि सबेरै उठ्दो रहेछ । बिहानबिहानै पनि कतिविधि मान्छे ! कति धेरै गाडी । वरिपरि घुमेर हेरें । जताततै आकाश छुनेजस्ता ठूलठूला घर । गाडीका प्याँप्याँ हरन, मान्छेका कल्याङमल्याङ ।

बिजुलीको सुकिलो उज्यालोले मोहित भएँ । बलिरहेको बल च्याप्प समातेर हेर्न मन लाग्यो । तर, सुपारीभन्दा सुरिलो खाँबोमा चढ्ने

कसरी ? त्यसै खुम्चिएँ । बाले सामान छेउ लगाउनुभयो । मलाई त्यही झोलाको थुप्रोमा बस्न लगाएर यताउता गर्नुभयो । बा अलिक पर एउटा दोकानमा गएर सिसाको बाकसभित्र छिर्नुभयो । बा किन त्यहाँ छिर्नुभयो, मेसो पाइनँ ।

गगनचुम्बी घरले मलाई रोमान्चित बनाए । घरका तला गन्न थालें । नजिकै ठेलागाडीमा चिया पकाउँदै गरेकी महिला र वरिपरि मुढामा बसेका तिनका ग्राहकले मलाई हेरे तर केही बोलेनन् । एउटा मेरै उमेरको केटोले चियामा चोपेर मोटो पाउरोटी खायो । अरू एक-दुई जनाले चियामात्र पिए । मैले घुट्टुक्क थुक निलें । आमालाई सम्झिएँ । सेतो, झ्याप्ले कुकुर डोऱ्याउँदै मोटो मान्छे सामुन्ने घरबाट बाहिर निस्कियो । घरैछेउको बिजुलीको पोलमा पछाडिको एउटा खुट्टा उचालेर कुकुरले पिसाब गऱ्यो ।

"भुवनले दिएको नम्बरमा फोन उठेन !", बा चिन्तित हुँदै फर्किनुभयो । काठमाडौंमा भुवन बस्छ तर यो विशाल शहरको कुन घरको, कुन कोठामा बस्छ, बालाई थाहा छैन । हाम्रो सिङ्गो भरोसा भुवन दाइ हुन् । उनी भेटिएनन् भने काठमाडौंमा मेरो भविष्य भेटिँदैन तर मलाई कुनै चिन्ता छैन । मसँग मेरा बा हुनुहुन्छ ।

नजिकै स्टोपमा दम दिँदै चिया बनाउँदै गरेकी महिलाले बुबालाई सोधिन्, "कहाँ जाने हो दाइ ?"

"सानेपा जाने हो !"

"चिया पिउनुहुन्छ ?", घरमा आउने पाहुनालाई सोधेझैं उनले सोधिन् र एउटा सानो ट्याङ्कीमा हातले समातेर पम्प दिन थालिन् । उनले पम्प दिएपछि चियाको दिउरीमुनि बलिरहको आगो दन्किन थाल्यो ।

"दुई कप बनाउनुस् !", बाले आदेश दिनुभयो । पाहुनाको जस्तो नरम भाषा बोल्नुभएन ।

मैले स्टब पहिलोपल्ट देखें । त्यसलाई बेलाबेला दम दिइरहनुपर्ने । दाउराबिनै हुरहुर बलिरहने । अचम्म लाग्यो ।

"यो के हो ?", बालाई सोधेँ ।

बाले उत्तर दिनुअघि चिया बेच्ने दिदीले सोधिन्, "पहिलोपल्ट देखेको हो भाइ ?"

मैले 'हो' भन्नु, बाले 'स्टब हो' भन्नु र त्यो चिया-पाउरोटी खाइरहेको केटो 'खिस्स हाँस्नु' एकैपटक भयो । मलाई लाज लाग्यो । उम्लिरहेको दूध चिया दिदीले दिउरीबाट दुइटा सिसाका गिलासमा खन्याइन् र हाम्रो हातमा दिँदै भनिन्, "डुनट पनि खानुहुन्छ कि ?"

"भो पर्दैन !", मेरा आँखा चम्किएको ख्यालै नगरी बाले भन्नुभयो । त्यसपछि मेरो अनुहारतिर पुलुक्क हेर्नुभयो । मैले आँखा घोप्ट्याएर चिया सुरुप्प पारेँ ।

"एउटा दिनु न त !", शायद बाले ममा काठमाडौं पढ्न आउँदाको उति बेलाको आफूलाई भेट्नुभयो कि !

डुनट मेरो हातमा आयो । चियामा चोपेर मैले काठमाडौंको पहिलो स्वाद चाखेँ, जुन साँच्चै मीठो थियो । चिया पिएपछि बा फेरि टेलिफोन बुथतिर जानुभयो । फर्किएर आएपछि एउटा ट्याक्सीमा सामान लोड गर्नुभयो । ट्याक्सी गुड्यो ।

ट्याक्सीवालाले सानेपा पुगेपछि भन्यो, "कता जाने ?" बाले "दायाँबायाँ" भन्दै जानुभयो । ट्याक्सी ठूलठूला घर र साँघुरा गल्ली हुँदै भित्र पस्यो । बाले एउटा घरअघि ट्याक्सी रोक्नुभयो । ट्याक्सी रोकिने बित्तिकै लुखुरे ज्यानका अग्ला मानिस देखिए । बा बोल्नुभयो, "उः भुवन !" घर आइपुगेछ भनेर ओर्लिन खोजेको त दाइ पो ट्याक्सीभित्र पसे । मेलामा मान्छे जोगिएर हिँडेझैं ट्याक्सी फेरि केही बेर साँघुरो गल्लीमा जोगिएर गुड्यो ।

"हो, यहीं रोक्नुस् !", भुवन दाइ मान्छे लुते भए पनि आवाज कति तिखो !

दाइको कोठा सानो रहेछ । एकातिर खाना बनाउने ठाउँ थियो, जहाँ अघि चिया बेच्ने ठाउँमा देखेको जस्तै स्टब र केही थालबटुका थिए । स्टबको धुवाँ छल्न टाँसेको पत्रिका कालो भएको थियो । पत्रिकामाथिको भित्तो पनि कालै थियो । अर्को कुनामा टेबल र एकछेउमा एउटा सानो

खाट थियो । दुःखले दुई जना सुत्न सकिनेजस्तो देखिन्थ्यो । कोठामा झ्याल थियो तर अर्को घरको भित्तोसँग लगभग टाँसिएको । दिउँसो बत्ती नबाले रात पर्ने । भित्ताको चिमले कोठालाई दिन बनाइरहेको थियो ।

कोठाको एउटा कुनामा मेरा सामानहरू च्यापिए । "यत्रो समान नल्याएको भए हुन्थ्यो । यहाँ राख्ने ठाउँ छैन । चाहिने सामान यहाँ छँदै थिए नि !", भुवन दाइ मेरा समानसँग असन्तुष्ट भए ।

"एक जनाको सामानले दुई जनालाई कहाँ पुग्छ र !", बाले भन्नुभयो । त्यसपछि सामानबारे कुनै गफ भएन ।

बाले 'शौचालय कता छ' भनेर सोध्नुभयो । मलाई अघिदेखि यत्रा घरमा शौचालयचाहिँ कहाँ होला भनेर खरो भएको थियो ।

"भऱ्याङमुनि छ ।", दाइले भने । म बाको पछि लागेँ ।

हाम्रो घरमा मात्रै होइन, गाउँ-टोलमै शौचालय थिएन । बिहानै लोटामा पानी बोकेर बारीका डिल, सिसौघारी, बाँस झ्याङका झाडीतिर जानु हाम्रो नित्य कर्म थियो । खुल्ला शौच शैलीले महिलाहरूलाई साह्है गाह्रो बनाएको थियो । दिउँसो झाडाले च्यापेका महिलाहरूको दुःख अहिले म कल्पना गर्न सक्छु । दिउँसो शौच गर्नुपऱ्यो भने निकै टाढासम्म पुग्नुपर्थ्यो । कहिलेकाहीं त ठूलाहरूले शौच गर्दै गरेको हामी सानाहरूले देख्थ्यौं । गर्दागर्दै उठेर हिंड्न पनि नमिल्ने । आमा, काकी, दिदीहरू साह्है अप्ठेरो मान्नुहुन्थ्यो । हामी केटाकेटीबीचमा को, कस्तरी बसेको थियो भनेर चर्चो चल्थ्यो । ठूला मान्छेले सुने हप्काउँथे, "चुप लाग्, छाडा हो !" पछिपछि भने आफैंलाई लाज लाग्न थाल्यो । देखेको नदेखेकै गरेर हिंड्थ्यौं । त्यसै बेला बनेको होला यो उखान, "हग्नेलाई भन्दा देख्नेलाई लाज !" स्कूलमा शौचालय थियो तर चलाउन थालेको दुई दिनमा भरिएर खुट्टा राख्ने ठाउँसम्म गुहुमुत आइपुगेको थियो । त्यहाँ जान सकिंदैनथ्यो । न कसैले त्यो सफा गर्थ्यो, न पानी हाल्थ्यो । अलि पछिदेखि त्यसलाई चाबी लगाएर राखियो । ट्वाइलेटको त्यस्तो दुर्गन्ध थेग्न सक्ने हाम्रो कलिलो नाकमा न तागत थियो, न त्यसरी शौच गर्ने आदत । हामी हुर्किएका केटा 'को पर पिसाब पुऱ्याउने' भनेर कम्पिटिसन खेल्थ्यौं ।

लगातार पिसाब गरेर कलिला सिसौको रुख मारेका थियौं । त्यो खुलमखुल्ला मुत्र विर्सजन गर्नुको स्वतन्त्रता अब काठमाडौंमा कहाँ ? बा टाउको निहुराएर छिरेको सानो कोठा देखेर म निसास्सिएँ ।

टाउको निउराएर बा सिँढीमुनिको सानो कोठामा छिर्नुभयो । मैले बालाई पर्खिएँ । बा निस्किनुभयो । म छिरेँ ।

पानीको अभाव भएको काठमाडौंमा मेलम्ची आउने कुरा बाले पहिल्यै सुनाउनुभएको थियो । "पानी पनि नहुने ठाउँ हुन्छ होला र !" मलाई बाले ढाँटेजस्तो लाग्थ्यो । ट्वाइलेट पसेपछि थाहा भयो, बाको पिसाबको आलो गन्धले सास अड्कियो । भुइँमा बाल्टी थियो तर रित्तो । म अललिँदै बाहिर निस्किएँ ।

दाइले कालो चिया पकाए । स्टबको चर्को आवाजले कोठामा हल्ला मच्चियो । म भुवन दाइसँग बोलेकै थिइनँ । धक मानेर खाटमा बसिरहेँ ।

चिया पिउँदै भुवन दाइले सोधे, "केटो, के पढ्ने त अब ?"

म अक्क न बक्क परेँ ।

"कर्मस पढाउनुपर्ला । फस्ट डिभिजन ल्याएको भए साइन्स पढ्थ्यो, सकेन ।", उत्तर बाले दिनुभयो ।

"कर्मस पनि ठीकै हुन्छ । बैंकहरू धेरै खुल्दै छन् । जागिर खान सजिलो हुन्छ । राम्रो गऱ्यो भने जागिर राम्रै भेटिन्छ । पछि सिए पढ्न इन्डिया गए पनि हुन्छ ।"

"यसले सिए पढ्न पनि सक्दैन । इन्डिया पठाएर पढाउन पनि सक्दिनँ ।", बालाई ममाथि विश्वास भएन । स्वयम् आफूमाथि पनि विश्वास भएन ।

"अब त्यही कर्मस पढ्छ । तेरो जिम्मा लगाएँ, आफूले जानेको अराइसिकाइ गरिदे !", बाले मेरो जिम्मा भुवन दाइलाई दिनुभयो ।

"भैहाल्छ नि !", भुवन दाइले मेरो जिम्मा लिए ।

दाइले खाना बनाए । खाना खायौं तर आमाले घरमा बनाएको जस्तो मीठो थिएन । दाल, अचार थिएन । स्कुस र आलुमा झोल हालेको सब्जी, नुन खल्लो । बाले घरमा जस्तै नबोली खानुभयो । मैले

खल्लो रै'छ भन्न सक्ने कुरै भएन । भुवन दाइले स्वाद मानेर खाए । उनको स्वादलाई मैले पछ्याएँ ।

घरमा आमाले पाहुनालाई सोध्नुहुन्थ्यो, "खाना केकस्तो भयो कुन्नि ?" पाहुनाले कहिल्यै आमाको खानालाई खोट लगाएनन् । पहिलो दिन भएकाले गर्दा भुवन दाइको हामी पाहुना थियौं । "खाना केकस्तो भयो कुन्नि ?" भनेर उनले सोधेकै भए पनि हामी भन्न सक्दैनथ्यौं, "नुन खल्लो छ । तरकारीमा झोल धेरै भयो । हामी बाउछोरालाई स्कुस मन पर्दैन ।"

नौ बजेतिर उनी क्याम्पस गए ।

बा र म कोठामै बस्यौं । दिउँसो सुत्यौं । हाम्रो गफ भएन भने पनि हुन्छ ।

***

"राम्ररी बस्, न्यास्रो लाग्यो भने चिठी लेख् !", बा भोलिपल्ट साँझ घर फर्किनुभयो ।

बा फर्किएपछि थाहा पाएँ, म एक्लो भएको । विशाल शहरमा अब मसँग भुवन दाइमात्र छन्, जो मेरा बाजस्तै थोरै बोल्छन् । मेरा बाजस्तै गम्भिर देखिन्छन् । उनलाई राम्ररी चिनेको छैन । उनीसँग बोल्न धक लाग्छ । उनी बिहान खाना खाएर क्याम्पस जान्छन् । साँझ अबेर फर्किन्छन् । उनले बनाएको खाना पटक्कै मीठो हुँदैन तर मीठो भएन भन्न सक्दिनँ । धेरैजसो स्कुस र आलुमा झोल हाल्छन् ।

जिब्रोले सधैं मनपर्ने स्वादमात्र पाउँदैन, जसरी जीवनले सधैं मनपर्ने जीवनमात्र पाउँदैन । जीवनसँगै जिब्रोले पनि सङ्घर्ष गर्नुपर्छ । मेरो जिब्रोले त्यति बेला स्वादका लागि ठूलै सङ्घर्ष गर्‍यो ।

बा फर्किएपछि राति बा र म सुतेको भुइँको ओछ्यान भुवन दाइले उठाए । उनले मलाई आफूसँगै खाटमा सुताए । उनको शरीर एकदम सिकुटे थियो । दाह्री नकाटेको धेरै दिन बितेको हुनुपर्छ । उनले सबै लुगा खोले । कट्टुमात्र लगाएर सुते । उनको पसिनाको नमीठो गन्धले नाक पोल्यो ।

सकेसम्म उनलाई नछोई सुतेँ । घरीघरी उनी मलाई खुट्टा बोकाउँथे । म ठेलिन्थेँ । रातभर निदाउन सकिनँ । घरी अमन, घरी अनुजा, घरी बा, घरी आमा रातभर सम्झिरहेँ ।

***

मेरो क्याम्पस लाग्ने सुरसार थिएन । राति भुवन दाइसँग सुत्दा निदाउन सक्दिनथेँ । उनी क्याम्पस गएपछि दिउँसो सुत्थेँ । बेलाबेला भोक लाग्थ्यो । स्टव बाल्न डर लाग्थ्यो । खाजा बनाएर खान सक्दिनथेँ । एक्लै बाहिर निस्कँदा हराउँछु जस्तो लाग्थ्यो । पानी पिएर भोक मेट्थेँ । आमाको याद खुब आउँथ्यो । बाको याद उतिसारो आएन । सायद भोक लाग्दा सबै प्राणीले बाउभन्दा पहिले आमा सम्झिँदा हुन् ।

म घरको कोठामा जसरी बस्थेँ, काठमाडौँको कोठामा त्यसरी बस्न सकिनँ । हप्तामा तीनपल्ट मात्र आफूले आफूलाई छुने कर्म गरेँ, जुन कर्म घरमा भएको भए दिनकै एक-दुईपटक गर्थें । एक्लो भएपछि मान्छे स्वयम् आफूबाट पनि टाढा हुन खोज्दो रहेछ ।

नयाँ वातावरणसँग हत्तपत्त मिल्न सकिनँ । बेलाबेला अमनको याद आउँथ्यो र मुटु चिमोट्थ्यो, "त्यो के गर्दै होला ? स्वस्थानीलाई कसरी बिर्सेला ?" मसँग छुटिने बेला अमनको अनुहारमा आएको हुरीले बेलाबेला लखेट्छ । उसको दुःख स्वयम् आफ्नै जस्तो लाग्छ । ऊ दुख्दा म दुखेको छु । ऊ हाँस्दा म हाँसेको छु । मेरो दुःखको स्रोत अमन हो । सुखको मुहान अमन हो । अनुजा पनि सम्झनामा आउँछे तर अमनजस्तो अडिरहन सक्दिनँ । अनुजा हुरी भएर आउँछे । छिनमै जान्छे । अमन मन्द हावा भएर आउँछ । निकै बेर शीतलता दिन्छ । हृदयमा काउकुती लगाएर बस्छ ।

भुवन दाइको ठाउँमा अमन भएको भए यो छटपटी, यो बेचैन कति सुन्दर हुन्थ्यो होला ! यो एकान्त कति प्रिय बन्थ्यो होला ! आँखा चिम्लेर मैले अमनलाई कल्पिन्थेँ ।

पन्ध्र दिनपछि मेरो क्याम्पस शुरु भयो । म अर्को नयाँ र खुल्ला ठाउँमा प्रवेश गरेँ ।

कलेज

क्याम्पसको पहिलो दिन ।

भुवन दाइले मलाई क्याम्पस पुऱ्याए । गेटबाट भित्र छिरेर बीचको भवनमा रहेको अफिसको झ्यालमा गए । मलाई झोलाबाट 'माइक्लिएर ब्याग' निकाल्न लगाए । अस्ति खिचेको फोटो पनि निकालें । कलेज भर्ना गर्ने पैसा बाले भुवन दाइलाई दिइसकेका रहेछन् । बाहिर बेन्चमा राखेर फाराम भरिदिए । मेरो काम फोटो टाँस्ने र सही गर्ने मात्र भयो ।

म क्याम्पस भर्ना भएँ ।

भुवन दाइले घर फर्किंदा कहाँबाट बस चढ्ने र कहाँ झर्ने भनी मलाई सम्झाएर गए ।

बाले छाडेर जाँदा भुवन दाइको कोठामा जसरी एक्लो भएको थिएँ, त्यसैगरी क्याम्पसको गेटमा फेरि अर्कोपटक एक्लो भएँ । हिजो-अस्तिसम्म खासै आफ्नाजस्ता नलागेका भुवन दाइ मेरा लागि कति आफ्ना रहेछन् यो शहरमा, महसुस गरें । दायाँबायाँ मान्छे-मान्छे छन् तर ती मान्छे मेरा लागि नभए बराबर छन् । मान्छेको बीचमा उभिएको म त्यस्तो एक्लो मान्छे, जो आफैंलाई खोज्दै हिंडिरहेको छु जस्तो लाग्यो ।

नेपाल कमर्श क्याम्पस, मीनभवनको ठूलो भवन देखेर पहिले त मनमनै तला गन्न थालें । त्यसपछि पो अतालिएँ, म त यहीं हराउँछु होला !

तर अब कता जाने ? छेउछाउबाट हिंड्ने मान्छेले मलाई हेरेनन् होला तर मलाई हेरिरहेझैं लाग्यो । पाइन्टको जिपर छामें । सर्टको टाँक तलमाथि भएको छ कि भनेर हेरें । जुत्ताको तुना खुस्केको छ कि

हेरें । कतै केही नभेटेपछि हात आफसेआफ टाउकोमा पुग्यो र कपाल मिलायो । तोरीको तेलको चिल्लो हातमा सऱ्यो ।

त्यो विशाल क्याम्पसमा कसरी भेट्नु आफू पढ्ने कक्षा कोठा ! कसैलाई सोधूँ ! धक लाग्यो । गाउँमा त यस्ता अप्ठेरा ठाउँ कहींकतै थिएनन् । शहरमा त पाइलैपिच्छे पैताला बिझाउने अप्ठेरा ठाउँ भेटिंदा रहेछन् । जहाँ पुग्नु छ, त्यहाँ हत्तपत्त पुग्नै नसकिने ।

सबै विद्यार्थी आ-आफ्नो सुरमा हिंडेका छन् । ममात्र अप्ठेरोमा उभिएको छु । ठूलै हिम्मत गरेर गेटैअगाडिको मुख्य भवनमा पसें । कोठाकोठा हेर्दै हिंडें । कुनै कोठा खाली छन् । कुनै कोठामा विद्यार्थी गफ गरिरहेका छन् । कुनै कोठामा पढाइ भइरहेको छ ।

म कुन कोठाको विद्यार्थी हुँ ?

फेला पार्न सकिनँ । यताउता दगुर्दै थिएँ, एक जना मजस्तै विद्यार्थीले मलाई सोध्यो, "दाइ, यहाँ आइकम फस्ट इयरको पढाइ कुन कोठामा हुन्छ ?"

हेर्दा मभन्दा जेठो देखिए पनि उसले मलाई दाइ सम्बोधन गऱ्यो ।

"ख्वै, म पनि त्यही कोठा खोज्दै छु !", मैले भनें ।

"हिंड्नुस् न त, सँगै खोजम् !", उसले भन्यो ।

हिंड्दाहिंड्दै हामीले एकअर्काको नाम थाहा पायौं । उसको नाम बलदेव रहेछ । घर चितवन, माडी । एसएलसी दिनेबित्तिकै काठमाडौं आएको रहेछ । दाजुसँग बस्दो रहेछ । शङ्खमूलको पुलवारि खोलाकै छेउमा डेरा रहेछ । काठमाडौंबारे उसलाई यति धेरै कुरा थाहा थियो कि शहरबारे मेरो गुरु बन्न सक्ने तागत राख्थ्यो । बलदेव बोल्न नडराउँदो रहेछ । उसले सोध्दैखोज्दै पढ्ने कोठा पत्ता लगायो ।

हामीले कक्षामात्र पत्ता लगायौं । त्यस दिन पढाइ भएन । किन पढाइ भएन, हामी दुवैलाई थाहा भएन । क्याम्पस घुम्यौं । गेटबाट सड्कै बाहिर निस्कियौं । एकै छिनमा बलदेव पुरानो साथीजस्तो साथी भयो । तपाईं भन्दाभन्दै तिमी भन्न थालिहाल्यो । ऊ बोलिरहन्थ्यो, "काठमाडौंमा मोज हुन्छ । जिन्स पाइन्ट सस्तोमा पाइन्छ । नयाँनयाँ

फेसन गर्न पाइन्छ । यी हेर न, यो पाइन्ट एक हप्ताअघि किनेको तीन सय पचासमा !" आफूले लगाएको नीलो जिन्स पाइन्ट देखाउँदै भन्यो, "यहाँ जेसुकै पाइन्छ !"

हिँड्दाहिँड्दै बलदेवलाई भोक लाग्यो, "खाजा खान जाऊँ यार !"

'यहाँ मःमः पाइन्छ !' लेखेको होटलभित्र छिऱ्यौँ । होटलमा पसेर खाजा अडर गर्न सक्ने गरी म बलियो भइसकेको थिइनँ । खाजा बलदेवले नै अडर गऱ्यो, "दुई प्लेट बफ मःमः !" नाम सुनेको थिएँ तर देखेको थिइनँ । त्यस बेला हाम्रो मधेसको हटियातिर मःमःको उत्पत्ति भएको थिएन । हाम्रो खाजा भनेको मुरी, कचहरी थियो । हदै भए समोसा, जेरीपुरी थियो । मःमः कथा थियो । जिब्रोको काल्पनिक स्वाद थियो ।

बलदेव र म एउटा टेबलको आमनेसामने बस्यौँ । अरू टेबलमा अरू मान्छेहरू थिए । सबैले कपाकप तातो मःमःका डल्ला मुखमा हालिरहेका थिए । बलदेवले ती मुखतिर हेरेर थुक निल्यो । मःमः बोक्ने सानो केटोलाई हाम्रा लागि छिटो ल्याउन भन्यो ।

उसले मेरो घरको बारेमा सोध्यो तर उसको घरको बारेमा मैले केही सोधिनँ । उसले भन्यो, "बा मास्टर हुन् । आमा घरमा काम गर्छिन् । दाजु बिएस्सी पढ्दै छ । दिदीको बिहे भयो । भिनाजु आर्मी हुन् । काठमाडौँमै बस्छन् ।"

भिनाजुले दुई दाजुभाइलाई बेलाबेला निगरानी गरिरहँदा रहेछन् । काठमाडौँमा बलदेवको डर भन्नु त्यही भिनाजु । दाजुभाइ साथीजस्ता रहेछन् । दाजु पढाइमा तेज छ । चुरोट पिउने उसको लत भए पनि भाइलाई थर्काउँदो रहेछ, "तैँले चुरोट खा'को थाहा पाएँ भने मार्छु !" भात पकाउने बेला दाजुभाइको झगडा हुँदो रहेछ । बलदेवले छोटो समयमा आफ्नोबारे धेरै कुरा भनी भ्यायो ।

अघिको केटोले टेबलमा बाफ उड्दै गरेको मःमःको प्लेट ल्याएर राखिदियो । बलदेवले एउटा डल्लो काँटाले घोचेर चटनीमा चोबल्यो अनि मुखमा हाल्यो । उसको सिको गर्न खोज्दै थिएँ, उसको मुखको नापनक्सा बिग्रियो । तातो कोइला खाएझैँ उसको मुख बाङ्गियो तर

पैसा परेको म:म: हो, बाहिर ओकल्न पनि सकेन । कसोकसो निल्यो र आत्तिँदै पानी पियो । उसको मुखौटा देखेर मेरो हाँसो खुस्कियो ।

मैले सिकेँ, म:म: बिस्तारै खानुपर्छ । काँटाले बिस्तारै म:म:लाई रोपेँ । मुखमा लैजाँदा बाटैमा झर्ला कि जस्तो लाग्यो । दायाँबायाँ बस्नेले मैलाई हेरिरहेजस्तो लाग्यो । काँटालाई बेस्मारी गाडेँ । म:म:को पेट फुटेर आन्द्राभुँडी निस्कियो । फसाद पऱ्यो ! सुपको चम्चा निकालेर सहारा लिएँ र ग्वाम्म मुखमा हालेँ । पहिलो गाँसमै जिब्रोले स्वाद पायो । दशौँ डल्ला म:म: खाइसक्दा म:म: खान सिपालु भइसकेको थिएँ ।

दुई प्लेट म:म:को चालीस रुपैयाँ बलदेवले नै तिऱ्यो । त्यस बेलासम्म मैले बोलेर साथीलाई "धन्यवाद !" भन्न जानिसकेको थिइनँ तर मेरो हृदयले बलदेवलाई धन्यवाद भन्यो । मेरो जिब्रो बलदेवसँग औधी खुशी भयो । गाउँको जेरी जिब्रोलाई थाहा छ । शहरमा दुनटपछि अर्को नयाँ स्वाद फेला पारेँ ।

गफ गर्दागर्दै म बस चढ्ने ठाउँसम्म गयौँ । ऊ हिंडेरै डेरा जान सक्दो रहेछ । मलाई गाडी चढाएर आफू हिंड्यो । भुवन दाइपछि शहरको मेरो दोस्रो सहारा भेटियो । आफूलाई अलि बलियो महसुस गरेँ ।

साँझ डेरा पुग्दा भुवन दाइ आइपुगेका थिएनन् । स्टप बालेर खाना बनाउन जानिसकेको थिएँ । खाना बनाउँदाबनाउँदै मेरो पेट चैत-वैशाखको आकाशजसरी बेस्मारी गड्याङगुडुङ गर्न थाल्यो । ट्वाइलेट गएँ । दिसा गर्ने ठाउँबाट दिसा हैन, पिसाब आयो ।

तीनपटक ट्वाइलेट गएपछि भुवन दाइ आइपुगे । खाना भर्खरै पाकेको थियो । उनैले पस्किएँ । धन्दा उनैले गरे । त्यस बीचमा दुईपटक ट्वाइलेट गएँ । उनले वास्ता गरेनन् । सधैँजस्तो किताब पल्टाएनन्, चिसै हात ओच्छ्यानमा पल्टिए । एकैछिनमा मसमस निदाइ पनि हाले । उनी सुतेपछि केही थाहा पाउँदैनन् । श्वास फेर्छन् तर जिउँदो हुँदैनन् । मेरो ट्वाइलेट यात्रा रातभर चल्यो । उठेर ट्वाइलेटसम्म जान नभ्याउने भएँ । भुवन दाइलाई बोलाउन डर लाग्यो ।

एकपटक त कट्टुमै उम्कियो । मध्यराति कट्टु धोएँ । घरमा भएको भए आटको पाट चल्न नसक्ने गरी कमजोर भएको थिएँ तर परदेशमा रोगले पनि कम गलाउँदो रहेछ । नदीको बगरजसरी मुख सुख्खा हुन थाल्यो । पिनाबाट तेल सकिएजसरी शरीरबाट तागत सकिँदै गयो । किताबमा पढेको थिएँ, "झाडापखला लाग्दा नुन, चिनी, पानी खानू !" दाइ बिउँझेलान् कि भनेर चाल मारेर पानीमा नुनचिनी घोलेँ । आधा गिलास खाइनसक्दै फेरि दौडिएँ । बिहान भुवन दाइ उठ्दा म दुई खुट्टाले उभिन पनि नसक्ने गरी कमजोर भएको थिएँ । रुन्चे स्वरमा भनेँ, "दाजु रातभर ट्वाइलेट लागेको लाग्यै छ । जस्तो खायो, त्यस्तै जान्छ ।"

आङ्ग तान्दै भुवन दाइले भने, "के भयो त, आज क्याम्पस नजा !" उनी किताब निकालेर पढ्न थाले । म सकिनसकी ट्वाइलेट कुदेँ ।

बिहान यसै पनि ट्वाइलेटमा भिड हुन्थ्यो । एउटा ट्वाइलेटमा पाँच कोठाका दश-बाह्र जना मान्छे जानुपर्ने । पाहुनापाछा आएका बेलामा अझ धेरै । ट्वाइलेटमा अरू नै कोही गएको रहेछ । मेरो फेरि कट्टु बिग्रियो । भलभलती आँसु खसे ।

ट्वाइलेटको ढोका खोल्नासाथ हतपत भित्र पसेँ ।

सहन सक्दा मात्र मान्छेलाई डर लाग्दो रहेछ । मान्छे बाघको सामुन्ने पऱ्यो भने पनि एकपटक जुधेर मात्र आफूलाई खान दिन्छ । म त मान्छेकै अघि थिएँ । कट्टुबिनाको पेन्ट लगाएर कोठा पुगेँ । भुवन दाजुलाई भनेँ, "दाजु, कि दबाइ ल्याइदिनू कि हस्पिटल लगिदिनू । म त उभिन पनि नसक्ने भएँ । रातिदेखि अहिलेसम्म पच्चीस-तीसपटक भयो ।"

"नुन, चिनी, पानी खा, ठीक हुन्छ !", भुवन दाइ डाक्टर बन्न खोजे । दिसा गर्दा चाकमा मूल फुटेझैं आँखामा पनि मूल फुट्यो । भुवन दाइ केही बोलेनन् । सरासर कोठाबाट बाहिर निस्के ।

म फेरि ट्वाइलेट कुदेँ । रुँदै छेर्दै गरेँ । ट्वाइलेटमै मर्छु जस्तो लाग्यो । अस्पताल जाऊँ, बाटो थाहा छैन । एक्लै जान सक्ने आँट पनि छैन । औषधि लिन जाऊँ, दोकान देखेको छैन । भुवन दाइसँग रिसाउन सक्ने तागत पनि छैन । म रिसशून्य दुःखमा छु । जसोतसो

भित्ता समातेर ट्वाइलेटबाट उठें । हात धोएर बाहिर निस्कें । घरको गेटमा एउटा ट्याक्सी आएर रोकियो । ट्याक्सीबाट भुवन दाइ उत्रिए ।

मेरा आँखा फेरि आँसुले ड्याम्म भए, दाइको मन पनि ढुङ्गाजस्तो रहेछ । ट्याक्सी टेकु अस्पताल हिँड्यो । कति कोसिस गर्दा पनि मैले आफूलाई रोक्न सकिनँ । ट्याक्सीमै छाडें । दाइको डरले मेरो सातो गएको थियो, त्यसमाथि ड्राइभर कड्कियो, "ह्या, कस्तो मान्छे हाल्छ, मेरो गाडी धोइदिनुपर्छ है ! भन्देको छु, नत्र डबल भाडा तिर्नुपर्छ !" ट्याक्सीको डबल भाडा तिरेर दाइले मलाई इमरजेन्सीमा लगे । मलाई स्लाइन दिइयो । अलि तागत फिरेपछि ट्वाइलेट लगेर प्लास्टिकको पोको दिँदै दाइले भने, "त्यो लुगा यहीं फाल्दे ! यो लगा !"

मैले बुझें, भुवन दाइ बाजस्तै माया नदेखाई माया गर्ने मान्छे रहेछन् ।

डाक्टरले सोधे, "हिजो के खाएका थियौ ?"

"मःमः !", दाइतिर नहेरी भनें ।

डाक्टरलाई म गाउँबाट आएको दाइले कति बेला सुनाएछन् कुन्नि ! भने, "जहाँ पायो, त्यहीं खानेकुरा नखानू, पानी उमालेर मात्रै पिउनू ! गाउँको पेटलाई शहरको खानेकुराले हेप्छ । तिमीलाई पनि हेप्यो ।"

बिरामीलाई गाली गर्नुहुँदैन भन्ने भुवन दाइलाई थाहा रहेछ, मलाई केही भनेनन् ।

***

तीन दिन कलेज गइनँ ।

ठीक भएपछि नेपाल यातायता चढेर एक्लै क्याम्पस जानआउन थालें । एक्लै हिंडेपछि थाहा पाएँ, शहरको छाती कत्रो छ ! जहाँ पनि हराउँछु जस्तो लाग्थ्यो । जे देखे पनि नौलो लाग्थ्यो, उभिएर हेरिरहन्थें । संसार कति ठूलो छ भन्ने जान्न एक्लै हिंड्नुपर्ने रहेछ । धाराको टुटीबाट लगातार पानी आएझैं सडकमा लगातार गाडी आउँथे, जान्थे । तिनले कुल्चेर मारिहाल्छन् जस्तो लाग्थ्यो । अग्ला घर देख्यो कि उभिएर तल्ला गन्न मन लाग्थ्यो । शहर साँच्चै सपनाजस्तो रहेछ । पहिला मनले सपना देख्थ्यो, अहिले खुल्ला आँखाले देखें, सपनाजस्तो शहर !

शुरुशुरुमा लाग्थ्यो, सबै साथीहरू यहीं काठमाडौंमै जन्मेहुर्केका हुन् । आफूमात्रै गाउँले हुँला भनेर कसैसँग बोल्दिनथें । सबैलाई मभन्दा धेरै आत्मविश्वासी देख्थें । सबै स्कूले साथीझैं एकअर्कासँग बोल्थे, जिस्किन्थे । मलाई बोल्न धक लाग्थ्यो । सधैं चुपचाप कलेज आउँथें, जान्थें । पछिपछि थाहा पाउँदै गएँ, धेरै साथीहरू मजस्तै गाउँबाट आएका रहेछन् । सबै मजस्तै कोठामा बस्दा रहेछन् । सबैले स्टबमा खाना बनाएर खाँदा रहेछन् । मेरा भुवन दाइजस्तै सबैका कोही न कोही आफ्ना रहेछन् । तर गाँठी कुरा कसैलाई सोध्न सकिनँ ।

बिस्तारै म सबैसँग घुममिल हुँदै गएँ ।

बलदेव सबैभन्दा नजिकको साथी भयो । अरू-अरू पनि धेरै साथी भए । अमनजस्तो साथी कोही भएनन् । बलदेवले मलाई पशुपति लग्यो । किताबमा देखेको भन्दा ठूलो र राम्रो रहेछ, पशुपतिनाथको मन्दिर । स्वयम्भूका सिंढी गन्दै कयौंपटक उक्लियौं । 'सम्झना बिर्सना सललललल...' गीत गाउँदै एकै तालमा ओर्लियौं । स्वयम्भू पनि किताबमा देखेको भन्दा भिन्न रहेछ । बलदेवले कहिले 'जू' लग्यो, कहिले दरबार स्क्वायर ।

पछिपछि काठमाडौं एक्लै घुम्न सक्ने भएँ ।

शहर पनि गाउँजस्तै रहेछ । तर, गाउँमा जता गए पनि हालखबर सोध्ने मान्छे हुन्छन्, शहरमा आफ्नो खबर आफैंले भन्दै हिंडे पनि सुन्ने मान्छे नहुँदा रहेछन् । गाउँका मान्छे हृदयले सुन्छन्, दिमागले हेर्छन् । शहरका मान्छे कानले सुन्छन् तर हृदय बन्द गर्दा रहेछन् । आँखाले देख्छन् तर मगज बन्द गर्दा रहेछन् ।

एकपटक छिमेकी डेरावालकहाँ झगडा भयो ।

एउटी महिला रुँदै कराउँदै कोठाबाट बाहिर प्यासेजमा निस्की र भाग्न खोजी । महिलाको कपालमा पछाडिबाट तानेर पुरुषले भुइँमा पछार्‍यो । "कहाँ भाग्छेस्, साला रन्डी ! तेरो आज सास लिन्छु । बाँच्न मन भए खुरुक्क भित्र हिंड्, यहाँ दुनियालाई रमिता नदेखा" भन्दै भुइँमा लडेकी महिलालाई पुरुषले एक लात्ती हान्यो । महिला जोडले चिच्याई, "मार्‍यो नि !"

महिलाका पाखुरा समातेर पुरुषले मुडो घिस्याएझैं घिस्यायो । महिलाले जिउ छाडिदिई । रिसले आगो भएको पुरुषले महिलाको अनुहारमा एक मुक्का हान्यो । महिलाले रुँदै आफ्नो अनुहार दुवै हातले छोपी र घोप्टो परी । "साला रन्डी" भन्दै महिलाको चाकमा पुरुषले फेरि अर्को लात्ती हान्यो र ठिङ्ग उभियो ।

सबै डेरावाल छिमेकीले आ–आफ्नो ढोका खोले । ढोकाको सङ्घारमा उभिएर रमिते भए । एकैछिनमा मान्छेको मेला लाग्यो । पुरुषले कसैको अनुहारमा हेरेन । "भित्र हिन् भनेको, सुन्दिनस् !", चिच्याएको आवाजमा भन्यो ।

सबैले स्वास्नीमान्छेलाई हेरेर 'बिचरा' भने तर कसैले छुट्याएनन् ।

भुइँमा घोप्टो परेर रोइरहेकी उसलाई पुरुषले जबरजस्ती हातले पल्टायो र घिसार्दै कोठाभित्र हुल्न खोज्यो । महिलाको नाकबाट रगत बगेको देखियो । महिलालाई अनेक तरहका घिनलाग्दा गाली दिँदै घिसारेर कोठाभित्र हुल्यो र ड्याम्म ढोका थुन्यो ।

रमिते कसैले पनि सोधेनन्, "किन कुटिस् ?" कसैले पनि छुट्याएनन्, नकुट् भनेर । पशु कुटेझैं पुरुषले एउटी महिलालाई कुट्यो ।

मेरो तागतले छुट्याउन भ्याउने कुरो थिएन । म पनि रमितेहरूबीच अर्को एक रमिते थपिएँ ।

मैले सहन सकिनँ । के गरौं, कसो गरौं भयो ।

सरासर बाहिर निस्कें । हामीले सागसब्जी किन्ने गरेको पसलमा पिसिओ थियो । पत्रिकामा पढेर पुलिसको नम्बर थाहा पाएको थिएँ, पुलिसलाई फोन गरें । एकछिनमा पुलिस आयो तर घटना सामसुम भैसकेको थियो । पुलिसले के भएको थियो भनेर सोध्यो । कोही बोलेनन् । मैले डराइडराई देखेको बताइदिएँ । त्यसपछि मात्र कुटाइ खाने महिलाले रुँदै भनी, "मलाई सधैं यसरी नै कुट्छ । मलाई मार्ने भयो । यसैले कुटेर ढाडको बिरामी भएँ । मैले बाँच्न नपाउने भएँ ।" पुलिसले कुट्ने केटालाई समातेर लग्यो ।

साँझ भुवन दाइ आए । मैले उत्साहित हुँदै घटना सुनाएँ ।

भुवन दाइ त रिसले आगो भए, "जान्ने भएर किन पुलिसलाई फोन गरिस् ! त्यो मान्छेले अब तँलाई खोजीखोजी मार्छ । अरूले जेसुकै गरोस्, हामीलाई के मतलब ? अब तँलाई राख्न सक्दिनँ । भोलि बिहानै गाउँ जा । म तेरा बाउलाई चिठी लेखिदिन्छु ।"

पुसको चिसोमा बरफिलो पानीले नुहाएझैं थुरथुर काँपें । मेरो मुटु हल्लियो । हिमनदी पग्लेर पानी बगेझैं आँखा पग्लेर आँसु बग्न थाल्यो । जहाँ उभिएको थिएँ, त्यही ठिङ्ग उभिइरहें ।

"साला, जान्ने पल्टिनु परेको ! अब यहाँ केके लफडा हुन्छ ! त्यो गुन्डा हो गुन्डा ! त्यसले अब मलाई पनि मार्छ !"

भुवन दाइ दाह्रा किट्दै बर्बराउन थाले । म भुइँमा थुचुक्क बसें । दुई घुँडाबीचमा टाउको घुसारेर रुन थालें ।

"साला, खुब जान्ने पल्टेको ! बुझ्नुसुझ्नु छैन... !", छिनछिनमा दाइ कड्किए । त्यस दिन मैले खाना खाइनँ । भुवन दाइले एक्लै खाए ।

भोलिपल्ट दाइले बालाई चिठी लेखेनन् । म घर गइनँ ।

दुई-चार दिन डराइडराई हिडें तर त्यो केटालाई देखिनँ । हप्ता दिनपछि तरकारी पसले दाइले भनेर थाहा पाएँ, कुटाइ खाने उसकी कान्छी स्वास्नी रहिछे । जेठीसँग झगडा भए कान्छीसँग, कान्छीसँग झगडा भए जेठीसँग बस्दो रहेछ । झगडा हुँदा यसरी स्वास्नी कुट्नु नियमितजस्तो भएकाले कसैले वास्ता गर्दा रहेनछन् । पल्लो तरकारी पसलकी दिदीले भनिन्, "भोलिपल्ट लठारिँदै हिंड्छन्, के बोल्नु जोइपोइको झगडामा !"

घटना भएको पन्ध्र दिनजति भएको थियो । म कलेजबाट फर्किंदै थिएँ । ती कुटाइखाने दिदी हामीले सागसब्जी किन्ने गरेको पसलमा साग किन्दै थिइन् । उनलाई देखेपछि मलाई बोल्न मन लाग्यो, पछि धक लाग्यो । धकलाई मिच्दै उनको नजिक जान खोज्दै थिएँ, पछि डर लाग्यो । हिंड्दाहिंड्दै टक्क रोकिएँ । ती दिदीको आँखाबाट भाग्न खोजें तर उनका आँखाले मलाई समाते । हातमा आलु र प्याजको झोला बोकेर उनले मलाई पर्खिन् । म उभिन पनि नसक्ने, हिंड्न पनि नसक्ने भएँ ।

"यहाँ आइज"को भावमा हातले इसारा गरिन् । इसारा मानेर उनको नजिक पुगेँ । हेर्दा भर्खरकै देखिन्थिन् । पातलो ज्यान थियो । टाउकोमा सिन्दूर, गलामा पोते थियो । दुई-चार पाइला मसँगै हिँडिन् ।

"कुन घरमा बस्नुहुन्छ ? अस्ति पुलिस बोलाउने तपाईं हो ?", उनले सोधिन् । म डरले बोल्न सकिनँ ।

आफ्नो लोग्नेलाई पुलिसले हकार्दै भ्यानमा कोचेको उनलाई पक्का मन परेन । "किन जान्ने भएर मेरो लोग्नेलाई पुलिस लगाइस् ? हामी लोग्नेस्वास्नीको झगडामा किन बीच पसिस् ? तेरो के अधिकार फुच्चे ? धेरै जान्ने न हो, मेरो लोग्नेले एक झापु हान्यो भने दोहोरो श्वास फेर्न पाउँदैनस्, बुझिस् फुच्चे !" भनी भने ! मनले आकाश-पाताल सोच्यो ।

तर, उनले यस्तो केही भनिनन् ।

म केही नबोली आफ्नो घरतिर छिरेँ ।

भोलिपल्ट कलेजबाट फर्किंदा उनलाई फेरि किराना पसलमा भेटेँ । मलाई देख्नासाथ मुसुक्क हाँसिन् । "सन्चै हुनुहुन्छ ?", मेरो खबर सोधिन् । "तपाईं त मेरो भाइजस्तै लाग्यो है मलाई त !", उनले भनिन् ।

यसरी उनको र मेरो दिनकै थोरैथोरै कुरा हुन थाल्यो । एक दिन धेरै कुरा गर्न उनले आफ्नो कोठामा डाकिन् । जान सङ्कोच लागिरहेको थियो । उनले फेरि भनिन्, "आउनू न, अप्ठ्यारो मान्नुपर्दैन ।" धक मान्दै गएँ । गाउँको कोशेली भनेर एक बट्टा मह दिइन् । उनले आफ्नो भाइजस्तै भाइ ठानिन् मलाई ।

"के गर्नु झुक्याएर बिहे गऱ्यो, पहिल्यै स्वास्नी, छोराछोरी रै'छन् । तपाईंले त्यति पुसिल बोलाइदिएपछि त्यसरी कुट्न र गाली गर्न छाडेको छ । मेरा पनि मान्छे र'छन् भन्ने लागेछ क्यार, अलिक हच्केको छ !"

मलाई आफूले गल्ती गरेको रहेनछु भनेर बल्ल शान्ति मिल्यो ।

यस्तै शान्त-अशान्त मनका बीचमा जाँच आयो । सकियो । दशैं बिदा भयो । म घर आएँ ।

***

घर आउनासाथ अमनलाई भेट्न गएँ । उसले आफ्ना क्याम्पसका कुरा सुनायो । छाती फुलाउँदै भन्यो, "स्वस्थानीभन्दा राम्री केटीसँग लभ परेको छ ।" मलाई फेरि भित्र कतै भारी भएर आयो ।

अनुजासँग भेट भएन । बाआमाले "अब पढाउँदिनँ, बिहे गरिदिन्छु" भनेछन् । माओवादी पार्टीमा लागेकी छे रे ! गाउँगाउँ, स्कूलस्कूलमा गएर भाषण गर्दै हिंड्छे रे ! "पुँजीवादी, दलाल राज्यसत्ताविरूद्ध लड्नुपर्छ, हामी महिला, जनजाति, दलित, किसान मजदुर, पछाडि पारिएका सम्पूर्ण वर्ग एकजुट हुनुपर्छ" भन्दै गाउँलेले नबुझ्ने ठूला कुरा गर्छे रे... !

उसले कसरी त्यति धेरै कुरा जानी होला ! उसका कुरा गाउँलेले मलाई सुनाउँदा आफू शहरिया भएर पनि केही नजानेको जस्तो लाग्यो ।

ठमेल

मेरो आईकम सकियो। भुवन दाइले डिग्री सके। उनी दोलखा गए। उतै क्याम्पस पढाउन थाले। म काठमाडौंमा पहिलोपल्ट एक्लै भएँ।

एक्लै हुनु भनेको आफैंसँग हुनु हो। योगी, ध्यानीहरू एक्लै हुन्छन् र नै खुशी हुन्छन्। उनीहरू आफूभित्रै खुशी खोज्छन् र नै दुनियाका दिग्दारीबाट मुक्त हुन्छन्। मेरो कल्पनामा पुनः अमन आउन थाल्यो। मलाई छुन्थ्यो र शीतल पारेर अलप हुन्थ्यो। काठमाडौंको यान्त्रिक जीवनमा आवश्यकताभन्दा बढी केही उपलब्ध थिएनन्। थिए त स्वतन्त्र भएर आफैंसँग बात मार्ने, आफैंलाई छोएर उत्तेजित हुने, आफैंबाट सन्तुष्ट हुने स्वर्णिम दिनहरू, रातहरू। गाउँभन्दा काठमाडौं नै रमाइलो लाग्न थाल्यो। सुखमा सम्झन अमन थियो। दुःखमा सम्झन बाआमा थिए। तर मस्त जवानीमा बाआमा सम्झिबस्नु असल कुरा होइन। मैले बाआमा सम्झिनु परेन। म सुखमा थिएँ।

रिजल्ट नआउन्जेल खाली थिएँ तर गाउँ जान मन लागेन। बालाई कम्प्युटर सिक्छु, काठमाडौंमै बस्छु भनेर चिठी रजिस्ट्रर गरें। आईकम पहिलो वर्षको परीक्षमा मैले कलेज टप गरेको थिएँ। यसकारण मागेको कुरा पाउनु मेरो हक थियो। बाले कम्प्युटर सिक्न पैसा पठाइदिनुभयो।

बलदेव, उमेश, अमर, शिखर, शीला, सीता कलेजका मिल्ने साथी थिए, जोसँग साना-साना सुख-दुःख बाँड्न सकिन्थ्यो। कहिले पिकनिक, कहिले त्यसै घुम्न, कहिले फिल्म हेर्न जान प्रशस्त समय, साथी र जेनतेन पुग्ने रुपैयाँ-खर्च छँदै थियो। प्रेम र यौनबारे केटाहरू खुलेर कुरा गर्थे। कोही कोही भन्थे, "रत्नपार्कमा सय रुपैयाँमा

एकपल्ट गर्न पाइन्छ, जाने हो ?" कोही प्रेमी-प्रेमिका थिए । शहरका गल्ली वा पार्कतिर डेटिङ्ग जान्थे । स्कूलमा भन्दा अलि खुल्ला भएर साथीहरूले प्रेम गरे । फराकिलो शहरमा पनि कसैकसैको साँघुरो प्रेम चल्यो । शहरको लम्बेतान बाटोमा पनि छोटो प्रेम भयो । शिखर र सीताको प्रेमको आयु छ महिना भयो । सीता फस्ट इयरको परीक्षा दिएर गाउँ गएकी थिई, फर्किएर आइन । शिखर केही दिन झोक्रायो । केही दिनपछि तङ्ग्रिएर भन्न थाल्यो, "त्योभन्दा दामी केटीसँग प्रेम चल्दै छ । पहिलो भेटमै चुम्माचाटी चल्यो !" यहाँ प्रेममा झोक्राउन र तङ्ग्रिन बेर लाग्दैन । जे हुन्छ, छिनमै हुन्छ । जानेहरू छिनमै जान्छन् । आउनेहरू छिनमै आउँछन् ।

हामीमध्ये बलदेवले चुरोट खान सिकेको थियो । चार जना केटाहरू बलदेव, उमेश, शिखर र म मिलेर पहिलोपटक रक्सी चाख्यौं । मलाई रक्सी फापेन, छाडें । पछि बलदेवले कोकाकोला र जुसमा रक्सी मिसाएर पिउन सिकायो । जसरी मैले काठमाडौंको पानी र मःमः पचाएँ, त्यसरी रक्सी पचाउन सकिनँ । मःमःको स्वादजसरी रक्सीको स्वाद जिब्रोमा गढेन । खायो कि छाद्यो हुन थाल्यो । दुई-चार लट पिएपछि पिउन छाडिदिएँ ।

दिउँसो कम्प्युटर सिक्न पुलचोक जान्थें । साथीहरूसँग घुम्थें । बलदेव चुरोटको मेरो गुरु बन्यो । त्यस बेला बाटामा चुरोटको धुवाँ उडाउँदै हिंड्दा आफूलाई खुबै बढो भएझैं लाग्थ्यो । चुरोटको धुवाँ शानले आकाशतिर उडाउँदै हिंड्थें । कपाल लामो थियो । गाउँमा सिलाएको पाइन्ट लाउन छाडेको थिएँ ।

तीन महिनापछि मैले बालाई कम्प्युटरमा टाइप गरेर चिठी पठाएँ । बा यति धेरै खुशी हुनुभयो कि गाउँभरि चिठी देखाउँदै हिंड्नुभएछ ।

बाको खुशी नै खुशीले भरिएको चिठी पाएँ । बाले लेख्नुभएको थियो, "छोरा जति मन लाग्छ, जे मन लाग्छ, पढ् । तँलाई म घरखेत बेचेर भए पनि पढाउँछु । तँमाथि मलाई विश्वास छ । तेरो प्रगतिले गाउँमा मेरो शिर ठाडो भएको छ । आमाले तेरो न्यास्रो मानेकी छे ।

आमाको न्यास्रोलाई हैन, तेरो पढाइलाई प्रथामिकता दे ! सधैँ राम्रो गरेस् ! तँमाथि मलाई गर्व छ !"

बाले यसरी मेरो प्रशंसा कहिल्यै गर्नुभएको थिएन। चिठी दोहाऱ्याएर, तेहेऱ्याएर कयौँपटक पढेँ। बाको याद अझै गाढा भएर मनमा गढ्यो, भावुकताले आँखा भरिए।

शिखरले गाँजा खान सिकेछ। मलाई पनि सिकायो। चुरोटमा भन्दा कहाँ हो कहाँ गाँजामा मज्जा रहेछ। आफ्नै सुरतालमा पुगिने। आफ्नै संसारको निर्माण हुने। आफैँभित्र हराउन सकिने। गाँजा त पुराणको कथामा वर्णन भएको स्वर्ग पुग्ने भऱ्याङजस्तो रहेछ। त्यो खाएपछि सिधै स्वर्ग पुगेजस्तो हुन थाल्यो। जब म गाँजा तान्थेँ, कि अमन भित्र छिर्थ्यो, कि आफ्नै दुनिया खडा गरेर रमाउँथेँ। जब म अमनभित्र छिर्थेँ, उसका अङ्गअङ्गमा डुब्थेँ। घन्टौं ऊभित्र हराएर एक्लै बात मार्थेँ, "अमन तँलाई प्रेम गर्छु। तँ मेरो मुटुमा छस्। तँ मेरो नसानसामा बग्छस्। तँ मेरो आँखाको दृश्य होस्। कानको अवाज होस्। नाकको बास्ना होस। जिब्राको स्वाद होस्। छालाको र्स्पस होस्। तँ मेरो सबै इन्द्रिय होस्। मेरो चेतना होस्। तँ भएरै मैले आफूलाई फरक हुँ भन्ने थाहा पाएँ। तँ मेरो जीवनको बाटो होस्, जुन बाटोले मलाई प्रेमको अनुभूत गरायो। तँ मेरो जीवनको लय होस्। सङ्गीत होस्। तँ मेरो एकान्तको चाल होस्। सुन्दर यात्राको पैतलाको ध्वनि होस्। तँ भएरै मात्र मैले श्वास फेरेको छु। तँ भएर मात्र मैले सपना देखेको छु। तँ भएरै मात्र जीवनलाई जीवन बनाएको छु। नत्र यो जीवन पुराणको कथामा वर्णित नर्क हुन्थ्यो। तँ भएरै मैले सुख महसुस गरेको छु। नत्र दुखको तलाउमा डुबेर उहिल्यै मर्ने थिएँ। तँ भएरै मैले 'म'लाई चिन्न पाएँ।"

जीवनमा अर्को नयाँ आनन्द पत्ता लाग्यो। लाग्यो, गाँजाले प्रेमलाई अझ सुन्दर बनायो। आनन्दलाई अझै धेरै आनन्दित बनायो। गाँजा नशा हैन, ध्यान हो। मेरो नयाँ सुखको उत्पत्ति हो।

गाँजाको नसामा पसेर निस्कन नसकेजस्तै काठमाडौं पसेपछि हत्तपत्त बाहिर निस्कन नसकिँदो रहेछ। म बीस वर्षीय केटोलाई

काठमाडौंको नसाले यसरी गाँज्यो कि, कुनै पनि दिन घर जानु नपरे हुन्थ्यो जस्तो लाग्न थाल्यो । काठमाडौं मेरा लागि उन्मुक्त स्वतन्त्रताको भोग गर्ने थलो भयो । आफूलाई औधी खुशी र सुखी पाउन थालें ।

काठमाडौंको स्वाद कहिल्यै नचाखी मधेसको गाउँबाट जस्तो आएका थिए, त्यस्तै फेरि अर्को कुनै अनकन्टार गाउँ पुगे, भुवन दाइ । उनी त्यहाँ पनि स्टबमा दम दिंदै होलान् । मैले यहाँ स्टब फालेर नयाँ ग्यास किनें । मलाई लाग्छ, भुवन दाइले काठमाडौंमा मःमःसमेत खाएनन् । एक जोर नयाँ पाइन्ट किनेनन् । उनी डरपोक थिए । आफैंले आफैंलाई जित्न हैन, हार्न आएका थिए । उनी हारेर काठमाडौंबाट फर्किए ।

म भुवन दाइजस्तो हुँदिनँ ।

गाँजा, चुरोट र बैंसको भेलमा जीवनको राग अङ्कुराइरहेका बेला आईकम दोस्रो वर्षको रिजल्ट आयो । मैले यो वर्ष पनि कलेज टप गरें । बलदेवले फस्ट डिभिजन ल्यायो । हाम्रा ग्रुपका अरू साथीहरू कोही पास भए, कोही फेल । मेरो गाँजा गुरु शिखर फेल भयो । साथी फेल भएपछि हामी पास हुनेले खुशी मनाउन सकेनौं । "चिन्ता नगर्, अर्को वर्ष जसरी नि पास हुन्छस् । तँमात्र हैन, धेरै फेल भएका छन् ।", हामीले सम्झायौं तर शिखरले हामीलाई बधाईसमेत भनेन । उसको दुःख हामीले मनायौं । हाम्रो खुशी उसले मनाएन ।

मैले फेरि कलेज टप गरेको कुरा बालाई टाइप गरेर चिठी पठाएँ । सिङ्गै गाउँलाई थाहा भयो, "हुलाकीको छोराले काठमाडौंको क्याम्पस फस्ट गऱ्यो ।"

बालाई पक्का लाग्यो होला, "साइन्स पढाको भए छोरो डाक्टर हुन सक्थ्यो ।"

***

रिजल्ट आएको भोलिपल्ट बलदेब मेरो कोठमा आयो, "हिंड् ! पास भएको उपलक्षमा आज ठमेल जाऊँ ! मोज गर्नुपर्छ ।"

साँझ पर्न लाग्दा बलदेव र म ठमेल पुग्यौं । हामी गरीब विद्यार्थीलाई ठमेल भोग्नभन्दा हेर्न मज्जा हुन्छ । हामीले केही बेर ठमेलको रङ्गीन दुनिया हेऱ्यौं । मसँग बाले पठाएको पैसा थियो । बलदेवसँग पनि बाउले पठाएको पैसा थियो । उसको दाजु गाउँ गएको थियो । मजस्तै बलदेव पनि स्वतन्त्र थियो ।

हामी डान्सबार भित्र पस्यौं । त्यहाँको रङ्गीचङ्गी प्रकाशले आँखा खायो । सबै आआफ्नै सुरमा थिए । फुल भोल्युममा अङ्ग्रेजी गीत बजेको थियो । स्टेजमा आँखै खाने सितारा जडेका लुगा लगाएर युवतीहरू नाचिरहेका थिए । सप्तरङ्गी बत्ती उसैगरी गीतको तालमा नाचिरहेका थिए । म डान्सबार पहिलोपल्ट पसेको थिएँ । बलदेवको दोश्रो अनुभव थियो । टेबलमा बस्नासाथ बलदेवले बियर मगायो । बियर बोकेर आउने केटीले गिलासमा बियर भरिदिई अनि मस्किँदै सोधी, "अरू केही लिनुहुन्छ कि ?"

"अहिलेलाई यत्ति नै !" भन्न बलदेवले हिरो स्टायलमा हत्केला उठाएर सङ्केत गऱ्यो । केटी ट्रे बोकेर उही लच्काइमा गई । लगत्तै फर्केर आई र बलदेवको छेउमा टाँसिएर बसी । मैले केटी र बलदेवलाई एकैपटक हेरें ।

बलदेवले एक गिलास बियर स्वाट्ट पाऱ्यो । मेरो कानमा मुख ल्याएर भन्यो, "के हेरेको ! यहाँ त छुनै पाइन्छ ।" ऊ जुरुक्क उठ्यो र वेटर केटीको हात समातेर नाच्न थाल्यो ।

उसको कम्मर मर्किंदैनथ्यो । गीतको तालमा हात घुम्दैनथ्यो । खुट्टाले जसरी सङ्गीतको लय टिप्नुपर्थ्यो, त्यसरी पटक्कै टिपिरहेको थिएन तथापि ऊ पूरापूर आत्मविश्वासका साथ नाचिरह्यो । मैले आफैंलाई चिमोटें, कतै सपना त देखिरहेको छुइनँ !

बलदेव कुर्सीमा फर्किएन । रात छिप्पिँदै गयो । स्टेजमा नाच्ने केटीहरूको लुगा घट्दै गयो ।

केही बेरमा बलदेव आयो र मेरो कानमा भन्यो, "अब तैंले स्वर्ग देख्छस् ।" एक-दुईपटक बलदेवले मलाई पनि नाच्न बोलायो तर मेरो

हात तानेर स्टेजमा लैजाने उसको फुर्सद भएन । एउटा हातमा आधा भरिएको बियरको गिलास बोकेर एक्लै हल्लिरह्यो ।

यस्तो माहोलमा रमाउन नसक्दो रहेछु । उकुसमुकुस भयो । त्यहाँको चर्को आवाजले कान टिनिनी बजिरहेका थिए । बाहिर निस्कूँजस्तो लाग्यो तर एक्लै निस्कन आँट आएन । बलदेव नाचेको कसैले हेरेनन् तर ऊ नाच्न छाडेन । उसको जिउ पसिनाले भिजेको छ तर ऊ गलेको छैन । आफ्नै तालमा मग्नमस्त छ । शुरुशुरुमा केटीहरूले बलदेवको हातलाई साथ दिए तर पछिपछि साथ दिन छाडे ।

स्टेजभन्दा ठीकमुनिको टेबलमा फाइट पऱ्यो । एउटाले अर्कोको टाउकोमा बियरको बोटलले हान्यो । किन हान्यो ? मलाई थाहा भएन । बलदेव नाच्दानाच्दै रोकियो । दौडिँदै म भए ठाउँ आयो, "भाग् भाग् !"

भाग्नुअघि बलदेवले हतारहतार बिल तिऱ्यो । सय रुपैयाँ फिर्ता लिनु थियो । टिप्स भनेर छाडेर हिंड्यो । यो टिप्स के हो ? मैले जानिनँ ।

हामी सास रोकेर बाहिर निस्कियौं । गल्लीगल्ली भाग्यौं । निकै बेर भागेपछि बलदेवले लामो श्वास तान्दै भन्यो, "झन्डै मारेन यार !"

"तैंले के गरिस् र ?", मैले लामो श्वास तान्दै सोधें ।

"मेरो हातबाट गिलास झरेर टेबलमा बस्ने केटाको टाउकामा लाग्यो । मातेको थियो । धन्न मैले हो भन्ने थाहा पाएन, बाँचियो !", स्याँस्याँ गर्दै बालदेवले भन्यो । तर त्यो केटालाई आफ्नै साथीले हानेको जस्तो लोगेछ । बेकारमा आफ्नै साथीको टाउको फोऱ्यो । हामी बाँच्यौं ।

"साला, मैले केटी पट्याउन लागेको थिएँ, बर्बाद भयो !", बलदेवले मलाई गफ दियो । हामी हिंड्दैहिंड्दै रत्नपार्क पुग्यौं । रात निकै छिप्पिएको थियो । मान्छे फाट्फुट हिंड्दै थिए । ट्याक्सी र केही बाइक दगुरिरहेका थिए । रत्नपार्क कटेर हामी वीर अस्पताल हुँदै न्युरोड गेटसम्म आयौं । दुई जना केटी देखिए ।

"यिनारूले हामीलाई नै खोजेका हुन् !", बलदेवले भन्यो । सरासर केटी भए ठाउँ गयो । सिधै भन्यो, "जाने हो ! सय दिन्छु !" जुत्ताको

मूल्यमा दलाली गरेझैं बलदेवले केटीसँग दलाली गऱ्यो । मैले यस्तो कहिल्यै देखेको थिइनँ । केटीले जुत्ता खोलेर बलदेवको टाउकामा हान्छे कि झैं डर लाग्यो । एउटा बाइक नजिकै आएर रोकियो । एउटी केटी त्यतातिर लागी । अर्कीले भनी, "दुई जनालाई नै सर्भिस हुन्छ । पाँच सय दिनू । मैले चिनेको होटल छ । रुम चार्ज अलग दुई सय लाग्छ ।" बलदेवले थप दलाल गरेन । सिधै 'हुन्छ' भन्यो । मैले बलदेवको मुटुको बललाई मानें । ऊ स्कूलको साथी रमनजस्तै बलियो र सुरो रहेछ ।

बलदेवले ट्याक्सी रोक्यो ।

बलदेवलाई केही भन्नै भ्याइनँ । ट्याक्सीको पछाडि सिटमा हामी दुई जनाको बीचमा केटी बसी । बलदेवले केटीलाई अङ्गालो हाल्न खोज्यो । केटीले बलदेवको हातलाई गोमन सर्पझैं ठानी क्यार, झट्कार्दै भनी, "अहिलेदेखि नै हुँदैन । जे गर्नु छ, ठाउँमा पुगेर गर्नू । यहाँ छुने भए थप पैसा लाग्छ !" ट्याक्सी ड्राइभरले पछाडि फर्किएर हेऱ्यो । मलाई लाज लाग्यो ।

ट्याक्सी सुन्धारापछाडिको एउटा होटलअगाडि घ्याच्च रोकियो ।

ट्याक्सीबाट हामी ओर्लियौं । बलदेवले ट्याक्सीलाई पैसा तिऱ्यो । केटी आफ्नै घरमा पसेझैं सरासर होटलभित्र पसी । होटलको काउन्टरमा बस्ने केटाले केटीलाई रुमको चाबी दियो ।

"तँ जा, म यहीं पर्खिन्छु ।", मैले बलदेवलाई भनें ।

"तेरो छैन कि क्या हो ! चान्स पा'को बेला डान्स गर्दैनस् ? पैसाको चिन्ता नगर्, सबै मै तिर्छु !", बलदेवले फुर्ती देखाउँदै भन्यो । काउन्टरमा बस्ने केटोले मलाई पुलुक्क हेरेर खिस्स हाँस्यो । बलदेवले मलाई तान्यो, "हिंड्, जिउँदै स्वर्ग पुग्छस् !"

केटी कोठाभित्र पसिसकिछे । घरबाट हिंड्ने बेला बाले खल्तीबाट पैसा निकालेर दिएझैं बलदेवले मलाई कन्डम दिंदै भन्यो, "त भर्जिन छस् ! पहिला तैं गर् !"

"हैन हैन, म गर्दिनँ, तँ जा !", म फर्किन खोजें ।

"ह्या मूला, कस्तो रै'छ । केटा भएर पनि के डराउँछस् यार ! साथी भनेर झन् पहिला चान्स दिइरा'छु । अरू भएको भए यत्रो नि दिन्नथें । जा, केही हुँदैन ।"

बलदेवले एउटा हातले ढोका खोल्यो र अर्को हातले मलाई भित्र ठेलिदियो । मलाई बाघको मुखमा पसेझैं भयो ।

केटी बेडमा बसेकी थिई । उसले कालो टिसर्ट र टाइट जिन्सपाइन्ट लगाएकी थिई । उसको अनुहारमा मुस्कान थिएन । थकित अनुहारमा बेस्मारी मेकअप गरेकी थिई । शरीरबाट पर्फ्युमको कडा बास्ना आएको थियो, जसको गन्धले मेरो नाक खिन्यायो । उसको ओठको बाक्लो रातो लिपस्टिक उसलाई पटक्कै सुहाएको थिएन ।

म केटीको अगाडि कुनै अपराधीझैं उभिएँ । मुटुको धड्कन असामान्य भयो । केटीले मलाई लुगा खोल्न भनी । आफूले पनि लुगा खोल्न थाली ।

म केटीको सामुन्ने उभिइरहें ।

"पहिलोपल्ट हो ?", केटीले सोधी र खिस्स हाँसी ।

मैले उत्तर दिइनँ ।

"छिटो खोल्नु नि ! ढिला हुन्छ !", हाकिमले आदेश दिएझैं आदेश दिई ।

उसले कालो टिसर्ट खोली । भित्र पहेंलो रङ्गको ब्रा लगाएकी रहिछे । त्यो पनि खोली । उसका स्तन थलथल भएका थिए । दूध ख्वाइरहेकी आमाका जस्ता । एउटै अङ्ग आमाको हुँदा अर्कै हुने, अरू कुनै केटीको हुँदा फरक किन हुन्छ !

ट्वाल्ल परेर उसको नाङ्गो छाती हेरें । मलाई लाज लाग्यो । पट्टिइरहेको सिरक खोलेर उसको छाती छोपिदिन मन लाग्यो तर आँट पुगेन ।

केटी बसिरहेको ठाउँबाट जुरुक्क उठी र आफ्नो टाइट पाइन्ट स्वाट्ट तानी । उसले रातो पेन्टी लगाएकी रहिछ । पेन्टीमा सेतो गुलाबको चित्र थियो, जुन चित्र योनिको मुखैमा पर्थ्यो । मानौं, प्रत्येक महिना रजस्वला हुँदा सेतो गुलाब रातो हुन पर्खी बसेको जस्तो ।

पाइन्टको खल्तीबाट कन्डम निकाली, "यो लगाऊ !"

मैले काँपिरहेको आवाजमा भनें, "मैसँग छ ।"

मेरो मुटु उफ्रिन थाल्यो । तालु सुक्यो । तिर्खाले मुख प्याकप्याक भएजस्तो भयो । कटक्क पेट काट्यो । झ्यालबाट छिरेर भागौंजस्तो लाग्यो । मैले झ्यालतिर हेरें ।

"छिटो गर । मलाई अबेर हुन्छ ।", केटीले मलाई एकपटक फेरि आदेश दिई ।

मैले बिस्तारै सर्टको टाँक खोलें । केटी ओछ्यानमा उत्तानो परेर पल्टी । मैले टाँक खोलिसकें तर पाइन्ट खोल्न सकिनँ । म खाटमा त्यत्तिकै बसें ।

अब के हुन्छ ?

थाहा छैन ।

केटी एकैपटक पड्की, "कस्तो नामर्द रहिछ । ल्याइसकेपछि नगरे पनि मलाई पैसा दिनुपर्छ । भरे किचकिच गर्न पाइँदैन । कस्तो लोदर परेछ आज, साला !" मलाई झोक चल्यो । अचानक रिसले आगो भएँ । त्यस्तो औडाहा रिस कहिल्यै उठेको थिएन ।

"ओइ, कस्लाई नामर्द भनिस् ?", ठूलो स्वरले कराएँ । हातले सिरानी उठाएँ र केटीको मुखमाथि राखेर थिचें ।

ऊ अललिन थाली । खुट्टा फट्याक्क पारी । भएभरको बल लगाएर उठ्न खोजी । मेरो होस् आयो, "केटी त मर्न लागी !"

थरथर कापें । खलखली पसिना आयो । श्वास बढ्यो ।

केटीले लामो श्वास तानी । एकछिनपछि फेरि भनी, "नगर्ने भए किन ल्याइस् ? म अर्कोसँग जान्थें । खुरुक्क पैसा दे !"

आफैंमाथि आफैंले अपराध गरेजस्तो लाग्यो । पर्सबाट निकालेर पाँच सय दिएँ । लुगा लगाएँ । बाहिर निस्कें । मेरो अनुहार पसिनाले भिजेको थियो, श्वास फेरेको आवाजले ठूलो हल्ला मच्चाएको जस्तो लाग्यो । मैले ढोका खोलें, बलदेव मुसुक्क हाँस्दै भित्र पस्यो ।

एकैछिनपछि बाहिर निस्कियो । "राम्ररी गर्नै नपाई पाँच सय सकियो । केही मज्जा भएन । बरू तँलाई मज्जा भयो होला । धेरै बेर लगाइस् !", बलदेवले भन्यो ।

"खुब मज्जा भयो !", मैले भनें ।

बलदेवले पनि केटीलाई पाँच सय दिएछ । मैले पैसा तिरेर बाहिर निस्केको उसलाई भन्न सकिनँ । त्यस रात बलदेव मेरो कोठामा आयो । म रातभर निदाउन सकिनँ ।

कसलाई, कसरी भन्नु, "अरू जे कुराले खुशी हुन्छन्, त्यसले मलाई पीडा दिन्छ !"

धुवाँ

मेरो पढाइ राम्रो भइरहेको थियो । सधैं कलेज टप गरिरहथैं । बाआमा खुशी हुनुहुन्थ्यो । बाको खुशी मेरो पढाइ उत्कृष्ट हुनुमा थियो । आमाको खुशी म खुशी हुनुमा थियो । मैले भने आफूले आफैंलाई खुशी बनाउन खोजिरहेको थिएँ । पढाइमा राम्रो गर्नुको अलवा मसँग खुशी हुने खास कारण अब थिएनन् । स्वतन्त्रताको भोगले पनि सीमित समयसम्म मात्र सुख दिंदो रहेछ ।

बिबिएस तेस्रो वर्षको पढाइ चल्दै थियो । शिखरको बिहे हुने भयो । उसले साथीहरूलाई निम्तो दियो । जान सक्ने साथी निम्तो मान्न उसको घर वीरगन्ज गए । म गइनँ । मलाई साथीभाइको बिहेले दुःख दिन थालेको थियो । मैले कहिल्यै भोग्न नसक्ने खुशी साथीहरूले भोगेको देख्दा ईर्ष्या लाग्थ्यो ।

अर्को महिना बलदेवले पनि निम्तो दियो । एक हप्तादेखि कलेज आएको थिएन । भन्थ्यो, “सरप्राइज छ !” उसले यति चाँडै बिहे गर्ला भन्ने चिताएकै थिइनँ । के सरप्राइज पनि यति नमीठो हुन्छ ! मलाई औडाह भयो ।

अमनलाई झैं मैले बलदेवलाई कहिल्यै हेरिनँ । ऊ अमनझैं मलाई कहिल्यै आर्कषक लागेन । अमनझैं मेरो कल्पनामा बलदेव कहिल्यै नाङ्गो भएन । तर, ऊ मेरो असल साथी हो । मेरो शहरिया दुःखमा साथ दिएको छ । शहरको स्वाद उसैले हो पहिलोपल्ट चखाएको । फराकिलो शहरका साँघुरा गल्लीमा नहराई हिंड्न उसैले सिकाएको ।

तर, बलदेवको बिहेको निम्तोले मलाई आनन्द दिएन । भित्र कतै ईर्ष्याको अङ्कुर पलायो ।

झुटो खुशी अनुहारमा देखाएर बलदेवलाई "बधाई !" भनेँ । मन नलागी नलागी सोधेँ, "ससुराली कहाँ हो ? कति पढेकी केटी हो ?"

"चितौनतिरै हो ससुराली ! प्लस टु पढ्दै छे !", बलदेवले खुशी हुँदै सुनायो ।

मलाई सन्चो भएन भनेर बलदेवको बिहेमा गइनँ । जाने साथीहरूले भन्थे, "भाग्यमानी रै'छ केटो, च्वाँक केटी भेट्टायो !"

उसकी स्वास्नी जस्ती होस्, मलाई कुनै मतलब भएन ।

बिहे गरेको दुई हप्तापछि बलदेव कलेज आयो । ऊ मसँग रिसाएन तर गुनासो गर्‍यो, "पख्, तेरो बिहेमा म नआउँदा कस्तो हुन्छ ! तँलाई चखाउँछु !"

"तँ नआए मेरो बिहे रोकिन्छ र !", मैले बाउँटो खेदेँ ।

"हेर्, बिहे भनेको जीवनकै सबैभन्दा ठूलो उत्सव हो, खुशी हो । त्यो खुशीमा साथीभाइ, आफन्त सँगै हुन् भन्ने मान्छे चाहन्छ । म पनि त्यही चाहन्थेँ । त्यही भएर साथीभाइलाई बोला'को हुँ । तैँले कुरा बुझिनस् । बिहे गरेर हेर् ! अनि आफ्नो बिहेमा आफन्त, साथीभाइ नआउँदा कस्तो हुन्छ, चाल पाउँछस् ! तँलाई म त्यो चाल चखाउँछु, पख् !" उसले ठूलो गुनासो गर्‍यो ।

"सरी यार ! ज्वरो आएर हिँड्नै नसक्ने भएँ, त्यही भएर हो !", माफी मागेँ ।

अर्को दिन क्याम्पसमा केटाहरूको ग्यादरिङ चल्यो । केटाहरू बिहेको चासोमा रौसिए । "कस्तो हुन्छ बिहे गर्दा भन् न यार हाम्लाई पनि !", उमेशले आफूलाई रोक्न सकेन ।

"कसरी गर्नुपर्छ यार, सिका न ! हामी नादान् कुमार केटाहरूलाई !", मोहनले उकेरा लगायो ।

"इः... हुन्छस् नादान्, मुजी !", बलदेव गम्कियो, "भात नखाईनखाई रत्नपार्क पुग्ने तैं हैनस्, जाँठा ! बलदेव साह्रै बिच्कियो । यति साह्रो छाडा बोल्ने केटो हैन बलदेव !

कुरा अन्तै मोडियो ।

बिहेपछि बलदेवले जागिर खान थाल्यो । हाम्रो सङ्गत जालीझैं पातलियो तर चुँडिएन । ऊ कलेज आउँथ्यो । क्लास सकिँदा नसकिँदै हतारहतार डेरा फर्किन्थ्यो । भात खान्थ्यो र अफिस जान्थ्यो । शनिबारे ग्याङमा सामेल हुन र गाँजा खान छाड्यो । ऊ भिडबाट एक्लियो ।

शिखर त कलेज आउँनै छाड्यो ।

मैले झन् धेरै गाँजा खान थालें । दिन बिराएर पशुपति जान्थें । त्यहाँ धेरै जोगीका गाँजाका डिलर थिए । सस्तोमा गाँजा पाइन्थ्यो । केही त जोगी देखिन्थे मात्र । दिनभर गाँजाको कारोबार गर्ने र बेलुका घर गएर स्वास्नीसँग सुत्ने भोगी थिए । घरव्यवहार राम्रो चलाएर भेषमा जोगी हुनेसँग पनि मेरो सङ्गत थियो । यस्ता भोगीहरू जोगीभन्दा सस्ता थिए तर विश्वासको मुटुमा भाला हान्न सजिलै सक्थे । ती निर्दयी, कठोर र स्वार्थका लागि जे पनि गर्न सक्ने खालका थिए ।

गाँजा मेरा लागि नसा थिएन, ध्यान थियो । गाँजाको ध्यानले मलाई आम दुनियाबाट फरक संसारमा लैजान्थ्यो । बिहान गाँजा तानेर लाइब्रेरी छिर्थें । एकसुरमा किताब पढ्थें । मध्याह्न फेरि अर्को डोज तान्न बाहिर निस्कन्थें । कयौं छाक भात खाइनँ । गाँजालाई नै भात मानें । पहिला-पहिलाजस्तो ऐना हेर्न छाडिदिएँ । आफैंसँग चल्न र जिस्कन पनि छाडिदिएँ । लाग्यो, अब म पूरापूर ब्रह्मचारी हुन सक्छु । जोगी बन्नु नै मेरा लागि उत्तम उपाय हो । बिहेको डरले कामेको मुटुले राहत महसुस गर्थ्यो । स्खलन हुन ठ्याप्पै बन्द भयो । बेलाबेला दिमागमा अमन आउँथ्यो तर अडिन सक्दैनथ्यो । पहिलाजसरी ऊ नसानसामा पस्न सक्दैनथ्यो ।

माघ महिनाको अन्तिम दिन थियो । काठमाडौंमा चिसोको शक्ति सकिँदै गएको थियो । बाहिर घमाइलो मौसम शुरू भएको हुँदो हो तर म कोठाबाहिर निस्कन्नथें । कोठामै गाँजाले लट्ठ परेर बसेको थिएँ । अमनको चिठी मेरो ठेगाना खोज्दै आइपुग्यो । चिठी पढें र कुनातिर फालिदिएँ । लगत्तै गहिरो ध्यानमा परें । हावामा उड्न थालें ।

हावालाई आफ्ना कुरा सुनाएँ, "प्रिय हावा ! लैजा मलाई अर्कै दुनियामा, जहाँ मलाई पनि मान्छेले प्रेम गरून् । जिन्दगीको उत्सवमा मैले पनि बोलाउन सकूँ आफन्त, साथीभाइ ! देखाउन सकूँ, आफूभित्रको अर्को मान्छे दुनियालाई ।

गाँजाले छाडेपछि मेरो वजन हावाले थेग्न सकेन । सामान्य बतासले पनि आफ्नै धरातलमा बजारिने भएँ । आफसेआफ काँप्न लागेँ । कसैले लाइटर झोसेर हिडेँजसरी मुटु पोल्न थाल्यो । अमनको चिठी फेरि पढेँ । त्यो चिठी थिएन, बिहेको निम्तो थियो ।

प्रिय शब्द,

म आराम छु । तँ पनि आराम होलास् । यही फाल्गुन ७ गते बिहे गर्दै छु । तँ मेरो बिहेमा जसरी पनि आउनुपर्छ । तँ आइनस् भने मेरो बिहे खल्लो हुन्छ । जसरी भए पनि आइज !

तेरो साथी अमन !

२०५९ माघ १०

त्यस दिन मैले भात खाइनँ, अर्को डोज गाँजा तानेँ । फेरि हावामा कावा खान थालेँ । हावालाई सोधेँ, "प्रिय हावा, जेब्राक्रसमा फसेको मान्छेजसरी दोधारमा छु, अमनको बिहेमा जाऊँ कि नजाऊँ ?"

हावाले भन्यो, "तैँले, आफूभित्रको आफूलाई स्वीकार्नुपर्छ । तँ आफैँले आफूभित्रको मान्छेलाई प्रेम गर्न सकिनस् भने अरूले तँलाई घृणा गर्छन् । तेरो लगौँटिया यार हो अमन । तँसँग नाङ्गै हुर्किएको हो । खोयाको घर बनाएर खेलेको हो । मकैको ढोडको गाडी बनाएर सँगै चढेको हो । पहिलोपल्ट तँभित्र अर्को मान्छे पनि छ है भनेर महसुस गराउने साथी हो अमन ! अमनको ईर्ष्या नगर् । ईर्ष्याले तँलाई झन्झन् गहिरो खाडलमा भसाइदिनेछ । आफैँबाट भागेर कहाँ पुग्छस् तँ ! छोडिदे, आफूलाई प्रकृतिको हातमा ! तँ यही धर्तीको सृजना होस् । तैँले यही धर्तीमा उभिएर भन्नुपर्नेछ– मभित्र अर्को मान्छे छ । म अरूभन्दा अन्तर हुँ । तर अरूजस्तै मान्छे हुँ । मभित्र पनि छ, प्रेम । मभित्र पनि दुःखसुख छ ।

मभित्र पनि छ जीवन । सत्य बुझ् । सत्य स्वीकार् । सत्यबाट भागिस् भने झुटको घरमा बास त पाउलास् तर शान्ति कहिल्यै पाउनेछैनस् । अमनको बिहेमा गएर धुमधाम नाचेर आइज !"

नसाबाट बिउँझिएँ ।

जिउ पसिनाले निथ्रुक्क भिजेको थियो । भोकले भुँडी कुइँकुइँ गर्दै रै'छ । तिर्खाले मुख सुके पनि मन चङ्गा थियो । घडी हेरेँ, बिहानको चार बजेको रहेछ । एक गिलास पानी पिएँ । मीठो भात खान मन लाग्यो । दाल, भात र सब्जी जाँगर चलाएर पकाएँ । गोलभेडा र धनियाँको अचार पिनेँ । झिसमिसेमा कुकरको सिटी लाग्दा वल्लोपल्लो कोठाकाले के भन्लान् भन्ने कुरा एकपल दिमागमा आयो र लगत्तै बिलायो । त्यस दिनको भात आमाले पकाएजस्तै मीठो भएको थियो ।

खानपिन-धन्दा सकी ओछ्यान सपक्क मिलाएँ । झोलामा लुगा कोचेर ढोकाको चुक्कुल लगाएँ । घडीको सुईले बिहानको छ बजेको देखायो । कलङ्की पुग्दा साढे छ बजेको थियो । म बस चढेर गाउँ गएँ ।

***

म घर पुग्दा बाँसझ्याङमा रूपीहरूको एकनासको कऱ्याङकुरुङ शुरू भइसकेको थियो । घाम पर क्षितिजमा आगोको डल्लोजस्तो रातो भएको थियो ।

एक्कासि मलाई देख्दा आमा खुशीले आत्तिनुभयो । बा घरमा हुनुहुँदो रै'नछ । आमाले गालाको डिलमा पुगेका आँसु सारीको सप्कोले पुछ्नुभयो । मेरो मनको बाँध फुट्नै लागेको थियो । अर्कोपट्टि फर्किएर मैले आमाको अघि आफ्नो आँखाको आँसु जोगाएँ ।

"के पारेको यस्तो हाल ! पढेर मात्रै हुन्छ । जा, नुहाएर आइज !", आमा मलाई हेरेर विरक्तिनुभयो । लट्टा परेको मेरो कपालभित्र आमाका औंला पहिलेजस्तो सुरुरु चल्न सकेनन् ।

झोला कोठामा फालेर बाहिर निस्कँदा बरन्डाको ऐनामा आँखा पुग्यो । आँखा भासिएका रहेछन् । तीन महिना भएको थियो, दाह्री

नकाटेको । कपाल लट्टा पर्न थालेको रहेछ । जिउबाट पसिनाको नमीठो गन्ध आइरहेको रहेछ । आफैंलाई हुरुक्क हुनेगरी गन्हायो जिउ । कयौं दिनदेखि हावामा उडिरहेको थिएँ । हावामा उड्दाउड्दै, नसामा लट्ठिदा लट्ठिँदै, हावासँग बात मार्दामार्दै झसङ्ग बिउँझेर हिँडेको थिएँ । आफ्नै हुलिया देखेर अनौठो मान्छेलाई देखेझैं एकछिन ऐनामाथि शङ्का लाग्यो ।

"आमा, गम्छा कहाँ छ ?", काठको सिँढी बजाउँदै चोटाबाट भुइँमा झरें ।

"ला... बिहान धो'र सुका'की थिएँ ।", आमाले फोहोरी छोरोका लागि गम्छाको सफाइ पेश गर्नुभयो ।

"आज खाना बनाउन त्यत्तिकै आलटाल गर्दै थिएँ, तँ आउन पो रै'छ !", आमाले बाहिर झुन्ड्याएको दूध दुहुने बाल्टी झिक्नुभयो ।

धेरै भएको रहेछ, कलबाट पानी पेलेर खलङमलङ ननुहाएको । धेरै बेरसम्म चिसो पानीले आफूलाई भिजाइरहें ।

"बेलुका धेरै बेर ननुहा, चिसो लाग्छ !", आमाले सम्झाउनुभयो ।

एक बाल्टी पानी टाउकोबाट फेरि खन्याएँ । जिउ हलुका भयो ।

आमा पानी लिन आउनुभयो । आमाको अनुहारतिर हेरेर फिस्स हाँसें ।

गाँजाको धुवाँले डढेको मेरो कालो ओठ नजिकै आएर आमाले छाम्नुभयो, "हेर, कलेटी परेको ओठ ! यस्तो हालत हुँदा पनि किन घर नआ'को !" त्यसपछि आमाले गाला सुमसुम्याउन थाल्नुभयो । आमाले नछोएको कति भएको रहेछ । म चिसै आमाको जिउमा टाँस्सिएँ ।

अरू बेला भए आमाले लुगा भिजाइदियो भनेर गाली गर्दै तर्किनुहुन्थ्यो । आज केही भन्नुभएन, बरू मेरो भिजेको कपाल छुनुभयो । "एकपटक फेरि कपालमा सेम्पु ल'गा !", आमाले भन्नुभयो ।

साइकलको घण्टी बजेको आवाज आयो, 'टिङ्... टिङ्... !'

"बा आउनुभयो क्यार !", आमा मबाट अलगिएर पानी भर्न थाल्नुभयो ।

गम्छा बेरेर मैले कट्टु धुन थालें ।

बा आ'को थाहा पाएपछि कोरली गाईले बाँ... गरेर बालाई स्वागत गरी । बा आफ्नो आदतअनुसार बोल्नुभयो, "घाँस दिएनन् तँलाई ?"

"तपाईंलाई चाहिँ त्यही गाईको चिन्ता छ । दायाँबायाँ हेर्नुछैन । उः त्याँ हेर्नु त, को आ'को छ ?"

बाले मलाई देख्नुभयो तर आमाको जस्तो अनुहारमा कुनै प्रतिक्रिया देखाउनुभएन ।

भान्साबाट भुटेको मेथीको धुलोको मीठो बास्ना आइरहेको थियो । म लुगा लगाउन चोटामा चढेँ । "छिटो आइज है, पाकिहाल्यो !", आमाले मलाई भन्नुभयो ।

लुगा लगाएर भान्सामा छिरेँ । आमाले थालमा खिर पस्किँदै हुनुहुन्थ्यो । बाले मेरो पढाइबारे सोध्नुभयो ।

"केको पढाइ नि, मान्छे मर्न लागेको छ, छोराको अनुहार हेर्नुछैन !", आमाले आलुदम बट्टुकामा हाल्न छोडेर बालाई कराउनुभयो ।

"पढाइले खा'को मान्छे त्यस्तै हो नि !", बाले खिरको थाल सार्दै मेरो अनुहार पिलिक्क हेर्नुभयो ।

***

अमनसँग भोलिपल्ट भेट भयो । प्रेमिकासँग बिहे गर्न लागेको रहेछ । ऊ असाध्यै खुशी थियो । मलाई प्रेमिकाको फोटो देखायो । मेरो लभ परेको छ, छैन सोध्यो । अमनकी प्रेमिका फोटोबाट निस्केर मेरो आँखा चिथोर्न थाली । आँखा गर्मीका प्रखर घामलाई हेर्दाझैं तिलमिलाए । उसको अनुहारमा हेर्न सकिनँ । भुइँतिर हेरेर भनेँ, "बधाई छ केटा !"

मेरो ढाडमा धाप मार्दै उसले भन्यो, "तँ पनि चाँडै बिहे गर् बे, मजा हुन्छ !" उसको स्पर्शले मलाई पहिलोपल्ट दुःख दियो । अनुजाको हातले झैं अमनको हातले पनि बिझायो ।

मेरो हुलियामाथि उसले गुनासो गऱ्यो, "कस्तो देखिएको छस् बे ! किताबमात्र हैन, ऐना पनि हेर्ने गर ! हिँड् बजार ! दाह्रीकपाल काट्नु छ ! बिहेको सुट सिलाउन दे'को थियो । आज लिन बोला'को छ । तेरो पनि दाह्रीकपाल काट् । बेहुलाको साथी होस्, चिटिक्क पर् !"

"पर्दैन, मलाई यत्तिकै राम्रो देखिएको छ !"

अमन खितखितायो, “हाहाहा... ह्रषमानजस्तो देखिएको छस् । यस्तो हुलियामा हिँडिस् भने मान्छेले तँलाई ढुङ्गाले हान्छन् । हुलाकीको छोरो धेरै पढेर बौलायो भन्छन् !”

दशैंको दिन निधारमा गुहुको टीका लगाएर हिँडिरेको ह्रषमानको नाङ्गो दृश्य आँखामा आयो ।

“जान्नँ म, तँ जा ! म यत्तिकै ठीक छु ।”, दायाँ हातले गाला सुमसुम्याउँदै मैले भनें ।

“यत्तिकै बेठीक छस् बे ! कपाल काटिस् भने मात्र ठीक हुन्छस् !”, अमनले हाँस्दै भन्यो ।

मलाई गाँजाको तलतल लागिरहेको थियो । काठमाडौंबाट बोकेर ल्याएको एक-दुई डोज सक्किइसकेको थियो । गाउँमा कहाँ पाइन्छ ? पत्तो थिएन ।

अमनलाई जित्न सकिनँ । उसको साइकलको पछाडि बसेर बजार गएँ । पहिलाजस्तो उसलाई छुन मन लागेन । पहिलाजस्तो उसको कम्मरमा समातेर काउकुति लगाइदिन मन लागेन । मलाई गाँजा कहाँ पाइएला भन्ने खुलदुली थियो । म आफ्नै दुनियामा हराइरहेको थिएँ । अमनले गिल्यायो, “धेरै पढेर तँ पनि बौलाउने भइस् ! पूरै दार्शनिक पाराको गम्भीर देखिन थालिस् । गाउँमा अर्को नयाँ ह्रषमान थपिने भयो !”

“पढेर को मान्छे बौलाउँछ !”, मलाई बोल्न पनि दिक्क लागिरहेको थियो ।

“ह्रषमान बौलायो ! अब तँ बौलाउँछस् !”, अमनले मेरो भविष्य देखेझैं गरी बोल्यो ।

ह्रषमान किन बौलायो ? ठीक कारण त कसैलाई पनि थाहा छैन तर मान्छे भन्छन्, “धेरै पढेर बौलायो ।”

हामी बजार पुग्यौं ।

चारैतिर ऐनैऐना भएको शैलुनमा पस्यौं । कयौं दिनपछि सिङ्गो ज्यान ऐनामा देखें । गाला आँपको कोयाझैं सुकेछन् । आँखा खोपिल्टोमा

पसेका गुच्चाजस्ता देखें । ज्यान सुकेको बाँसझैं खिङ्रिङ्ग भएछ । ओठ गाँजाको धुवाँले डढिसकेछ । दायाँ हातले गाला छामें । आफ्नै अनुहारसँग भेट नभएको पनि कति भएछ ! पहिला-पहिला ऐनामा आफ्नो अनुहार हेरेर आफैं दङ्ग पर्थें । आफैंलाई आफू खुब कामुक लाग्थ्यो । कयौंपटक आफ्नै अनुहार हेरेर उत्तेजित भएको थिएँ तर त्यस दिन आफ्नो अनुहार मकैबारीमा सुगा तर्साउन राखेको बुख्याचाजस्तो देखें । अमनलाई हेरें, ऊ सुन्तलाजस्तै पोटिलो थियो । बलिया हातखुट्टामा प्रष्ट देखिएका नीला नसा ! रगत कम, जवानीको आवेग त्यहाँ बढी बगिरहेको थियो । म त साँच्चै ह्वषमान पो हुन लागें कि !

म कुर्सीमा बसें । शैलुन मालिक भगत ठाकुरले मेरो दाह्री पानीले भिजाउँदै सोधे, "बाबुको घरचाहिँ कहाँ हो ?"

"हुलाकीको छोरा हो यो !", अमनले भन्यो ।

"ए ए कस्तो अर्कै हुनुभएछ । काठमाडौंमा बसेर धेरै पढ्नुभा'को छ रे !", उनले भने ।

म फिस्स हाँसें ।

"धेरै पढेर बौलाउन लागिसक्यो, हेर्नू न !", अमनले भन्यो ।

"धेरै पढेर मान्छे कहीं बौलाउँछ, पढेन भने चाहिँ बौलाउँछ !", भगत ठाकुरले ठट्टाको भावमा भने ।

ऐनाअघि बसेर अमनले गालाको डन्डिफोर निचोरिरहेको थियो । मनले जति भाग् भने पनि चाकमा चुम्बक टाँस्सिएझैं म कुर्सीमा बसिरहें । नाईको छुरी मेरो गालामा कुदिरह्यो ।

दाह्री फालेको मेरो दुब्लो अनुहार हेर्दै अमनले भन्यो, "खै तेरो गालाको मासु ! कति धेरै बूढो देखिइस् बे ! तँलाई कुन केटीले पत्याउँछे अब !"

दायाँ हातले देब्रे गाला सुमसुम्याएँ । नहेरूँ भन्दा पनि देखिने ऐना थियो सामुन्नेमा । म त साँच्चिकै बूढो भइसकेको रहेछु । समय मलाई छलेर कसरी यति छिटो दगुरेछ, पत्तै पाइनँ ।

हामी सैलुनबाट बाहिर निस्क्यौं ।

गाँजाको तलतल मेट्न चुरोट पिएँ । अमनले खैनी खान थालेछ । अमनसँग मागेर खैनी पनि खाएँ । पहिलोपल्ट भएर होला, खैनी कोक्यायो तर केही बेर भए पनि गाँजाको तलतल मेटियो । पहिलापहिला गाउँमा गाँजाका बोट प्रशस्त हुन्थे । पछिपछि गाउँमा माओवादी पलाए । गाँजा मासियो । गाँजाका लागि माओवादी बिखालु झार भए ।

गाँजाको तलतलले खरो भयो । सहनै नसक्ने गरी तलतल लागेपछि अमनलाई भनें, "यता कतै गाँजा पाइँदैन, मिलाई दे न यार !"

अमन छक्क पऱ्यो, "के भन्छ हँ ?"

"मैले खान थालेको छु । अलिकति मिलाइदे यार, नत्र म खप्न सक्दिनँ !"

मेरो छटपटी देख्यो उसले । केही बोलेन । गाउँदेखि पश्चिम बागमती किनारको अन्तिम बस्तीसम्म लिएर गयो । त्यहाँ एउटा जोगीको कुटी थियो । केही बेर जोगीसँग गफ गरेपछि मलाई जोगीले गाँजा दान गऱ्यो । मैले जोगीलाई भेटी चढाएँ ।

अमनलाई मैले गाँजाको स्वाद र यसले दिने आनन्दको बखान गरें, "गाँजा खाएपछि मलाई गहिरो ध्यानले समात्छ । गाँजा तानेपछि लाइब्रेरीमा बसेर घन्टौं पढ्न सक्छु । गाँजामा ईश्वरको आत्मा छ । त्यो आत्माले मलाई नयाँ सुख दिन्छ । गाँजा खाँदै पढेर हो, क्याम्पस टप गरेको !"

अमनले मेरो बखानलाई पत्याएन । बरू आमाले झैं सम्झायो, "ओभरडोज खाइस् भने तँ सडकमा आउँछस् । दिमागमा वज्र हान्छ । तँलाई केही भयो भने तेरा बाआमा पनि कि मर्छन्, कि बौलाउँछन् । छाडिदे, गाँजा खान ! बरू खैनी खा, चुरोट खा, रक्सी खा तर गाँजा नखा !"

आफूले आफैंलाई नसम्झाउँदासम्म अरूले जति सम्झाए पनि मान्छेले सम्झिँदैन । मैले अमनको कुरो सम्झिनँ । चुरोटको खिल्लीमा गाँजा भरें र लामो सर्को तानें ।

***

अमनको बिहेको दिन आयो । गाउँमा चहलपहल भयो । गाना-बजाना चल्यो । जन्ती गएँ । म बाहिरको मान्छे खुब नाच्यो । म भित्रको मान्छे चुपचाप बस्यो । गाउँलेले "शब्दको बिहेचाहिँ कहिले नि ?" भनेर मलाई सोधिरहे ।

फिस्स हाँस्दै भनिरहें, "भएको दिन !"

म भित्रको मान्छेले भन्यो, "त्यो दिन कहिल्यै आउँदैन !"

बाआमालाई पनि गाउँलेले भने, "अब शब्दको बिहे खानुपर्छ है ! बेला भयो !"

बाले गम्भीरपारामा भन्नुभयो, "अर्को वर्ष विचार गरौंला । अहिले पढ्दै छ ।"

म भित्रको अर्को मान्छे त्यहाँबाट भाग्न खोज्यो तर म बाहिरको मान्छे बत्तीमा पुतली नाचेझैं जलीजली नाचिरह्यो । म भित्रको मान्छे रोए पनि म बाहिरको मान्छे हाँसिरह्यो ।

म भित्रको अर्को मान्छेले थुप्रै दुःख सहेको छ । कसलाई थाहा, कति रात रोएर काटेको छ । एक्लै अँध्यारो कोठामा कसरी छटपटाउँछ ! आफैंलाई सम्हाल्न नसकेर कतिपटक बहुलाएको छ । भित्र हुरी छ । बाहिर शान्त छ । कहिलेसम्म धानिएला यो दुगलापन ?

म झन् जोडजोडले उफ्रिएँ । उफ्रिँदा उफ्रिँदै थाकें र भ्यात्त बसें ।

दुई मान्छे भएर बाँच्नजति गाह्रो यो संसारमा अरू के होला ?

अमनको बिहेपछि हाम्रो भेट भएन । अरू दुई-चार दिन गाउँमै बसें । अनुजालाई पार्टीले अर्कै जिल्लामा खटाएको छ रे ! ऊ छ महिनादेखि गाउँ आएकी छैन रे ! उसको खबर यत्ति थाहा भयो । मेरो माया उसलाई छ-छैन, त्यो थाहा भएन ।

म काठमाडौं फर्किएँ ।

बन्द

म लतमा थिएँ । म कुलतमा थिएँ ।

म सत्मा थिएँ । म असत्मा थिएँ ।

लत-कुलत, सत्-असत् जेमा भए पनि म एउटा इनारभित्र थिएँ ।

इनारमा झर्न जति सजिलो हुन्छ, निस्कन उति नै गाह्रो । म त्यस्तो इनारमा झरिसकेको थिएँ, जहाँबाट सजिलै बाहिर निस्कन सजिलो थिएन । त्यहाँबाट बाहिर निस्कन गाँजा कम गर्नुपर्छ भन्ने लाग्थ्यो तर खान घटेको थिएन । घर गएपछि थाहा पाएँ, म गाँजाको गहिरो लतमा फसिसकेको रहेछु ।

परीक्षा आउनै लागेको थियो । यसपालि पनि कलेज टप गर्नुपर्छ । आफैंले आफैंलाई दबाब दिएँ । बिहान उठ्ने बेला जिउ भारी हुन्थ्यो । केही गर्ने जाँगर हुँदैनथ्यो । बेलुका भोकै सुत्दा पनि बिहान भोक लागेको थाहा हुँदैनथ्यो । तिर्खा लाग्थ्यो तर पानी पिउने जाँगरसमेत चल्न छोडेको थियो । अकारण कलेज बङ्क गर्न थालेको थिएँ । साथीहरू पातलिँदै थिए । कलासमा अन्तिम बेन्चमा बस्न थालेको थिएँ । सर-म्यामसँग आँखा जुधाएर पहिलेझैं प्रश्न नसोधेको निक्कै भएको थियो । कोठै प्यारो लाग्थ्यो । बिस्तारै दिन बिराएर कलेज जान थालेको थिएँ । अलि पछि त हप्तामा एक दिनजस्तो कलेज जान्थें । पढाइमा ध्यान थिएन । गाँजा छाड्नुपर्छ भन्ने लागेझैं पढ्नुपर्छ भन्ने पनि लाग्थ्यो । तर, न गाँजा छाड्न सक्थें, न पढ्न ।

कोठामा भएको एउटै झ्याल पनि नखुलेर छिड्किनीमा खिया लागी जाम हुन लागेको थियो । दिउँसै अँध्यारो हुने कोठामा मैले खोजेको एकान्त थियो । खाए नखाएको सोध्ने आमा हुनुन्थेन । पढे नपढेको विचार गर्ने बा हुनुन्थेन । म गाँजा खाँदाखाँदै निदाउँथें, बिउँझेर फेरि गाँजै खान्थें । भात कहिलेकाहीं पकाउथें । तरकारी सधैं सोयाबिन र आलुको । गाँजा लिनबाहेक अरू कामले कोठाबाहिर निस्किँदैनथें । खाएर फेरि ढल्यो, भाँडाकुँडाबाट अन्नको गन्ध नआउन्जेल धन्दा गर्ने जाँगर थिएन । धन्दा गर्नकै दुःखले पनि भात पकाउन छोडेको थिएँ । कहिलेकाहीं लाइटर बल्दैनथ्यो, भित्तामा झट्टी हान्दिन्थें । धारामा पानी आउँदैनथ्यो, टुटी बटारेर फुटाइदिन्थें । कहिले घरबेटीसँग कचकच पर्थ्यो, कहिले डेरावाल छिमेकीसँग । गाँजा हुँदा एकदम शान्त, नहुँदा एकदम अशान्त हुन्थें ।

मलाई देखाएर छिमेकी डेरावाल दिदीले आफ्नी छोरीलाई बाटामा खेल्न दिँदैनथिन् । छोरीलाई भन्थिन्, “बाटामा नखेल् है, गँजेडीले लान्छ र तँलाई बेचिदिन्छ नि !” दोकाने पनि भरसक उनको पसलमा म नआइदिए हुन्थ्यो भनेझैं छिटोछिटो सामान दिएर पन्छाउन खोज्थे । म हिँडेपछि मान्छे मैले नै सुन्नेगरी कुरा काट्थे, “हेर, गँजेडी ! कस्तरी बिग्रेको यो केटो ! बाउआमाले पढ्न राखेका होलान् !”

“मेरा बाउआमाले गाँजै खान राखेका हुन्, तिमेरलाई के मतलब ?”, फर्केर नाथ्री फुट्नेगरी मुक्का हान्न मन लाग्थ्यो । कसोकसो आफूलाई सम्हालेर नाकका पोरा फुलाउँदै, मुठी कसिलो पार्दै, छिटोछिटो कोठा पुगेर ढोका थुन्थें ।

जति रिसाए पनि, जति नशामा डुबे पनि मान्छे कुट्ने हिम्मत कहिल्यै भएन ।

कहिलेकाहीं पशुपति जान्थें । जङ्गलमा पुगेर एक्लै चिच्याउँथें । आफू भित्रको अर्को मान्छे कसैलाई चिनाएर हलुका हुन चाहन्थें । बेलुका खाएको खानाले त बिहान निकास खोज्छ भने मैले त वर्षौंदेखि आफैंभित्र अर्को मान्छे बोकेर हिंडेको थिएँ, जो भित्रबाट बाहिर निस्कने

निकास खोजिरहेको थियो । आफू भित्रको अर्को मान्छे बिसाएर हलुका हुन चाहन्थेँ । एक-एक गरी आफ्नो कथा भन्न चाहन्थेँ । तर, कसलाई भन्ने ? को छ मेरो कथा सुनिदिने ?

बाआमालाई ?

हुँदैन, कुनै हालतमा हुँदैन ! बाको वंशअंश धानिदिने छोरो हुँ म ! एउटै आस, एउटै भरोसा हुँ म ! कसरी भन्न सक्छु, म अर्थोकै हुँ, म अर्थोकै चाहन्छु !

अमन ?

हुँदैन ! मलाई सुन्न सक्ने कान, मलाई बुझ्न सक्ने मन दुवै छैन ऊसँग ।

कलेजका साथीहरू ?

विश्वास लाग्दैन ।

बलदेव ?

एक दिन ठूलो हिम्मत गरेर बलदेवको अफिसमा फोन गरेँ, "म बिरामी छु ! एकैछिन आइज न !"

उसले बाँकी सोधखोज नगरी भन्यो, "एक घण्टा लाग्छ, नआत्तिई बस्दै गर् !"

एक घन्टापछि हुरीझैं बत्तिँदै बलदेव मेरो ढोका ढकढक्याउन आइपुग्यो । धर्खरिँदै उठेर ढोका खोलेँ ।

बलदेव आत्तिँदै कोठाभित्र छिऱ्यो ।

"के भयो यार ?", उसले सोध्यो ।

म ढल्नै लागेको थिएँ । समातेर ओच्छ्यानमा सुतायो ।

पैसा सकिएको थियो । गाँजा खान नपाएर छटपटाइरहेको थिएँ । जुठा भाँडामा झिङ्गा भन्किरहेका थिए । हप्ता दिनदेखि झ्यालढोका खुलेका थिएनन् । गाँजाको तिर्सना मेट्न खाएको चुरोटको धुवाँ बाहिर निस्किन नपाएर कोठामै बादलले संसार बनाएको थियो । सेतो सिरकको खोलमा सेतो बाँकी थिएन ।

बलदेव 'वाक्क' गर्दै कोठाबाहिर निस्कियो ।

एकैछिनमा नाक थुन्दै कोठामा पस्यो र बत्ती बाल्यो । झ्याल खोल्यो । ढोका खुल्लै राख्यो । अनि बल्ल मेरो छेउ आएर टाउको छाम्यो ।

के भयो भनेर फेरि सोधेन । आँखा र ओठ हेरेर थाहा पायो, गाँजाको न्यास्रो ।

“भातको साटो गाँजा नखा, मर्छस् ! बाँचिस् भने मात्र अरू बेला पनि खान पाउँछस् ! हेर कोठाको हाल ! उफ् !”, उसले मलाई कराउँदै, फिल्टरबाट पानी थाप्न खोज्यो तर फिल्टरमा पानी थिएन । छिमेकी डेरावालासँग मागेर मलाई पानी ख्वायो । म सिरानीमा अडेस लागेर बसेँ ।

बलदेवलाई देखेपछि मेरो छटपटाहट झन् बढ्यो । मेरो शरीर थर्थराइरहेको थियो । काँपेको स्वरमा भनें, “अलिकति पैसा छ भने दे न ! घरबाट पैसा आउँदै छ, पछि तिर्छु !”

“अहिले पैसा मसँग पनि छैन । तलब आउँछ अनि दिन्छु ।”, उसले भन्यो ।

त्यसपछि म अचानक रुन थालेँ । रुँदै भनें, “मलाई पचास, सय भए पनि दे ! म मर्छु, मलाई बाँच्न दे !”

म रोएपछि उसलाई के भयो कुन्नि ! उसले पर्सबाट निकालेर सय रुपैयाँ दियो । मलाई अँगालो हालेर भन्यो, “गाँजा नखा, इक्जाम आउँदै छ, पढ्नुपर्छ । धेरै खाइस् भने गाह्रो हुन्छ । तेरा बाआमाले थाहा पाए भने के हुन्छ ?”

बलदेवको अङ्गालो पाएपछि म त झन् डाँको छाडेर रुन थालेँ । ऊ डरायो । एउटा हातले मेरो मुख थुन्न खोज्यो ।

“किन रोको ? के भयो, भन् न ! म छु नि !”, उसले भन्यो ।

मैले उसको अङ्गालोमा टाउको राखेर रुँदै भनें “बलदेव, तँ मेरो जीवनको पहिलो मान्छे होस्, जसलाई मभित्रको अर्को मान्छे देखाउँदै छु ! तैंले मलाई जहाँ-जहाँ सहयोग गर्नुपर्ने थियो, गरिस् ! जहाँ-जहाँ साथ दिनु थियो, दिइस् ! दुःख सुनिस्, सुख सुनिस् ! काठमाडौंमा भिज्न र बस्न सिकाइस् ! तँ मेरो शहरको गुरु होस् ! तैंले मलाई

शहर सिकाइस् ! असल साथी बनिस् ! कति ठाउँमा मेरो बा बनिस् ! मेरो गल्ती देखिस् ! म आफूले आफूलाई जति विश्वास गर्छु, तँलाई पनि उति नै विश्वास गर्छु ! त्यही विश्वासमा तँलाई म मभित्रको अर्को मान्छे चिनाउँदै छु ! तैंले मभित्रको अर्को मान्छेलाई पनि मलाई जस्तै माया गरिस् भने मभित्रको मान्छेलाई बाहिर निकालेर गर्वका साथ भन्न सक्छु, 'मेरो पनि यस संसारमा छुट्टै अस्तित्व छ, इज्जत छ, प्रतिष्ठा छ ! मेरो जीवन पनि अरू मान्छेको जीवनजस्तै सुन्दर छ !' बलदेव तैंले मलाई बाहिरबाट मात्र देखिस् ! बाहिरबाट मात्र चिनिस् ! मभित्रको अर्को मान्छे एक्लै छटपटाइरहेको छ । त्यो मऱ्यो भने म पनि मर्छु... !"

बलदेव ट्वाँ परेर मलाई हेरिरहेको थियो । मैले भूमिका बाँधेको देखेर उसलाई सकस भयो । "के कुरा हो भन् न !", ऊ बीचमै बोल्यो ।

मैले बलदेवलाई अहिलेसम्मको मेरो सबै कथा सुनाएँ ।

जुन कथामा अमन थियो । अनुजा थिई । ठमेलको डान्सबार थियो । सुन्धारापछाडिको होटल र स्वयम् बलदेव थियो ।

मेरो कथा सुनेर बलदेव स्तब्ध भयो । केही बोल्न सकेन । बसेको ठाउँबाट सुस्तरी पर सऱ्यो । उसको खुट्टाले लागेर मैले आधी पिएर छोडेको पानीको गिलास ढल्यो ।

म फेरि रुन थालें । बलदेवले फेरि मलाई अङ्गालो हालेर नरो भनेन । बसेको ठाउँबाट अलिक पर सरेर भन्यो, "केही हुँदैन । तँजस्तो छस्, त्यस्तै ठीक छस् । अब उठ् ! खाना बनाएर खा । गाँजा धेरै नखा । म फेरि अफिस जानुपर्छ । ढिला भयो आज !"

जसरी आएको थियो बलदेव, उसैगरी फुत्त निस्केर गयो । बलदेब गएपछि शून्य भएँ । एकछिनसम्म केही सोच्न सकिनँ । लगत्तै, मभित्रको अर्को मान्छे बोल्न थाल्यो, "शब्द, अझै थुप्रै दुःख, सुख भोग्न, देख्न बाँकी छ । दुःखको अन्तिम उच्चाइ कुन हो ? थाहा पाउनु छ । तँ उठ् ! पहिलाको जस्तै सामान्य मान्छे बन् ! सधैं यसरी बसिस् भने बिस्तारै-बिस्तारै मर्छस् ! तँ मरिस भने म पनि मर्छु ! तँलाई तेरो माया नहोला तर मलाई तेरो माया छ ! जीवनतिर फर्की !

आफूलाई सुन् ! आफूलाई महसुस गर् ! तँ हावामा उड्न चाहन्छस् तर तँलाई हावाले बोक्न सक्दैन ! फेरि तँ जमिनमा झर्छस् ! जीवनमा कतिपटक हावामा उड्छस् र कतिपटक धर्तीमा झर्छस् ! तैँले टेक्ने माटो नै हो ! तँ बाँच्ने माटोमै हो ! जीवन माटोमै छ ! शब्द, तँ आफू जस्तो थिइस्, त्यस्तै भएर बाँच् ! आफ्नो अस्तित्व खोज्न र त्यसलाई बचाइरहन पनि त तँ बाँच्नुपर्छ ! शब्द, तँ उठ् अब, धेरै भयो सुतेको ! जीवन मृत्युसम्मको यात्रा हो ! यसरी एकै ठाउँमा रोक्किइस् भने रोमान्चकारी जीवन भोगिसकेर कहिले पुग्छस् सुन्दर मृत्युसम्म ? यात्रा गर्न उठ्नुपर्छ ! उठेर हिंड्नुपर्छ । हिंडेरै मात्र देखिन्छ संसारको चमत्कार, सुतेर होइन ! शब्द, तँ उठ् ! तँभित्र म जिउँदो छु ! तँ एक जिउँदो मानिसलाई बोकेर हिंडिरहेको छस् ! तँ पोखरीझैं जमिस्, अब नदीझैं बग् ! तँ जम्न हैन, बग्न जन्मेको होस् ! तँ मर्न हैन, बाँच्न जन्मेको होस् ! उठ् शब्द, नभए तँ उठेकाहरूको पाइतालाले किचिएर चाँडै मर्नेछस् !"

एकाएक मभित्र नयाँ ताजगी भरियो । कुनै लोभलाग्दो सपनाबाट बिउँझेजस्तो मीठो अनुभूति भयो । अघिसम्म गाँजा खान नपाएको छटपटाहट अहिले हराएजस्तो भयो । शरीरमा बल पसेजस्तो भयो । चेतनाको नयाँ आभा देखेझैं लाग्यो ।

कोठामा बत्ती बलेकै थियो । चारैतिर एक नजर फ्याँकें । कोठाको हुलिया देखेर आफैंसँग दया लाग्यो ।

फेरि मभित्रको मान्छे बोल्यो, "उठ् शब्द उठ् ! अब तँ उठ्ने बेला भयो ! आफूलाई जितिस् भने मात्र अरूलाई जित्न सक्छस् ! उठ् शब्द उठ् !"

म उठें । जुठा भाँडा मोलें । दाल पकाएँ । आलु भुटें । आमाले घरबाट पठाइदिएको सिन्कीको अचार चलाएकै थिइनँ, चुक भएको रहेछ । दोस्रोपल्ट आफ्नै हातसँग पल्किएँ । औंला चाटीचाटी भात खाएँ ।

मलाई के भइरहेको छ ? अघिसम्म मर्छु जस्तो लागेको थियो । अहिले बाँच्न मन लाग्दै छ ।

खाना खाइसकेर फेरि भाँडा माझें, सरफ लगाएर ग्यास, टेबल पुछें, भुइँमा असरल्ल छरिएका सामान टक्टक्याएर खाटमा राखें। लुगा कुनै सद्दे थिएनन्। सरफमा भिजाएँ र कोठामा कुचो लगाउन थालें।

राति दश बजेतिर धारामा कपडा धुँदै थिएँ, छिमेकी डेरावालले बेस्मारी खोक्यो। जसले भर्खरै बिहे गरेको थियो, उसको ढोका पनि मेरै जसरी सधैं बन्द हुन्थ्यो। उसले चाल मारेर सुन्यो अनि थोरै ढोका खोलेर यताउता हेर्‍यो। मलाई देख्यो। कोहो भनेर सोधेन। ढोका लगाउँदै स्वास्नीलाई भन्यो, "गँजेडी र'छ !"

मलाई अरू बेलाजस्तो रिस उठेन। त्यस दिन गाँजाको तलतललाई लात हानेर निदाएँ।

भोलिपल्ट उठ्नासाथ अघिल्लो दिनजस्तै गाँजाको तलतल जाग्यो। मभित्रको अर्को मान्छेले भन्यो, "नआत्तिई, केही हुँदैन ! युद्ध हो, लड् ! तैंले जसरी पनि जित्नुपर्छ, हार्नु हुँदैन !"

मलाई मभित्रको अर्को मान्छेले भरोसा दियो।

दाह्री-कपाल काँटें। चिसो पानीमा नुहाएँ। त्यसपछि कलेज गएँ। बलदेवसँग भेट भयो। मैले उसको हालखबर सोधें। उसले ठीक छ भन्यो तर मेरो खबर सोधेन। हतार छ भनेर उम्किन खोज्यो। अरू-अरू साथीहरूले पनि मलाई अनौठो मानेर हेरे तर कसैले केही भनेनन्।

पर्सिपल्ट एक जना साथीले भन्यो, "ओइ, तिमी त छक्का होरे नि !"

मुटु यसरी दुख्यो कि भनिसाध्य छैन। हिंड्दा-हिंड्दै पैताला जमिनमा भासिएझैं भयो। त्यो साथीको अनुहारबाट स्वाट्ट पछाडि फर्किएँ। फेरि एकैछिनपछि त्यही साथीसँग आँखा जुधाएर सोधें, "साला, कस्ले भन्यो ?"

"कलेजभरि हल्ला छ। तिमीलाई त केटाहरूमात्र मनपर्छ रे !", उसले खिस्याउँदै भन्यो।

मेरो टाउकोबाट रिसको धुवाँ निस्कियो। कुट्न भनेर झम्टिएँ। त्यो भाग्यो। म पछिपछि दगुरें। भेट्न सकिनँ। आफैं थाकें। मेरो श्वास बढेर मुटु फुट्लाजस्तो भयो। चिटचिट पसिना आयो। थुचुक्क भुइँमै बसें।

रिसले दाह्रा किटिएँ, "साला बलदेव ! धोका दिइस् ! विश्वासघात गरिस् !"

भोलिपल्ट कलज गइनँ । कोठामै धुमधुमिएँ । दिनभर छट्पटाएँ । दिमागमा अनेकौँपटक करेन्ट लागेजस्तो हुन थाल्यो । ढोका थुनेर बेस्मारी रोएँ । अरू बेला यसरी रुँदा आनन्द हुन्थ्यो । आज आँसुले दुःख बगाउन सकेन । मुठी कसेर बेस्मारी भित्तामा हान्दै चिच्याएँ, "साला बलदेव ! चुतिया बलदेव ! तेरो आत्मा मेरो आत्माजसरी नै भड्कियोस् ! तेरो आत्माले कहिल्यै शान्ति नपाओस् ! मैले जस्तै पीडा सहन परोस् ! तँलाई ओरालोमात्र खस्न परोस् ! तैँले पनि मैले जस्तै दुःखको बली चढ्न परोस् !"

एक्लै बर्बराएँ । बलदेवको अनुहार सम्झेर फेरि भित्ता कुटेँ । पीडा अलिक कम भयो । अलिक शान्त भएँ ।

त्यस दिनपछि कलेज कहिल्यै गइनँ ।

तेस्रो वर्षको परीक्षा आउन लागेको थियो । राम्ररी पढ्न सकिनँ । सबै कुरा बिर्सिएर पढ्छु भन्यो, बलदेवको अनुहार हिंस्रक जनावर बनेर दिमागमा आउँथ्यो र मभित्रको मान्छेलाई लखेट्न थाल्थ्यो । ढोका खोलेर बलदेव पसिहाल्छ कि झैं लाग्थ्यो । तर्सिरहन्थेँ । घरी झ्यालबाट बलदेवले "छक्का छक्का !" भनेर गिज्याइरहेझैं लाग्थ्यो । बेलाबेलामा गाँजाले शिक हुन्थेँ । बेलाबेलामा बलदेवको अनुहारले तर्सिन्थेँ । आफूलाई सम्हाल्न खोज्दा झन् भत्किन्थेँ ।

जोगीको भेषमा बस्ने पशुपतिको भोगीले गाँजा कोठासम्म ल्याइदिन्थ्यो । त्यो भोगी पनि आउन छाड्यो । पुलिसले शङ्का गर्दै छ भन्दै थियो । सायद समात्यो क्यार ! गाँजा खान नपाएर शिक हुँदै गएँ । छटपटी बढ्दै गयो । त्यसै बेला तेस्रो वर्षको परीक्षा आयो । गज्याङमज्याङ दिमागले जाँच दिएँ ।

नतिजा आयो । म फेल हुनुपर्थ्यो तर पास भएँ । मात्र पास !

कलेज कसले टप गऱ्यो ?

थाहा भएन ।

अर्को बाटो

"छक्का !"

जसले हेरे पनि यस्तै भनेर जिस्क्याएजस्तो लाग्थ्यो । आफ्नै छायासँग समेत तर्सिन थालेको थेँ । जतिखेरै ऐँठन भएजस्तो हुन्थ्यो । बाहिर निस्कनै नसक्ने भएँ ।

अँध्यारो मन पर्थ्यो । कोठाका झ्यालढोका सधैं बन्द हुन्थे । दिनभर सुत्थेँ । शरीरमा शक्ति थिएन । भोक लाग्थ्यो तर खाना बनाएर खाने जाँगर हुँदैनथ्यो । मन हिँड्थ्यो । पैताला बस्थे । शरीरको ताल र मनको मेल थिएन । जीवनको तालमेल थिएन ।

सबै मान्छेको अनुहारमा बलदेवको अनुहार देख्थेँ । बेस्मारी चिच्याएर बलदेवलाई गाली गर्न मन लाग्थ्यो तर सक्दिनथेँ ।

धेरै कोसिसपछि बल्लतल्ल गाँजा खान छाडेँ तर निराशाले मलाई छाडेन । झन् धेरै पेल्न थाल्यो ।

एमबिएसको कक्षा शुरु भयो तर सानेपाबाट टियु पुग्ने हिम्मत भएन । जरा मक्किएको रुखजस्तो भित्रभित्रै गल्दैगल्दै गइरहेको थिएँ । आफूलाई सम्झाइबुझाई मिलाउन खोज्थेँ, नमिलेको पजलझैं हुन्थेँ ।

जागिर खाँदा मन भुल्छ कि भनेर एक-दुई ठाउँमा जागिरका लागि अन्तर्वार्ता दिएँ । अन्तर्वार्ता दिन बस्दा शरीर काँप्थ्यो । बोली लर्बरिन्थ्यो । चिटचिट पसिना आउँथ्यो । आत्मविश्वास पुग्दैनथ्यो । एक ठाउँमा त अन्तर्वार्ता दिँदादिँदै रिङ्गटा लाग्यो । अचानक ढलेँ । होशमा आउँदा अन्तर्वार्ता लिने मान्छेले मेरो अनुहारमा पानी छम्किरहेको

थियो । "तपाईं बिरामी हुनुहुँदो रहेछ । पहिला उपचार गर्नुस् अनि जागिर गर्नुस् !" भनेर पठाइदियो । त्यसपछि अलिअलि बाँचेको हिम्मत पनि हावा खुस्किएको बेलुनझैं खुम्चियो ।

घरबाट बाको चिठी आउँथ्यो । म झुटमुट उत्तर पठाउँथें, "मेरो सब ठीकठाक छ । तपाईंहरूको आशीर्वादले मेरो पढाइ राम्रो भा'को छ । मलाई सन्चो छ । म खुशी छु । पढाइ खर्च बढेको छ । घरबेटीले कोठाभाडा बढाए । सागसब्जीको दाम बढेको छ । शहरमा महङ्गी धेरै बढेको छ ।"

बिनासर्त चिठीसँगै मेरो खर्चपानीका लागि पैसा आउँथ्यो ।

एक दिन गाउँमा सार्वजनिक टेलिफोन बुथ खुलेछ । चिठीमा बाले गाउँको टेलिफोन नम्बर लेखेर पठाउनुभयो तर मैले फोन गरिनँ ।

मलाई बाआमाको माया लाग्न छाडेको थियो । खर्चका लागि चिठी लेख्थें बस ।

आफूलाई प्रेम नगरे अरूलाई माया गर्न पनि नसकिँदो रहेछ । आफूभित्र प्रेमको मुहान सुक्यो भने सबैतिर सुख्खा लाग्दो रहेछ । बाआमाको माया लाग्न छाड्यो । गाउँघर, आफन्त कसैको पनि सम्झना आउँदैनथ्यो । अमनको ईर्ष्याले बेलाबेला कुभलो चिताउँथ्यो । "त्यसकी स्वास्नी मरोस् !", दिमागले रोक्दारोक्दै पनि सोचिहाल्थ्यो ।

***

एकपटक खाना नखाएको दुई दिन भएको थियो । खाने जाँगर थिएन । भोकको अनुभूति पनि थिएन । तन्ना निकै फोहोर भएको थियो । सेतो सिरकको खोल फेरि कालो हुँदै थियो । सिलिङ्मा बिग्रिएको पङ्खा झुन्डिएको थियो । म आउँदैदेखि यो पङ्खा यस्तै थियो । ओछ्यानमा पल्टिएर कयौंपटक त्यसमा झुन्डिरहेको आफ्नो मृत शरीरको कल्पना गरेको थिएँ तर मर्नु चानचुने कुरा हैन रहेछ ।

तेस्रो दिन बिहान उठ्दा रिङ्टा लागेर भुइँमा लडें । पसिनाले शरीर भिजेको थियो । शरीरमा तागत पटक्कै थिएन । खाट समातेर बिस्तारै

उठें । पानी पिएँ । भोकको अनुभूति त भयो तर पकाएर खाने आँट आएन । फेरि त्यसै खाटमा पल्टें । कोठाको कुनाकाप्चामा माकुराले जालो लगाउन थालेको थियो । एउटा जालोमा कीरो फसेको थियो । आफूलाई त्यही कीरो ठानें । म पनि अनेक जालोमा जेलिएर बसेको छु । आफ्नो इच्छाले निस्कन सक्दिनँ । म भाग्न चाहन्छु तर भाग्न सक्दिनँ । शरीर एउटा, आत्मा अर्को भएको मान्छे नहुनू । यो चरम दुःख हो । म चरम दुःखसँग जुधिरहेको छु ।

म 'आफ्ना' लागि मरिसकेको थिएँ तर शरीरको लागि श्वास फेर्दै थिएँ । लाग्थ्यो, श्वासलाई रोक्न सके दुःखबाट मुक्ति मिल्ने थियो । तर, श्वास त्यत्तिकै रोकिँदो रहेनछ । मृत्यु आफ्नो इच्छाले हुने कुरा हैन रहेछ । यो त समय रहेछ । आफैं आउँछ । तर कहिले आउँछ ? श्वास फेरुन्जेल थाहा नहुँदो रहेछ ।

बिस्तारै उठें । प्लास्टिकको पोकाबाट चिउरा निकालें । पानीमा भिजाएँ । नुन र चिनी हालेर खाएँ । अलिक तागत आएछ । ठूलठूलो स्वरले रोएँ । रुन पनि शरीरमा शक्ति चाहिंदो रहेछ । मन अलिक हलुका भयो । उठें । बाथरुम गएँ । नुहाएँ ।

आफूलाई चलाएर स्खलित नभएको कयौं दिन भयो । स्खलित हुनका लागि आफू जिउँदो हुनुपर्दो रहेछ । म 'आफ्ना' लागि मरिसकेको थिएँ ।

मभित्रको 'आफू' जिउँदो हुँदा सबैभन्दा ज्यादा अमनलाई सम्झें । सबैभन्दा ज्यादा उसैलाई प्रेम गरें । तर, अचेल उसको अनुहारसँग घिन लाग्छ । ऊसँग दिगमिग लाग्छ । बिगत सम्झिँदा पश्चाताप हुन्छ । अपराध बोध हुन्छ । उसलाई सम्झिँदा काँचो ईंटा पानीमा गलेझैं गल्छु ।

बाथरुममा सावरको आवाजलाई जित्ने गरी फेरि रोएँ । जिउ पानीले पखालियो । आँखा आँसुले धोइयो । तर, मन... !

फेरि भोकको अनुभूति भयो । झ्यालको पर्दा खोलें । बाहिर घाम लागेको थियो । बार्दलीमा निस्कें । चिसो बतासले मेरो छाला छोयो । वसन्त ऋतु लागिसकेछ । ख्याल थिएन । रुखमा नयाँ पालुवा पलाइसकेछन् । ख्याल थिएन । हाँगामा एक जोडी चरा अएर बसे । तिनले चुचा जोडे । पहिला-

पहिला जनावर र पछीको यस्तो प्रेम देख्दा अमनको अनुहार कल्पिन्थेँ। दुई चरामध्ये एउटा चरा म र अर्को चरा अमन सम्झन्थेँ। आफ्नै दुनिया निर्माण गर्थेँ। आफैँमा हराउँथेँ। आफैँलाई छामेर आफैँ रमाउँथे। आफ्नै रोमाञ्चक संसार बनाउँथेँ तर अचेल केही हुँदैन। मस्तिष्क थाकेपछि सबै कुरा थाक्दो रहेछ। मन निराश भएपछि दुनिया निरस बन्दो रहेछ। लाग्न थाल्यो, संसारमा सुन्दर कुरा केही छैन। संसार मजस्तै उदास र निराश छ। सिङ्गै संसार मैले झैं मृत्यु पर्खेर बसिरहेको छ। संसार सुन्दर देखिन 'आफू' जिउँदो हुनुपर्दो रहेछ।

तीन दिनपछि कोठाबाट बाहिर निस्कें। आँखाले खुल्ला संसार देख्यो तर धमिलो देख्यो। यही दृश्य पहिला-पहिला सुन्दर लाग्थ्यो। यही कोलाहल पहिला-पहिला आनन्दमय लाग्थ्यो। दिमाग घरी शून्य हुन्थ्यो, घरी अनेकथोकले भरिन्थ्यो। हिँड्दाहिँड्दै अचानक मलाई खिर खान मन लाग्यो। दूध ल्याएँ। खिर पकाएँ। खिर खाएँ तर स्वाद थाहा पाइनँ। खाँदाखाँदै फेरि अचानक रुन मन लाग्यो। खाँदै रुँदै र रुँदै खाँदै गरेँ।

छिनछिनमै बद्लिरहन्छु। आकाशमा उडेको बादलजस्तो भएको छ। म बादल, कुनै कुराको ठेगान छैन।

फेरि छटपटी बढ्न थाल्यो। निभाएको ग्यास फेरि बालेँ। बलिरहेको ग्यासको ज्वालामाथि दायाँ हातको माझी औंला राखेँ। औंला बेस्मारी पोल्यो। सहन सकिनँ। औंला आगोबाट आफैं निस्कियो। यति धेरै पोल्यो कि औंला आत्तिँदै चिसो पनि खोजेर आफैं डुब्यो। पानीमा डुब्दा पनि पोलाइ कम भएन। छालामात्र हैन, हड्डी पनि पोल्न थाल्यो। साह्रा दुखाइ दिमागमा पुगेर थुप्रियो। सिङ्गै शरीर नै पोलेको जस्तो हुन थाल्यो। देब्रे हातले दायाँ हातको पोलेको औंला समातेर कोठामा चिच्याउँदै उफ्रिएँ। पोलाइ सहन नसकेपछि छटपटाउँदै कोठाबाट बाहिर निस्कें।

थाहा पाएँ, आफूलाई जिउँदै आगो लगाएर मार्न नसक्ने रहेछु। अर्को कुरा पनि थाहा पाएँ, एकैपटक आउने अनेकौं दुःखमध्ये सबैभन्दा ठूलो दुःखले मलाई शासन गरिरहेको रहेछ। आगोमा औंला पोलेपछि बाँकी दुख बिर्सिएँ। मेरो ख्यालमा कोही आएनन्। अमन दिमागमा

छिरेन । बलदेवको काँचो आत्माले दुःख दिएन । मेरो दिमागमा आगोले पोलेको औंलाको दुःखले शासन गरिरह्यो ।

यो मीठो दुःख धेरै बेर सहन सकिनँ । आत्तिँदै नजिकैको क्लिनिक गएँ । औषधि लगाएपछि दुखाइ बिस्तारै बोधो भयो । औंलाको दुखाइ कम भएपछि मनको दुखाइ बढ्न थाल्यो । कोठा फर्किँदै थिएँ, हिँड्दाहिँड्दै गलें । गल्लीको एउटा कुनामा थ्याच्च बसें । आउनेजाने मान्छेले मलाई हेरे । तिनका अनुहारमा मैले बलदेव देखें । बलदेवले सिङ्गै शहरलाई मेरो बारेमा बताउँदै हिँडेझैं लाग्न थाल्यो । हावा, पानी, माटो, ढुङ्गा सबले मलाई 'छक्का' भनेर गिज्याएझैं लाग्न थाल्यो ।

दिमागभित्र छिरेर अरिङ्गालले चिलेजस्तो टाउको दुख्न थाल्यो ।

उठेर कोठामा पुगें । खाटबाट तन्ना निकालें । पङ्खामा झुन्ड्याएँ । तन्ना तुर्लुङ्ग झुन्डियो । कुर्सी तानेर पङ्खामुनि ल्याएँ । कुर्सीमा चढें र घाँटीमा तन्नाले कसें । बुरुक्क उफ्रेर कुर्सीलाई खुट्टाले लडाउन खोज्दै थिएँ, एकाएक दिमाग शून्य भयो । ध्यानले समातेको बेलाको शून्यताजस्तो । चमत्कारिक समाधिजस्तो । केही कुरा सोच्न सकिनँ । एकदम शून्य र शान्त भएँ । कुर्सीमै उभिइरहें ।

म को हुँ ?

बिर्सिएँ ।

म कहाँ छु ?

भुलें ।

म के चाहन्छु ?

थाहा छैन ।

अघि भर्खरै आगोले पोलेको औंला पनि शान्त भएको छ । कतै केही दुखेको छैन । क्षणभरको त्यो शून्यताबारे अहिले यहाँ बताउने शब्द छैनन् मसँग । त्यो एकदम चमत्कारिक र शक्तिशाली थियो । जीवनमा पहिलोपल्ट शून्यको शक्ति बोध भयो ।

घाँटीबाट तन्नाको गाँठो खोलें । भुइँमा झरें र खाटमा थ्याच्च बसें । केही क्षण फेरि शून्यतामा रहें । शून्यताको गहिरो अनुभूति भयो । जब

शून्यताबाट बिउँझिएँ, मन चङ्गा भयो । सम्पूर्ण वातावरण नै नयाँ र नौलो लाग्यो । छ वर्षदेखि बस्दै आएको कोठासमेत अनौठो लाग्यो । कोठाका सम्पूर्ण सामान अनौठा लागे । ग्यास चुलो मुस्कुराइरहेजस्तो । खाट हाँसिरहेजस्तो । चामलको बोरा नाचिरहेजस्तो । भाँडावर्तन कुनै मीठो धुनमा बज्न खोजिरहेजस्ता ।

पङ्खाले मलाई भनिरहेझैं लाग्यो, “तँ बाँच्न जन्मिएको होस् । पूरै आयु बाँच् ! दुःखको पनि आफ्नै सौन्दर्य छ, त्यसको सौन्दर्य चिन् ! दुनियासँग लड्नुअघि आफूसँग लड्नुपर्छ । दुनियालाई जित्नुअघि आफूलाई जित्नुपर्छ । आफूलाई जित् !”

जुठा भाँडामा बस्ने झिङ्गाले भनिरहेझैं लाग्यो, “तँ मान्छे होस् ! आफ्नो सबै दुःखसुख भोगेर मर् ! हामी झिङ्गाको समाजमा पनि तँजस्तै पुरुष झिङ्गा हुन्छन् तर मान्छेले झैं हामी ती झिङ्गालाई कहिल्यै हेप्दैनौं । कहिल्यै छक्का भनेर जिस्क्याउँदैनौं । संसारमा जति पनि सजीव प्राणी छन्, ती सबै सजीव प्राणीमा भाले, पोथी र तँजस्तै समलिङ्गी छन् !”

म मुस्कुराएँ ।

भित्तामा हिंड्ने माउसुलीले भनेझैं लाग्यो, “तँ मान्छे होस् ! सबैभन्दा जान्ने प्राणी आफूलाई ठान्छस् ! यति जान्ने मान्छे किन अकालमा मर्छस् ? तँ बाँच् ! तँ बहादुर छस् ! पक्का आफूलाई जित्छस् ! हिम्मत नहार् ! उठेर दौडी !”

छिनछिनमा के भइरहेको छ ? मर्न खोज्दा कथामा सुनेको बुद्धजस्तो शान्त भएँ । के मलाई बुद्धले हात थापे ? कि कुनै ईश्वर आए मलाई बचाउन ?

हठात पङ्खामा झुन्डिरहेको तन्ना हेरें । झसङ्ग भएँ ।

“म जिउँदै छु ! म जिउँदै रहनेछु !”, आफैंसँग बाचा गरें ।

मैले नयाँ श्वास फेरें ।

मभित्रको मान्छेले भन्यो, “स्याबास, अब तँ बाँच्छस् ! अब तँभित्र म पनि बाँच्छु !”

मलाई मृत्यु बोध भयो । दुःख बोध भयो । ईर्ष्या, घृणा र डाहा बोध भयो । मलाई जीवन बोध भयो ।

त्यसपछि सरासर सानेपाचोकतिर निस्कें । हुर्रिंदै टेकुरोड पुगें । भक्तपुर जाने बस चढेर सूर्यविनायक हुँदै चाँगुनारायण मन्दिर पुगें ।

***

चाँगुनारायण नआएको एक वर्षभन्दा ज्यादा भएको थियो । पहिलापहिला यहाँ आएर घन्टौं बसेको छु । यही बसेर अमनलाई चिठी लेखेको छु । लेखेर कयौंपटक च्यातेको छु । यहाँको टुँडाल हेर्दै मन्दिर परिसरमै रोमान्चित भएको छु । बसेर किताब पढेको छु । नारायणगोपालको गीत गाएको छु । साँझ अबेर डेरा फर्किएर भोकै सुतेको छु । यो ठाउँ खुशी हुँदा आउने ठाउँ हो । चाँगुनाराण जति सुन्दर ठाउँ मेरो लागि अरू कतै छैन । त्यहाँबाट शहर देखिन्छ । सभ्यता देखिन्छ । साँझ हात हल्लाउँदै बिदा भएको घाम देखिन्छ । त्यो दृश्य मलाई सुन्दर लाग्छ ।

के आज खुशी छु ?

हैन, शून्य छु ।

त्यस दिन चाँगुनारायण पुग्दा साँझ पर्न लागेको थियो । घाम डुब्नुपूर्वको रातो आकाश सुन्दर देखिएको थियो । मन्दिरको पश्चिम पेटीमा डुब्दै गरेको घामलाई अनुहार देखाएर चुपचाप बसें । मनलाई ढुङ्गा हान्न न बलदेव आयो, न अमन आयो । मैले आफ्नै मुटुको गीत सुनें । आफ्नै श्वासको ध्वनि सुनें । शून्य हुनु भनेको खाली हुनु हो । अब खाली ठाउँमा जीवन भर्छु ।

निकै बेरपछि मेरा आँखा खुले । साँझ हुन लागेछ । चाँगुबाट देखिने शहरमा उज्यालो बत्ती बल्यो । मन्दिर परिसर पनि उज्यालो भयो । मेरो मनसँगै तन पनि चङ्गा भयो ।

मुन्टो दायाँ घुमाउँदा छेउमै एउटा मानिस बसिरहेको देखें । ओठमा मन्द मुस्कान थियो । लट्टा परेको कपाल, लामो र कालो दाह्री थियो ।

घाँटीमा रुद्राक्ष माला । लाज हुने अङ्ग छोपेको थियो, बाँकी खुल्ला । उसको मुखबाट गाँजाको ताजा बास्ना आइरहेको थियो ।

जोगी हो भनिठानें ।

म उठेर हिंड्न खोज्दै थिएँ, जोगी बोल्यो, "अघिदेखि तिमीलाई एकदम धिर र शान्त देखें । रात पर्दै छ । कहाँ बस्छौ ?"

"सानेपा !"

"यहाँ किन आएको ?"

"त्यत्तिकै !"

"अरू बेला त कहिल्यै देखिनँ !"

"थुप्रै भयो नआएको, झन्डै वर्षदिन !"

जोगीसँग मेरो प्रश्नोत्तर भयो ।

मैले पनि उसलाई सोधें, "कहाँ बस्नुहुन्छ ?"

"म जोगी हुँ ! संसार मेरो घर हो !", उसले भन्यो ।

सबै जोगीले यसै भन्छन् । बाँकी सोधीखोजी गरिनँ । म हिंडें ।

कोठा आइपुग्दा निकै राति भयो । दिउँसो पोलेको औंला दुख्दै थियो । मलम दल्न पट्टी खोलें । पट्टी खोल्दा झन् दुख्यो । नदुख्ने औषधि खाएँ र खाना बनाएँ । जिब्रो पनि म सँगसँगै बिउँझिएछ, कयौं दिनपछि खानाको मीठो स्वाद थाहा पाएँ ।

चमत्कारमाथि विश्वास गर्दिनथें तर दिउँसो जे भयो, त्यो चमत्कार थियो । साँच्चिकै स्वयम् ईश्वर आएर मेरो आयुको हात थापेजस्तो भयो ।

अब म अन्तिम श्वाससम्म बाँच्नेछु । दुनियालाई नयाँ आँखाले हेर्नेछु । दुनियालाई नयाँ कानले सुन्नेछु । दुनियालाई नयाँ मगजले सोच्नेछु । मसँग नयाँ पैताला छन्, तिनले नयाँ बाटो हिंड्नेछु ।

त्यस दिन सुन्दर सपना देखें । घोडा चढेर सुन्दर बगैंचामा पुगेको थिएँ, जहाँ हजारौं थरीका फूलहरू फुलेका थिए । सुन्दर पोखरी थियो । चराहरूको चिरबिर सङ्गीत थियो । त्यहाँ मजस्तै अरू पनि थुप्रै मानिस थिए । सबैको बराबर इज्जत थियो । त्यहाँ मैले मजस्तै

केटासँग बिहे गरें । मेरो बिहेमा अमन आयो । बाआमा खुशी हुनुभयो । सबै गाउँले आए । ठूलो भोज भयो । बलदेव पनि आयो । मसँग बलदेवले माफी माग्यो । फेरि हामी पहिलाजस्तै साथी भयौं । त्यहाँ कसैले कसैको डाहा-ईर्ष्या गरेनन् । कसैले कसैलाई घृणा गरेनन् । सबै समान थिए । सबै सम्मानित थिए ।

***

बिहान उठ्दा तन चङ्गा र मन चङ्गा-चङ्गा भएको थियो । पोलेको औंलाको दुखाइ अलिक कम भएको थियो । पट्टी खोलें । औषधि लगाएँ ।

बिहान दश बजे फेरि चाँगुनारायण मन्दिर पुगें । हिजो बसेकै ठाउँमा गएर बसें । मन्दिर परिसरमा थुप्रै परेवा छन् । ती मेरो छेउछाउमा उड्न थाले । कसैले ल्याएर तिनलाई चारो हालिदिए । झुत्तिएर चारो टिप्न लागे । एकैछिनमा चारो बुत्याएर फेरि यताउता उडे । मलाई रमाइलो लाग्दै थियो, मेरो टाउकोमा केही खसेजस्तो लाग्यो । छामें । माथिबाट परेवाले बिस्ट्याएछ । टाउकाको सुली हातमा लतपतियो । मैले हात भुइँमा दलें र अलिकति अगाडि सरें ।

हिजोको जोगीले मलाई हेररिहेको रहेछ । मुसुक्क हाँस्दै भन्यो, "टाउकामा परेवाले हगिदियो, शुभ हुन्छ !"

केही बोलिनँ ।

उसले आज धेरै खरानी घसेछ । हिजो त्रिशूल थिएन, आज बोकेछ । घाँटीमा माला थपेछ । पाखुरामा चन्दनको त्रिशूल बनाएछ । एउटा पर्यटक आएर ऊसँग फोटो खिच्यो । उसले दायाँ हात उठाएर आशीर्वादको पोज दियो । त्यसपछि मेरो छेउमा आएर बस्यो ।

उसले मेरो नाम र काम सोध्यो । घर-परिवार पनि सोध्यो । पोलेको औंलामा सेतो पट्टी देख्यो । पट्टीभित्रको चोटको कारण र घाउको खबर सोध्यो । "तरकारी काट्दा चक्कुले काटेको हो । थोरै काटेको थियो तर धेरै दुख्यो । त्यही भएर पट्टी लागाएको हुँ !", भनें । बाँकी कुनै कुरा ढाँट्नुपर्ने थिएन । सरल प्रश्नको सरल उत्तर दिएँ ।

उसको भेष जोगीको भए पनि बोली भोगीको जस्तो थियो । मेरो सांसारिक जीवनमा चासो राख्यो ।

"तपाईंको पनि नाम छ ?", जोगीलाई सोधें ।

अघिल्लो दिनको जस्तो सन्किएन । बरू नरम भाषामा प्रवचन दिन थाल्यो, "तिमी मलाई 'स्वामी तेज' भन्न सक्छौ । यो मेरो पुनर्जन्मको नाम हो । एकै जीवनमा दुईपटक जन्मिसकें । पहिलो जन्म आमाको कोखबाट भयो । पच्चीस वर्ष बाँचें । त्यसपछि आफैंबाट आफैं जन्मिएँ । अहिले पाँच वर्षको भएँ । पूर्व जन्मभन्दा कयौं गुणा सुन्दर छ पुनर्जन्म । शान्ति छ । आनन्द छ । यो जीवनमा मेरो कुनै भविष्य छैन । वर्तमानमात्र छ । भविष्य नभएपछि जीवनको डर नहुँदो रहेछ । जीवनको डर नभएपछि समाज, परिवार र देशको पनि डर नहुँदो रहेछ । सबै शून्यबराबर । म अहिले शून्यसरी छु । शून्यमा आनन्द छ । शून्यबाट माथि उठेपछि दुःखको मूल फुट्छ । त्यो मूल नदी बन्छ । बग्दैबग्दै दुःखको समुन्द्रमा पुगिन्छ । त्यहीं डुबिन्छ । त्यहीं मरिन्छ ।"

मैले नसोधेका धेरै कुरा उसले आफैंले बतायो । ऊ धाराप्रवाह बोलिरह्यो । उसको बोलीमा मीठो लय थियो । ऊ रहस्यमय हुँदै गयो । बिन बाजाको धुनमा सर्प लट्ठिएझैं म उसको बोलीमा लट्ठिएँ । उसका सबै कुरा बुझिनँ तर पनि आनन्द आयो । जीवनमा सबै कुरा बुझ्न जरूरी छैन । नबुझेरै पनि कति कुराले सुख दिने रहेछन् ।

कयौं दिनपछि मभित्रको 'म' मुस्कुरायो । त्यो जोगीको बोली सुनिहरन मन लाग्यो ।

मैले सोधें, "स्वामी तेज, तपाईं विगत सम्झिनुहुन्न ?"

ऊ शान्त भयो र भन्यो, "त्यो बितिसक्यो । मैले अर्कै जन्म लिइसकें । यो जन्ममा हिजो र भोलि हुँदैन । आज हुन्छ । अहिले हुन्छ । मेरो सुख मेरो हत्केलामा छ । मेरो पैतालामा छ । म जहाँ टेक्छु, त्यहाँ सुख छ । हत्केलामा जे थाप्छु, सुख पाउँछु । म आमाको सन्तान होइन, ईश्वरको वरदान हुँ !"

"स्वामीजी ! विगत कसरी बिर्सने ?", मैले सोधें ।

"तिम्रो इच्छा र सपनाले तिम्रो मुटुकलेजो खाइरहेको छ । दुःख बिर्सन, सुख सम्झन चाहन्छौ । बिर्सँदा सुख-दुःख सबै बिर्सिदेऊ । सुखको मात्र लोभ नगर !"

"कसरी बिर्सने ?", सानो बालकले आफ्नी आमालाई प्रश्न सोधेझैं सोधेँ ।

"बिर्सन सजिलो छैन तर असम्भव पनि छैन । मैले जस्तै पुनर्जन्मको बाटो लिन सक्छौ !"

"कसरी ?"

स्वामी तेजले पुनर्जन्मबारे केही कुरा बताएन । "तिम्रो लागि अहिले असम्भव छ, साधना गर" भन्यो तर कस्तो साधना, त्यो बताएन । उसका सबै कुरा बुझिनँ तर सुन्दा रमाइलो लाग्यो ।

"स्वामी तेज, के अरू बेला पनि तपाईंलाई यसरी नै भेट्न सक्छु ?"

"तिम्रो इच्छा भयो भने अवश्य सक्छौ !"

***

स्वामी तेजलाई बाक्लै भेट्न जान थालेँ । स्वामी तेजसँग पर्यटकले फोटो खिच्थे । फोटो खिचेवापत पैसा लिन्थे । आजलाई पुग्ने पैसा भएपछि भोलिको लागि कसैसँग पैसा लिँदैनथे । उनले भनेझैं उनको भूतभविष्य थिएन । जे थियो, अहिले थियो, आजै थियो ।

"आजलाई मेरो भोकको घैला भरियो" भन्दै सन्तुष्ट हुन्थे ।

एक दिन एक जना महिला पर्यटकले स्वामीलाई चुम्बन गरेर फोटा खिचिन् । खुशी भएर पैसा दिइन् । स्वामी तेजले भने, "आजलाई पुग्ने पैसा जम्मा भइसकेको छ । भोलिको लागि आजै पैसा जम्मा राख्दिनँ ।" ती महिला पर्यटक छक्क परिन् ।

"किन ?"

स्वामी तेजले उत्तर दिएनन् । महिला आफ्नो बाटो लागिन् ।

"ती महिलाले तपाईंलाई चुम्बन गर्दा कस्तो अनुभूति भयो ?", म उनलाई यति सोध्न सक्नेगरी नजिक भइसकेको थिएँ ।

"मैले भनिसकेको छु, यौन र प्रेमलाई जितेर आफैंबाट जन्मेर आएको हुँ । आफूलाई प्रेम गर्छु । आफैंले आफैंलाई सम्भोग गर्छु तर तिमी जसरी स्खलित हुँदिनँ । वीर्य स्खलन क्षणिक आनन्द हो । त्यो ईर्ष्या र घृणाको मुहान हो । मान्छे भन्छन्, प्रेम सुखको मुहान हो । म भन्छु, दुःखको मुहान हो । म यौनिक प्रेममा विश्वास गर्दिनँ । त्यहाँ योनि र लिङ्गको बास्ना हुन्छ, जसले ईर्ष्या र घृणाको बीज रोप्छ । आफ्नी प्रेमी वा प्रेमिका अरूसँग सुत्यो भने कसरी ईर्ष्या जाग्छ ? कसरी जलन हुन्छ ? कसरी दुःखको उत्पत्ति हुन्छ ? कसरी छट्पटी बढ्छ ? यौनिक प्रेम आफैंले आफैंलाई खरानी बनाउने ठूलो रोग हो । आफैंले आफैंलाई दुःख दिने ठूलो दुःख हो । तिमी जवान छौ । तिमीलाई पक्कै थाहा होला । त्यो अनुभूति तिमीले पक्का गरेका हौला !"

स्वामी तेजको कुरा अलिअलि बुझ्न थालेको छु । थोरैथोरै महसुस गर्न थालेको छु । उनलाई मेरो जीवनबारे केही थाहा छैन तर मेरै जीवन परिधिभित्र बसेर मलाई जीवनबोध गराइरहेका छन् । के उनी साँच्चै ईश्वरको वरदान हुन् ? जो भन्दै नभनी सबै कुरा थाहा पाउँछ !

तीन महिना भयो, स्वामी तेजको सङ्गतमा गएको । जीवनलाई फरक ढङ्गबाट महसुस गर्न थालें । उनले मलाई ध्यान सिकाए । चुम्बकले फलामलाई तानेझैं ध्यानले मेरो आत्मालाई तान्न थाल्यो । आफ्नै श्वासको सङ्गीत सुन्न थालें, जुन सङ्गीत मैले सुनेका सङ्गीतमध्ये सबैभन्दा सुन्दर सङ्गीत थियो, जसको ऊर्जाले फेरि संसार उज्यालो देख्न थालें । झरीले पखालेको रूखका पातझैं मैले आफूभित्रको घृणा पखालें । ईर्ष्या पखालें । डाह र दुःखहरू बिस्तारै पखाल्दै गएँ । म अशुद्ध थिएँ । शुद्ध हुँदै गएँ ।

***

रूखमा नयाँ पालुवा पलाएजसरी मनभित्र बाआमाको मायाका नयाँ पालुवा पलाए । कयौं महिना भएको थियो, चिठी नपठाएको । गाउँको पिसीओमा फोन नगरेको । काठमाडौंबाट गाउँ जानेहरूलाई कतिपल्ट

सोध्नुभयो होला छोराको हालखबर । तर, यत्रो विशाल शहरमा मेरो खबर कसलाई पत्तो !

मैले बलदेवलाई पनि सम्झें । मभित्र घृणा नामेट भइसकेछ ।

अमनलाई सम्झें । मभित्र ईर्ष्या निथ्रिइसकेछ ।

आफूलाई ऐनामा हेरें । मभित्र डर सक्किइसकेछ ।

त्यस दिन अमनलाई चिठी लेखें । चिठीभित्र सबै कुरा लेखें । बलदेवलाई लेखें । स्वामी तेजलाई लेखें । पङ्खामा झुन्डिएको तन्ना लेखें । पौडी लेखें । नयाँ सपना लेखें । अमनको बिहे लेखें । सिङ्गै आफूलाई लेखें । तर, खाममा पठाउने नाम लेखें- स्वीकार शर्मा, काठमाडौं ।

किन अर्कै नाम लेखें ?

मेरा हुलाकी बाले कहिल्यै बैमान गरेको थाहा छैन । त्यो थाहा मलाई जस्तै गाउँलेलाई पनि छैन तर छोराको चिठीमा मन बिगारेर बैमान गरे भने अर्को दुःखको शुरुवात हुन सक्छ । म अब दुःखको बाटो हिँड्न चाहँदिनँ । जतिसुकै बलियो भए पनि बाआमालाई आफूभित्रको अर्को मान्छे देखाउन सक्नेगरी बलियो भइसकेको रहेनछु ।

आफैंद्वारा आफैंलाई लिइएको परीक्षामा म फेरि फेल भएँ । मभित्र अझै डरको तुस बाँकी रहेछ ।

चिठी पोस्ट गरेर स्वामी तेजलाई भेट्न चाँगुनारायण मन्दिर गएँ ।

त्यस दिन स्वामी तेजको आँखामा तेज कम थियो । अनुहारमा उज्यालो घटेको थियो । ओठबाट मुस्कान हटेको थियो । उनी बिरामीजस्ता देखिन्थें ।

"बिरामीजस्तो देखिनुहुन्छ, के भयो स्वामीजी ?", मैले सोधें ।

सदाझैं शान्त स्वरमा भने, "बिरामी छुइनँ तर ध्यानले समातेको छैन । शरीर थाकेको छ ।"

त्यस दिन हाम्रो कुनै विषयमा कुरा भएन । उनले पर्यटकसँग फोटो खिचे । दिन ढल्दै जाँदा स्वामी तेजको अनुहारको उज्यालो पनि ढल्दै गयो । उनी झनै थकित देखिए । उनीसँग बिदा मागेर डेरा फर्किन लाग्दै थिएँ, उनले भने, "यहाँको भोग अब सकियो । म भोलि हेलम्बु जाँदै छु ।"

अचानक उनको निर्णयले मलाई छक्क पार्‍यो । मैले केही नभनी मेरो जीवनको चाल बुझेर मलाई सुख महसुस गराउने एउटा आत्मासँग छुट्टिँदै थिएँ । मैले केही नसोची फ्याट्ट सोधें, "म पनि तपाईंसँगै जान सक्छु ?"

उनी निकै बेर मौन भए । आकाश हेरे । बादल हेरे । टाढाटाढा हेरे । उनका आँखा सोझिएतिर मैले पनि हेर्न थालें- परेवाले चारो टिप्दै गरेको, बुढाबुढीले मकै-गहुँ छरिदिएको, केटाकेटीले परेवालाई भुर्र उडाएको । उनले घरी मन्दिरको टुँडाल हेरे, घरी भुइँ । मैले निश्चित गरें, उनले मैले देखेका केही दृश्य हेरेका थिएनन् । अब मेरो अनुहारमा एकटक आँखा गाडे अनि बोले, "जान सक्छौ तर एक रुपैयाँ पनि पैसा बोक्न पाउँदैनौ । भोलिको चिन्ता गर्न पाउँदैनौ । परिवार, घर कसैको पनि कुरा गर्न पाउँदैनौ । मजसरी बाँच्छु, त्यसरी नै तिमी पनि बाँच्नुपर्छ । शर्त भयो । मान्छौ भने हिँड !"

"हुन्छ !", मैले केही नसोची फ्याट्ट भनें ।

***

भोलिपल्ट हामी सुन्दरीजलबाट पैदल हिंड्न थाल्यौं । तीन घण्टा हिंडेपछि चिसापानी पुग्यौं । स्वामी तेज एउटा होटलमा पसे । केही बेर कुरा गरे । हामीले खाना खान पायौं । उनले माग्दा मान्छेले थोरैथोरै पैसा दिन्थे । केहीले खाना पनि दिन्थे । होटल साहुजीले हामीलाई खाना दिए ।

हिंड्ने बेला होटल साहुजीले मलाई सोधें, "तपाईंको भेष त जोगीको जस्तो छैन नि ?"

म बोलिनँ । स्वामी तेज बोले, "ऊ जोगी हैन । मेरो साथी हो । उसको घर-परिवार छ । अहिले सांसारिक मायाजालमै छ । केही दिनदेखि मैसँग छ । अब चाँडै जोगी हुन्छ ।"

होटल साहुजीले ठट्टा सम्झे र खिस्स हाँसे । उनीसँग बिदा माग्न मैले हात हल्लाएँ तर उनले मेरो हल्लिरहेको हातलाई बेवास्ता गरे ।

दिनभरि हिँडेर चिप्लिङ पुग्दा घाम डुबिसकेको थियो । त्यहाँ एउटा सानो होटल थियो । स्वामी तेजले होटल साहुजीलाई "आफू जोगी हुँ । मसँग पैसा छैन । मेरो साथी पनि छ । ऊ जोगी हैन । माग्न सक्दैन । त्यसकारण ऊसँग झन् कहिल्यै पैसा हुँदैन । आज हामीलाई बिना पैसा गाँस र बास देऊ, धर्म हुन्छ" भने ।

तर, होटल साहुजीले लेकाली लबजमा हकार्‍यो, "यो होटल हो, धर्मशाला हैन ! कहाँकहाँबाट आउँछन् यस्ता मान्छे !"

पैसाबिना गाँसबास नपाइने भयो । असाध्यै चिसो छ । कसरी रात बिताउनु ! वरिपरि कतै गाउँ देखिँदैन । मलाई डर लाग्यो तर स्वामी तेज पटक्कै डराएका छैनन् । सोलार प्यानलको धमिलो उज्यालोमा समेत उनका आँखा तेजिला देखिएका छन् । स्वामी तेजले होटल साहुजीलाई फेरि भने, "ठीक छ, हामी बाहिरै बस्छौं तर आगो दिनुस् ! खाना र ओछ्यान नदिए पनि हुन्छ !"

"कस्तो जिद्दी मान्छे र'छ" भन्दै होटल साहुजी घरभित्र पस्यो । हामी बाहिरै उभ्भिइरह्यौं ।

झन्डै आधा घण्टा बित्यो । होटल साहु बाहिर निस्केन । चिसो अझ बढेको छ । मुटु छेडेर बतास भित्र पस्न खोज्दै छ । भर्खरै बर्खा सकिएर शरद् लागे पनि लेकाली चिसोले पिठ्युँमा हिउँद बोक्न थालिसकेको छ । म थुरथुर काँप्दै छु । स्वामी तेज शान्त छन् ।

उनी शान्त स्वरमा बोले, "शब्द, जाडोलाई महसुस गर र आनन्द लेऊ । मसँग छुटेपछि यो मौका नपाउन सक्छौ । तिमी आफैं यो अनुभव लिन सक्ने भएका छैनौ । अनुभव लिन सक्ने हुन सक्छौ, सक्दैनौ मलाई थाहा छैन । तिमी समाजभित्र बस्छौ । समाज चिसो र तातोबाट निर्माण भएको छ... !"

त्यति नै खेर होटल साहु बाहिर निस्कियो । उसको हातमा कित्ली र गिलास थिए । हामीलाई तातो पानी दियो । भित्र बस्न भन्यो ।

स्वामी तेजले भन्दै गरेको कुरा आधामै सकियो । मान्छेभित्र दया पलाउन कुनै बेर लाग्दैन । मान्छे छिनछिनमा फेरबदल भइरहन्छ । होटल साहु आधा घन्टामै दयालु मानिस बन्यो ।

हामी अगेनाको छेउमा बस्यौं । एउटा भाँडामा भात छड्किँदै थियो । आगोमाथि भारमा सुकुटी बन्न काँचो मासु सुक्दै थियो । एउटा कुनामा भाँडा राख्ने काठको ऱ्याक थियो । एक कुनामा माथिल्लो तलामा जाने काठको भऱ्याङ थियो । सानो कोठाबाट धुवाँ बाहिर निस्कने बाटो खोजिरहेको थियो ।

हामी बसेपछि होटल साहुले सोध्यो, "यहाँ मासु छ । तिमारूलाई चल्छ ?"

स्वामी तेजले भने, "चल्छ ।"

उनी मासु पनि खाँदा रहेछन् । छक्क परें तर छक्क परेको नदेखाउन अभिनय गरें । होटल साहुजीले मासु सोधे पनि मासु दिएन । स्वामी तेजले मागेनन् पनि । होटल साहुले सुत्नका लागि एउटा कोठा दियो, जहाँ साना-साना दुइटा खाट थिए । एउटा सानो टेबल थियो । माटोको गाह्रो भएको हुनाले कोठा न्यानो थियो । दिनभरको हिंडाइले सपनासमेत देख्न नसक्ने गरी थाकिएछ । म भुसुक्कै भएँ ।

भोलिपल्ट हामी बिहानै बिदा भयौं ।

होटल साहुले चिया खाएर जानु भन्दै थियो । हामीलाई चिया आवश्यक थिएन । जे आवश्यकता थियो, त्यो पाइसकेका थियौं । धन्यवाद भन्यौं । बाटो लाग्यौं । बाटो उकालो थियो । धिमा गतिमा उकालो चढ्यौं । म हिंड्दाहिंड्दै गल्थें । स्वामी तेज भन्थे, "थकाइलाई सूक्ष्म महसुस गर ! थकाइबाट आनन्द लेऊ !" उनले भनेझैं गर्थें । थकाइ त आराम गर्दा महसुस गरिने सुखको मूल स्रोत रहेछ । जीवनमा प्रशस्त थाक्नु अनिवार्य रहेछ । कति चाँडै, कति ठूलो कुरा महसुस गर्न थालें । योभन्दा पहिला यसरी हिंडेकै थिइनँ । यसरी थाकेकै थिइनँ । मैले स्वामी तेजलाई भनें, "हिजो होटल साहुले भित्र बस्न नदे'को भए त जाडोले मरिने रै'छ !"

"सांसारिक जीवनमा निर्दयीपनाको आयु साह्रै छोटो हुन्छ । अरूको दुःखलाई पनि मान्छे आफ्नै दुःखजस्तो ठान्छ । चाँडै रिसाउँछ । चाँडै खुशी हुन्छ । चाँडै भावुक हुन्छ र चाँडै दयालु बन्छ । हामीलाई

बाहिर चिसो हुँदा होटल साहुलाई भित्र न्यानु भएको थिएन । उसका आँखामा हामी जाडोले काँपिरहेको हाम्रो शरीर नाचिरहको थियो । हामीलाई पक्का बास र गाँस दिन्छ भन्ने कुरामा निश्चित थिएँ ।", स्वामी तेजले भने ।

स्वामी तेज र मैले अनेकौं कुरा गऱ्यौं । उनका धेरै कुरा मलाई अनौठा लाग्थे । मैले थोरै बुझ्दा पनि धेरै बुझेजस्तो महसुस हुन्थ्यो ।

हामी लाप्चाको डाँडामा पुग्यौं । त्यहाँबाट उत्तरतिर शरद्को सुकिलो हिमाल देखियो । मधेसमा जन्मेर हुर्किएको मलाई हिमालले मोहित पाऱ्यो । त्यहाँ हामीले निकै बेर थकाइको आनन्द लियौं । बस्दाबस्दै मैले सोधेँ, "तपाईं मासु खानुहुँदो रहेछ तर तपाईंजस्ता अरू संन्यासीले त मासु खाँदैनन्, हिंसा गर्दैनन् भन्ने सुनेको थिएँ !"

"म रोजेर खाँदिनँ । भागमा जे आउँछ, त्यो खान्छु । भोजनले मेरो विचार र चिन्तन निर्माण गरेको हैन । स्वादका लागि खाँदिनँ । बाँच्नका लागि खान्छु । शरीरको शक्तिका लागि खान्छु । अरूले देको कुरा यो खान्छु, त्यो खान्नँ भन्ने अधिकार छैन । कुनै पनि कुरा रोजेर, खोजेर खाँदिनँ । कुनै जनावरको हत्या गर्दिनँ । मारेर केही खाँदिनँ । आफ्नो भागमा आएको कुरा खाइनँ भने भोजनको श्राप लाग्छ ।"

जे बोल्थे, तर्कसहित बोल्थे । मेरा अघि उनी संसार जानेर आएका ज्ञानीजस्ता देखिन्थे । उनीमाथि प्रतिप्रश्न गर्ने मेरो तागत थिएन ।

हामी त्यहाँबाट हिंड्यौं । साँझ पर्न लाग्दा कुटुमसाङ पुग्यौं । त्यहाँ सानो र चिटिक्क परेको गाउँले बजार थियो । हेलम्बु जान हिंडेका यात्रुहरूको हिंड्दाहिंड्दै साँझ पर्ने ठाउँ हो । यसकारण यहाँ बस्ने ठाउँ थियो । स्वामी तेजले एक होटल मालिकलाई आफ्ना कुरा भने । होटल मालिकले कुनै नाइँनास्ति गरेनन् । उनी बौद्ध धर्म मान्ने धार्मिक स्वभावका मानिस रहेछन् । पैसा तिर्न सक्दैनौं भन्दा उनले हाँस्दै भनेका थिए, "जोगीलाई दान दिन पाइयो । मलाई धर्म भयो । पैसाभन्दा ठूलो त धर्म हो नि !"

उनी बोल्दा निकै सम्मान गरेर बोल्थे । अरू पर्यटकहरूसँग व्यस्त भइरहन्थे । बेलुकाको खानापछि उनले हामीलाई एउटा कोठा दिए । कोठामा दुई जना सुत्न सकिने एउटा खाट थियो । कोठा न्यानु थियो ।

स्वामी तेजले सुत्ने बेला लुगा खोले । म लगाएकै लुगामा सुतेँ । उनको शरीरबाट नमीठो गन्ध आयो । उनलाई पिठ फर्काएर कुनातिर सरेँ । उनी बेलाबेला चलमलाउँथेँ । घरी लामोलामो श्वास फेर्थे । घरी छटपटाएझैं गर्थे । उनी दिउँसो जति शान्त देखिन्थे, भेटिन्थे, ओछ्यानमा त्यसको विपरीत भेटिए ।

बेस्मारी थाके पनि शरीरमा निद्रा पसेन ।

मैले उनलाई सोधेँ, "स्वामीजी, निद्रा लागेन ?"

उनी बोलेनन् तर श्वासको गति अलिक धिमा गरे । केही शान्त भए । म निकै बेरपछि निदाएँ ।

निद्रामै मलाई अप्ठ्यारो महसुस भयो तर आँखा खुलेनन् । ऐँठनले समातेजस्तो भयो । कसोकसो बिउँझिएँ । स्वामीजीले अङ्गालो हालेर मलाई खुट्टा बोकाइरहेको भेटेँ । उनको श्वासको गति बढेको थियो । म छटपटाएँ । अलिक कुनातिर सरेँ । एकछिनपछि स्वामीजीले फेरि खुट्टा बोकाए । उनको एउटा हात मेरो कम्मरमुनि सलबलाउन थाल्यो ।

फेरि म कुनातिर सरेँ । उनी फेरि म भएतिर सरे ।

मलाई उकुसमुकुस भयो । फोक्सोमा श्वास भरिएको छ तर बाहिर निस्केको छैन । म छटपटाउन थालेँ । म छटपटाएपछि उनी शान्त भए ।

एकछिनपछि उनको हात मेरो लिङ्गमा पुग्यो । उनले मेरो लिङ्ग चलाउन थाले । पहिला त म उत्तेजित भएँ । त्यसपछि उनको हातसँग घिन लाग्यो । उनले आफ्नो जोगी मुख मेरो मुखनजिकै ल्याए । उनको श्वास गन्हायो ।

मैले सबै शक्ति लगाएर उनलाई धकेलेँ । उनी खाट्बाट भुइँमा झरे । त्यसपछि उनी बोले, "शब्द, म तिमीलाई माया गर्छु । तिमीलाई भेटेदेखि मेरो बेचैन बढेको छ । अशान्त छु । मैले आफूलाई निकै रोकेँ । धेरै थुनेँ । अब रोक्न सक्दिनँ । थुन्न सक्दिनँ । म भत्किएँ । मैले आफूलाई

पाँच वर्ष लगाएर बनाएको थिएँ । तिमीले मलाई निमेषभरमा भत्कायौ । अब म तिमीलाई छाड्दिनँ । म दुःखको नशाबाट निस्किसकेको थिएँ । तिमीले मलाई त्यही नशामा पुऱ्यायौ । तिमीलाई पहिलोपल्ट चाँगुनारायणमा देख्नासाथ तिम्रो अनुहारको नशामा परेको थिएँ ।"

उनी बोल्दै थिए । बीचमै रोकिएँ । खाटमा चढेर रुन लागेँ । मलाई उनको दया लाग्यो । आफूभित्रको अर्को मानिसबाट विरक्तिएर जोगी भएको रहेछ । जोगी पनि मजस्तै मान्छे रहेछ ।

उनी रुँदै फेरि बर्बराउन लागे, "पाँच वर्षअघि मर्न खोजेँ तर सकिनँ । घर, परिवार र समाजका लागि त मरिसकेको छु । आफ्ना लागि जिउँदो छु । बाआमालाई 'गे' हुँ भन्दा 'तँ हाम्रो लागि मरिस्' भने । त्यसपछि मैले थुप्रै तिरस्कार र घृणा सहेँ । एक दिन घर छाडिदिएँ । समाज त्यागेँ । मन्दिर र गुम्बाहरूमा पुगेँ । ध्यान गर्न सिकेँ । बिस्तारै नयाँ जीवनमा अभ्यस्त हुन थालेँ । दुनियाबाट टाढा भएँ । पाँच वर्षपछि पहिलोपल्ट तिमीलाई देख्नासाथ भत्किएँ । तिमीलाई देखेको पहिलो दिन नै सपनामा स्खलित भएँ । कयौँपटक आफूलाई रोक्न खोजेँ, सकिनँ । तिमी भेट्न नआएको दिन बिरामी हुन्थेँ । छटपटिन्थेँ । तिमीबाट भाग्न खोजेँ तर सकिनँ । मलाई तिम्रो आगोले पोलेको छ । म तिम्रै पानीबाट शीतल हुन चाहन्छु ।"

फेरि उनी बोल्दाबोल्दै रोकिए । फेरि उनी रुन थाले ।

मलाई उनको दया लाग्यो । यतिका दिन सँगै हिँड्यौँ । म जस्तो छु, स्वामी तेज त्यस्तै रहेछन् । म अमनप्रति जति आकर्षित भएँ, त्यति नै मप्रति स्वमी तेज पनि आकर्षित भइरहेका रहेछन् । म जसरी अमनप्रति समर्पित भएँ, त्यसरी नै उनी मप्रति समर्पित भइरहेका रहेछन्, जुन मेरा लागि अर्को दुःखको शुरुवात हो । म अब दुःखबाट मुक्ति चाहन्छु ।

तेजले मलाई गहिरो दुःखबाट निकाले । ध्यान गर्न सिकाए र आफू हिँडेको बाटोमा हिँड्न प्रेरित गरे । तर, उनी स्वयम्चाहिँ म हिँडेको बाटोमा फर्किए, जुन बिलकुल अत्यासलाग्दो छ । पाइलैपिच्छे

कहालीलाग्दा दुःखका अक्करे भिर भेटिन्छन् । तेज साह्रै निरीह देखिए । म त्यहाँबाट भाग्न चाहन्थें तर सकिनँ । डरले मेरो जिउ काँप्न थाल्यो । काँपिरहेको हातले स्विच थिचें । सोलार प्यानलको धमिलो बत्तीले कोठा उज्यालो भयो । स्वामी तेजको आँखाबाट खसेको आँसुको धारो उनको लामो दाह्रीभित्र पसिरहेको थियो ।

उज्यालोमा उनले मलाई अङ्गालो हाले तर केही बोल्न सकेनन् । उनको आँखाबाट लगातार आँसु खस्यो । रुँदारुँदै उनी त उत्तेजित भए । लगत्तै उनी स्खलित भए । त्यसपछि फेरि उनी पूर्ववत् शान्तिमा फर्किए ।

मलाई बेचैन भयो । उनीभित्र आफ्नै दुःखको प्रतिविम्ब देखें ।

उनी निदाए ।

ढोका खोलें । बाहिर निस्कें । बाहिरबाट ढोका लगाएँ । ढोका लगाउँदा मेरो माझी औंला ढोकामा च्यापियो, जुन औंला तीन महिनाअघि आफैंले आगोमा पोलेको थिएँ ।

बाटोमा निस्कें । बाटोभरि जूनको उज्यालो थियो । ढोकामा च्यापिएर औंला फुटेछ । रगत चुहियो । देब्रे हातका औंलाले घाइते औंला च्याप्प समातें ।

म पछाडि नफर्की अगाडि–अगाडि दगुरिरहें ।

रङ्ग

तेज गतिमा भागेर धिमा गतिको श्वास फेर्दा म डेरामा थिएँ । स्वामी तेजबाट फुत्किएँ ।

***

गाउँको पिसिओमा फोन गरेँ । बासँग कुरा भयो ।

"के गर्दै छस् ? किन यतिका दिन फोन नगरेको ? गाउँमा फोन आयो । अब चिठी लेख्नु पर्दैन । फोनै गरे हुन्छ ।", मेरो खबर सोध्नुपूर्व फटाफट यति कुरा भन्नुभयो ।

"पढाइमा व्यस्त थिएँ । परीक्षा आउन लागको थियो ।", बहाना बाले पत्याइदिनुभयो ।

त्यसपछि सन्चोबिसन्चोको कुरा भयो । मेरो खर्चका लागि पैसा सोध्नुभयो अनि आदेशको भाषामा भन्नुभयो, "अब जागिर पनि खोज् । यो वर्ष तेरो बिहे गर्नुपर्छ । थुप्रै कुटुम्ब छोरी दिन आएका छन् । फोटा मगाएको छु । पठाइदिउँला । हेरेर रोजेर कुरो अगाडि बढाउनुपर्छ ।"

"अहिले फोटा पठाउनु पर्दैन । पहिला जागिर खान्छु अनि सोचौंला ।", मैले भनेँ ।

"बा, बिहेको लागि मेरो जन्म भएको हैन । तपाईंले देखेको म हैन । मभित्र अर्को मान्छे छ, जसले बिहे गर्न सक्दैन ।", बालाई कसरी भन्नु ।

बाले फोन राख्ने बेलामा भन्नुभयो, "अमनले तँलाई सोध्दै थियो ।"

मेरो कानबाट रिसिभर खस्यो । फोन काटियो । डर लाग्यो, अमनले मेरो चिठी पढेर के सोच्यो होला ? बलदेवले झैं अमनले पनि मलाई

घृणा भऱ्यो भने, गाउँभरि हल्ला गऱ्यो भने ! स्वामी तेजले झैं घर, परिवार र समाज त्याग्ने हिम्मत मसँग छ ? आफैंलाई सोधें ।

सम्झिँदै मुटु ढक्क फुलेर आयो ।

मभित्रको मान्छे बलियो हुँदै बोल्यो, "शब्द, अब नडरा ! जे हुन्छ, स्वीकार ! उज्यालोतिर हिंड्दै छस् ! अँध्यारोतिर नफर्की ! तैंले अमनलाई आफ्नो कथा सुनाएर ठीक गरिस् ! उसले घृणा गऱ्यो भने उसको घृणालाई पनि प्रेमपूर्वक स्वीकार ! घृणा गरेर जित्नुभन्दा प्रेम गरेर हार्नु धेरै राम्रो हो । तँ अब राम्रो कुरातिर लाग् !"

मभित्रको मान्छे बलियो हुँदै गएको छ । आत्मविश्वास बढ्दै थियो । बेलाबेला मनमा छटपटी त हुन्थ्यो तर त्यो छटपटी तुरुन्तै नियन्त्रणमा आउँथ्यो । मनको जरा दरिलो हुँदै गएको थियो । जरा बलियो भएपछि हरियो हुन बेर लाग्दैन । म हरियो हुँदै थिएँ ।

भोलिपल्ट गाउँको पिसिओमा नम्बर डायल गरें । रिङ्ग गयो । मुटुको गति बढ्यो । उताबाट "हेल्लो" सुनें । कानमा रिसिभर लैंजादा हात थर्थराइरहेको थियो । काँपिरहेको स्वरमा भनें, "अमनलाई बोलाइदिनुस् न !" पिसोओवालाले मेरो आवाज ठम्याउन सकेन । यसकारण खबर बताउनुपरेन ।

"आधी घण्टापछि फोन गर्नू !", पिसिओवालाले भन्यो ।

फोन झ्याप्प राखें । लामो श्वास फेरें । अनुहारमा पसिना आएछ । एक मिनेटको पैसा तिरें । "आधि घण्टापछि आउँछु" भनेर पिसिओबाट निस्कें ।

सानेपा चोकबाट बल्खुतिर लागें । परीक्षा नियन्त्रण कार्यालयको गेटमा पुगेपछि झस्कें । घडी हेरें, पन्ध्र मिनेट बितेछ । मेरो मन छिनछिनमा परिवर्तन भइरहन्छ । पन्ध्रमिनेटपछि टेलिफोन बुथ फर्किन्छु कि फर्किन्नँ, ठेगान छैन । यदि फर्किएँ भने जीवन कस्तो मोडमा पुग्ला ! अमनले सबै कुरा थाहा पाइसकेको छ । उसले कतिलाई सुनाइसक्यो । हावामा गन्ध फैलिएझैं मेरो यथार्थ गाउँभरि फैलिनेछ । मलाई एकपटक फेरि झ्याप्प डरले छोप्यो । शरीरभरि काँडा उम्रियो । यति साह्रा समाजले बलदेवले

झैं मलाई घृणा गर्न थाल्यो भने म बाँच्न सक्दिनँ । मर्न पनि सक्दिनँ । मर्न सक्ने भए अहिलेसम्म म बाँचिरहन्नथें ।

के गर्न सक्छु त ?

पक्का ह्रषमान बन्छु । गुहुको टीका लगाएर हिंडिरहेको ह्रषमान फेरि मेरो आँखामा नाच्न थाल्यो । साह्रा गाउँलेले एकैपटक "छक्का छक्का" भनेर मलाई गिज्याइरहको आवाज कानमा गुन्जियो । हिंड्दाहिंड्दै आत्तिएँ । थुप्रै दिनपछि अचानक यसरी डराएँ । निको भइसकेको रोग थिएँ, फेरि बल्झिएँ ।

अमनलाई मेरो आत्माले प्रेम गऱ्यो तर छुन, भोग्न नपाउने प्रेम । एउटा निरस र उजाड प्रेम । उसको बिहेको निम्तो आएको दिन म जलेको थिएँ । मभित्र आगो थियो । उसलाई प्रेम हैन, घृणा गर्ने अभ्यास गरें तर सकिनँ । प्रेम र घृणा अभ्यासबाट नहुँदो रहेछ । हृदयले गर्ने कर्म प्राकृतिक हुँदो रहेछ । कृत्रिम चाबीले प्रेम र घृणालाई नियन्त्रण गर्न नसकिँदो रहेछ ।

परीक्षा नियन्त्रण कार्यालय अगाडिको चिया दुकानमा बसें । चिया अर्डर गरें । तुरुन्तै चिया टेबलमा आयो । स्वाट्ट पिएँ । घुटुक्क निलें । जिब्रो र घाँटी बेस्मारी पोल्यो अनि मेरो होश घुऱ्यो ।

फेरि मभित्रको मान्छे बोल्यो, "शब्द, चिन्ता नगर्, जे हुन्छ, चुपचाप स्वीकार ! उज्यालोतिर फर्किरहेको छस्, अँध्यारोको कल्पनासमेत नगर् ! पटक्कै चिन्ता नगर् ! पिसिओ फर्की र अमनसँग कुरा गर् !"

पाँच मिनेट अझै बाँकी छ ।

स्वामी तेजलाई सम्झें । उनले मलाई प्रकृतिक प्रेम गरे, जसरी म अमनलाई प्राकृतिक प्रेम गर्थें । उनीसँगको प्रकृतिक प्रेममा म आकर्षित हुन सकिनँ तर उनको विचार र हिम्मतसँग भने आकर्षित भइरहें । पाँच वर्ष लगाएर आफू जसरी निर्माण भएका थिए, त्यसलाई उनले जोगाउन सकेनन् । उनी क्षणभरमै भत्किए । उनी ठान्थे, "म बलियो छु । मलाई कसैले भत्काउन सक्दैन ।" तर यहाँ कोही बलियो छैन । कोही कमजोर छैन । जे छ, समय छ, प्रकृति छ । स्वामी तेजका

लागि म समय हुँ, प्रकृति हुँ । अमन मेरा लागि समय हो, प्रकृति हो । प्रकृति सत्य छ, बाँकी सबै भ्रम हो ।

आधि घण्टा बित्यो ।

जुरुक्क उठेँ । जहाँ थिएँ, त्यहीं नजिकैको टेलिफोन बुथमा पसेर फोन डायल गरेँ ।

उताबाट अमनको आवाज सुन्नसाथ मेरो मुटु काँप्यो । खुट्टा लुगलुगाए । रङ्गेहात अपराधी समातिएजस्तो भएँ ।

"सन्चै छस् ?", उसको आवाज !

घुम्न गएर भर्खरै आएको कुरा मैले बताएँ ।

सामान्य गफ भयो । चिठी पाएको उसले सङ्केतसमेत गरेन । सायद चिठी पाएको छैन क्यार ! चिठी पाएको भए केही त भन्थ्यो । सात मिनेट कुरा भयो । फोन महङ्गो थियो । बीस रुपैया प्रति मिनेट लाग्थ्यो । मैले फोन राखेँ । पैसा तिरेर हिंड्न लाग्दै थिएँ, फोनको घण्टी बज्यो । अमनले कलब्याक गरेको रहेछ ।

फोन उठाएर हेल्लो भन्नासाथ उसले भन्यो, "शब्द, तेरो चिठी पढेँ ! यतिका वर्ष किन नभनेको ? पहिला नै भन्नुपर्थ्यो नि ! तँ नडरा ! केही हुँदैन । तँमात्र एक्लो हैनस् ! तँजस्ता थुप्रै मान्छे छन् । मैले अरू-अरू पनि भेटेको छु । म काठमाडौं आउँदै छु । भेटेर कुरा गरौंला !"

मेरो घाँटीबाट हिक्का छुट्यो । आवाज बन्द भयो । अमन बोल्यो । मैले सुनेँ । सार्वजनिक ठाउँमा रुन लाज लाग्यो । फोन राखेँ । दगुर्दै कोठामा आएँ । ठूलठूलो स्वरले रोएँ । जीवनमा पहिलोपल्ट रुनुको स्वाद थाहा पाएँ । यो आँसुमा पीडा थिएन । दुःख थिएन । मभित्रको मान्छेलाई कसैले पहिलोपल्ट सुम्सुम्याइरहेको थियो । प्रेमले भनिरहेको थियो, "तँ नडरा, म छु !"

मन कपासजस्तो हलुका भयो । गाँजा खाएर हावामा उडेजस्तो कृतिम आनन्द हैन । साँच्चै हावामा पखेटा फटफटाउँदै उडेजस्तो भयो । मेरो नसानसामा खुशीको सञ्चार भएको थियो । कयौं दिनपछि

ऐना हेरेर मुस्कुराएँ । वर्षौंपछि आफ्नै अनुहार फेरि सुन्दर लाग्यो । संसार न्यानो र मायालु लाग्यो ।

त्यस दिन खिर खाएँ ।

खिर र खुशीको स्वाद नबित्दै एक हप्ता बित्छ । अमन काठमाडौं आयो ।

उसलाई लिन कलङ्की पुगें । भेट्नासाथ अङ्गालो हाल्यो । मैले आफूलाई थेग्न सकिनँ । वर्षौंदेखि थुनिएको बाँध भत्किएझैं मेरा आँखा भत्किए । उसले मलाई नरो भनेन । मेरो टाउको आफ्नो काँधमा राखेर धेरै बेर रुन दियो । निकै बेरपछि उसले ब्यागबाट पानीको बोटल निकाल्यो र मलाई पिउन दियो । त्यसपछि उसका हात मेरा गालामा पुगे । मेरो आँसु पुछिदिंदै भन्यो, "म छु नि यार, किन रुन्छस् ?"

***

प्लस टु सकेपछि अमन वीरगन्ज बसेर पढ्न थाल्यो । उतै जागिर खायो । उतै बस्यो । दशैंमा घर जाँदा हाम्रो भेट हुन्थ्यो । मलाई उसको ईर्ष्या लाग्थ्यो । ईर्ष्याको कारण खुलेर कुरा गर्न सक्दिनथें । भेट पातलो हुँदै गयो । बिहेपछि उसले वीरगन्ज छाडिदियो । घरमै बसेर गाउँकै स्कूलमा पढाउन थालेछ । वीरगन्ज बसेर पढ्दा उसले एनजिओमा जागिर खाँदो रहेछ । उसको अफिसमा तीन जना मैजस्ता केटा रहेछन् । अमनले मलाई ती केटाहरूको कथा सुनायो :

"शुरुशुरुमा त उनीहरूलाई देख्दा अचम्म लाग्थ्यो । पछि बिस्तारै बुझ्दै गएँ । सबै सामान्य लाग्न थाल्यो । पहिलोपल्ट उनीहरूका परिवारले थाहा पाउँदा निकै तनाब भएछ । पछिपछि परिवारले पनि कुरा बुझ्न थालेछन् । अहिल सामान्य छ । मलाई बेलाबेला चिठी लेख्छन् । दुइटा केटाले आफूजस्तै केटासँग बिहे पनि गरे ।", अमनले भन्यो ।

"आफ्नो अनुभूति आफ्नो अधिकार हो । समाजले दिएको नापनक्सामा दबिएर आफूमाथि किन अन्याय गर्छस् ? तँ पनि बिस्तारै खुल्नुपर्छ । तैंले पनि बाआमालाई भन्नुपर्छ, 'मलाई केटा मनपर्छ । म केटासँग मात्र बिहे गर्न सक्छु । पीडा सहेर नबस्' !", अमनले मलाई सम्झाउँदै भन्यो ।

कसरी भन्ने ?

त्यो न उसले भन्न सक्यो, न मैले सोच्न सकें ।

हामीले स्कूल र त्यस बेलाको कुरा गऱ्यौं । सात वर्ष हुन लागेछ, स्कूल छाडेको । दुःखको कुरा अनुजा शहीद भइछे । उसले गर्ने मुक्ति र त्यसको सपना उसले देख्न पाइनँ । हाम्रो ब्याचमा सबैभन्दा हिम्मत भएको मान्छे उही भई । देश र जनताका लागि बन्दुक बोक्न सकी ।

अनुजाले मलाई खुबै प्रेम गरी । त्यस बेला मैले अनुजालाई भेट्न पाएको भए, जसरी अमनलाई आफ्ना कुरा सुनाएको थिएँ, त्यसै गरी उसलाई पनि सुनाउँथें हुँला । भन्थें हुँला, "अनुजा, हामीजस्ता मानिसको मुक्तिका लागि पनि लडिदे ! हामी पनि आत्मसम्मान र पहिचान चाहन्छौं । हाम्रो आफ्नै अस्तित्व छ । हामी फरक छौं तर मान्छेभन्दा फरक छैनौं । अरू मान्छे बराबर नै हाम्रा पनि दुःख छन् । सुख छन् । हामी पनि सपना देख्छौं, जस्तो सपना अरू-अरू देख्छन् । हामी मान्छे हौं तर फरक स्वभाव र अनुभूतिसहितका । त्यसकारण हामी विशेष मान्छे हौं । विशेष मान्छेको त झन् विशेष सम्मान हुनुपर्ने हो । विशेष अवसर हुनुपर्ने हो । महिलाले म महिला भनेजस्तै, पुरुषले म पुरुष भनेजस्तै हामीले पनि गर्वका साथ भन्न पाउनुपर्ने हो, 'म समलिङ्गी हुँ !' तर यहाँ त ठीक उल्टो छ । हामीलाई किन अपमान गर्छन् ? किन घृणा गर्छन् ? अनुजा, हाम्रा लागि पनि बोलिदे !"

तर, ऊ त शहीद भई । उसको आत्माले मेरो आत्मालाई सुनोस् । उसको आत्माले प्रेमपूर्वक भनोस्, "तिमी जे छौ, ठीक छौ । म तिमीलाई सधैं प्रेम गर्छु । तिमी जे हौ, त्यसले मेरो प्रेमलाई फरक पार्दैन ।"

स्वस्थानीको बिहे भयो । उसको कथा कस्तो छ ?

न अमनलाई थाहा छ, न मलाई । उसको कथा उसैलाई थाहा छ ।

रमन जेलबाट छुटेपछि मलेसिया गयो । पाँच वर्ष बित्यो । फर्किएको छैन । गाउँमा हल्ला छ, उतै बिहे गऱ्यो अरे ! रमनकी एकतर्फी प्रेमिका अम्बिका कक्षा आठमै छुटिहाली । कहाँ छे ? थाहा छैन । उसको कथा पनि उसैलाई मात्र थाहा छ ।

अरू साथीहरूलाई पनि हामीले सम्झियौं ।

हामीले राति अबेरसम्म कुरा गऱ्यौं । अमनलाई सानोमा जस्तो खिर मन पर्न छाडेछ । मैले मासु पकाएँ । सुत्ने बेलामा अमनले भन्यो, "म छुट्टै सुत्छु नि ल !"

मैले आफ्ना लागि भुइँमा ओछ्यान लगाएँ ।

***

भोलिपल्ट दिउँसो अमनलाई मैले चाँगुनारायण लिएर गएँ । साँझ हामी ठमेल गयौं । डान्सबारमा पस्यौं । त्यहाँको रङ्गीन दुनिया अमनलाई मन पऱ्यो । उसलाई नाच्न पटक्कै आउँदैन तैपनि नाच्यो । नाच्नु भनेको खुटा हल्लाउन आउनु वा कम्मर मर्काउन जान्नुमात्र हैन, मन नाच्नु हो । अमनको मन नाच्यो । मैले थोरै ह्विस्की पिएँ । अमनले अलिक बढी पियो ।

अबेर राति डेरा फर्किन खोज्दै थियौं, सन्चयकोष भवनअगाडि थुप्रै मान्छे थिएँ । त्यहाँ मोलमोलाइ चलिरहेको थियो । घण्टाको तीन सयदेखि रातभरको हजार, दुई हजार रुपैंयासम्म । अमनले भन्यो, "शब्द, एउटी म लैजाऊँ ?"

मैले हाँस्दै भनें, "लैजा न त ! तर म भाउजूलाई भन्दिन्छु ।"

"साला गधा !", उसले मलाई प्रेमले गाली दियो । उसले एक-दुई जनासँग मोलमोलाइ गऱ्यो । दाम मिल्यो । हातले ट्याक्सीलाई इसारा गऱ्यो ।

म ट्याक्सीको अगाडिको सिटमा बसें । अमन र केटी पछाडि बसे । ड्राइभरले कुन होटल जाने भनेर सोध्यो । अमन अलमलियो । केटी बोली, "सुन्धारातिर हिंड्नू न !"

सुन्धारको एक होटलअगाडि ट्याक्सी रोकियो । मैले भाडा तिरें । अमन र त्यो केटी होटलभित्र पसे । म होटलबाहिरै बसें । होटलको काउन्टरमा सिसा लागेको थियो । बाहिरबाट भित्रको दृश्य देखिन्थ्यो । काउन्टरबाट चाबी लिएर केटी अघि लागी । अमन पछि लाग्यो ।

मलाई पहिलाको जस्तो न ईर्ष्या लाग्यो, न छटपटी भयो । म बाहिरै उभिइरहें । एकै छिनपछि अमन अतालिंदै बहिर निस्कियो ।

"के भयो ? किन आत्तिएको ?", मैले होटलको काउन्टरतिर हेरें । दुई जना पुलिस जवान काउन्टरअघि उभिएर चुरोट खाँदै थिए ।

"पुलिसले छापा हान्यो कि क्या हो ?"

"हैन, अलिक पर हिंड् न, भन्छु !", आत्तिंदै भन्यो । हामी छिटोछिटो गल्लीभित्र छिर्‍यौं ।

"के भयो भन् न बे !", हिंड्दाहिंड्दै म उभिएँ ।

उसले लामो श्वास तान्यो र भन्यो, "केटा रहेछ ! केटीको भेषमा आ'को ! म त भागें ! मेरो पर्स उतै छुट्यो !"

म स्तब्ध !

भेट

मलाई उज्यालो बनाएर अमन गयो ।

नियमित विश्वविद्यालय जान थालें । मेरो जीवन बद्लियो ।

त्यसअघि कहिलेकाहीं कलेज त जान्थें तर कसैसँग बोल्न मन लाग्दैनथ्यो । दोहोरो परिचय भएकाहरूमध्ये धेरैको नाम बिर्सिसकेको थिएँ । कक्षामा अनेक विषयमा छलफल हुन्थ्यो । प्रोफेसरको लेक्चरको दुनियाबाट टाढा आफ्नै दुनियामा उडिरहेको हुन्थें ।

कलेजमा राजनीति हुन्थ्यो । पेट्रोल, डिजलको मूल्य वृद्धिको विरोधदेखि भ्रष्टचार र बलात्कारका मुद्दासम्मको आवाज विश्वविद्यालयमा उठ्थ्यो । सरकारको खराब हर्कत र राजादेखि रैतीसम्मको विरोध हुन्थ्यो । विश्वविद्यालय सरकारको विरोध कारखानाजस्तो थियो ।

विश्वविद्यालयको जङ्गलमा एक छात्राको लास भेटियो । पुलिसको रिपोर्टले भन्यो, "बलात्कारपछि हत्या !" सिङ्गै विश्वविद्यालय जाग्यो, "हत्यारालाई फाँसी दे ! अपराधी पत्ता लगा ! कानुनी राज्य कायम गर् ! न्याय दे !" सडकमा टायर बल्यो । पानीका फोहोरा चल्यो । चक्काजाम भयो तर सरकारले हत्यारा पत्ता लगाउन सकेन ।

राजतन्त्र मासिएर भर्खरै लोकतन्त्र आएको थियो । मान्छे बोल्न स्वतन्त्र थियो । अन्यायको विरोध गर्न पाइन्थ्यो । स्वतन्त्रताको स्वाद सबैले चाख्दै थिएँ ।

एक दिन माइतीघर मण्डलामा आन्दोलन हुँदै थियो । भिडबाट एक जना छात्रा निधारमा कालो पट्टी बाँधेर अगाडि आई ! मुठी

हावामा फाली र ठूलठूलो स्वरले चिच्याउन लागी, “बलात्कारी हाम्रै आँखाअगाडि छ ! बलात्कारी प्रोफेसर हो !”

भिडको श्वास केही सेकेन्ड रोकियो । चुपचाप र मौन । धेरैले एकअर्काको अनुहार हेरे । भिडको बीचबाट एउटा केटोले उसै गरी मुठी हावामा फाल्यो र चिच्यायो, “हो हो !”

त्यसपछि कोरसमा गुन्जियो, “हो हो ! बलात्कारी प्रोफेसर हो !”

भिड अनियन्त्रित हुन खोज्यो ।

महिलाले फेरि हावामा मुठी फाल्दै चिच्याई, “बलात्कारी आफ्नै साथी हो ! आफ्नै आफन्त हो ! दाजु हो ! बाउ हो ! हजुरबा हो ! सरकार हो ! न्यायधीश हो ! सेना हो ! पुलिस हो ! पुरुषको लिङ्गले मात्र बलात्कार गर्दैन, दिमागले पनि बलात्कार गर्छ ! कति दिन सहने पितृ सत्ताको दिमागी बलात्कार ! सरकार स्वयम् बलात्कारी हो ! प्रत्येक पुरुष बलत्कारी हो !”

त्यसपछि भिडबाट चर्को गरी आवाज गुन्जियो, “हो हो, सबै पुरुष बलात्कारी हुन् !” अधिकांश केटाहरूको टाउको निहुरियो । अघि जोशका साथ ठूलो स्वरले चिच्याएका केटाहरूको स्वर मधुरो सुनियो ।

पुलिसले भिडमाथि लाठी बर्सायो । कसैलाई समातेर भ्यानमा कोच्यो । कोही भागे । भिड तितरबितर भयो । भोलिपल्ट फेरि आन्दोलन भयो तर त्यहाँ केटाहरू कम भए । जानेहरू पनि रमिते बनेर टाढै बसे । फेरि त्यही छात्राले हावामा मुठी फालेर उसै गरी चिच्याउन थाली, जसरी चिच्याएकी थिई हिजो, “पितृसत्ता मुर्दावाद !”

“मुर्दावाद ! मुर्दावाद !”

“बलात्कारी होशियार !”

“होशियार ! होशियार !”

“बलात्कारीलाई फाँसी दे !”

“फाँसी दे ! फाँसी दे !”

“म पुरुष हुँ तर म पुरुषमात्र होइनँ । तिमीले भनेझैं म बलात्कार गर्न त के, सोच्न पनि सक्दिनँ । यो पितृसत्ताले मलाई पनि सजिलै

बाँच्न दिएको छैन । म त महिलाभन्दा पनि अझ निरीह छु । मेरा लागि पनि बोलिदेऊ क्रान्तिकारी साथी !" बडो आशा लिएर आफ्नो आग्रह उनको आत्मासम्म पुगोस् भनी मैले मनमनै कामना गरें । थाहै नपाई जोशिली केटीको ऊर्जाले मलाई साहस भरिदियो । पक्कै उसले मेरो व्यथा बुझ्नेछे, रगतमा खुशीको सञ्चार भयो । त्यो क्रान्तिकारी केटीलाई आफ्नो भोगाइ सुनाउने हुटहुटी भयो । तर कसरी ? चिनेको छैन । जानेको छैन ।

ऊ त पुरुषलाई घृणा गर्छे ।

म देखिन्छु पुरुष, सुनिन्छु पुरुष !

भोलिपल्ट विश्वविद्यालयमा ती क्रान्तिकारीलाई खोजें । लाइब्रेरीबाट निस्कँदै थिई । हातमा 'द सेकेन्ड सेक्स' लेखेको मोटो किताब थियो । म उसको अघि पुगें र भनें, "म शब्द हुँ । तपाईंको भाषणले तपाईंलाई भेट्ने इच्छा जाग्यो !"

ऊ मुस्कुराई । सडकमा जति क्रान्तिकारी देखिन्थी, भेट्दा एक साधारण महिलाझैं देखिई ।

"तपाईंको डिपार्टमेन्ट ?", उसले सोधी ।

"म्यानेजमेन्ट ! अनि तपाईको ?"

"अङ्ग्रेजी ।"

त्यसपछि उसले मेरो घर, ठेगाना सोधी । मेरो ठेगाना सुनेपछि चनाखो भई । चासो राख्दै भनी, "ओहो ! म पनि शङ्करपुरनजिकै जन्मेकी हुँ । शङ्करपुर कुन ठाउँ हो ?"

"स्कूलनजिकै हो । तपाईंको कहाँ हो ?", मैले सोधें ।

"स्कूलभन्दा चार किलोमिटर उत्तर । राजघाटको खाल्टे भन्ने ठाउँ । कक्षा छदेखि आठसम्म मैले पनि शङ्करपुर माविमै पढेकी हुँ । त्यसपछि परिवार बसाइँ सरेर लालबन्दी गयो । मैले लालबन्दीबाट एसएलसी दिएँ ।"

"ए, होर ! कुन सालको एसएलसी हो ?", उत्साहित हुँदै सोधें ।

"२०५५ सालको ।", उसले भनी ।

गफ गर्दै जाँदा आफ्नो कक्षाको फस्ट ब्वाइको नाम सम्झी तर अनुहार बिर्सी । उसले सम्झिएको नाम 'शब्द' थियो । बिर्सिएको अनुहार मेरो थियो ।

ऊ मेरी बालसखा अम्बिका थिई । अहिले विश्वविद्यालयको क्रान्तिकारी नेता भइछे, जो एकाएक स्कूल आउन छाडेकी थिई । जसलाई रमनले एकतर्फी प्रेम गर्थ्यो । मेरो मनले उसलाई अङ्गालो हाल्दै भन्यो, "अम्बिके, तँ कहाँ हराएकी थिइस्, यतिका वर्ष ? किन चटक्कै बिर्सिस् ? कि देखिस्, मेरो अनुहारमा पनि रमनको अनुहार ? कि साँच्चै ठान्छेस्, सप्पै पुरुष बलात्कारी हुन् ?" तर ओठ बोलेन । मक्किएको सुति-कपडा च्यातिएझैं ओठ फ्यास्स भयो ।

मेरा लागि अम्बिका स्कूले बालसखा भई । लजालु किशोरी भई । टाउकोमा रिबन बाँधेर फुरफुर उफ्रिरहेकी केटी भई । नीलो स्कट र आकाशे रङ्गको सर्ट पहिरिएकी स्कूले छात्रा भई । कोखामा किताब च्यापेर दगुरिरहेकी मेरी सहपाठी भई । रमनकी एकतर्फी प्रेमिका भई । ऊ मबाट जुन बेला हराएकी थिई, ठीक त्यही बेलाकी भई र आँखामा नाच्न थाली ।

"कस्तो भए छौ तिमी त ! चिन्नै नसकिने !", वर्षौंपछि भेटिएकी एक साधारण बालसखाले सोध्ने प्रश्न सोधेर आत्मीयता देखाई ।

"तिमी पनि त उस्तै भइछौ ! चिन्नै नसकिने ! हिजो तिमीले गरेको भाषण मलाई कस्तो मन परेको ! त्यही भएर परिचय गरौं भनेर खोजेको !"

"हामीले बोल्नुपर्छ । हामीले परिवर्तनका लागि नबोले कसले बोल्छ ? भौतिकरूपमा राजा फाल्नु, लोकतन्त्र आउनु, परिवर्तन हैन, आ-आफ्नो दिमागभित्र गडेर बसेको राजा फाल्नुपर्छ । आ-आफ्नो दिमागभित्र जड भएर बसेको पुरुष फाल्नुपर्छ । आ-आफ्नो दिमागभित्रको सत्ता फाल्नुपर्छ । सोच परिवर्तन हुनुपऱ्यो । कानुन बन्दै छ । हामीले उठाएको आवाज कानुन बन्नुपर्छ ।", पुनः ऊ बालसखाबाट क्रान्तिकारी युवती भएर बोल्न थाली ।

उसले लामा र ठूला कुरा बोल्न थाली तर म सोध्न चाहन्थेँ :

"अम्बिका, निम्चुस मीठो हुन्थ्यो है !"

"अम्बिका, कक्षा छमा राद्येव सरले कुट्दा पिसाब फेरेको याद छ ?"

"अम्बिका रमनको याद आउँछ ?"

आँट पुगेन ।

घरी ऊ मेरो सानो साथीजस्ती हुन्थी, घरी परिवर्तनका लागि ज्यान दिनसक्ने हिम्मत र बल भएकी क्रान्तिकारी युवती ।

ऊ के हो त ?

ऊ आवाज भएकी मान्छे हो ।

म उसका सामु लत्याकलुतुक भएँ । स्कूले फस्टब्वाईको अहम् काँचको घरझैं फुटेर झ्यामझुरुम भयो ।

***

भोलिपल्ट पनि उसको र मेरो भेट भयो । मेरो हालखबर सोधिनँ, भनी, "सरकारले बलात्कारी लुकायो । यो कायर सरकार हो ।", भयङ्कर ठूलो हुरी आउनुअघिको आकाशजस्तो डरलाग्दो देखिएकी थिई ऊ ।

"तिमीले कसरी थाहा पायौ ?", मैले सोधिनँ ।

"न्यायका लागि हामीले लड्नुपर्छ । हामी यही समाजमा बस्नुपर्छ । यहीं बाँच्नुपर्छ । यहीं मर्नुपर्छ । भोलि हाम्रो हाल पनि यही हुन सक्छ । माइतीघरमा न्यायका लागि लडाइँ छ । हिंड जाऊँ ।", एक हूल महिला छात्राहरू नजिकै आए । ऊ अघि लागी । हामी उसको पछिपछि लाग्यौं ।

अम्बिका स्कूले म्याथमा भुस्कुट थिई । झन्डैझन्डै फेल हुन्थी । मसँग कम बोल्थी । एकपटक होमवर्क नगरेको निहुँमा राद्येव सरले बेस्मारी पिटे । बेन्चबाट उठ्दा अम्बिकाको स्कट भिजेको थियो । कसैले मुख फोरेनन् तर केटाहरूबीच भित्री चर्चा भयो, "अम्बिकालाई राद्येव सरले मुताए ।"

त्यसपछि उसले मेरो म्याथको नोटकापी माग्न थाली । होमवर्क सार्न थाली । ऊ छिप्पिँदै जाँदा मसँग प्रशस्त बोल्न थालेकी थिई तर

अचानक स्कूल छाडी । स्कूल किन छाडी ? कहाँ गई ? रमनबाहेक हामी कसैले सोधीखोजी गरेनौं । त्यस बेला यसरी बीचमा स्कूल छाडेर हिँड्ने धेरै हुन्थें । केटीहरूको बेलैमा बिहे हुन्थ्यो । सायद अम्बिकाको बिहे भयो । हामीले पनि यस्तै सोच्यौं ।

अम्बिका समात्दा-समात्दै छुटेकी हात थिई । हिँड्दा-हिँड्दै टाढिएकी यात्रा थिई । लजाउँदा-लजाउँदै निहुरिएकी आँखा थिई । मुस्कुराउँदा-मुस्कुराउँदै नभेटिएकी हासो थिई ।

घरीघरी लाग्थ्यो, ऊ उसै गरी भेट्टिई, जसरी छुटेकी थिई । तर होइन, ऊ बिलकुल फरक भएर भेट्टिई । जे होस्, ऊ भेट्टिई ।

खेल्दाखेल्दै हराएको गुच्चा थुप्रै दिनपछि अचानक भेटिएझैं ऊ अचानक भेट्टिई ।

***

अम्बिका र मेरो भेट नियमित हुन थाल्यो । हामी स्कूले साथीजस्तै नजिक भयौं । बेलाबेला रमनलाई सम्झिन्थी ।

त्यस बेला रमनको हर्कतसँग उसलाई दुःख लाग्थ्यो तर आज त्यो दुःखको बुझाइ फरक छ । अम्बिका भन्छे, "पुरुषहरूको सिकाइ र हुर्काइ नै गलत तरिकाले भएको छ । घर, समाजबाट जे सिक्यो, उसले त्यही गऱ्यो । त्यसैले अबको हाम्रो कर्तव्य भनेको आम व्यक्तिको सोच र सिकाइमा समेत परिवर्तन ल्याउनु हो । हामी जसरी हुर्कियौं । हामीलाई जे सिकाइयो, त्यसैले आधा बढी महिलाको जिन्दगी नरकतुल्य बनेको छ । महिला र पुरुषलाई हेरिने र निर्माण गरिने जुन प्रक्रिया छ, त्यो नै असन्तुलित छ, असङ्गत छ । पुरुषलाई बलशाली र महिलालाई कमजोर बनाउने जुन सामाजिक संरचना छ, त्यसले अन्ततः पुरुषलाई पनि सास्ती दिएको छ ।"

अम्बिकाको पहिलो भाषण सुनेर उत्साहित मेरो मनलाई उसको पछिल्लो वाक्यले अझै प्रभावित पाऱ्यो । मैले त आफैंसँग लडाइँ गरिरहेको छु । आफैंलाई जित्न खोजिरहेको छु । अम्बिकाले जसरी मैले

कहिल्यै सोचिनँ । समाजले मलाई आम पुरुषलाई झैं व्यवहार गऱ्यो तर म आम पुरुष होइन, म आम पुरुष बन्नै सक्दिनँ । जसरी एउटी महिला चाहेर पनि पुरुष बन्न सक्दिन, जसरी घाम जून र जून घाम बन्न सक्दैनन्, त्यसै गरी म पनि अरू पुरुषझैं पुरुष बन्न सक्दिनँ तर यहाँ यो कुरा बुझ्ने को ?

म आफ्नै सोचमा अल्झिएको थिएँ । अम्बिका स्कूले दिनमा पुगिछे । उसले भनी, "एक दिन रमनले बाटो छेकेर भनेको थियो, "हेर अम्बिके, तैंले मलाई माया गरिनस् भने तेरो नाममा झुन्डिएर मर्छु । त्यसपछि तँलाई पुलिसले समात्छ । गाउँभरि बेइज्जत हुन्छ । त्यसपछि तँ पनि मर्छेस् । म तँलाई स्वर्गमा भए पनि सिन्दूर हाल्छु ।"

"अहिले कस्तो भयो होला त्यो ?", उसले मलाई सोधी ।

"खै मलाई पनि त्यति धेरै थाहा छैन । स्कूल पढ्दै गर्दा माने मेलाको लफडामा परेछ । त्यहींबाट जेल गयो । जेलबाट छुटेर मलेसिया गयो । अहिलेसम्म आ'को छैन । उतै बिहे गऱ्यो रे भन्ने हल्ला छ ।", मैले जानेसुनेजति भनें ।

"मेलामा के लफडा गरेछ र ?", अम्बिका जिज्ञासु बनी ।

मैले अम्बिकालाई रमनको मेलाको कथा सुनाएँ :

"हो, त त्यस दिन मैले मेलामा रमनलाई देखेको । म लालबन्दीबाट काकाको घर आएको थिएँ । काकी र भाइबैनीहरूसँग मेला गएको थिएँ । मेलामा रमनले मलाई पिछा गऱ्यो । साह्रै डर लागेको थियो । फ्याट्ट केही भनेको भए, मलाई कति आपत् पर्थ्यो । ऊ आमनेसामने भयो तर केही बोलेन ।"

अम्बिकाले माने मेला सम्झी ।

जन्मदिन

आम महिलाजस्ती छैन अम्बिका । पुरुष हैन ऊ । आफ्नै अस्तित्व, आवाज र चेतना भएकी केटी हो । धेरैजसो भेट लाइब्रेरीमा हुन्छ । आफ्नो रुचीको गफ गर्छे ऊ । धेरै समय समाज र महिला मुक्तिको कुरा हुन्छ । मेरो रुचीको कुनै गफ छैन । म उसलाई सुन्छु । उसले भनेका धेरै कुरा सही र ठीक लाग्छन् । आफ्नो धारणा कमजोर भएपछि अरूका धारणा र विचार सही लाग्नु स्वभाविक होला । कुनै विरोध वा प्रतिक्रियाबिना 'हो'मा 'हो' मिसाउँदा ऊ मसँग नजिक हुँदै गई । अम्बिकासँग भेट भएको पाँच महिना भयो ।

उसले भन्न थाली, "तिमी केटा हैनौ, मान्छे हौ । समाजमा एक थरी मान्छे हुन्छन्, अर्को थरी केटा ! केटा भाले हो । उसका दुइटा लिङ्ग हुन्छन्– एउटा दिमागमा, अर्को टाँगमा । तिमी टाँगमा मात्र लिङ्ग भएको मान्छे हौ । मलाई तिमीसँग डर लाग्दैन, भर लाग्छ ।"

म फिस्स हाँस्छु । मलाई डर लाग्छ ।

"के अम्बिकाले थाहा पाई ? म के हुँ !"

एक दिन विश्वविद्यालयमा अम्बिकाले केटा कुटी । भर्खरै विश्वविद्यालय प्रवेश गरेको केटाले अम्बिकालाई जिस्क्याएछ । "तैं होस् बलात्कारी" भन्दै उसले मुखैमुखमा मुक्का हानिछ । घटना विश्वविद्यालयभरि फैलियो । केटाहरू बिरालाको छायामा परेको मुसाजस्तो भए । मुक्का खाने केटो विश्वविद्यालयमा फेरि देखिएन ।

हाम्रो धेरै समय सँगै बित्थ्यो । पुस्तकालय र चिया अड्डासम्म हाम्रो अखडा सँगै हुन्थ्यो । केटाहरू मलाई भन्थे, "सर्प काँधमा बोकेर नहिँड्, एक दिन निधारमा ठुङ्‌छ ।"

मैले बेवास्ता गर्थें ।

अम्बिकासँग हिँड्दा आफूलाई सुरक्षित महसुस गर्छु । ऊ मद्रासी फिल्मको हिरो स्टायलकी छे । ऊसँग दुई हतियार छन्- एक मुख, अर्को हात । दुवै हतियार बराबर चलाउन सक्छे । अम्बिकाको आडमा विश्वविद्यालयको चौरमा हजारौं मान्छे भेला पारेर ठूलो स्वरले चिच्याएर भन्न मन छ, "म पुरुषमात्र हैन, समलिङ्गी पुरुष हुँ । म आफैँसँग युद्ध लडेर आएको एक बहादुर लडाकु हुँ । अब समाजसँग लड्नु छ । मलाई आफ्नै अस्तित्वसहित गर्वले बाँच्न देऊ ।"

तर, कहिले भन्न सक्छु ?

थाहा छैन; जति आफूलाई बलियो ठान्छु, त्यति बलियो म छुइनँ भन्ने प्रमाण आफैँसँग भेटिरहन्छु ।

अम्बिका आफ्ना नजिकका साथीहरू भेला पारेर जन्मदिन मनाउँदी रहिछे । उसले जन्मदिनको निम्तो दिई । एउटा सानो रेस्टुरेन्टमा म पुगें । त्यहाँ अम्बिकाका चार जना साथी थिए, जो एउटा गोलो टेबलको चार पाटामा बसेका थिए । जसलाई विश्वविद्यालयमा कहिल्यै देखिनँ । परिचय भयो । दुई जनाको नाम अहिले भुलें । एक जनाको नाम स्मृति र अर्कीको नाम समिता याद छ । चारै जनाले जिन्सपाइन्ट र टिसर्ट लगाएका थिए । चारै जनाका आँखामा गाजल थिएन । ओठमा लाली थिएन । शहरमा भेटे पनि अनुहार गाउँमा भेटेजस्तो सादा थियो । बोलीमा आत्मविश्वास र विद्रोह थियो ।

ती चारै साथी मलाई देखेर मुखामुख गरे । समिताले मलाई देखाउँदै अम्बिकालाई सोधी, "उहाँ तेरो ब्वाइफ्रेन्ड हो ?" अम्बिकाले भनी, "हैन, साथी हो !"

केक काटेर आधुनिक कर्मकाण्डी पाराको जन्मदिन सेलेब्रेसन चल्यो । कोकाकोला पार्टी भयो । अम्बिकाले चुरोट तानी । म ट्वाँ परें । केटीले सार्वजनिक ठाउँमा चुरोट खाएको थोरैमात्र देखेको थिएँ । स्मृतिले गन्हायो भनेर मुख बाङ्गो पारी । अहिले मैले नाम भुलेकी साथीले अम्बिकाको हातबाट चुरोट तनेर मुखमा च्यापी । ध्वाँ सर्कियो, छाती हातमा राखेर खोकी । स्मृतिले हाँस्दै भनी, "रोग खान के रहर गर्नु हौ !"

ती केटीहरू पनि अम्बिकाजस्तै आफ्नै अस्तित्वका लागि घरपरिवारसँग लडिरहेका छन् भन्ने कुरा थाहा भयो ।

समिताले भनी, "घरबाट बिहेको दबाब छ । बिहे र परिवारको झन्झटमा पर्दिनँ । घर नगएको नौ महिना भयो ।"

अम्बिकाबाहेक बाँकी तीनैले समिताको जस्तै बिहेको दबाब परिवारले दिइरहेको कुरा गरे ।

ती केटीहरू को हुन् ? के गर्छन् ? बाँकी कुरा थाहा भएन ।

चार केटी बिदा भए । अम्बिका र म डेरा फर्किने बाटो एउटै थियो । हामी एउटै बाटो हिंड्यौं । छुट्टिने ठाउँ आइपुगेपछि अम्बिकाले भनी, "यहीं पर मेरो कोठा छ । हिंड, चिया खाएर जाऊ !"

म अनकनाएँ ।

"हिंड न, केही हुन्न !"

म र ऊ उसको कोठामा पुग्यौं । चुरोटको गन्धले कोठा भरिएको थियो । कोठा फोहोर भए पनि मेरो भन्दा सफा थियो । एउटा खाट, टेबलभरि किताब र झ्यालमा खैरो पर्दा थियो । आरीमा जुठा भाँडा थिए । मलाई प्लास्टिकको कुर्सीमा बस्न भनी । आफू खाटमा बसी । हामी आमनेसामने भयौं ।

सधैंझैं अधिकार, लडाइँ र अस्तित्वको कुरा भएन । समाजको कुरा भएन । जीवनको कुरा भए । "घर परिवारमा कोको हुनुहुन्छ" भनेर सोधसाध भयो । पाँच महिनापछि हामीले एकअर्काको परिवारबारे

सोधेका थियौं । अम्बिकासँग नजिक भए पनि परिवारबारे सोध्न सक्ने गरी नजिक भएको रहेनछु ।

"पढाइपछि जागिर त खानुपर्छ ।", उसले भनी ।

"लोकसेवा पढ्छ्यौ ?", मैले सोधें ।

"पढ्दिनँ। मिल्यो भने विश्वविद्यालय पढाउँछु। त्यहाँ अभियान चलाउँछु।"

"कस्तो अभियान ?", मैले सोधें ।

"अस्तित्वको अभियान । पहिचानको अभियान । महिला मान्छे हुने अभियान !"

"तिमी ?", उसले सोधी ।

"म आयोग पढ्छु। अरू के गर्नु र! जीवनमा ठूलो रिक्स लिनु छैन।"

ऊ फिस्स हाँसी, "जन्मिनु नै ठूलो रिक्स हो । जन्मिएपछि बाँच्नु अर्को रिक्स हो । रिक्सबिना केको अस्तित्व छ र !"

ऊसँग कुरा गर्दा अक्सर मैले भन्ने कुरा यत्ति नै हुन्छ, "त्यो त हो !"

***

"तिमी रक्सी पिउँछौ ?", उसले सोधी ।

"भन्नाले ?"

मैले सुनें तर कुरो बुझिनँ ।

"रक्सी क्या रक्सी !"

"हैन म... !", अनकनाएँ । उसले चिया पिउन बोलाकी हो, सोध्ने बेला किन रक्सी सोधी ?

"किन डराको ? कहिलेकाहीं म पिउँछु । पिउँदा रमाइलो लाग्छ । रमाइलोका लागि मात्र हो । पुरुषहरूले झैं मात्न पिउँदिनँ । आज मेरो जन्मदिन हो । तिमी मसँग छौ । मलाई रमाउन मन लाग्यो । त्यही भएर सोधेकी हुँ ।", उसले भनी ।

त्यसपछि ऊ जुरुक्क उठी र भान्साको ऱ्याक खोली । आधा भरिएको रोइलस्टाग रक्सीको बोटल निकाली । गाजर र काँक्राका टुक्रा काटी ।

दुइटा साना गिलासमा थोरै-थोरै रक्सी खन्याई । पानी हाली, गिलास भरी । एउटा मलाई दिई, अर्को आफूले समाती ।

"शब्द, तिमी अरूभन्दा भिन्न छौ । तिमी मेरा लागि केटा हैन, मान्छे हौ ! म तिमीसँग निर्धक्क पिउन र हिँड्न सक्छु । मेरो सिङ्गै उमेरमा तिमीजति असल पुरुष भेटेकी छैन । तिमी मेरो बाउ र दाइभन्दा पनि असल छौ ।" उसले पुरानै कुरा दोहोऱ्याई । त्यसपछि ऊ उज्याली भई ।

"कसरी असल भएँ म ? म पनि त पुरुष हुँ !", मैले प्रश्न गरें ।

"तिमीले सम्बन्धलाई सम्मान गरेका छौ । म जुनजुन पुरुषसँग तिमीजति नजिक भएँ, तिनको तनले नभोगे पनि मनले मलाई भोगेका छन् । तिनको आँखाबाट म बलात्कृत भएकी छु । तिनको मनबाट बलात्कृत भएकी छु । तिम्रा आँखा भिन्न र असल लाग्छ मलाई । तिम्रा आँखामा विश्वास छ । भरोसा र सम्मान छ । तिमीजस्तो अर्को पुरुष मैले कहिल्यै भेटेकी छैन ।"

फिस्स हाँसें र भनें, "खै, म कस्तो छु, थाहा छैन ।" तर, मन बोल्यो, "हो, अरूभन्दा भिन्न छु । त्यही अन्तर मेरो दुःख हो !"

मलाई रक्सीले गतिलो गर्दैन । जिब्रो र दिमाग दुवैले मन पराउन छाडिसकेको थियो तर अम्बिकाको अगाडि खान्नँ भन्न सकिनँ ।

किन सकिनँ ?

सायद अझै ठान्छु, म केटा हुँ । अम्बिका केटी हो । केटीले त निर्धक्क पिइरहेकी छे । उसको अघि खान्नँ भन्दा मेरो पुरुषत्वले हावा खान्छ । मलाई खोक्रो पुरुषत्वको माया लाग्यो ।

अम्बिकाले थोरै पिई तर धेरै माती । मलाई सोधी, "बिहे कहिले गर्छौ ?"

"थाहा छैन !", मैले भनें ।

"प्रेमिका छे ?"

"छैन !"

गाजरको एक टुक्रो मुखमा हाली र चपाउन थाली ।

अम्बिकाले कहिले बिहे गर्छे ? प्रेमी छ-छैन, जान्ने इच्छा भएन । मैले आधी गिलास रक्सी स्वाट्ट पारें ।

उसले मलाई फेरि सोधी, "शब्द, तिमी कहिले बिहे गर्छौ ?"

"किन बिहे गर्नु ?"

"हो त, किन बिहे गर्नु ?", ऊ मात्तिएको आवाजमा हाँसी । उसले आफ्नो गिलासको रक्सी स्वाट्ट पारी ।

म बिदा भएर कोठामा फर्किएँ । रात परिसकेको थियो । अचानक दिमागभरि अनुजा पसी र भन्न थाली, "शब्द तिमी कहिले बिहे गर्छौ ? म त देश र जनताका लागि लड्दालड्दै तिमीसँग बिहे गर्न भ्याइनँ । म तिमीलाई अझै प्रेम गर्छु । एक दिन हाम्रो भेट स्वर्गमा हुनेछ । तिमीलाई म त्यहीं भेट्छु र तिमीसँग बिहे गर्छु । जिउँदो हुँदा जोसँग बिहे गर मलाई मतलब भएन तर मरेपछि मैसँग बिहे गर । म तिमीलाई पर्खिरहेकी हुनेछु !"

***

दुई महिनापछि अम्बिकाको जस्तै मेरो पनि जन्मदिन आयो ।

मैले कहिल्यै केक काटेर जन्मदिन मनाएको छुइनँ । गाउँमा केक काटेर जन्मदिन मनाउने चलन थिएन । ठूलो भएपछि शहरमा रहर लागेन । आफूले नभनी अरूले आफ्नो जन्मदिन थाहा पाउने कुरै भएन । फेसबुक चल्न थालेको थियो । साइबरमा फेसबुक लगइन हुन्थ्यो । हुलाकबाट इमेलमा चिठी सर्दै थियो । अम्बिकाले मेरो जन्मदिन फेसबुकबाट थाहा पाई ।

अम्बिका केक बोकेर मेरो कोठामा आई । मलाई कस्तो अनौठो र रमाइलो लागिरहेको थियो । मलाई भेट्दा विश्वविद्यालयको क्रान्तिकारी केटी हुन छाडेकी थिई । एक साधारण केटीजस्ती लाग्न थालेकी थिई । घरीघरी त ऊ अनुजाको दोस्रो जन्मजस्तो लाग्थी । ऊ मेरा लागि नयाँ अचम्म हुन थाली ।

हाम्रो गफको विषय फेरिएको थियो । मुक्तिका गफ कम हुन्थे । विरोध र विद्रोहका कुरा कम हुन्थे । मैले उसका सबै गफमा "त्यो त हो" भन्न छाडेर आफ्ना विचार पनि राख्न थालेको थिएँ ।

म भन्थेँ, "समाजमा महिला र पुरुषमात्र छैनन् । तीभन्दा भिन्न मानिस पनि छन् । तिनको दुःख महिला र पुरुषको भन्दा भिन्न छ । ती समाजको घृणा र बदनामको पात्र भएर बाँचिरहेका छन् । खुलेर आत्मसम्मानसहित बाँच्न सकिरहेका छैनन् । ती सबै हाम्रै आँखावरिपरि छन् तर हामीले देख्न सकिरहेका छैनौं । ती हाम्रै कानवरिपरि चिच्याइरहेका छन् तर सुन्न सकिरहेका छैनौं । तिनका लागि पनि आवाज जरुरी छ !"

उसले मेरा कुरामा "त्यो त हो" मात्र भनी, जसरी पहिला-पहिला उसको कुरामा म भन्थेँ ।

सबै मानिसलाई आफ्नो दुःख सगरमाथा हो, अरूको दुःख चुरेपहाड पनि होइन भन्ने लाग्छ ! आफ्नो दुःखका लागि मान्छे लड्छ । महिला महिलाको दुःखका लागि लडिरहेका छन् । म मेरो दुःखका लागि लडिरहेको छु । पुरुष पुरुषको दुःखका लागि लडिरहेको छ । जसको दुःखले जित्छ, त्यो समाजमा देखिन्छ । जसको दुःखले हार्छ, त्यो समाजमा दबिन्छ ।

तर, बराबर अस्तित्व र सम्मान ?

त्यो छैन ।

मैले केक काटेँ । हामीले मेरो जन्मदिन मनायौं । मेरो हातले अम्बिकालाई केक ख्वाइदिएँ । त्यस बेला मेरो हात काँपेको थियो । मैले पहिलोपल्ट कसैलाई आफ्नो हातले खानेकुरा ख्वाइदिएको थिएँ । उसले मलाई पनि केक ख्वाइदिई तर उसका हात काँपेनन् ।

अम्बिकाले मलाई सेतो टिसर्ट उपहार दिई । मैल उसकै अघि सो टिसर्ट लगाएँ । ऐनामा आफूलाई हेर्नुअघि अम्बिकाको आँखामा हेरेँ । अम्बिका मुस्कुराई ।

अम्बिकाको आँखामा अनुजा देखें, जसबाट म वर्षौंअघि भागको थिएँ । जसको शरीरको बास्ना साह्रै नमीठो लाग्थ्यो । वर्षौंपछि फेरि म त्यस्तै नमीठो बास्ना अनुभूत गरिरहेको छु ।

म टोलाएँ । अम्बिकाले सोधी, "के भयो शब्द, टिसर्ट मन परेन हो ?"

"हैन हैन !", झस्किएँ ।

"अहिलेसम्म कसैले मलाई उपहार दिएको थिएन । मैले कहिल्यै यसरी जन्मदिन मनाएको पनि थिइनँ... !", म बोल्दै थिएँ, अम्बिकाले मलाई गम्लङ्ग अङ्गालो हाली । उसको शरीरबाट पनि अनुजाको शरीरबाट आउनेजस्तै गन्ध आयो ।

नमीठो र अप्ठेरो गन्धमा म बेरिन सक्छु !

अन्तर

आजको दिन पनि बितेर जानेछ । दिनहरूले पर्खिंदैनन्, जो ती बितिगए ।

बाँच्नुपर्छ, हिम्मत बढाउने मान्छे भेटिन्छन् । बाँच्नुपर्छ, दुःख बिसाउने ठाउँ भेटिन्छ । बाँच्नुपर्छ, सुख महसुस गर्न सक्ने समय आउँछ ।

मभित्र नयाँ आत्मविश्वासको अङ्कुरण भइरहेको थियो । अम्बिकाको सङ्गतले म बलियो हुँदै थिएँ ।

एक दिन सबैको अघि चिच्याएर भन्नेछु, "म अर्थोकै केही होइन तर तिमीभन्दा अलग हुँ । तिम्रा जस्तै मेरा पनि इच्छाहरू छन् । तिमीजस्तै म पनि चाहन्छु आत्मसम्मान !"

यस्तो सोच्दासोच्दै बा आँखामा आउँथे । बाले हुलाक घरबाट पठाउने चिठीमा केटीका फोटा आउन थालेका थिए । फोनमा मेरो हालखबर सोध्नुअघि बा भन्थे, "केटी पढेलेखेकी छे । केटी इमानदार छे । केटी खानदानी परिवारकी हो । संस्कारी छे । चिनाटिपनमा सबै गुण मिल्छ । घर आइज, केटी हेर्न जानुपर्छ । यसपालि जसरी पनि बिहे गर्नुपर्छ ।"

त्यसपछि बाले सोध्थे, "तेरो पढाइ कस्तो हुँदै छ ?"

त्यस बेला मलाई बा, बाजस्ता लाग्दैनथे, मभित्रको मानिसलाई हत्या गर्न खोजिरहेको क्रूर हत्याराजस्तो लाग्थ्यो । अनेक बहाना बनाएर बासँग भाग्न खोज्थें । दुवाली छेकेर माछा समातेझैं बाले मलाई समातिरहन्थे ।

बिहेको कल्पना गर्दा पनि भाउन्न छुट्थ्यो । एउटी महिलासँग निर्वस्त्र कसरी सुत्न सक्छु । कसरी आफू सम्भोगका लागि तयार हुन सक्छु । न कुनै उत्तेजना, न कुनै भावना ! मैले बिहे गरें भनें आफूमाथि

मात्र हैन, जोसँग बिहे गर्छु, उसमाथि पनि अपराध हुनेछ । म दोहोरो अपराध गर्न सक्दिनँ ।

कुनै दिन लाग्थ्यो, बाआमालाई सब कुरा भनिदिऊँ । सारा भयबाट मुक्त हुँ । तर लागेका सबै कुरा भन्न नसकिँदो रहेछ । बाआमालाई बलदेव बनाउन चाहन्नँ । अमन बनाउन चाहन्छु । यसकारण समय पर्खिरहेको छु ।

त्यो समय कहिले आउँछ ?

पक्का एक दिन आउँछ । आशा जाग्न थालेको छ ।

अर्को दिन बाको टेलिफोन आयो । मेरो हालखबर सोधेपछि बाले भन्नुभयो, "घर आइज, जरुरी काम छ !"

"के काम छ ?", मैले सोधें ।

"जरुरी छ, जसरी पनि आइज !"

"कस्तो जरुरी ?"

"जरुरी छ ! आमा न्यास्रेकी छे । तँ घर आइज !", बाको फोन काटियो । बाको आवाज अरू दिनभन्दा भिन्न र फरक थियो । बाको आवाज होइन, मन आत्तिएको जस्तो छ । बा धैर्यवान् मानिस हुन् । धैर्यवानहरू आत्तिंदा निकै अधैर्य सुनिंदा रहेछन् ।

मैले यताबाट फोन डायल गरें । फोन व्यस्त थियो । गाउँको टेलिफोन सधैं व्यस्त हुन्छ । फोन लागेन ।

के भयो बालाई ? आमा बिरामी हुनुभयो कि ! पक्कै केही त भएको छ ! बाको कम्पित आवाजले भनेको छ ।

घर नगएको धेरै भएको थियो । बिस्तारै म जीवनतिर फर्किरहेको थिएँ । वसन्तऋतुमा रुखका हाँगामा पालुवा फर्किएझैं बाआमा, साथीभाइ, आफन्त र गाउँघरको याद फर्किरहेको थियो ।

बाको अधैर्यले मलाई भोलिपल्ट घर पुऱ्यायो । बाआमा घरमा हुनुहुन्थेन । बा हुलाक, आमा बजार जानुभएछ । गाउँ उति प्रिय लागेन । मेरो 'म' थिएन त्यहाँ । मन नअडिएपछि वातावरण उसै उदास लाग्दो रहेछ । जे देखे पनि निरसिलो ।

अमनको घर गएँ । अमन फेरि वीरगन्जतिरै बस्न थालेछ । उतै स्कूलमा पढाउन थालेछ । धेरै भएको थियो, ऊसँग फोनमा कुरा नभएको । मलाई समेत भनेन । मन खिन्न भयो । अमनका बाले मलाई भने, "तैंले चाहिँ कहिले हो बिहे गर्ने ? साथी बा बन्न लागिसक्यो ।" यति भनिसक्दा अमनका बा उज्याला भएका थिए ।

अमनले काम गर्ने स्कूल र डेरा दुवैतिरको फोन नम्बर लिएर म घर फर्किंदै थिएँ, बाटोमा गोमा दिदीसँग भेट भयो । उनको ढाड अलिक कुप्रिएछ । टाउकाका धेरै कपाल सेता भएछन् । मलाई देख्नासाथ पहिलाजस्तै खुशी भइन् । "कहिले आइस् शब्द ?", सधैँझैं सोधिन् ।

उनको हालखबर सोधेँ, पहिला ठीकै छ भनिन् । पछि ढाड दुख्ने बिमारले भेट्यो भनिन् ।

"तेरा बाआमा घरमा छैनन् क्यार ! मेरो घर हिंड्, चिया बनाउँछु !", गोमा दिदीले उस्तै माया गर्छिन्, जस्तो सानो हुँदा गर्थिन् । म हुर्किंदै जाँदा आफूभित्रको पुरुषसँग टाढा भएझैं गोमा दिदीसँग पनि टाढा हुँदै गएँ तर गोमा दिदी मसँग उस्तै भइन्, जस्तो म उनको काखमा थिएँ ।

म गोमा दिदीको घर पुगेँ ।

सानो चिटिक्क परेको भुइँघर पहिलाजस्तो सुन्दर थिएन । आँगनमा फुल्ने चमेली फूलको बोट थिएन । पारिजातको बोट पनि मरेछ । आँगनको छेउछाउमा घाँस पलाएको थियो ।

"किन फूल मासेको दिदी ?", मैले सोधेँ ।

"ख्वै के भयो कुन्नि ! फूलका बोट आफैं मरे । यिनका पनि आयु पुगे होलान् । नयाँ रोप्न सकेकी छैन ।", उनले भनिन् ।

म पिंढीको खाटमा बसेँ । गोमा दिदी भान्सामा पसिन् र चिया बनाउन थालिन् ।

एकै छिनमा चिया पाक्यो । दुवै हातमा स्टिलका गिलास बोकेर उनी भान्साबाट बाहिर निस्किन् ।

दायाँ हातमा बोकेको गिलास मलाई दिँदै भनिन्, “बूढी भइयो । काम गर्न सक्न छाडियो । आँखा पनि मधुरा हुन थाले । म पनि अब कतै आश्रमतिर गएर बसूँ कि जस्तो लाग्दै छ बाबु !”

“किन आश्रम जानु, यहीँ गाउँमा बस्नुपर्छ ?”, मैले भनेँ ।

“यहाँ अब मेरो को छ र ! बाआमा बितिहाले । दाजुभाइ आ-आफ्नो मेलोमेसोमा छन् । आश्रममा सबै आफूजस्तै मान्छे हुन्छन् । सबैको दुःख एउटै भएपछि सबै परिवारका मान्छेजस्तै हुन्छन् । उतै जान्छु ।”

“कता जाने विचार गर्नुभएको छ त दिदी ?”, मैले सोधेँ ।

“देवघाटतिर जाऊँ कि भनेको !”, उनले भनिन् ।

गोमा दिदीका बाआमा दुवै दुई वर्षअघि बिते । गोमा दिदी सधैँ एक्लै भइन् तर कहिल्यै एक्लीजस्ती देखिन्नन् तैपनि मान्छेले उनलाई ‘एक्ली’ भने । कहिल्यै उदास-निरास देखिन्नन् तर मान्छेले उनलाई ‘बिचरा’ भने । उनी आफू कहिल्यै कमजोर भइनन् तर मान्छेले उनलाई कमजोर बनाए । अझै पनि उनी कमजोर हैनन् तर उनलाई अचेल एक्लै बस्न दिक्क लाग्न थालेछ ।

मैले सोधेँ, “दिदी बिहे गर्नेबित्तिकै किन भिनाजुलाई छाडेर माइतै बस्न थाल्नुभएको थियो त ?” यो दिदीलाई सबैले सोध्ने सामान्य प्रश्न भइसकेको छ । उनले क-कसलाई के-के उत्तर दिइन्, थाहा छैन ।

मलाई भनिन्, “मलाई त छोरा मान्छे राक्षसजस्तो लाग्छ । तिनको शरीर कुहिएको सिनोजस्तो गन्हाउँछ । लोग्ने मान्छेले छोयो कि सहनै सक्दिनँ । भिनाजु धनी थिए । धनको सुख थियो । मनको सुख भएन । छाडिदिएँ । बरु जे सहुँला भनेर माइतै बसेँ । यहाँ पनि मान्छेले दिनरात कुरा काटे । अनेकथोक भने । कसैकसैले त मेरो इज्जतमा प्रश्न पनि गरे । लोग्नेमान्छे मलाई देखेर टाढैबाट साइकिलको घण्टी बजाउँथे । सिठी पनि मार्थे । अनेक थोक भनेर जिस्क्याउँथे । पछिपछि बानी भएँ । बाआमाले अलिकति अंश दिए । त्यही रुगेँ । दुःख गरेँ । बूढी भएँ । दुक्लैभन्दा मलाई एक्लै सुख भयो बाबु ! तर, तेरो भिनाजुले मलाई माया गर्थे है ! देख्दा अरूका स्वास्नीलाई भन्दा मलाई सुख

थियो तर देखिने सुखले मात्र बाँच्न नसकिँदो रहेछ । आफूले भोग्ने र आफूले देख्ने सुखमात्र सुख रहेछ । मलाई लोग्नेसुख भएन बाबु !"

"जसरी पनि खुशी हुनु हो । तपाईं यसरी नै खुशी हुनु भो ! भइगो नि दिदी !", मैले भनें ।

"ईश्वर छन् । ईश्वरले सुख देलान् नि बाबु !", गोमा दिदीले सुस्केरा छोडिन् ।

म झसङ्ग भएँ, "के मैले जे भोगिरहेको छु, त्यैबाट गुज्रेर बूढी भएकी हुन् गोमा दिदी पनि ? मैले उनको बारेमा किन कहिल्यै सोच्न सकिनँ ? के गोमा दिदी र मेरो पीडा एकैखाले हो ?" मलाई दिदीको अङ्गालोमा बाँधिएर बेस्मारी रुन मन लाग्यो तर लाठे हुनुको चेतनाले खुम्च्याइदियो ।

दिदीले मभित्र उम्लिएको भावना पोखिएको देख्नुअगावै म हिंडें । म समयको धारमा टेकेर हिंडें ।

अरूसँग जुध्नुअघि मान्छेले आफैँसँग जुध्नुपर्छ । गोमा दिदी आफूसँग जुधिन् । आफूलाई जितिन् । खुशी भइन् । मान्छेले अरूलाई जित्न जति गाह्रो छ, आफूलाई जित्न त्योभन्दा कयौं गुणा कठिन छ । गोमा दिदी साँच्चै विदुषी हुन् । आफूलाई जितेर विजयी भएकी मानिस हुन् ।

गोमा दिदीको घरबाट फर्किएँ ।

साँझ पर्न लागेको छ । म हावामा हिंडेझैं आफ्नै आवेगहरूको वेगमा हिंडिरहेको छु ।

***

म घर फर्किंदा आमा बजारबाट आइसक्नुभएको थियो । मलाई देखेर आमा छक्क पर्नुभयो । अचानक छोरालाई घरमा देख्दा खुशीले एकैछिन आमाको वाक्य बस्यो अनि मेरो नजिकै आएर सोध्नुभयो, "सन्चै छस् ?"

आमाको खुट्टा ढोग्दै "सन्चै छु" भनें ।

"भाग्यमानी भएस् !", आमाले आशीर्वाद दिनुभयो ।

"सपना साह्रै नराम्रो देखेकी थिएँ । साह्रै न्यास्रो लागेको थियो ।", आमाका आँखा पिलपिल भए ।

"सपना त केके देखिन्छ देखिन्छ नि ! सपनाको पछि लागेर हुन्छ त ! सपनामा नराम्रो भएर केही हुँदैन । विपनामा नराम्रो हुनु भएन ।", मैले आमालाई सम्झाउँदै भनें ।

आमा भान्सामा लाग्नुभयो । साँझ परिसक्दा आँगनमा बाको साइकिलको घण्टी बज्यो । बा मलाई देखेर आमाजसरी छक्क पर्नुभएन । सामान्य भावमा मेरो खबर सोध्नुभयो अनि पढाइ । मैले बाका खुट्टा ढोगें ।

"बल्ल यसले संस्कार सिकेछ !", बाले मुस्कुराउँदै भन्नुभयो । दशैंमा बाआमाका खुट्टा ढोग्थें । अरू बेला यसरी कहिल्यै ढोगेको थिइनँ । अघि आमालाई देख्नासाथ आमाको खुट्टामा मेरो शिर आफैं पऱ्यो । अहिले बालाई देख्नासाथ उस्तै भयो । मेरो टाउकोले आफैं जान्यो, बाआमालाई ढोग्नुपर्छ ।

बेलुका खाना खानुअघि बाले भन्नुभयो, "राम्रो घरबाट केटीको कुरा आ'को छ ! भोलि केटी हेर्न जानुपर्छ !"

"म अहिले बिहे गर्दिनँ !"

"कहिले गर्छस् त ?"

म बोलिनँ ।

"राम्रो घरकी केटी हो । त्यत्तिको घरबाट कुरा आउनु हाम्रा लागि राम्रो कुरा हो । केटीले बिए पढ्दै छे । भोलि वीरगन्ज हिँड् । केटी हेर्नू र उतैउतै काठमाडौं जानू । कुरा मिले चाँडै बिहे गर्नुपर्छ । अब सिङ पलाउँदैन, जुरो आउँदैन । खुरुक्क बिहे गर् ! सबै कुरा समयमै गरेको राम्रो !"

थोरै बोल्ने बाको प्रवचन लगातार गयो ।

म बोलिनँ । आमा बोल्नुभएन ।

बाआमा किन छोराछोरीको बिहे गरिदिन मरिहत्ते गर्छन् ? छोराछोरीको बिहेमा बाआमालाई कुन सुख प्राप्त हुन्छ ? मैले बिहे नगर्दा बाआमालाई के हुन्छ ? मलाई लाग्छ, झन् धेरै सुख हुन्छ । माया बाँडिँदैन । प्रेम साटिँदैन । छोरालाई एकलौटी माया गर्न पाउँछन् । बिहे गरेपछि घरको

अंशबन्डा लागेझैं मायाको पनि बन्डा लाग्ला । बिहेले छोरालाई खुशी बनाउँछ । छोराको खुशीले आफूलाई तृप्त बनाउँछ भनी ठान्छन् कि त ! तर म त अर्कै छोरा हुँ । बिहेले मलाई खुशी बनाउँदैन । मेरो खुशीमा बाआमा तृप्त हुने पक्का हो भने मेरो दुःखमा पनि बाआमा दुखी हुने पक्का हो । मैले यो कुरा बालाई भन्नुपर्छ ।

तर, कसरी ?

थाहा छैन । मसँग अझै हिम्मत छैन । म बाको अघि कायर हुँ ।

"तैंले केटी हेरेको छस् भने भन्, नत्र मैले भनेको केटी एकपटक हेर् ! तँलाई मन परेन भने बिहे गर्नुपर्दैन ! मैले वचन दिइसकेको छु । हेर्न त एकपटक जानैपर्छ ।"

"भेडाबाख्रा हेरेजसरी अर्काकी छोरीचेली हेर्न जान्नँ ! अर्काकी छोरीचेलीलाई मन परेन, बिहे गर्दिनँ कसरी भन्नु ?"

"त्यसो भए तँलाई हेर्न केटीका बाआमा यहीं बोलाऊँ त !", बा रुखो हुनुभयो ।

"केटीका बाआमासँग मैले बिहे गर्ने हो र !", म कडा भएँ ।

"पढेलेखेको छु भनेर धेरै जान्ने न हो, तेरो बाउ हुँ, खुरुक्क केटी हेर्न हिंड् !", बा ठूलो हुरीझैं झोक्किनुभयो ।

अन्ततः म गलें । बाको पछि लागेर केटी हेर्न गएँ । लमी रहेछन्, हुलाकको जागिरबाट रिटायर्ड भएका बाका पुराना हाकिम । बाले छोरा ल्याउँछु भनेर बोलिसक्नुभएको रहेछ । आफ्नो पूर्वहाकिमको अघि 'बोलीमा पक्का छु' भनेर प्रमाणित गर्नु थियो बालाई । बाको अहम् र फोस्रो इज्जत छोराको नाताले राख्नु थियो मैले । बाको इज्जत राख्दा मभित्रको अर्को मान्छेको मृत्यु हुने पक्का थियो । म मृत्युको बाजी मारेर केटी हेर्न गएँ ।

हामी वीरगन्ज लमीको घर पुग्यौं । लमी बाका पुराना हाकिम भए पनि बाले नयाँ हाकिमलाई झैं सम्मान गर्नुभयो र आदेश मान्न "हजुर हजुर" भनेझैं धेरै कुरामा "हजुर हजुर" भन्नुभयो ।

लमीकै घरमा हामीले भात खायौं ।

लमीले जागीरमा अन्तर्वार्ता लिएझैं मसँग केही प्रश्न सोधे । केही बेर केटीको प्रशंसा गरे, "केटी साह्रै असल छे । बाबुसँग साह्रै जोडा मिल्छ । अनुहारको रङ्ग पनि मिल्छ । आँखा ठूला छन् । निधार फराकिलो छ । हातपाखुरा सर्लक्क परेका छन् । संस्कारी छे । खानदान राम्रो छ । अरूभन्दा पनि केटी पढाइमा तगडा छे । एसएलसी फस्ट डिभिजनमा पास गरेकी हो । अहिले बिए पढ्दै छे । ताल परे बाबुलाई नै जित्न सक्छे । यस्ती केटी जो पायो, त्यहीले पाउँदैनन् । आफ्नै साथीको छोरा भनेर मात्र बाबुलाई जोडबल गरेको हुँ ! नत्र अरू भए के चासो !"

लमीको कुरा सुनेर बाको अनुहार धपक्क भयो ।

"केटी उम्काउँन हुँदैन !", लमीले फेरि भने ।

"अब लेखान्त कस्तो छ ! जन्म, मृत्यु र बिहे आफ्नो हातमा हुँदैन भन्छन् !", बाले भन्नुभयो ।

"अलिक जोडबल गरेरै भए पनि जोडा मिलाउनुपर्छ नि !", लमीले भने ।

लमीको कुरा सुनेर मेरो मुटु काँप्यो । पिसाब लागेलागेजस्तो भयो । "ट्वाइलेट कता छ ?", मैले सोधें ।

लमीले ट्वाइलेट देखाइदिए ।

मैले पहिलोपटक ट्वाइलेटमा यति चैनको अनुभव गरें । तर बाहिर निस्किनु त छँदै थियो । त्यहीँबाट भाग्न पाए हुन्थ्यो जस्तो लाग्यो । तर बाको इज्जतले घुँडा टेकायो । हुति पुगेन ।

***

हामी केटीको घर पुग्यौं । म होशमा थिएँ । मेरो मुटु दुखेको थियो । कटक्क पेट काटेको थियो । पिसाब लागेलागेजस्तो भयो तर अघि लमीको घरमा जस्तो ट्वाइलेट सोध्ने हिम्मत पुगेन ।

केटीको घर सामान्य खालको थियो । बैठक कोठामा पुरानो सोफा थियो, शायद भाउजूको दाइजो हुनुपर्छ । एउटी अधबैंसे स्वास्नीमान्छेलाई हेरेर अड्कलें, "आमाभन्दा कम उमेरकी पक्कै भाउजू होलिन् ।" एउटा

सोफामा हामी बस्यौं । अर्को सोफामा केटीका बा, दाइ र दुई काका बसे । भित्ताको रङ्ग खुइलिएको थियो । खुइलिएको भित्तामा ठूलो फोटो फ्रेमभित्र रारताल टाँसिएको थियो । त्यहाँ मैले मेरो बारेमा केही बोल्नुपरेन । लमीले मसँग केटीको प्रशंसा जसरी गरेका थिए, त्यसरी नै केटीका बासँग मेरो प्रशंसा गरे, "केटो हजुरले देखिहाल्नुभयो । पढाइमा तगडा छ । सधैं फस्ट भयो । कहिल्यै सेकेन्ड भएन । नेपालको पढाइ त सक्नै लागिसक्यो । हजुरकी छोरीसँग खुब जोडा मिल्छ ।"

केटीका बाले भने, "दुवै पढेलेखेका छन् । आफैं निर्णय गर्न सक्छन् । केटाकेटीको चित्त बुझ्यो भने अगाडि बढौंला ।" मेरा बाभन्दा केटीका बा सज्जन रहेछन् ।

केटीले चिया लिएर आई । मैले चिया तानें तर केटीको अनुहार हेरिनँ । चियाको बाफ उडिरहेको थियो । चियाको कप मुखमा लैजाँदा हात काँप्यो । चिया छचल्किएर तिघ्रामा खस्यो । अरू बेला भए तातो चियाले पोलेको छालाले थाहा पाउनासाथ आत्था भन्थें हुँला तर आफ्नो मनको अधीरता अनुहारमा देखिन्छ कि भन्ने आशङ्काले छालालाई सहन बाध्य बनाएँ । पाइन्टमा दूधचियाले भर्खरै बनाइदिएको दाग हेर्दै कप जोडले पकडें ।

***

केटाकेटीलाई एकअर्कासँग कुरा गर्न भनेर छुट्टै समय र स्थान तोकियो ।

सेतो रङ्गको भित्ता भएको कोठा सानो थियो । बैठक कोठामा जस्तै यहाँ पनि भित्तामा रारताल टाँसिएको थियो । एउटा खाट, कुनामा रङ्ग नलगाएको काठको पुरानो दराज, टेबलमाथि पिङ्क रङको जालिदार टेबलपोस र त्यहाँ मिलाएर राखिएका दुई खात किताब-कापी, एउटा ऐना, एउटा पोन्ड्स पाउडरको बट्टा र एउटा फेयर एन्ड लभ्ली क्रिम थियो । टेबलअघि हुनुपर्ने कुर्सी टेबलको विपरीत दिशातिर थियो । कोठाभित्र छिरिसक्दा हेरिभ्याइने सीमित सामान थिए । औपचारिकता नपर्खी कुर्सीमा बसें । केटी खाटमा बसी ।

अब हेर्नुपर्ने दृश्य बाँकी थिएनन्, गर्नुपर्ने कुनै काम थिएन । बोल्नु थियो तर दुवैको बोली फुटिरहेको थिएन । केटाकेटीमा साथीसँग झगडा गर्दा को पहिला बोल्ने भनेर पालो पर्खिएझैं दुवै एकअर्कालाई पर्खिरहेका थियौं ।

मैले आशा भरिएका नजरले पुर्लुक्क केटीतिर हेरें, ऊ दुवै हातका औंलाले तन्नाबाट निस्किएको डोरो बटारिरहेकी थिई, घोसेमुन्टो लगाएर । मानौं, उसले त्यो काम अहिल्यै सक्नुपर्नेछ ।

म डराइरहेको थिएँ । केटी हेर्न जाँदा के सोध्नुपर्छ ? के भन्नुपर्छ ? थाहा थिएन । तर म केटा हुँ, कुरा मैले नै पहिले शुरु गर्नुपर्छ, आखिर केटीले पनि त त्यही चाहेकी होली ।

अचानक मुखबाट फुत्कियो, "यो कोठा तपाईंको हो ?"

हो भन्न मुन्टो हल्लाई, वाक्य फुटेन । मलाई उसको खुब दया लागेर आयो । के केटीहरू म जस्ताहरूभन्दा पीडित हुन्छन् ? म गलत ठाउँमा आइपुगेको थिएँ । मलाई उसको बारेभन्दा बढी आफ्नै लागि चिन्तित हुनु थियो । यदि यहाँबाट उम्किन सकिनँ भने मेरो जीवन सकिन्छ । सम्झिँदै आङ जिरिङ्-जिरिङ् भयो ।

"कस्तो राम्रो रहेछ कोठा !", के बोलौं, के बोलौंको बीचबाट यो वाक्य फुत्त बाहिर निस्कियो ।

उसले मेरो अनुहारमा पुलुक्क हेरी र पुनः धागो बटार्नमै व्यस्त भई ।

मलाई उसको नाम थाहा थियो तर पनि सोधें, "तपाईंको नाम ?"

"रीमा !"

निकै बेर हामी चुपचाप र मौन बस्यौं ।

फेरि मैले अचानक भनें, "पानी दिनुहुन्छ ?"

"हुन्छ ।", हतारमा रीमा उठी ।

रीमा गएपछि मैले लामो श्वास फेरें ।

"ह्याँबाट कसरी भाग्ने ?", आफैंलाई सोधें । आँखा चिम्लिएर अनेक उपाए सोचें ।

"मेरो गर्लफ्रेन्ड छ । म बाको करले आ'को । म तपाईंसँग बिहे गर्न सक्दिनँ भनिदिन्छु ।", सोचेँ ।

लगत्तै फेरि सोचेँ, "हुँदैन, यसो भन्नु घोर अपमान हो । जानाजान कसैको अपमान कसरी गर्नु !"

"के भन्ने त ?", सोच्न सकिनँ ।

एकै छिनमा पानीले भरिएको सिसाको ग्लास किस्तीमा राखेर ऊ कोठामा प्रवेश गरी । मैले किस्तीबाट ग्लास तानेँ । जसरी अघि चिया पोखिएको थियो, त्यसरी नै पानी पोखियो । तातो चिया पोखिएकै ठाउँमा चिसो पानीले भिज्यो ।

पानी मैले पोखेको थिएँ तर केटीले "सरी" भनी ।

मैले पानी पिउन्जेल हातमा किस्ती बोकेर ऊ उभिइरही । रित्तो ग्लास किस्तीमा राखिदिएँ । ऊ रित्तो ग्लास बोकेर फर्की । ढोकाबाहिर ग्लास फुटेको आवाज आयो ।

म कोठाबाट बाहिर निस्कँे । मेरो प्रतीक्षामा बसेका थिए सबै जना । बाले मेरो अनुहारमा हेर्नुभयो ।

लमीले फ्याट्ट सोधे, "के छ त विचार !"

मैले बलियो मुटु बनाएर भनेँ, "हामीले एकअर्कालाई बुझेका छैनौँ । फेरि भेटेर सोच्ने सल्लाह गऱ्यौँ ।"

केटीका बाले भने, "जुग फेरिएको छ । हामी त सधैँ छोराछोरीको भलो चाहन्छौँ तर हाम्रो भलोले मात्र छोराछोरीलाई थेग्दैन । आफ्नो भलो हुने गरी आफैँले निर्णय गर्नु राम्रो !"

त्यसपछि बा घर फर्किनुभयो । म काठमाडौँ जाने भएँ ।

आँट

"म वीरगन्जमा छु ! तँसँग जरुरी काम छ ! घण्टाघर आइज !"

बासँग छुटेपछि अमनलाई फोन गरेँ । उसको खबर सोध्ने होश थिएन ।

"किन वीरगन्ज आइस् ?", उसले सोधेन । स्कूलबाट इमरजेन्सी बिदा लियो र मलाई भेट्न आयो ।

घण्टाघरमा सधैं भिडभाड भइरहन्छ । साइकिल, रिक्सा, टाँगा सधैं हतारमा गुडिरहेका हुन्छन् । पैदल हिंड्ने दगुरिरहेका हुन्छन् । बाइक, बस उस्तै हतारमा हुन्छन् । घण्टाघरको घडीको सेकेन्ड सुईलाई हतार भएझैं सबै मान्छे हतारमा हुन्छन् ।

मलाई दौडने हतार छैन । बरू यही घण्टाघरझैं स्थिर भइरहने हतार छ ।

सयौं मान्छे छन् तर म एक्लो छु । यो दुनियाले मभित्रको मान्छे देख्दैन । देखे पनि हेप्छ । अपमान गर्छ । मेरो यथार्थ थाहा पाउने बित्तिकै 'छक्का' भन्दै गिज्याउँछ । यो भिडको प्रत्येक मानिस मलाई अ-मानिसजस्तो लाग्छ ।

एउटा रिक्सावाला आयो र सोध्यो, "कता जाने हो ?"

अर्को टाँगावाल आयो र सोध्यो, "कता जाने हो ?"

बसवाला आयो र सोध्यो, "कहाँसम्म जाने ?"

"म जाने ठाउँ कहाँ छ ?", मैले आफैंलाई सोधेँ ।

एकैछिनपछि अमन आइपुग्यो । मलाई अङ्गालो हाल्यो । उसको न्यानो स्पर्शले औषधिको काम गऱ्यो । आफूभित्रको रनाहालाई क्षणभर भुलेँ । त्यो

अङ्गालो पहिलाको जस्तो थिएन । विश्वास र भरोसाको अङ्गालो थियो । त्यो अङ्गालो साथ र सहयोगको थियो । त्यो अङ्गालो पूर्वप्रेमीको थिएन, एक असल साथीको थियो । जहाँ ईर्ष्या थिएन । घृणा थिएन ।

"हिँड् कोठामा !"

"यतै बसेर चिया खाऔँ पहिला अनि जाउँला ।", मैले भनें ।

हामी नजिकैको एउटा सानो होटलमा पस्यौं । होटलमा भिडभाड थियो । हामी अन्तिम टेबल र कुर्सीमा गएर बस्यौं । अमनले दुई औंला उठाएर साहुजीलाई टाढैबाट दुई कप दूध चिया अर्डर दियो । "अरू के खाने ?", गोजीभरि पैसा हुँदाको स्कूले केटोले सोधेझैं गरी उसले सोध्यो, "भोक लागेको छैन ?"

मैले छैन भन्नुअघि नै उसले दुई औंला उठायो । दुई प्लेट समोसा अर्डर गऱ्यो अनि सोध्यो, "किन आइस् वीरगन्ज ?"

"केटी हेर्न !", मैले सिधै भनें । अब ऊसँग लुकाउन बाँकी केही थिएन ।

"बौलाइस् !"

"म हैन, बा बौलाउने भए । बाले बिहेको दबाब यति धेरै दिन थाले कि थेग्नै सकिनँ ।", मैले छोटो र कमजोर स्पष्टीकरण दिएँ ।

त्यसपछि ऊ एकछिन मौन बस्यो अनि बोल्यो । "आफूमाथि अन्याय नगर्, तँ जे होस्, त्यो बालाई भन् । तैंले आफूलाई जितिसकिस् । अब समाजलाई जित्नुपर्छ । जिन्दगी एकपटक बाँच्ने हो । एकपटक भोग्ने हो । आफूले चाहेको जिन्दगी आफैंले बाँच्नुपर्छ । आफूलाई बाँच्न सजिलो हुने वातावरण सकेसम्म आफैंले बनाउनुपर्छ । सङ्घर्ष गर्ने ठाउँमा सङ्घर्ष गर्नुपर्छ । विद्रोह गर्ने ठाउँमा विद्रोह गर्नुपर्छ । आफ्नो खुशी आफैंले खोज्नुपर्छ ।"

अमनले यति सजिलै भन्यो कि मानौं मेरो जिन्दगी महिला, महिला तथा पुरुष, पुरुष हुनुजत्तिकै सामान्य कुरा हो ।

"बालाई कसरी भन्ने ?", अलिक झोक्किँदै बोलें ।

"मलाई जसरी भनिस् !", झन् सामान्य हुँदै उसले भन्यो ।

अमनले मलाई आँट दियो तर अरूले दिएको आँटले मात्र काम नगर्दो रहेछ । बालाई आफ्नो कथा सुनाउन सक्ने गरी मैले आफूलाई जितेको थिइनँ । यो कुरा धेरैपटक प्रमाणित भइसकेको छ ।

म अवाक् भएँ ।

"तँलाई यही समाजसँग जुध्नु छ भने तैंले बालाई आफ्नो कुरा भन्नैपर्छ ! घरलाई जितिस् भने मात्र समाजलाई सजिलै जित्न सक्छस् ! तैंले आफूसँग युद्ध गरिस् ! जितिस् ! अब घरसँग युद्ध गर् ! घरलाई पनि जितिस् भने समाज नाथेलाई त सजिलै जित्छस् !" अमनले भन्यो ।

कसरी जुध्ने घरसँग ? अरूसँग जुध्नुजस्तो सजिलो छैन घरसँग जुध्नु । अरूलाई जित्नजस्तो सजिलो छैन घरलाई जित्न । घरसँग सपना छ । अनेकन इच्छा छन् । पुस्तौंपुस्तादेखि विरासतमा आएको सोच छ । विचार छ । त्यसलाई भत्काउनु शासकको पर्खाल भत्काउनुजस्तै कठिन छ ।

घरलाई जित्न सक्ने हिम्मत सबैभन्दा ठूलो हिम्मत रहेछ ।

टेबलमा तातो चिया र समोसा आयो । मैले खाएँ तर स्वाद थाहा पाइनँ । स्वादका लागि मानसिकरूपले मानिस ठीक हुनुपर्दो रहेछ । म भर्खर एउटा दुर्घटनाबाट बालबाल बँचेर उम्किएको थिएँ र मेरो मानसिक अवस्था ठीक थिएन ।

"तँलाई आज वीरगन्ज घुमाउँछु, हिंड् घडैया पोखरी !", अमनले भन्यो ।

"हैन, म काठमाडौं फर्किन्छु ।", मैले भनें ।

"अहिले कहाँ जान्छस् ? गए पनि राति जालास् ! हिंड् न अहिले !", अमनले जिद्दी गर्दै भन्यो ।

साँझ पर्दै गर्दा अमनले मलाई घडैया पोखरी लिएर गयो । पोखरीवरिपरि मानिसहरू आ-आफ्नै सुरतालमा रमाइरहेका थिए । पोखरीको बीचमा मन्दिर । पानीको फोहोरा । बिजुली बत्तीको झिलिमिली । घडैया पोखरीको आकर्षण हो ।

त्यहाँ थुप्रै जोडी मानिस थिए । अमन र मजस्ता केटाकेटाका जोडी पनि थिए । तीमध्ये कति मजस्ता पनि थिए होलान् । अमनजस्ता पनि थिए होलान् । पर्दा नखोली भित्रको दृश्य देखिँदैन । मजस्ता कयौँले पर्दा लगएर आफूलाई लुकाएर हिँडेका छन् ।

घडैया पोखरीको चमकधमक मलाई मन परेन । त्यहाँको सौन्दर्य महसुस गर्न सक्ने गरी मनका आँखा खुलेनन् तर अमन घडैया पोखेरीमा रमायो । जिन्दगीमा सबै हिसाबकिताब मिलेको मान्छेलाई सबै रङ्गीन दुनिया सुन्दर लाग्छ । अमनको जिन्दगीको सबै हिसाबकिताब मिलेको छ ।

***

काठमाडौं जाने नाइटबसहरू छुट्ने बेला हुँदै थियो । काठमाडौं फर्किन अमनसँग बिदा मागेँ ।

"कहाँ जान्छस् ! बल्ल आ'को छस्, आज बस् ! भोलि जा !", अमनले भन्यो ।

"मेरो जरुरी काम छ । म जान्छु यार !"

"के काम छ ?"

"छ, पछि भनुँला !", मैले भनेँ ।

"मलाई भन्न नहुने के काम छ ?", अमनले सोध्यो ।

अमनलाई भन्न नहुने मेरो कुनै काम बाँकी छैन अब । उसले मलाई नाङ्गो देखिसकेको छ ।

उसले भन्यो, "बरु हिँड्, कटिया खान !"

हामी एउटा रिक्सामा चढ्यौँ । रिक्सावाला बूढो थियो तर उसको कुरा तन्नेरी थियो । हाम्रो घर सोध्यो । त्यसपछि भन्यो, "होटलमा बस्ने भए मैले चिनेको छु । सस्तो छ । केटीसेटी पनि मिल्न सक्छ !"

"हाम्रो यहीं डेरा छ ।", मैले भनेँ ।

अमन हाँस्यो ।

हामी बसपार्कनेर पुग्यौं । एउटा सानो होटलमा छिऱ्यौं । रक्सी र मासु खानेको भिड थियो । हामीले एउटा टेबल ओगट्यौं ।

खसीको मासु माटोको हाँडीमा राखेर आगोको भुङ्ग्रोमा पकाएपछि कटिया बन्दो रहेछ । मासु खानेलाई खुबै स्वाद पर्ने । अमनले एक हन्डी मासु अर्डर गऱ्यो ।

लगत्तै मासु हाम्रो टेबलमा आयो ।

"बियर खाने ?", मैले सोधें ।

"घरमा बुढी सुत्केरी हुनेवाला छे । यस्तो बेला बुढी बेखुशी बनाउनुहुँदैन । तैंले खाने भए खा !", उसले भन्यो ।

"तँ बाउ भएपछि सँगै खाऔंला ।"

उसले तातो मासुको चोक्टा चम्चाले उठायो । त्यसपछि मुखनेर लगेर फुक्यो र मुखमा हाल्यो ।

"पढाइ सकेर के गर्छस् ?", मासु निलेपछि मलाई सोध्यो ।

"लोकसेवा पढ्छु । अरू केही गर्न सक्दिनँ ।", मैले सरल उत्तर दिएँ ।

विश्वविद्यालयमा भेटिएकी अम्बिकाबारे अमनलाई बताएँ । उसले खासै रुचि देखाएन । "कस्ती भइछे" भनेर समेत सोधेन । अम्बिका अमनका लागि एक बिर्सिसकेकी नाम थिई । एक बिरानो अनुहार थिई । छुटेर हिंडेकी मान्छे थिई । साथी थिइन ।

रातको आठ तीस बज्दै थियो, वीरगन्जबाट काठमाडौं जाने नाइटबस बाँकी थियो । मलाई अमनको कोठामा जान पटक्कै मन थिएन । उसकी बुढीले के भन्ली ? लोग्नेको समलिङ्गी साथी मै हुँ भनेर पक्कै थाहा पाएकी होली ! के सोच्दी हो मेरा बारेमा ?

"स्वास्नीको खुशीका लागि अमनले मसँग बियर पिएन । मेरो कारण उसकी श्रीमती ऊसँग बेखुशी भई भने... !", मैले सोचें ।

"अमन, मेरो भोलि जरुरी काम छ, म जसरी पनि काठमाडौं जान्छु, तँ कोठा जा !", मैले जिद्दी पारामा भनें ।

"किन, के भयो तँलाई ?"

"मेरो नगई नहुने काम छ, तँलाई भेट्नमात्र बसेको थिएँ । भेट भइगयो । म जान्छु ।"

"के भयो ? भन् न पहिला !", उसको ढिपीलाई टार्नसक्ने शक्ति मसँग रहेनछ ।

"भाउजूलाई मेरो बारेमा केही भनेको छस् ?", मैले सोधेँ ।

"कसैलाई केही भनेको छैन । तँ मेरा लागि मात्र 'अलग' होस् । अरूका लागि 'शब्द'मात्र होस् । ढुक्क हो । तँ आफैँले जबसम्म अरूलाई भन्दैनस्, तबसम्म म अरूलाई भन्दिनँ । तँ तेरो खुशीले बाँचेको हेर्न चाहन्छु म !"

"म जान्नँ, तँ जा !", निर्णय सुनाएँ ।

"माँ... कसम, मैले भाउजूलाई केही भनेको छैन ।", अमन उही स्कूल बेलाको सानो केटोजस्तो भयो । उसको "माँ... कसम" उस्तै सुनियो, जस्तो सानोमा सुनिन्थ्यो ।

***

त्यस रात अमनको डेरामा गएँ ।

अमनकी श्रीमती भान्सामा रहिछिन् । हामी पुगेपछि उनी बाहिर निस्किइन् । उनको पेट प्रशस्त ठूलो देखिन्थ्यो । अमनले मलाई चिनायो, "मेरो स्कूले साथी शब्द ! फस्ट ब्वाई !"

मैले नमस्कार गरेँ । नमस्कार गर्दै उनी मुस्कुराइन् ।

दुई कोठा, एक भान्सा भएको डेराको घरमा चाँडै नयाँ मान्छे आउनेवाला थियो, जसको खुशी अमन र उसकी श्रीमतीको अनुहारमा प्रशस्त देखिन्थ्यो । मलाई कोठामा "बस्दै गर् है" भनेर अमन श्रीमतीलाई सघाउन भान्सामा पस्यो ।

मैले देखेका आम पुरुषहरूभन्दा अमन भिन्न थियो । ऊ भान्सामा श्रीमतीलाई सघाइरहेको थियो । यस्तो मैले गाउँमा कहिल्यै देखिनँ । शहरमा धेरै पुरुषहरूसँग मेरो सङ्गत भएन ।

हामीले खाना खायौं । खाना खाइसकेपछि अमनकी श्रीमती टेलिभिजनमा सिरियल हेर्न थालिन् । अमन र म अर्को कोठामा पसेर गफ गर्न थाल्यौं ।

"तँ बालाई आफ्नो बारेमा बता । म पनि तेरा बालाई सम्झाउँछु । तँ भन्दैनस् भने म भनिदिन्छु । कति दिन लुकाएर बस्छस् ! कति दिन डरले बाँच्छस् ! कि बाले भनेको केटीसँग बिहे गर्छस् ?", अमनले सम्झाउन खोज्यो ।

"नाइँ, बिहे गर्न सक्दिनँ । मलाई केटीको शरीरसँग डर लाग्छ । मलाई कुनै फिल नै हुँदैन । म सक्दिनँ ।", यति बोल्दा मेरो आवाज काँपेको थियो ।

"तँ जे भए पनि मेरा लागि साथी होस् । तँलाई मैले कहिल्यै फरक व्यवहार गरिनँ । तेरो खुशीको लागि मैले गर्न सक्ने सबै कुरा गर्छु । त्यसका लागि तँ पनि तयार हुनुपर्छ । मलाई जसरी आफ्नो बारेमा भनिस्, त्यसरी नै बाआमालाई भन् । मलाई थाहा छ, यो कुरा सुन्दा बाआमा पक्का बेखुशी हुनेछन् तर सत्य कुरा थाहा पाउँछन् । पछि बिस्तारै कुरा बुझ्लान् । बिस्तारै तँलाई तेरै रूपमा स्वीकार्लान् । बाआमालाई चिना, तँ को होस् ! आफ्नो भलो हुने काम गर्, अरूको भलो बिस्तारै हुन्छ ।", अमनले मलाई सम्झाउँदै भन्यो ।

यति कुरा त मैले बुझेको थिएँ । आफूले बुझेको कुरा अरूले बुझाउँदा झन् धेरै बुझिँदो रहेछ । अमनले यति धेरै प्रेमपूर्वक सम्झायो कि उसलाई अङ्गालो हालेर रुन चाहन्थेँ तर सकिनँ । चुपचाप बसेँ । मेरो मनको बाँध भत्किन लागेको थियो ।

अमनले मलाई अङ्गालो हाल्दै भन्यो, "तँ हिम्मत गर् । म छु !"

म अमनको काँधमा मुन्टो लुकाएर रोएँ । त्यो काँध मेरो हिम्मत थियो । भरोसा थियो । जीवन सुन्दर हुन असल साथीको साथ चाहिँदो रहेछ । मैले अमनको साथ पाएँ ।

"म बालाई चिठी लेख्छु ।", मैले अमनको काँधमा टाउको राखेर भनेँ । उसले मलाई च्याप्प अङ्गालोमा कस्यो । खुशीले रुझेको स्वरमा भन्यो, "तँसँग म छु ! हिम्मत गर !"

त्यस रात अमन र म मिलेर मेरा बालाई चिठी लेख्यौं :

बा, ढोग !

आराम हुनुहुन्छ भन्ने कामना गरेको छु ।

बा म तपाईंको छोरा हुँ । म तपाईंको आशीर्वाद र प्रेम चाहन्छु । तपाईंको आशीर्वादले म खुशी हुन्छु । तपाईंको प्रेमले म बाँच्न सक्छु । मलाई थाहा छ, तपाईं मलाई औधी माया गर्नुहुन्छ । म तपाईंको सपनाको नजिक-नजिक छु । मैले पढाइमा राम्रो गरेको छु । मेरो सपना छ, विश्वविद्यालय टप गर्ने । मेरो सपना पूरा भएको दिन तपाईं धेरै खुशी हुनुहुनेछ । म तपाईंको खुशी हेर्न चाहन्छु । तपाईंको प्रेम, तपाईंको आशीर्वादले म मेरो सपना पूरा गर्नेछु ।

बा तपाईंले कहिल्यै नदेखेको मभित्र अर्को 'म' छ । तपाईंलाई त्यो म देखाउँदै छु । म तपाईंको छोरामात्र होइनँ । म अरू पनि केही हुँ । त्यो 'केही'ले बिहे गर्न सक्दैन । त्यो 'केही'लाई केटी मन पर्दैन । केटीसँग बिहे गर्ने कुरा कल्पना पनि गर्न सक्दैन । मलाई त मजस्तै केटा मन पर्छ । अरू-अरू केटाहरूले केटीबाट जुन सुख प्राप्त गर्छन्, ठीक त्यही सुख मैले केटाबाट प्राप्त गर्छु । केटीको शरीरसँग डर लाग्छ बा, म बिहे गर्न सक्दिनँ । मेरा लागि बिहेको दुःख नगर्नुहोला ।

मेरो खुशीमा तपाईंहरू खुशी हुनुहुन्छ भने, मेरो दुःखमा तपाईंहरू पनि पक्का दुखी हुनुहुन्छ होला ! मलाई खुशी रोज्न दिनुस् बा ! मलाई बिहेले दुःखसिवाय केही दिँदैन । म तपाईंले खोजेकी केटीसँग बिहे गर्न सक्दिनँ ।

तपाईंको छोरा

शब्द !

यो चिठी अमनले चारपल्ट पढ्यो । लेख्नुपर्ने कुरा उसैले लेख्यो । मेट्नुपर्ने कुरा उसैले मेट्यो । मैले केही सोच्न सकिनँ । बाको अनुहार आँखामा नाच्यो- आफ्ना सबै सपना मासेर छोराका लागि सपना देख्ने एउटा वृद्ध हुलाकी बा, जसले असल-खबर सुनाउला भनेर छोराको नाम 'शब्द' राख्यो ।

यो चिठी पढेर बाले के भन्लान् ? आमालाई चिठी सुनाउँदा सुनाउँदै बा पक्का रोकिनेछन् । आमाले "के भयो" भनी सोध्दा बा कसरी भन्लान्, "तेरो छोरा समलिङ्गी हो !" आमालाई कसरी बुझाउलान्, "समलिङ्गी भनेको के हो ? छोरोले किन केटी मन पराउँदैन ?"

बा टाउको समाएर रुन्छन् होला, "गाउँ समाजमा अब कसरी मुख देखाउनु ! यस्तो छोरो जन्मेको भन्दा नजन्मेकै ठीक थियो !"

मलाई थाहा छ, घरको दलिन झरेर टाउकोमा लागेझैं बाको टाउको दुख्नेछ । आमाले आधामात्र कुरा बुझे पनि पूरै दुखी हुनेछिन् । बा आफ्नो स्वभावभन्दा बढी नै मौन हुन थाल्नेछन् । घरमा म जन्मेसँगै शुरू भएको खुशीले विश्राम लिनेछ ।

मलाई थाहा छ, बाको सपना सकिनेछ । मलाई थाहा छ, आमाको भान्सामा अब कहिल्यै खिर पाक्नेछैन ।

अमनले मेरो अन्तरमनको व्यथा सुनेझैं गरी भन्यो, "धेरै नसोच् । छिट्टै बाले भन्नेछन्, तँ जे भए पनि मेरो छोरा होस् । तँ समलिङ्गी भएर के भयो त ! हाम्रो एकमात्र सपनाको सन्तान होस् । तेरो खुशी हाम्रो खुशी हो । तेरो सुख हाम्रो सुख हो । अलि दिनपछि तँलाई आमाले बोलाउनेछिन्, "घर आइज घर, आज खिर पाकेको छ !"

अमन सुत्न गयो । मैले फेरि चिठी पढें । एक मन त लाग्यो, "च्यातेर फालिदिऊँ ।" अर्को मनले भन्यो, "चिठी त च्यातेर फाल्छस् तर आफूलाई के गर्छस् ? आफूलाई जोगाउन होइन, यतिका हन्डर खाएर पनि बाँचेको ?"

बत्ती निभाएँ । निदाउन खोजें तर मन न हो, नानाथरी सोच्छ । मनलाई रोकिनँ, सोच्न दिएँ ।

भोलिपल्ट बिहान साढे दश बजे हुलाकबाट बाको ठेगानामा चिठी रजिष्ट्रर गरें र काठमाडौं जाने बस चढें ।

जित

म काठमाडौं फर्किएँ । विश्वविद्यालय नियमित गएँ । अम्बिकासँग अब औपचारिकता बाँकी थिएन । एकअर्काको कोठा बेपर्वाह आउजाउ गर्नेगरी नजिकिएका थियौं । ऊ मैले पकाएको खाना मीठो हुन्छ भन्थी । धेरैजसो समय महिला मुक्ति र सहअस्तित्वको कुरा गर्थी । महिला दोस्रो दर्जाबाट कहिले पहिलो दर्जाको हुने ? कहिले हामीलाई पुरुषलाई जस्तै स्वतन्त्रता हुने ? कहिले पुरुषजस्तै उन्मुक्त हुने ? कहिले समाजमा बराबार चल्ने ? कुरा गर्दागर्दै मसँग झोक्किन्थी । प्रश्नका वाणले हान्थी ।

म उसले सोचेजस्तो पुरुष थिइनँ । म त झन् महिला, पुरुष दुवैले नदेखेको तेस्रो दर्जाको मानिस थिएँ । "मलाई मेरो स्वतन्त्रता दे" भनेर भन्नसमेत नसक्ने आवाजविहीन मानिस थिएँ । अम्बिकाको प्रश्नमा फिस्स हाँस्थें र मौन बस्थें । मेरो प्रतिक्रियाहीन अनुहार देखेर ऊ भन्थी, "के तिमीलाई मेरो कुरा ठट्टा लाग्छ ?"

एक दिन चिया पिउँदै गर्दा अम्बिकालाई भनें, "यहाँ महिलामात्र छैनन् । महिला र पुरुषभन्दा भिन्न स्वभाव र अनुभूति भएका मानिस पनि छन् । तिनको हालत झन् तेस्रो दर्जाको छ । जसको कुनै अस्तित्व छैन । समाजले मान्छे नै मान्दैनन् । तिनका लागि सरकार, परिवार समाज कोही छैनन् । ती लाखौंको भिडमा एक्लै छन् । ती खुल्ला आकाशमुनि पनि बन्दीझैं छन् ।"

अम्बिकाले हल्काफुल्का तरिकाले भनी, "तिमी महिलाबारे त कहिल्यै कुरा गर्दैनौ, कहिलेबाट ती छक्काहरूको अधिकारबारे चासो गर्न थाल्यौ ? हेर, सबैले आफ्नै अधिकारका लागि लड्ने हो । तिनको पनि बेलाबेला आन्दोलन चलिरहेको छ त !"

मलाई असह्य भयो । एउटी क्रान्तिकारी केटीले आफूइतरका पक्षको मुद्दालाई बेवास्ता गरेको महसुस भयो । उसले उच्चारण गरेको 'छक्का' भन्ने शब्दले मेरो गिदी घोच्यो ।

"ती पनि मान्छे हुन्, हामीजस्तै मान्छे । तिनको पनि हाम्रो जस्तै जीवन छ । हाम्रा जस्तै सपना र विपना छन् तर समाजले तिनलाई मान्छेजस्तै मानिदिँदैन । कति कठिन छ, तिनलाई आफ्नो परिचय लुकाएर बाँच्न ? अझ परिचय बताएर बाँच्न त उसले सारा संसार दाउमा राख्नुपर्छ । के आवाज हुनेहरूको कर्तव्य होइन, आवाजविहीनको पक्षमा बोल्नु ?", बोल्दाबोल्दै मेरो आवाज अलिक ठूलो भएछ ।

अम्बिकाका आँखा मेरो अनुहारभरि थिए । उसले भनी, "अनि, म के गरौं त !"

"तिनको बारे पनि हामीले बोल्नुपर्छ । सबै मान्छेलाई एकसमान व्यवहार र आत्मसम्मानको ग्यारेन्टी हुनुपर्छ ।"

मैले अम्बिकालाई पैचो तिरेँ । धर्म, समाज, सत्ता र कानुनले गरेको विरोधको भडास थोरै भए पनि अम्बिकासँग पोखेँ । मन अलि हलुका भयो ।

रिसको झोकमा चिया सुरुप्प पार्दा अलि बढी नै चुस्की लिएछु, जिब्रो पोल्यो ।

हतारहतार चियाकप टेबलमा राख्न खोज्दा हातबाट चिप्लियो । आधा चिया अम्बिका बसेतिर पोखियो, आधा मतिर । ऊ पोखिएको चिया आफ्नो जिउमा नलागोस् भनेर कुर्सीबाट उठी ।

छिमेकी टेबलका मान्छेले हामीतिर ध्यान दिए ।

"ठिक्क पऱ्यो, मसँग निहुँ खोज्दा त्यस्तै हुन्छ ।", उसले मेरो जिब्रो पोलेको थाहा पाइहाली ।

मैले प्रसङ्ग फेर्न सोधेँ, "इक्जामको तयारी कस्तो गर्दै छौ ?"

"राम्रै छ !", उसले सामान्य उत्तर दिई ।

"तिमी त टपर, के सोध्नु !", उसले मसँग थोरै ईर्ष्या गरी ।

त्यस दिन अम्बिकासँग छुट्टिएपछि मेरो मन नमीठो भयो । हामी जस्ताहरूका लागि पनि उसको आवाज काम लाग्ला भन्ने लागेको थियो । मलाई बुझिदेली भन्ने लागेको थियो । मैले उसलाई मेरो कथा भन्नै नपाई ऊ मेरो कथा सुन्न नसक्ने प्रमाणित भई । मैले उसलाई म को हुँ भनेर बुझाउन नपाई ऊ नबुझ्ने अप्ठ्यारी भई ।

त्यस दिनदेखि अम्बिकासँग डर लाग्न थाल्यो । बलदेवको अर्को रूप अम्बिकामा देख्न थालेँ । मलाई लागेको थियो, अम्बिका सबै कुरा बुझ्छे । उसका आँखा समतल छन्, सबैलाई बराबर देख्छे । मलाई लागेको थियो, "म के हुँ भन्ने अम्बिकालाई चिनाउनुपर्छ !" तर ऊ गलत निस्किई । उसले रक्सी खाएको, चुरोट पिएको सहजताले होइन, देखावटका लागि रहेछ । उसको लडाइँ पुरुषसत्तासँग होइन, पुरुषसँग रहेछ । उसको साँघुरो सोचाइबाट निस्केको ठूलो कुराबाट प्रभावित भएको रहेछु ।

म पढाइको बहाना बनाएर अम्बिकासँग टाढिन थाले । अम्बिका अझ नजिक हुन खोजी । म ऊसँग भाग्थेँ । ऊ मलाई खोज्थी । केही समय हामीबीच लुकामारी चलिरह्यो ।

***

बाको ठेगानामा मेरो चिठी पुग्यो होला तर बाको उत्तर आएन । मैले सोचेकै भयो । अमनले सोचेको भएन । दिन, हप्ता, महिना बिते, बाको चिठी आएन । चिठीसँगै मेरो पढाइ खर्च पनि आएन । मैले आफ्नो खर्चका लागि ट्युसन पढाउन थालेँ । आफ्नो खर्च जुट्न

थालेपछि अझ हिम्मत बढ्न थाल्यो, शहरमा अब बाबिना पनि बाँच्न सक्छु भन्ने आत्मविश्वास पलायो। बाँच्न आफ्ना हातखुट्टा काफी छन्। मभित्र हिम्मत र आत्माबल बढ्दै थियो। अमनसँग बेलाबेलामा कुरा हुन्थ्यो। ऊ उही आतमविश्वासमा भन्थ्यो, "नडरा, म छु ! तेरा बालाई घर गएर सम्झाउँछु !"

मैले एक दिन घरमा फोन गरें। फोनमा आमा बोल्नुभयो। बा आउनुभएन।

"किन यतिका दिन फोन नगरेको ? अचेल गाउँमै फोन छ त !", आमाले भन्नुभयो।

मैले बाको हालखबर सोधें।

"बालाई के भयो, भयो ! खाना राम्रो खानुहुँदैन। कोहीसँग बोल्नुहुँदैन। गाउँ डुल्नुहुँदैन। एकतमासको हुनुभएको छ। जागिर छाड्नुभयो। धेरै दुब्लाउनुभएको छ। धामीकोमा जाऔँ भन्छु, मान्नुहुँदैन। डाक्टरकोमा जाऔँ भन्छु, कुनै बिमार छैन भन्नुहुन्छ। तँ पनि फोन गर्दैनस्। मलाई चिन्ता लागिर'को छ। फुर्सद मिलाएर घर आइज !"

आमाले एकै श्वासमा धेरै कुरा भन्नुभयो। दायाँ हातले समातेको मेरो कानको रिसिभर हल्लियो। मेरो आवाज काँप्यो। बाको मनमा मैले रोग रोपें।

"मेरो परीक्षा आउन लागेको छ। अचेल बिहान-बेलुका ट्युसन पढाउन थालेको छु। बीचैमा छाडेर आउन मिल्दैन। परीक्षा सकेर आउँछु।", मैले भनें।

मैले गाउँ घरको खबर सोधिनँ। आमा आफैंले भन्नुभयो, "गोमा देवघाट गई। गाउँ शून्य भएको छ।"

गाउँबाट एउटा मजस्तो अर्को मान्छे चुपचाप बिदा भयो, जसले कयौंपटक भनेको छ, "मलाई लोग्ने मान्छेसँग डर लाग्छ। मैले बिहे त्यागें।" तर, उसैलाई कयौंले नक्कली भने। कतिले छाडा भने।

कतिले पोइल जान्छे भने । अनेक आरोप लगाए । कयौं पुरुषको दिमागले बलात्कार गर्‍यो होला तर उनलाई कसैले बुझेनन्, "ऊ को हो, ऊ के हो ?"

गोमा दिदीको हिम्मतप्रति मेरो अथाह सम्मान जागेर आयो । गोमा दिदीलाई भेटें भने पक्का भन्नेछु, "तपाईंलाई पुरुषसँग डर लागेजस्तै मलाई पनि महिलासँग डर लाग्छ । म पनि बिहे गरेर महिलासँग सङ्गै बस्न सक्दिनँ !"

आमासँग टेलिफोनमा बिदा भएँ ।

त्यस दिन मेरा कानभरि आमाको आवाज गुन्जिरह्‍यो, "बाले खाना राम्रो खानुहुँदैन । कोहीसँग बोल्नुहुँदैन । गाउँ डुल्नुहुँदैन । एकतमासको हुनुभएको छ !"

मैले बाको जीवनमा आगो झोसिदिएँ । त्यो आगोले बा बाँच्छन् कि मर्छन्, मलाई थाहा छैन । जीवन यति जटिल छ कि यहाँ कसैले कसैको अस्तित्व स्वीकार्दा आफ्नो जीवन सकिन्छ झैं ठान्छन् । मेरा बाले मेरो अस्तित्व स्वीकार्नु पर्दा बा बिरामी भए ।

मेरा बा अब मेरै पिरले मर्नेछन् ।

म आफ्नो अस्तित्वका लागि लड्छु । म पनि मान्छे हुँ । मलाई मान्छेको रूपमा मान्छेले स्वीकार्नु पर्छ । म आँखाले देखिएको आम मानिसभन्दा अलग छु । यसमा मेरो के कसुर ? अरू मान्छेको जस्तै मेरो पनि आत्मा छ । शरीर छ । जीवन छ । अस्तित्व छ । मेरो जीवन र अस्तित्व कसैले स्वीकार्दैन भने मैले समाजको कानुन र परिवारको इज्जतको ठेक्का किन लिनु ? जसले मलाई जन्मायो, हुर्कायो, पढायो, लेखायो र संसार बुझ्छ भनिठान्यो, उसैले मलाई स्वीकार्दैन भने ठीकै छ, म एक्लै लड्नेछु ।

छाती छामें । कुनै ऊर्जाले भरिएर जोडजोडले उफ्रिरहेझैं थियो । एक्लै मुस्कुराएँ, बालाई चिठी लेखेर ठीक गरें । भन्नु थियो एक दिन,

"तपाईंको छोरा समलिङ्गी हो !" भनें । अब मेरो काम सकियो । अब बाको कर्म बाँकी छ, गर्वले भन्ने, "मेरो छोरा समलिङ्गी हो" ! बा आफ्नो कर्म गर्छन् कि मर्छन् । त्यो समयले बताउँला ।

***

म घर गइनँ । परीक्षा मुखैमा आइसकेको थियो, मेहेनत दोब्बर बनाएँ । ट्युसन र पढाइबाहेक अन्त ध्यान थिएन । समय यस्सै बितिहाल्थ्यो । परीक्षा राम्रो भयो । रिजल्टको प्रतीक्षा त व्यग्र थियो, परीक्षालगत्तै बैंकको जागीरका लागि परीक्षाको तयारी गर्न थालें । व्यस्त हुँदै गएँ । मैले साझा दुःख बिर्सिएँ । आफू जे हुँ, जस्तो हुँ, त्यसैमा रमाएँ ।

विश्वविद्यालयको परीक्षाको रिजल्ट आयो । मैले विश्वविद्यालय टप गरें । संयोग, त्यसको भोलिपल्ट नेपाल बैंकको जागीरको पनि रिजल्ट आयो । अधिकृतमा नाम निस्कियो । सफलता मलाई खोज्दैसोध्दै घरमै आएजस्तो भयो । खुशीले उफ्रिएँ । कयौंपछि मैले त्यस दिन ऐना हेरेर आफैंले आफैंलाई चुम्बन गरें, जसरी वर्षौंपहिले किशोर उमेरका शुरुवाती दिनमा गर्थें ।

खुशी सुनाउन घरमा फोन गरें । बाको रिस अझै मरेको रहेनछ । आमा फोनमा आउनुभयो । मेरो सफलता सुनेर आमा खुशीले फोनमै रुनुभयो ।

बा झन् धेरै बिरामी हुनुभएछ ।

"अब घर आइज ! बालाई उपचार गर्न लिइएर जा ! बा दिनदिनै गल्दै जानुभएको छ ! उठ्न-बस्नसमेत नसक्ने हुनुभयो । शरीर हाडछाला भएको छ । एक्लै बर्बराउन थाल्नुभएको छ । केके भन्नुहुन्छ । म कुरो बुझ्दिनँ । तँ छिटो घर आइज !", आमाले भन्नुभयो ।

त्यस दिन मलाई थाहा छ, भान्सामा पक्कै खिर पाक्यो । जीवनमै पहिलोपल्ट बालाई खिरको स्वाद मीठो भएन । छोराको सफलता

गाउँभरि सुनाउनुअघि नै बाको आवाज सुक्यो । छाती खुम्चियो । नत्र कति खुशीले बा गाउँभरि भन्दै हिँड्नुहुन्थ्यो, "छोराले विश्वविद्यालय टप गऱ्यो । यो देशको अर्को बाबुराम भट्टराई मेरो केटो भयो !"

तर, अब बाका लागि म छोरा थिइनँ । घिनलाग्दो समलिङ्गी थिएँ । पुरुषसँग सुत्ने केटो थिएँ । बा सम्झिँदा हुन्, कुनै पुरुषले आफ्नो लिङ्ग खेलाइरहेको । बा सम्झिँदा हुन्, स्वास्नीसँग गर्ने सम्भोग कुनै पुरुषसँग गरिरहेको । बा सम्झिँदा हुन्, आफ्नो मुखमा कुनै पुरुषले मुख जोतिरहेको । त्यसपछि बा घिनले भुइँमा थुक्दा हुन्, "यस्ता सन्तान त शत्रुको पनि नजन्मियोस् !"

आमाले पक्का भन्नुभयो होला, "छोरा जागिरे भयो । अब तपाईंको उपचार राम्रो ठाउँमा हुन्छ । चिन्ता नलिनू !"

बाको मन यस बेला नराम्ररी चिमोटिँदो हो । मनमनै भन्दा हुन्, "पर्दैन मेरो उपचार गर्न, त्यो मेरा लागि मरिसक्यो !" बा सपनामा तर्सिँदा हुन् । ऐँठन भएर अललिँदा हुन् ।

आमाले मलाई आफैँ फोन गर्न थाल्नुभयो । फोनमा भक्कानिँदै भन्नुहुन्छ, "तेरो बालाई रातभरि ऐँठन हुन्छ । के भयो, के भयो ! दुब्लाएर लौरोजस्तो हुनुभएको छ । तँ छिटो घर आइज !"

मैले आमालाई ढाँटिरहेको छु, "धेरै काम छ । भर्खर जागीर खान थालेको छु । अलिक पछि आउँछु ।"

***

विश्वविद्यालयको दीक्षान्त समारोह हुँदै थियो । घरमा फोन गरेँ । फोनमा बा आउने आस अझै मेटिएको थिएन । स्कूलमा पुरस्कार वितरण हुँदा बा सधैं जानुहुन्थ्यो, छोरोले पुरस्कार थापेको हेर्न । मलाई बाआमा दुवैलाई दीक्षान्त समारोहमा लैजान मन थ्यो तर बा अब उहिलेको बा रहनुभएन ।

छोराले काठमाडौं बोलाउँदा आमा खुशी हुनुभयो । बाले भन्नुभएछ, "म जान सक्दिनँ, तँ जा !"

मैले अमनलाई फोन गरें । सबै कुरा सुनाएँ । मेरो लागि अमन मेरो घर गयो । मेरा बालाई सम्झायो, "शब्दले विश्वविद्यालय टप गऱ्यो । दीक्षान्त समारोहमा हिंड्नू, जाऊँ । म पनि जान्छु । त्यस बेला तपाईंको छाती गर्वले फुल्नेछ । छोराले गोल्डमेडल लगाएको देख्दा तपाईंको बिमार त्यत्तिकै निको हुन्छ । छोरासँग गर्व गर्नुस् !"

बाले कृतिम खुशी देखाउँदै अमनलाई भनेछन्, "छोराले मेरो सपना पूरा गऱ्यो तर म काठमाडौं जान सक्दिनँ । तागत छैन । अलिकति हिंड्दा नै तागत सकिन्छ । आमालाई लिएर जा ! हामी दुईमध्ये एक गए भैहाल्छ ।"

आमाले कर गर्नुभएछ, "दुवै जना जाऊँ । तपाईंको उपचार पनि गर्नुपर्छ । पशुपतिको दर्शन पनि हुन्छ । छोराको सफलता आफ्नै आँखाले देखेजस्तो कहाँ हुन्छ र ! बसमा चढे पुगिहालिन्छ, हिंड्नुपर्ने होइन । हिंड्नू, जाऊँ !"

बाले कसैगरी मान्नुभएन । बा नआउने भए । अमनले मेरी आमालाई दीक्षान्त समारोहमा लिएर आयो ।

त्यो भव्य दीक्षान्त समारोहमा हजारौं विद्यार्थी उपस्थित थिए । सयौं दीक्षित विधार्थीका अभिभावक उत्तिकै सङ्ख्यामा थिए । कालो गाउन पहिरिएका विधार्थीको शानै बेग्लै थियो । मञ्चमा देशका गन्यमान्य व्यक्तित्व थिए । प्रमुख अतिथि प्रधानमन्त्रीसँगै झकिझकाउ मन्चमा विशिष्ट अतिथिहरूको लाइन थियो । मलाई चिन्ने-नचिन्ने सबैले बधाई दिइरहेका थिए ।

अमन र अम्बिकाको भेट त्यहीं भयो । दुवैले सामान्य हालखबर सोधे । अम्बिकालाई आमासँग पनि चिनजान गराएँ ।

मेरो नाम गोल्डमेडलिस्टको रूपमा घोषणा भयो । सबैले निकै लामो ताली बजाए ।

प्रधानमन्त्रीको हातबाट गोल्डमेडल लिन स्टेजमा उक्लनुअघि अम्बिकाले मलाई अङ्गालो हालेर बधाई दिई । मेरो कानमा आफ्नो मसिनो आवाजले भनी, "आई लभ यु शब्द !" उसको आवाज मेरो कानमा पसेपछि उसले देख्ने गरी मुसुक्क हाँसें ।

म स्टेजमा उक्लें । प्रधानमन्त्रीको हातबाट गोल्डमेडल लगाएपछि थोरै बेर मैले माइकमा बोल्न पाएँ :

म मेरा बाआमाप्रति कृतज्ञ छु ! मलाई अक्षर चिनाउने गुरुहरूदेखि विश्वविद्यालयसम्मका तथा जीवनका मेरा सबै गुरुहरूप्रति आभार व्यक्त गर्दछु ! सबैको आशीर्वाद र ज्ञान म बन्ने कसी रहे र रहिरहनेछन् । सबैप्रति उच्च सम्मान व्यक्त गर्दछु !

मनको विश्वविद्यालयमा पढिरहँदा मलाई सधैं एउटै प्रश्नले घोचिरह्यो, "म के हुँ ? को हुँ ?"

शिशु-विद्यालयदेखि त्रिभुवन विश्वविद्यालयसम्मका हरेक पलहरूले मलाई यही प्रश्न गरिरहे, "म के हुँ ? को हुँ ?"

विश्वविद्यालयको यो प्राज्ञिक सभालाई साक्षी राखेर तपाईंहरूलाई चिनाउनु छ, "म के हुँ ? को हुँ ?"

म हजारौं वनस्पतिहरूमाझ सुनाखरी, अप्ठरो पहाडमा आफैं जोगिएर, एक्लो झुन्डिएर फुलेझैं, अरबौं मान्छेहरूको भिरालो समाजमा म आफैं झुन्डिएर, एक्लै जोगिएर फुलेको हुँ । सुनाखरीले आफू फुल्ने रूखबाट सेप खेपेझैं मैले आफू बाँच्ने समाजबाट राप र ताप खेपेको छु । म जे देखिन्छु, त्यो हैन । म जे सुनिन्छु, त्यो हैन । म बाहिर शीतल छु, भित्र ज्वाला छु । म बाहिर बगेको छु, भित्र जमेको छु । म बाहिर बाँचेको छु, भित्र मरेको छु । म देखिन्छु एक, बाँच्छु अर्को । म हिँड्दा सुतेको हुन्छु, सुत्दा हिँडेको हुन्छु ।

हरेक मान्छेले आफूलाई अलग ठान्छ तर तिनको र मेरो अलगतामा विशाल अन्तर छ ।

मैले प्रत्येक श्वास डराईडराई फेरें । मेरो बाटोमा तेर्सिएका घृणा, अपमान र तिरस्कारका पहाडलाई बिस्तारैबिस्तारै साहसले खोतलेर त्यसको रसातलमा पुगी म यहाँसम्म आएको हुँ । मनको विश्वविद्यालयलाई साक्षी राखेर यहाँ भन्दै छु, "म तपाईंहरूभन्दा अलग हुँ, गलत होइन ।"

म एक समलिङ्गी पुरुष हुँ ।

मैले आजसम्म आफूलाई समाजको पर्दाभित्र लुकाइराखें । आफूभित्र बगेको नदीलाई थुनिराखें । आफ्ना पैताला खुम्चाएर बसें । अब च्यातिदिन्छु पर्दा । भत्काइदिन्छु, नदीको बाँध । तन्काइदिन्छु, खुम्चाएका पैताला ।

तपाईंले "म पुरुष हुँ !" भनेजसरी, "म स्त्री हुँ !" भनेजसरी म पनि गर्वले भन्छु, "म एक समलिङ्गी पुरुष हुँ !"

जसरी आफूले रोजेर तपाईं 'पुरुष' हुनुभएको हैन । जसरी आफूले रोजेर तपाईं 'स्त्री' हुनुभएको हैन । हो, त्यसरी नै मैले पनि आफूले रोजेर 'समलिङ्गी' भएको होइन । तपाईंजस्तै म पनि प्राकृतिक हुँ ।

समाजले साझा प्राकृतिक जीवन स्वीकार्दा मेरो प्राकृतिकतालाई किन घृणा गर्छ ? घरपरिवारले किन इज्जतसँग जोड्छ । साथीसङ्गीले मेरो प्रकृतिलाई किन अपमान गर्छन् ?

यो हावा, यो आकाश, यो जमिन, यो पानीलाई प्रकृति भनेर स्वीकारेझैं मलाई पनि मानिसले यो प्राकृतिक समलिङ्गी मानिस हो भनेर किन स्वीकार्दैन ?

यो समाजले बुझ्नुपर्छ, म एक प्राकृतिक समलिङ्गी मानिस हुँ ! समाजले निर्धारण गरेको प्रेम म गर्न सक्दिनँ । समाजले निर्धारण गरेको मान्छे म हुन सक्दिनँ । समाजले निर्देशित गरेको स्त्री र पुरुषको परम्परागत जीवन म बाँच्न सक्दिनँ ।

मलाई देख्न समाजले तेस्रो आँखा खोल्नुपर्छ । मलाई महसुस गर्न समाजको छैटौं इन्द्रिय जाग्नुपर्छ । मलाई बुझ्न समाजको दोस्रो मगज खुल्नुपर्छ ।

मलाई थाहा छ, हाम्रो समाजको छैटौं इन्द्रिय निष्कृय छ । म अब समाजको छैटौं इन्द्रिय पर्खिन्नँ ।

हाम्रो समाजमा दोस्रो मगजको उत्पत्ति भएकै छैन । समाजको दोस्रो मगज पर्खिन्नँ ।

हाम्रो समाजको तेस्रो आँखा आजसम्म बन्द छ । समाजको तेस्रो आँखाको दृष्टिले अब म आफैं हेर्छु ।

मैले सारा डर त्यागिसकें । घर परिवारको इज्जतको ठेक्का बिसाइसकें । म मेरो जीवनको मात्र जिम्मा लिन्छु । मेरो जीवन, मेरो अधिकार ! मेरो शरीर, मेरो हक ! मेरो अनुभूति, मेरो विश्वास !

समाजले परिभाषित गरेको परम्परागत पुरुष म होइन । म 'म' हुँ र म तपाईंभन्दा अलग छु, गलत छैन ।

मैले बडो कष्टसाथ आफू र आफ्नो परिचयलाई समाजबाट लुकाएँ । यदि समाजबाट आफूलाई नलुकाएको भए, आफूलाई जोगाएर यहाँसम्म ल्याउन सक्दिनथें । मलाई थाहा छ, कयौं मजस्ता मानिस छन्, जसले आफूलाई समाजमा जोगाउन सकेनन् । तिनले श्वास त फेरेका छन् तर भित्रभित्रै मरेका छन् । म त्यसरी श्वास फेर्दै मर्न सक्दिनँ । म गर्वले भन्छु, "म अलग हुँ ! म अन्तर हुँ ! म भिन्न हुँ ! म एक समलिङ्गी मानिस हुँ !"

अब म समाजसँग एक्लै लड्न सक्ने गरी बलियो भएको छु ।

धन्यवाद !

***

सबै अतिथिको अनुहार मतिर फर्कियो । सबै प्रोफेसरको अनुहार मतिर सोझियो । दीक्षित हुन आउने सबै ज्ञानी मानिसको अनुहार मतिर तेर्सियो । आमाको अनुहार मतिर एकाहोरियो । अम्बिकाको अनुहार मतिर एकाग्र भयो । ज-जसका अनुहार मतिर फर्किएका थिए, सबै मानिस छक्क परेका थिए ।

केही सेकेन्ड सबै वातावरण शान्त र मौन भयो । त्यसपछि ठूलो हल्लाका साथ ताली बज्यो । त्यो ताली किन बज्यो ? मलाई जान्नु थिएन ।

म मञ्चबाट ओर्लिएर सरासर आमा भएको ठाउँमा पुगें । आमालाई अङ्गालो हालें र आफ्नो शिरको टोपी उनलाई लगाइदिएँ ।

आमाको स्वर रुन्चे भयो, "तँ मेरो सन्तान होस् ! तँ जे भए पनि हुन्छ मलाई !"

त्यस दिन डेरामा खिर पाक्यो ।

खिरमा बा छुटे ।

अमन थपियो ।

कथापारि

प्रिय पाठक !

कथा सकियो ।

यो कथा पढ्नुभएकोमा धेरैधेरै धन्यवाद !

यो लामो कथाको आदिदेखि अन्त्यसम्म आइपुगेर किताब बन्दासम्म थुप्रै साथीहरूको हात छ, प्रशस्त सल्लाह र सुझाब छ । धेरै पाठकको साथ छ । ती सबै हात, साथ, सुझाब र सल्लाहलाई कथाको पात्र 'शब्द' र मेरो तर्फबाट धेरैधेरै धन्यवाद !

यो कथा निकै दिन लगाएर शब्दले मलाई सुनायो ।

मैले तीन वर्ष लगाएर लेखें । मेरो ढङ्गले भ्याएसम्म मैले लेखें ।

तपाईंले कति दिन लगाएर पढ्नुभयो ?

कथा कहाँ-कहाँ बिग्रियो ? - मलाई भन्नू !

कथा कस्तो लाग्यो ? - मलाई भन्नू !

कथाको मूल पात्र 'शब्द'लाई नै केही भन्नु छ भने तलको इमेल ठेगानामा उसैलाई इमेल लेख्नू वा ट्वीटरमा पुगेर केही भन्नू ।

जहाँ भन्नुहुन्छ, जसलाई भन्नुहुन्छ, जसरी भन्नुहुन्छ - भन्नू ।

मनमा लागेका कुरा निर्धक्क भन्नू !

तपाईंलाई पर्खिरहनेछ - शब्द !

तपाईंलाई पर्खिरहनेछु - म !

शब्दको ठेगाना

shabda.aatma@gmail.com
twitter : @ShabdaAatma

पद्मश्री साहित्य पुरस्कार-२०७५ विजेता *छुटेका अनुहार* रमेश सायनको पहिलो गैर-आख्यान बेस्ट सेलर पुस्तक हो । बुकहिल संस्करण नयाँ कलेवरका साथ बजारमा उपलब्ध छ ।

पद्मश्री
साहित्य पुरस्कार
२०७५
विजेता
छुटेका
अनुहार
रमेश सायन

तस्वीर : आर के. अदीप्त गिरी

नेपाली साहित्यको बहुविधाका शिल्पी हुन्– **रमेश सायन** । कविताका विम्बमा प्रेमप्रणयदेखि वर्ग चेतनासम्म पोखिने उनी निबन्ध लेखनमा कन्फेसन शैलीमा समाजका तल्लो तप्काको मर्म उधिन्दै माथिल्लो वर्गको चरित्रमा व्यङ्ग्यको पुट भर्छन् ।

भागेर भूगोलभरि (२०७१) कवितासङ्ग्रहबाट चर्चित बनेका उनको *पद्मश्री साहित्य पुरस्कार-२०७५* प्राप्त *छुटेका अनुहार* बेस्ट सेलर गैर-आख्यान हो ।

अन्तर उनको पहिलो उपन्यास हो ।

ra.sayan.rs@gmail.com
@rashayans
ramesh.shayan

www.ingramcontent.com/pod-product-compliance
Lightning Source LLC
La Vergne TN
LVHW060233051026
849517LV00005B/1608
9789937753432